クリスティー文庫
15

ナイルに死す
〔新訳版〕

アガサ・クリスティー
黒原敏行訳

早川書房
8569

日本語版翻訳権独占
早 川 書 房

DEATH ON THE NILE
by
Agatha Christie

Translated by
Toshiyuki Kurohara
Published 2020 in Japan by
HAYAKAWA PUBLISHING, INC.
This book is published in Japan by
arrangement with
AGATHA CHRISTIE LIMITED
through TIMO ASSOCIATES, INC.

わたしと同じように
世界をあちこち旅するのが好きな
シビル・バーネットに捧げる

著者まえがき

『ナイルに死す』は、ある冬にエジプトを訪れ、帰国してから書いた作品です。いま読み返すと、また遊覧船に乗って、アスワンからワディ・ハルファまで川をさかのぼっているような気分になります。あの遊覧船にはかなりの乗客がいましたが、いまではわたしの頭のなかでナイルの船旅をしたこの小説の登場人物たちのほうが、わたしにはリアルに感じられます。わたしはこの小説にたくさんの人物を登場させ、プロットをじっくり練りました。中心にある状況は興味深いものであり、劇的な展開を生む可能性を秘めています。三人の登場人物、サイモン、リネット、ジャクリーヌは、わたしにとっては生々しく現実味が感じられる人たちです。

友人のフランシス・L・サリヴァンはこの小説をとても気に入り、ぜひお芝居にすべきだと何度もすすめてくれました。それでわたしは戯曲版も書きました。

わたしはこの小説を、自分の〝外国旅行もの〟のなかで最良の作品のひとつだと思っています。探偵小説は逃避文学かもしれませんが（それの何がいけないのでしょう！）、読者は太陽がまぶしく輝く空と、青い川水と、犯罪を、安楽椅子にすわったまま楽しむことができるのです。

アガサ・クリスティー

『ナイルに死す』によせて

マシュー・プリチャード

『ナイルに死す』が書かれたのは一九三七年、アガサ・クリスティーが中東史専門の考古学者、マックス・マローワンと結婚して数年後のことです。自ら作品に寄せた序文で、アガサは『ナイルに死す』は海外を舞台にした自らの作品のなかでも、ベストの出来だと自賛しています。多くの読者もこれに賛同するに違いありません。探偵小説と外国旅行は逃避的志向という点で共通している、という持論の彼女にとっては、両者の特徴をミックスさせた作品を創り出すのは自然の成り行きだったのです。

アガサがさまざまな国に抱いたひとかたならぬ愛着を、私はよく知っています。アガサの新しい土地や人々への関心、歴史や文化を学ぼうとする積極的な姿勢は、たびたび賞賛の的になりました。彼女の好奇心はまったく自然で、心からのものです。特に中東への情熱あふれる愛情は、その地域や人々に夢中だった夫のマックスに感化されたものでした。マックスは――まさしくポアロのように――ずんぐりとした小さな体にもかかわらず、エネルギッシュな人物で、一九五〇年代まで続いた彼との中東旅行は、アガサを一度たりとも退屈させませんでした。もうみんな忘れてしまったことですが、三〇年代には世界のさまざまな土地を紹介した紀行本が大流行していました。今はどこへでも気軽に旅行できる時代になり、イギリスからエジプトまでたった数時間のフライトで到着してしまいますが、当時はそのような旅行は、壮大な計画と、すくなからぬ肉体的苦難をともなうものだったのです。

二〇〇三年の今、どうしてもここで付け加えたいのは、もしアガサとマックスの夫妻が生きていたら、現在の中東情勢についてどれほど嘆き悲しむかということです。二人は、イラク、シリア、エジプトといった国に、古代への情熱という絆《きずな》で結ばれた多くの知己がありました。アガサは熱心なクリスチャンです。けれどこの夫妻は、宗教の壁など何の意味も持たないかのように、美術関係者や政治家だけでなく、作業員たちとでさえも、親密な関係を築いていたのです。愛着深い国々が戦争に巻き込まれるのは、二人にとって耐え難いことに違いありません。無辜《むこ》の民を恐怖に陥れるような政治陰謀家たちを――もちろん、現在のイギリスの政治家も含め――二人は決して許しはしないでしょう。ですが、政治の話はこの辺にして、『ナイルに死す』の穏やかな水辺に戻ることにしましょうか。

ナイル川やアスワンとワディ・ハルファを往復する汽船の魅力溢《あふ》れる背景にばかり見とれていては、この物語を真に理解できません。『ナイルに死す』はアガサ・クリスティーの作品のなかでも、もっともヒューマン・ドラマに満ち、そしてもっとも複雑怪奇な事件を扱った物語だからです。解決にあたり、探偵ポアロはその全知全能を傾けることになります。事件はリネット・リッジウェイを中心に展開するのです。美貌の資産家リネットは、彼女の生活を守り、その財産を効率的に運用する取り巻きに囲まれて暮らしています。けれど、彼女は真の友人に飢えているのです。ビジネス仲間も知り合いも、必ずしも彼女に忠実なわけではなく、隙あらばその財産を利用しようとする者ばかりなのですから。

特に欲しい物もなく、だがどんなものでも手に入れられる財産を持つリネットは、彼女と同じ立場にある人々と同じように、ひとつの罠にはまります――人の道をはずれ、金では手に入らない何かを渇望してしまったのです。

私は『ナイルに死す』をわかりやすく、（そしてプロットを明かすことなく！）要約しようと試みています。この物語はリネット、サイモン、ジャクリーヌ、ジム・ファンソープ、ペニントンといった古風な名前に彩られた六十年以上も前の作品にもかかわらず、そこで展開する事件はわれわれが新聞で目にするようなニュースとどれほど変わりがあるのでしょうか？　現代のゴシップ屋は裕福な著名人の私生活――彼らの恋愛、使用人や顧問、不倫、仲違い――を次々と白日のもとに晒《さら》しています。今では、セックスについてはいくらかオープンになり、記事の品性に対する制約も（ひかえめにいえば！）それほどではなく、人々は堕落を続けているとしても、アガサ・クリスティーが一九三〇年代にナイルをいく汽船の上に紡ぎ出したこの物語も、根底に流れているものに違いはありません。

そして、なんといってもエルキュール・ポアロです。人々の感情の深みに踏みこみ、犯行の動機を見つけだし、精神の奥底に潜む邪悪に恐怖し、だが、それでも次々に起こる悲劇を止めることはできないこのアガサ・クリスティーの探偵の魅力こそが、この作品最大の見所でありましょう。

『ナイルに死す』は、その舞台にながれるロマンスの香りに加え、現代のわれわれにも充分アピールできる登場人物のために、二十世紀の傑作探偵小説の一つに数えられているのです。

（編集部訳）

マシュー・プリチャードは、アガサ・クリスティーの娘ロザリンドの息子で、一九四三年生まれ。アガサ・クリスティー社の会長を長く務めた。本稿は二〇〇三年のクリスティー文庫創刊時に寄せられた。

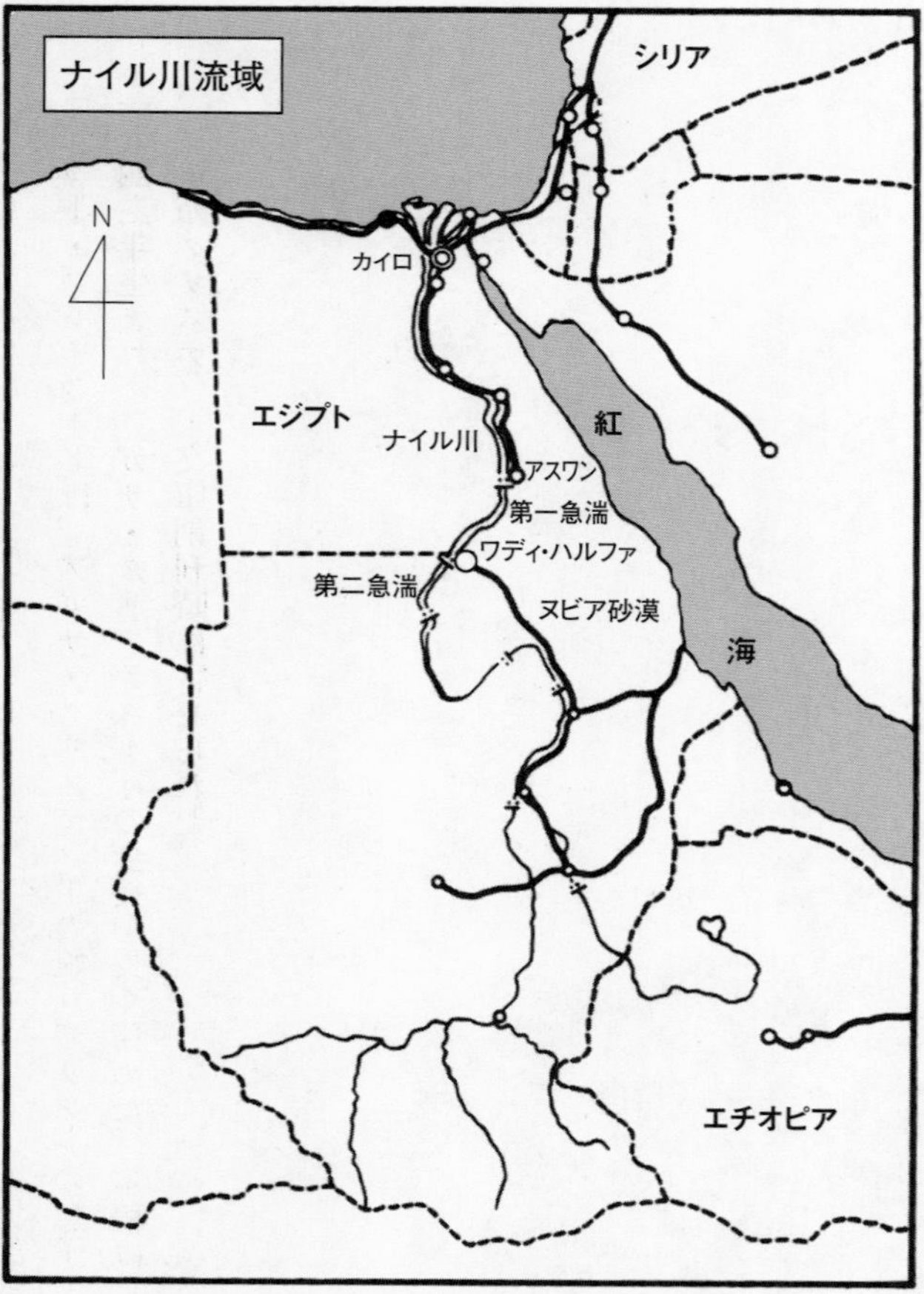
ナイル川流域
N
シリア
カイロ
紅
海
エジプト
ナイル川
アスワン
第一急湍
ワディ・ハルファ
第二急湍
ヌビア砂漠
エチオピア

ナイルに死す

〔新訳版〕

登場人物

エルキュール・ポアロ……………………私立探偵
リネット・リッジウェイ…………………美貌の資産家
サイモン・ドイル…………………………リネットの夫
ジャクリーヌ・ド・ベルフォール………リネットの友人
ルイーズ・ブールジェ……………………リネットのメイド
ジョアナ・サウスウッド…………………リネットの親友の貴族令嬢
アラートン夫人……………………………ジョアナのいとこおば
ティム………………………………………アラートン夫人の息子
サロメ・オッターボーン…………………作家
ロザリー……………………………………サロメの娘
マリー・ヴァン・スカイラー……………裕福な老婦人
コーネリア・ロブスン……………………スカイラーの親類
ミス・バワーズ……………………………スカイラーの看護婦
アンドリュー・ペニントン………………リネットの財産管理人
スターンデイル・ロックフォード………ペニントンの共同経営者
ジェームズ（ジム）・ファンソープ……弁護士
ウィリアム・カーマイケル………………ジムの伯父
グイド・リケッティ………………………考古学者
カール・ベスナー…………………………医師
ファーガスン………………………………社会主義的な思想を持つ男
フリートウッド……………………………カルナック号の機関士
レイス大佐…………………………………英国情報部員

第一部　登場人物の紹介

I

「おっ、リネット・リッジウェイ！　あれがそうだよ！」

旅籠《はたご》〈三冠亭《スリー・クラウンズ》〉の亭主、バーナビー氏が言った。

そして脇にいる男を肘《ひじ》でつついた。

ふたりは田舎者らしく目をまんまるに見ひらき、薄く口をあけて、そちらをまじまじと見た。

大きな真紅のロールス・ロイスが、いま村の郵便局の前でとまったのだ。

若い女が飛びだすようにおりてきた。帽子はかぶらず、簡素に見える（あくまでそう見えるだけだが）ワンピースを着ている。黄金色《こがねいろ》の髪に、気位の高そうな整った顔立ち、すらりとした体つき――こういう若い女は、モルトン・アンダー・ウォードにそうざらにはいない。

若い女は威厳のある早足で郵便局に入っていった。

「あれがそうだよ！」バーナビー氏がまた言った。そして畏怖《いふ》にうたれたように低い声でこうつづけた。「資産は数百万ポンド……屋敷の改築に何万ポンドか使うらしい。水泳プールに、イタリア風庭園に、舞踏室。いまの屋敷の半分ほどを壊して建て直すそうだ……」

「村に金を落としてくれるわけだ」と連れは言った。

連れは身なりの粗末な痩《や》せた男で、口調には妬《ねた》みと僻《ひが》みがにじんでいた。

バーナビー氏は言った。

「ああ、モルトン・アンダー・ウォードにはありがたいこった。まったくありがたいよ」

そしていかにも満足げにつけ加えた。

「みんなしゃきっと目がさめるぞ」

「サー・ジョージの時代とは様変わりだな」

「いやあ悪いのは馬なんだ」バーナビー氏はかばうように言った。「運のないお人だよ」

「サー・ジョージはいくらで屋敷を手放したんだ?」

「六万ポンドとか聞いたよ」

痩せた男はひゅうと口笛を吹いた。

バーナビー氏は意気揚々とつづける。

「で、それとは別に、ミス・リッジウェイは改築に六万ポンド使うってんだから!」

「なんとね!」痩せた男は言った。「そんな大金どこで手に入れたんだ」

「アメリカだそうだ。母親が百万長者の一人娘だったんだとさ。まったく映画のなかの話みたいじゃないか」

若い女が郵便局から出てきて車に乗りこんだ。

走り去る車を、痩せた男は目で追った。

そしてつぶやいた。

「どう考えてもおかしいね——あんなに美人なのは。大金持ちでしかも美人——そりゃないだろ! そんなに金持ちなら美人に生まれる権利なんかないんだ。ほんとにきれいだからな……あの女はなんでも持ってる。公平じゃない……」

II

デイリー・ブラーグ紙の社交欄からの抜粋

レストラン〈私のおばさんの家《シェ・マ・タント》〉で夕食を楽しむ人々のなかには美しきリネット・リッジウェイ嬢の姿もあった。同席者は貴族令嬢ジョアナ・サウスウッド、ウィンドルシャム卿、トビー・ブライス氏。周知のとおり、リッジウェイ嬢はメルウィッシュ・リッジウェイとアンナ・ハーツの令嬢で、祖父レオポルド・ハーツの莫大《ばくだい》な財産を相続した。美貌のリネットはいま社交界の注目の的で、近々婚約が発表されるとの噂もある。なるほどウィンドルシャム卿はまさに恋の虜《とりこ》といった風情だった。

III

ジョアナ・サウスウッドが言った。

「ねえ、このお屋敷、完璧にすばらしいものになるわね！」

ジョアナは、田園邸宅《カントリー・ハウス》ウォード・ホールのリネットの寝室で椅子にすわっている。窓の外に目をやれば、視線は庭園を越えて、その向こうにひろがる青く煙った森林地帯へと吸いこまれていく。

「けっこういいでしょう？」とリネットは応じた。

リネットは窓台に両腕をのせていた。その顔には意欲と生気と活力がみなぎっている。横にならぶと、ジョアナはいささか生彩に欠けた。この長身で痩せた若い女は二十七歳。面長な顔は賢そうに見え、眉毛を部分的に抜いて奇抜な形に整えている。

「それにさっそく大々的に手を入れて！　設計技師を何人も雇ったの？」

「三人よ」

「設計技師ってどんな感じ？　そう言えばわたし、ひとりも知らないかも」

「可もなく不可もなくってところかな。考え方が非現実的だと思うことがあるけど」

「あなたの感化でそのうち直るわ！　あなたくらい現実的な人はいないから！」

ジョアナは鏡台から真珠のネックレスをとりあげた。

「これはやっぱり天然ものなんでしょうね」

「もちろんよ」

「あなたには〝もちろん〟だろうけど、たいていの人にはそうじゃないのよ。養殖真珠か、ウールワース（日用雑貨店のチェーン）の偽真珠をつけるの。ねえ、これほんとにすごいわね。粒がきれいにそろって。さぞかしお高いんでしょうねえ！」

「ちょっと俗っぽいと思わない？」

「全然そんなことない――純粋な美そのものよ。いくらぐらいするの？」

「五万ポンドくらいかしら」

「なんてすてきな大金！　これ盗まれるの怖くない？」

「ううん。だっていつも身につけているし――保険もかけてあるから」

「ねえ、食事が始まるまでつけさせてもらっていい？　なんだかぞくぞくしちゃう」

　リネットは笑った。

「もちろん、いいわよ」

「ねえ、リネット。わたしほんとにあなたが羨《うらや》ましいわ。すべてを持ってるんだもの。二十歳《はたち》の若さで、誰からも命令されない身分で、うんとお金があって、きれいで、健康で。おまけに頭もいい！　あなた、いつ二十一になるの？」

「来年の六月よ。ロンドンで成人祝いのパーティーを盛大にひらくつもり」

「そしてチャールズ・ウィンドルシャムと結婚するわけね？　うるさいゴシップ記者どもがいまから大はしゃぎしてるわ。ウィンドルシャム卿はほんとにあなたにぞっこんみたいね」

リネットは肩をすくめた。

「どうなるかわからない。ほんとはまだ誰とも結婚したくないのよ」

「それ、わかるわかる。奥さまになっちゃうといろいろ違ってくるものねえ」

電話がけたたましく鳴り、リネットはそちらへ足を運んだ。

「はい。なに？」

執事の声が言った。

「ミス・ド・ベルフォールからお電話でございます。おつなぎしますか？」

「ベルフォール？　ああ、もちろん。つないでちょうだい」

カチリと音がして、声が届いてきた。勢いこんだ、低めの、軽く息を切らした声だ。

「もしもし？　ミス・リッジウェイ？　リネット？」

「ジャッキー！　ずいぶん長く音沙汰《おとさた》がなかったじゃない！」

「ええ。ごめんなさい。ねえ、リネット、とっても会いたいのよ」

「こっちへ来ればいいじゃない。わたし、新しい玩具《おもちゃ》を買ったの。見せてあげる」

「行きたいと思ってたの」

「だったら汽車か車に飛び乗りなさい」

「うん、そうする。ものすごくおんぼろの二人乗り自動車で行く。十五ポンドで買ったのよ。調子よく走る日もあるけど、気まぐれなの。お茶の時間までに着かなかったら、車がむずかってるんだと思って。じゃ、あとでね」

リネットは受話器を置き、ジョアナのところへ戻った。

「いまのは昔からの友達で、ジャクリーヌ・ド・ベルフォールっていうの。パリの修道院でいっしょだったのよ。すごく運が悪い子でね。お父さんはフランスの伯爵《はくしゃく》で、お母さんはアメリカ南部の出身なんだけど、お父さんはよその女の人と駆け落ちして、お母さんはウォール街の大暴落で全財産をなくしちゃったの。ジャッキーは完全に一文無しなのよ。この二年間どうやって生き延びてきたのかわからないわ」

ジョアナはリネットの爪磨きで暗い血の色に塗った爪を磨いていた。それから首を傾けて、できばえを調べた。

「ねえ」ジョアナはゆっくりと言った。「そういうつきあいって厄介《やっかい》じゃない？　わたしは友達が不運にみまわれたら、すぐ縁を切ることにしてるのよね。薄情だって思われるかもしれないけど、そのほうがあとで面倒なことにならずにすむのよ。そういう人は決まって借金を申しこんできたり、裁縫の仕事を始めてぞっとするような服を買ってくれと言ってきたりするの。絵付けをしたランプシェードとか、ろうけつ染めのスカーフとか」

「じゃ、もし明日わたしが破産したら、あなたはわたしとの縁を切るわけ？」

「切るわよ。わたしその辺は正直よ。わたしはうまくいっている人しか好きじゃない。たいていの人はそうよ――はっきり言わないだけで。みんなこう言うの。『もうメアリーとはつきあえない（まあ、メアリーでも、エミリーでも、パメラでもいいけど）。あの子、苦労を背負《しょ》いこんで可哀想だけど、僻みっぽくなっちゃったんだもの！』」

「あなたってずいぶんねえ、ジョアナ！」

「わたしはもっと上の暮らしをめざしてるだけ。みんなと同じよ」

「みんなって言うけど、わたしはそんなのめざしてないわ」

「そりゃ当然よ！　あなたはガツガツする必要がないもの。美人だし、アメリカの財産管理人のおじさまたちが年に四回たっぷりお小遣いを送ってくれるし」

「でも、ジャクリーヌのことはあなたの見立て違いよ。あの子はたかり屋じゃないわ。わたしは助けてあげる気があるけど、向こうが辞退するわよ。ものすごくプライドが高いから」

「じゃ、どうしてそんなに急いで会いたがるのかな。きっと何か頼みこんでくるわよ。まあ見てらっしゃい」

「そう言えば、なんだかすごく興奮してたわね」リネットは認めた。「ジャッキーはどうかするとカッとなるところがあったわ。あるとき誰かをペンナイフで刺したことがあったのよ」

「あら、ゾクゾクする話じゃない！」

「男の子が犬をいじめてて、ジャッキーはやめさせようとしたの。でも、やめないから、その男の子の体をひっぱったり、揺さぶったりしたけど、向こうのほうが力が強いでしょう。だから、とうとうペンナイフを出して、ぶすっと。男の子はものすごい声を出したわ」

「そりゃそうよね。めちゃくちゃ痛そう！」

リネットのメイドが寝室に入ってきた。すみません、とつぶやきながら、衣装箪笥《だんす》からドレスを一枚とりだし、それを持って出ていった。

「どうしたの？」ジョアナは訊いた。「マリー、泣いてたけど」

「可哀想な子！　前にも話したと思うけど、あの子、エジプトで働いてる男と結婚したがってたのね。でも、その男の素性をよく知らないみたいだったから、だいじょうぶな人かどうか、わたしが人に確かめさせたの。そしたら奥さんがいたのよ――三人の子供も」

「あなたってあちこちに敵をつくってるんでしょうね」

「敵？」リネットは怪訝《けげん》な顔をした。

ジョアナはうなずきながら、リネットの煙草を一本勝手にとった。

「そう、敵よ。あなたってどんなことでも憎らしいほど手ぎわよくやるし、正しいことをするのがものすごく得意じゃない」

リネットは笑った。

「何を言ってるの。わたしには敵なんてこの世にひとりもいないわよ」

Ⅳ

ウィンドルシャム卿は一本の針葉樹の下にすわり、優雅な造りのウォード・ホールにまなざしを注いでいた。古い世界の美しさを損なうものは何ひとつない。新しい増改築部分は正面からは目に入らない裏手にあるからだ。秋の陽射しを浴びているのは汚れのない穏やかな風景である。とはいえ、ウィンドルシャム卿が見ているのは、もはやウォード・ホールではなく、それ以上の威容を誇るエリザベス朝の邸宅だった。広々とした庭園と、その背後の荒涼とした野原……。それは卿自身の一族の領地チャールトンベリーの眺めであり、前景にはひとつの人影が立っている——それは輝く黄金色の髪を持ち、顔に熱い自信をみなぎらせた若い女……チャールトンベリーの女主人となったリネットの姿だ！

ウィンドルシャム卿は希望に胸をふくらませていた。リネットのあの拒絶は、決定的なものではない。もう少し時間が欲しいという意思表示だ。自分としては、少しぐらい待ってもいい……。

これは何から何までけっこうずくめの話なのだ。財産のある女との結婚が望ましいということは当然あるにしても、そういう金銭的な目的のために自分の感情を無視するということはしないつもりだ。自分はリネットを愛している。仮にあの娘がイギリスで指折りの富豪ではなく一文無しであっても、妻にしたいと思うだろう。だが、幸いにして、彼女はイギリスで指折りの富豪なのだ……。

ウィンドルシャム卿は将来の楽しい計画に思いをはせた。ロクスデイル狐狩り会の会長職を買うのもいいし、屋敷の西棟の修復もしたい。スコットランドの猟場を人に貸す必要もなくなるだろう。

ウィンドルシャム卿は陽の光のなかで夢を見た。

V

　四時に、おんぼろの小さな二人乗り自動車が、砂利をきしませながら停止した。おりてきたのは、小柄でほっそりした若い女で、暗い色の髪がもじゃもじゃしていた。女は階段を駆けあがり、呼び鈴の鎖を引いた。

　数分後、牧師のような執事が女を横長の荘重な客間に案内してきて、しかるべき哀調を帯びた口調でこう告げた。「ミス・ド・ベルフォールがいらっしゃいました」

「リネット！」

「ジャッキー！」

　ウィンドルシャム卿は少し離れたところに立ち、燃えあがる火のような小柄な娘が両腕をひろげてリネットに飛びつくのを、好意的な目で見ていた。

「ウィンドルシャム卿――わたしの親友のミス・ド・ベルフォールです」

　まだ可愛い子供だなと卿は思った――美しい娘というわけではないが、黒っぽい縮れ毛に大きな目と、魅力的なのは間違いない。

ウィンドルシャム卿は如才《じょさい》なくお愛想を口にしたあと、若い友人同士がふたりきりになれるよう、さりげなく部屋を出ていった。

　ジャクリーヌはまるで襲いかかるようにまくしたてた。リネットがよく覚えている、いかにもジャクリーヌらしい興奮の仕方だった。

「ウィンドルシャム？　ウィンドルシャム？　じゃ、あの人が、あなたの結婚相手だってしょっちゅう新聞に書いてある人なのね！　ほんとに結婚するの、リネット？　結婚するの？」

　リネットはつぶやくように言った。

「するかもしれない」

「わあ、おめでとう！　とってもいい人そうじゃない」

「ねえ、勝手に決めないで――わたしはまだ決心してないんだから」

「そりゃそうよね！　女王さまは熟慮に熟慮を重ねて夫君を選ぶのよね！」

「ばかなこと言わないでよ、ジャッキー」

「だってあなたは女王さまだもの、リネット！　あなたはいつだってそうだった。女王陛下《サ・マジェステ》。リネット女王《ラ・レーヌ・リネット》。金髪の女帝リネット《リネット・ラ・ブロンド》。で、わたしは――わたしは女王さまの相談相手！　女王さまが信頼している侍女なの」

「もうジャッキーったら、ばかばかしい！　それより最近どうしてたの？　姿を消して、手紙もくれないで」

「手紙を書くのは嫌いだから。最近どうしてたかっていうと、ほとんどずっと身を沈めていたのよ。仕事の世界に。陰気な顔の女たちが働く、陰気な仕事の世界にね」

「ねえ、困ってるのならどうして――」

「女王さまにおすがりしないのかって？　じつは、きょう来たのはそのためなの。ううん、お金を借りに来たんじゃない。まだそこまでにはなってないから！　でもひとつ、とっても大きな、大事なお願いごとがあるのよ！」

「話して」

「あなたがウィンドルシャム卿と結婚するのなら、たぶんわかってくれるはずよ」

リネットは一瞬不審そうな顔になったが、すぐに表情が晴れた。

「ジャッキー、ひょっとして――？」

「そう。わたし婚約したの！」

「そうなのね！　なんだか生き生きしてると思ったのよ。あなたはいつもそうだけど、きょうはいつも以上だわ」

「わたしいま幸せいっぱいなの」

「相手の人のことを話して」

「名前はサイモン・ドイル。体が大きくて、がっちりしていて、とっても素朴で、少年みたいで、可愛いのよ！　でも、貧乏なの――お金がないの。いわゆる〝地方の名家〟の出なんだけど――貧乏になっちゃった名家だし――長男じゃないし。一族の地所はデヴォンシャーにあって、彼は田舎とか田舎っぽいことが大好きなの。なのにこの五年ほどはシティー（ロンドンの商業・金融の中心地）の息のつまりそうな会社で事務をとっていたの。その会社が人減らしをして、それで彼、失業しちゃった。ねえリネット、彼と結婚できないのなら、わたし死ぬつもりなの！　死ぬの！　死ぬの！　死んじゃうの……！」

「ばかなこと言わないの、ジャッキー」

「きっと死ぬつもりよ！　わたし彼に夢中なの。彼もわたしに夢中なの。ふたりとも、お互いなしでは生きていけないの」

「もう、そんなに思いつめて！」

「ええ。凄《すさ》まじいでしょ？　恋にとりつかれたら、もうどうしようもなくなるのよ」

ジャクリーヌはしばらく黙った。暗い色の目を大きく見ひらき、不意に悲劇的な表情になった。それから小さく身震いした。

「ときどき――怖くなるのよ！　サイモンとわたしはお互いのために生まれてきたの。

わたしは彼以外の人なんか絶対に好きにならない。だから助けてほしいのよ、リネット。あなたがここの地所を買ったと聞いて、それである考えが浮かんだの。ねえ、領地の管理人って必要でしょ？——ひとりか、もしかしたらふたりくらい。その仕事をサイモンにあげてほしいのよ」

「まあ！」リネットは驚いた。

ジャクリーヌは急《せ》きこんでつづける。

「彼、そういうのは得意なのよ。領地のことならなんでも知ってるの——自分もそういうところで育ったんだもの。専門の訓練も受けてるし。ね、リネット、お願い、彼にその仕事をさせてあげて。使い物にならないと思ったら馘《くび》にしてくれていいから。でも彼きっとうまくやると思う。わたしたちは小さな家に住む。わたしはあなたにしょっちゅう会える。これですべてがとってもうまくいくのよ」

ジャクリーヌは立ちあがった。

「ね、リネット、そうすると言って。美しいリネット！　背の高い金髪のリネット！　わたしのうんと特別なリネット！　そうすると言って！」

「ジャッキー——」

「そうしてくれる？」

リネットは吹きだした。

「ほんとにおかしな子！　その人を連れてきてちょうだい。まず本人を見て、話はそれからよ」

ジャクリーヌはリネットに飛びつき、猛烈にキスを浴びせた。

「わたしのリネット——あなたはほんとの親友よ！　そのことはわかってた。絶対わたしをがっかりさせないって、わかってた。あなたは世界一すてきな人よ。じゃ、もう行くね」

「ねえジャッキー、泊まっていくんでしょ？」

「え？　ううん、泊まっていかない。ロンドンに帰って、明日サイモンを連れてまた来るから、話を決めましょ。彼のこときっと気に入るはずよ。ほんとに可愛い人なの」

「でも、せめてお茶ぐらい飲んでいかない？」

「だめだめ。そんな悠長なこと。わたし、もう興奮しちゃって。すぐ帰ってサイモンに話さなくちゃ。自分でも病的だってわかってる。でも仕方ないのよ。結婚したら治るんじゃないかな。結婚って熱さましの効果があるみたいだもの」

ドアロでふり向き、駆け戻って、リネットをぎゅっと抱きしめた。

「ああ、リネット——あなたはふたりといない親友よ」

Ⅵ

こぢんまりした当世風のレストラン〈シェ・マ・タント〉のオーナー、ガストン・ブロンダン氏は、どのお客も丁重に持てなすわけではなかった。裕福な客であれ、容姿端麗な客であれ、悪名高い客であれ、高貴な生まれの客であれ、氏から特別扱いを受けたいと願ってもなかなかその望みはかなわない。氏が腰を低くして出迎え、特別にとっておかれた席まで案内し、こうした場合にふさわしい会話をかわすのは、ごくひと握りのお客に対してだけだ。

この夜、ブロンダン氏がそのような態度で歓迎したお客は三人いた。ひとりはさる公爵夫人、もうひとりは競馬好きで有名な貴族、残るひとりは黒い大きな口髭《くちひげ》をはやした、どこか滑稽《こっけい》な感じのする、小柄な男だった。この最後の人物は、ちょっと見たところ〈シェ・マ・タント〉で厚遇される人物のようには思えなかっただろう。

ところがブロンダン氏は、この人物にたっぷりとサービスをするのである。

三十分ほど前から、来店した客はただいま満席でございますと言われていたが、まるで魔法のように、特別いい場所に空きテーブルがひとつ現われたらしい。ブロンダン氏はその小柄な客をいそいそとした態度《アンプレスマン》でそこへ案内した。

「あなたさまには当然いつもお席をご用意しておりますよ、ムッシュー・ポアロ！　もっとちょくちょくお越しいただければうれしいのですが！」

　エルキュール・ポアロはにこにこしながら過去のある事件を思いだした。その事件にはひとつの死体と、ひとりの給仕と、ブロンダン氏と、きわめて美しいひとりの女性がからんでいたのだった。

「どうもご丁寧にありがとう、ムッシュー・ブロンダン」

「きょうはおひとりですか、ムッシュー・ポアロ？」

「ええ、ひとりです」

「では、ここに控えるジュールがささやかなお食事の組み立てをお手伝いいたしますが、そのお食事は詩に――紛れもない詩になりますですよ！　ご婦人を同伴されますと、それが魅力的な方の場合は特にそうですが、お食事から気をそらされてしまいがちですからね！　きょうはたっぷり楽しんでいただけますよ、ムッシュー・ポアロ、お約束いたします。さて、ワインですが――」

　給仕長のジュールもまじえて細かな相談がなされた。

立ち去る前、ブロンダン氏は未練ありげなようすで、内密の話をするように声を低めた。

「いま何か重大な事件を手がけておいでなので？」

ポアロは首を横にふった。

「嘆かわしいことに、わたしは暇な人間なのです」と小声で答えた。「働き盛りのときに倹約をしたので、遊んで暮らせる身分になりましてね」

「それはお羨ましい」

「いやいや、こういう生活をするのは賢いことではありません。傍《はた》で思うほど楽しくはないのです」ポアロはため息をついた。「暇があるとつい、いろいろ物を考えてしまいます。人間は物を考えるという重荷を逃れるために労働を発明した、というのは真理ですね」

ブロンダン氏は両手をはねあげた。

「でも暇があればやれることがいろいろありますでしょう！　旅行とか！」

「ええ、旅行ね。もうけっこうやっていますよ。この冬にはエジプトへ行く予定です。気候がすばらしいそうですね！　霧と雨に閉ざされた灰色の単調な世界から逃れることができます」

「ああ、エジプト！」ブロンダン氏はため息とともに詠嘆した。

「確かいまは、イギリス海峡を除けば、海など渡らず鉄道だけで行けるようですね」

「おや、海。海はお嫌いですか？」

ポアロは小さく身震いをしてうなずいた。

「わたしもです」ブロンダン氏は声に共感をこめた。「胃が妙な具合になりますのでねえ」

「しかし胃もいろいろですね！ どんなに揺れても何も感じない人がいます。むしろ揺れるのが楽しいという人も」

「神さまは不公平でございますね」

ブロンダン氏は悲しげに首をふり、罰当《ばちあ》たりにも頭のなかで神を非難しながらテーブルを離れていった。

何人かの給仕が、滑らかな足運びと器用な手さばきで立ち働いた。メルバ・トースト、バター、アイス・ペールなど、高級な食事への添え物がすべてついていた。

黒人の楽団が突然、奇妙な不協和音を含んだ喜悦の音楽を奏ではじめる。ロンドンが踊った。

ポアロは舞う人たちを眺めながら、整然と秩序だった頭にその印象を記録した。

ほとんどの顔はなんと倦《う》み疲れた表情を浮かべていることか！　体格のいい男のなかには楽しそうな者もいるが……パートナーである女たちはみな退屈そうな顔をしている。ただひとりだけ、紫色のドレスを着た太った女は喜色満面だ……。どうやら脂肪というものは、スタイルのいい女には望めないある種のものを——強烈な楽しみや喜びを——代償として与えてくれるらしい。

若い人たちもけっこういた——うつろな顔の人——うんざり顔の人——なかにははっきりと不幸そうな人もいる。若いことは幸福だなどというのは見当違いもはなはだしい。青春時代はいちばん傷つきやすい時期なのだ。

ポアロの視線はある男女の上にとまったときに和《なご》んだ。長身で肩幅の広い青年と、ほっそりした華奢《きゃしゃ》な娘——じつに似合いのカップルだ。ふたりの体は完璧な幸福のリズムで動いていた。それはこの場所にいること、この時間を過ごしていること、そしてふたりでいることから来る幸福だった。

不意にダンスが終わった。拍手があって、また始まった。さらに二曲踊ったあと、ふたりはポアロのそばのテーブルに戻ってきた。

若い女は顔を上気させて笑っていた。彼女がすわるとき、ポアロは男を見あげるその笑顔をじっくり観察することができた。

その目には笑い以外の何かもあった。

ポアロは不審そうに首を横にふった。

「あの娘は愛しすぎている」とポアロは思った。「それは危うい。危ういことだ」

それからある地名が耳に入ってきた。エジプト、と。

ふたりの声ははっきり聞こえた――娘の声は若く、生き生きとして、押しが強く、Rの音に外国風の響きがかすかにあり、男の声は耳に心地よく、低い調子で、英語には育ちのよさが感じられた。

「わたしは卵が孵《かえ》る前にヒヨコを数えてるわけじゃないのよ、サイモン。リネットは絶対わたしたちを失望させないって言ってるの！」

「ぼくが彼女を失望させるかもしれない」

「そんなばかなこと――あなたにぴったりの仕事じゃない」

「じつはぼくもそうだと思ってるんだ……自分の能力を疑っちゃいないよ。きっとうまくやるつもりだ――きみのために！」

若い女は小さく笑った。純粋な喜びに満ちた笑いだった。

「わたしたちは三ヵ月間待つ――あなたが叩きだされないのを見きわめる――それから――」

「それからぼくは、〝この地上に持つすべての財産を汝に与える〟（結婚式の誓いの言葉）――そこが大事なところだよね」

「わたしたちはエジプトへ新婚旅行に行く。費用のことなんか問題じゃない！　わたしは昔からエジプトへ行ってみたかったの。ナイル川、ピラミッド、砂漠……」

男はやや不明瞭な声で言った。

「いっしょにエジプトを見よう、ジャッキー……いっしょに。きっとすばらしいよ」

「どうなのかな。わたしにとってと同じように、あなたにもすばらしいかな。あなたはほんとに――わたしと同じくらいこのことを大事に思ってるのかな」

若い女の声が不意に鋭くなった――目が見ひらかれた――ほとんど恐怖にとらわれたように。

男の声も同じ鋭さで響いた。「ばかなこと言わないでくれ、ジャッキー」

しかし、女はまた言った。「どうなのかな……」

それから肩をすくめた。「踊りましょ」

エルキュール・ポアロは胸のうちでつぶやいた。

「愛している女と愛させている男《ユンヌ・キ・エム・エ・アン・キ・ス・レッス・エメ》。そう、わたしも、どうなのかなと思うね」

Ⅶ

ジョアナ・サウスウッドが言った。

「で、それがろくでもない男だったら？」

リネットはかぶりをふった。「それはだいじょうぶよ。ジャクリーヌの趣味は信用できるから」

ジョアナはつぶやいた。

「ああ、でも恋は盲目ってことがあるからねえ」

リネットはいらだたしげに首を横にふる。それから話題を変えた。

「さてと、例の計画のことでミスター・ピアスに会いに行かなくちゃ」

「計画って？」

「おぞましい不衛生な古い民家が何軒かあってね。そこの住人を移転させて、取り壊すつもりなのよ」

「公衆衛生の問題を考えるなんて、あなたは公共心に富んだ人ねえ！」

「どのみち立ち退《の》いてもらわなきゃ困るのよ。そこからわたしの新しいプールが丸見えなんだもの」

「住人は立ち退きに同意してるの？」

「ほとんどの人は喜んで立ち退くと言ってるわ。でも一軒か二軒、ばかな人たちがいて――ほんとに厄介。よそへ移ったほうがずっと暮らしやすくなるのに！」

「それはあなたがあんまり高飛車に出るからじゃない？」

「そんなことないわ。ほんとにあの人たちの得になることなのよ」

「ええ、そうなんでしょうね。でもそれって強制的な慈善よね」

眉をひそめるリネットを見て、ジョアナは笑った。

「あなたは暴君なの。認めなさい。なんなら恵み深い暴君と呼んでもいいけど！」

「わたしは暴君なんかじゃない」

「でもなんだって思いどおりにするじゃない！」

「そうでもないわ」

「リネット・リッジウェイ、あなたはわたしの顔をまっすぐに見て、自分の思いどおりにできなかったことをひとつでも挙げられる？」

「そんなのいくらでもあるわよ」

「そうよね、〝いくらでも〟ね。あっさりおっしゃるわ。でも具体例はなし。そりゃいくら考えても思いつかないでしょうよ！　黄金の御車《みくるま》で意気揚々と進むリネット・リッジウェイですものねえ」

リネットは口調を鋭くした。

「わたしのことを自分勝手な人間だと思ってるの？」

「ううん、ただ――逆らえない人なのよ。財産と魅力が合わさって。あなたの前ではすべてが無力になる。お金で買えないものも微笑みで買えちゃう。その結果、〝すべてを持つ女リネット・リッジウェイ〟ができあがるわけ」

「ばかなこと言わないで、ジョアナ！」

「あら、すべてを持ってってほんとじゃないって言うの？」

「そうだろうけど……なんだか感じの悪い言い方！」

「そりゃあ感じが悪いわよ。たぶんあなたもだんだん飽きて退屈になってくるでしょうね。せいぜいそれまでのあいだ、勝ち誇って黄金の御車を乗りまわしているのね。でも、これほんとに興味津々なんだけど、そのうちあなたが立入禁止の札のある通りを歩きたくなったらどうなるかしらねえ」

「変なこと言わないでよ、ジョアナ」そこへウィンドルシャム卿が入ってくると、リネットは彼のほうを向いて言った。「ジョアナがとってもひどいことを言うのよ」

「ちょっと意地悪を言ってみただけよ」ジョアナは独り言のように言って椅子から立った。そして無言で部屋を出ていった。ウィンドルシャム卿の目がぎらりと光るのを見たのだった。

ウィンドルシャム卿はしばらく黙っていたが、やがてずばり訊いた。

「もう決心はつきましたか、リネット？」

リネットはゆっくりと言った。

「わたし、ひどい態度をとってます？　たぶん、決心がつかないのなら、ノーとお答えすべき――」

卿はさえぎった。

「それは言わないでください。時間をかけてくれていいのです――好きなだけ。ただ、思うのですが、わたしたちは幸せになれるはずですよ」

「でも」リネットの口調は、子供が言い訳をするときのそれに近かった。「わたし、いまがとっても楽しいんですもの――特にここが手に入ってから」手をひとふりした。「わたしはウォード・ホールを、自分の理想どおりのカントリー・ハウスにしたいんです。どうかしら、とってもすてきになったと思いません？」

「美しいです。すばらしい計画のもと、すべてが完璧です。あなたはとても聡明な人だ、リネット」

そしてちょっと間を置いてから、こうつづけた。

「しかし、チャールトンベリーもいいでしょう？　もちろん、少し今風に直さなければならないでしょうが――あなたにはそういう方面の才能がありますからね。きっと楽しめますよ」

「ええ、もちろん。チャールトンベリーはすばらしいですわ」

リネットはさも気がありそうに答えたが、内心では不意に寒気を覚えていた。何か異様な音が鳴り響いて、人生への完全なる満足感がかきみだされたのだ。

これがどういう感情なのか、その場では分析しなかったが、ウィンドルシャム卿が帰ったあとで、自分の心の奥深くに探りを入れてみた。

チャールトンベリー――そう、それだ――チャールトンベリーのことを持ちだされたから嫌な気分になったのだ。でも、なぜ？　チャールトンベリーはけっこう有名な領地だ。ウィンドルシャム家はエリザベス朝時代からそこの主《あるじ》だった。チャールトンベリーの当主の奥方になれば社交界で格別の地位を占めることになる。ウィンドルシャム卿はイギリスで指折りの望ましい結婚相手なのだ。

もちろん卿はウォード・ホールなど軽く見ているだろう……チャールトンベリーの城館とはそもそも比較の対象にならないからだ。

でも、ウォード・ホールはわたしのものだ！　自分の目で見て気に入り、買いとり、あれこれ増改築した。大金をつぎこんだ。これはわたしの所有物、わたしの王国だ。

けれど、ウィンドルシャム卿と結婚してしまえば、この屋敷など不要になる。カントリー・ハウスがふたつあっても仕方がない。ふたつのうちどちらかを手放すとすれば、それはウォード・ホールということになるだろう。

そうなれば、わたし、リネット・リッジウェイも存在しなくなる。巨額の持参金とともにチャールトンベリーの当主に嫁ぎ、ウィンドルシャム伯爵夫人となる。もはや女王ではなく、王妃になるのだ。

「女王さまだなんて笑止千万よ……」

とはいえ、ウォード・ホールを手放すのがなぜここまで嫌なのかは、興味深い問題だった……。

それともうひとつ、心にひっかかっていることがありはしないだろうか。

ジャッキーが思いつめた声で言ったあの言葉。「彼と結婚できないのなら、わたし死ぬつもりなの！　死ぬの！　死ぬの！　死んじゃうの……！」

あの揺るぎない一途《いちず》な思い。わたしはあんな感情をウィンドルシャム卿に抱いているだろうか？　それはない、と断言できる。わたしがあんなふうに誰かのことを思うことなんて一生ないのかもしれない。でも、あんなふうな感情を持つということは……きっとそれは……すばらしいことに違いない……。

ひらいた窓から自動車の音が聞こえてきた。

リネットはいらだたしげに身を震わせた。きっとジャッキーだ。恋人を連れてきたのだ。外に出て、出迎えてあげよう。

ひらいた玄関の前に立つと、ジャクリーヌとサイモン・ドイルが自動車をおりてきた。

「リネット！」ジャクリーヌが駆け寄ってきた。「これがサイモン。サイモン、この人がリネットよ。世界一すばらしい人」

リネットが見たのは、長身で、肩幅の広い、若い男だった。濃い青の目、強くカールした茶色い髪、角ばった顎《あご》、そして少年のような、素朴で魅力的な微笑み……。

リネットは手を差しだした。それを握ってきた手は力強く温かかった……。自分を見つめてきた男のまなざしには好感が持てた。うぶで純粋な敬慕がこもっていた。

男はジャッキーから、リネットはすばらしい人だと聞かされていただろうが、明らかにいま自分でもそう感じているようだった……。

陶酔を誘う、温かな、甘い感情が、リネットの血管のなかを流れた。

「この屋敷、すてきでしょう？」リネットは言った。「さあ入って、サイモン。わたしの新しい領地管理人をきちんと歓迎させて」

先に立って案内すべく身をひるがえしながら、リネットは思った。「なんだかとっても――怖いくらいに心がはずむ。わたし、ジャッキーの恋人が好き……この人がものすごく好き……」

それから突然、胸が痛んだ。「ジャッキー《ラッキー》・ジャッキー――って運がいい子……」

VIII

ティム・アラートンは籐椅子《とういす》の背にもたれ、あくびをしながら海を眺めやった。それから脇にいる母親を横目でちらりと見た。

アラートン夫人は御年五十歳、容姿端麗な、白髪の婦人である。息子を見るときには必ず口もとを厳しく引きしめて、強い愛情を注いでいる事実を隠そうとする。けれども、見ず知らずの他人ですらこの策略に騙《だま》されることはめったになく、ティム自身もちゃんと見透かしていた。

ティムは言った。

「ほんとにマヨルカ島が気に入ってるんですか、お母さん?」

「まあねえ――」アラートン夫人は考えた。「費用が安くあがるから」

「でも寒いでしょう」ティムは小さく身震いをした。

ティムは背の高い痩せた青年で、髪は褐色、胸幅はかなり狭い。口もとにはとても甘い魅力があり、目は憂いを帯び、顎は優柔不断な印象を与える。手は細長くて繊細だ。

数年前に肺病になりかけて以来、すっきりと健康になったことは一度もない。一応〝物を書いている〟ということになっているが、友人たちのあいだでは、どんなものを書いたかと尋ねることはしない習わしになっていた。

「何を考えているの、ティム?」

アラートン夫人は明敏《アラート》だ。よく光る暗褐色の目に疑いの色がさした。

ティムは母親ににっこり笑いかけた。

「エジプトのことを考えてたんです」

「エジプト?」アラートン夫人は怪訝そうに訊いた。

「暖かい気候。けだるい金色の砂漠。ナイルの流れ。ぼくはナイル川をさかのぼってみたいんですよね。お母さんはどうです？」

「まあ、それもいいけど」夫人の口調はそっけない。「エジプト旅行はお金がかかるでしょう。倹約して暮らさなくちゃいけない人間には向いていないわ」

ティムは笑った。立ちあがって、のびをした。不意に生き生きとして意欲に満ちているように見えた。声に興奮が混じっていた。

「費用はぼくが持ちますよ。だいじょうぶ。株式市場にちょっとした動きがありましてね。とてもいい結果が出たんです。けさ、知らせが来たんですが」

「けさ？」アラートン夫人は鋭く訊き返した。「でも、けさ来た手紙は一通だけで、それは——」

夫人は言いさして唇を噛《か》んだ。

ティムは一瞬、面白がるべきか、むっとすべきか、迷う顔になった。が、面白がるほうが勝ちを制した。

「——ジョアナからのもの」ティムは冷静にあとを引きとる。「そのとおりです、お母さん。まるで探偵の女王といったところですね！　お母さんがそばにいたら、かのエルキュール・ポアロもうかうかしていられないでしょう」

アラートン夫人は不機嫌な顔になった。

「たまたま字が見えて、筆跡からわかっただけですよ――」

「これは株屋の筆跡《て》じゃない、と。まあそうですね。じつは仲買人からの手紙はきのう届いたんです。ジョアナの字はかなり特徴がありますよね――酔っぱらったクモが封筒の上を歩きまわった跡みたいで」

「ジョアナはなんと書いてきたの？　何か知らせでもあって？」

アラートン夫人はごく普通の声を出そうと努めた。息子が又従妹《またいとこ》のジョアナ・サウスウッドとつきあうことに、以前からいらだちを覚えていた。普段から夫人がよく言うように、ふたりのあいだに〝何かありそう〟だからではない。そんな関係でないことには確信がある。ティムがジョアナに恋心的な関心を示したことはないし、ジョアナがティムにそんなそぶりを見せたこともない。気が合うのは、ともにゴシップ好きで、共通の友人知人がたくさんいるから、ということのようだ。ふたりとも人が好きで、人の噂をするのが好きなのだ。ジョアナは、ちょっと辛辣《しんらつ》だが、話が面白い。

ジョアナが訪ねてきたり、手紙をよこしたりすると、いつもアラートン夫人は少し身構えてしまうのだが、それは何もティムがジョアナに恋してしまうのを恐れているからではないのである。

その感情は、説明するのがむずかしいが――もしかしたら、ティムがジョアナとのつきあいを心底楽しんでいるらしいことに対する無意識の嫉妬《しっと》かもしれない。本当に仲のいい親子なので、夫人としては、息子が誰か女の人に強い関心を示すと、ちょっとびっくりする。そして自分がそばにいると、若い人たちの邪魔になるのではないかと気をまわしたりもするのだ。熱心に話しこんでいたふたりが、夫人の姿を見て、急に会話の調子を落とし、まるで義務感からのように、ことさらに強く誘って夫人を話の輪に入れようとする、ということがよくあった。はっきり言って、夫人はジョアナが好きではない。何かジョアナは不誠実で、わざとらしくて、すべてが表面的という感じがする。夫人はそのことをずばり指摘してやりたくてたまらなくなることがあった。

ジョアナがなんと書いてきたのか答えるため、ティムはポケットから手紙を出して、ざっと目を通した。ずいぶん長い手紙ね、と夫人は思った。

「たいしたことは書いてませんよ」ティムは言う。「デヴェニッシュさん夫婦が離婚するとか、モンティが自動車の酔っぱらい運転でつかまったとか。ウィンドルシャム卿はカナダへ行ったそうです。リネット・リッジウェイにふられたのが、かなりこたえたみたいですね。リネットは間違いなく例の領地管理人と結婚する気ですよ」

「まあ、びっくりね！　それ、やくざな男なの？」

「いいえ、全然。デヴォンシャーの、ドイル家の人です。もちろん、お金はないし――

そもそもリネットの親友と婚約していた男ですよ。そこはかなりひどい話ですね」

「そういうのはどうかと思うわ」アラートン夫人は顔を赤らめながら言った。

ティムはやさしい目でちらりと母親を見た。

「わかりますよ。ほかの人の夫を盗むとか、その種のことを認められないたちですよね、お母さんは」

「わたしたちの若いころには道徳の規準というものがありました」と、アラートン夫人。「それはとってもいいことなのよ！　近ごろの若い人たちは、なんでもやりたいことをやっていいと思ってるのね」

ティムは微笑んだ。「思ってるだけじゃない。やるんです。疑う者は、見よ《ウィデー》、リネット・リッジウェイを！」

「おお、嫌だ嫌だ！」

ティムは母親に目くばせした。

「がんこな保守主義者がんばれ！　でも、ぼくもまあ賛成かな。とにかく他人の奥さんや婚約者に手を出したことはありませんからね」

「あなたは絶対しないでしょうね」アラートン夫人は言った。それから、声を励ましてつけ加えた。「あなたのことはきちんと育てたから」

「じゃ偉いのはお母さんですね。ぼくじゃなく」

ティムはからかうように母親に笑いかけながら、便箋《びんせん》を折りたたんで封筒に戻し、ポケットにしまった。一瞬、アラートン夫人の頭をこんな考えがよぎった。「ほとんどの手紙は見せるのに、ジョアナからのは一部を読んで聞かせるだけだわ」

だが、埒《らち》もない考えは頭の奥にしまいこみ、いつもどおり淑女らしくふるまおうと思い定めた。

「ジョアナは人生を楽しんでいるの？」

「そこそこね。メイフェアに総菜屋《デリカテッセン》を出そうと思ってるみたいですよ」

「あの人、お金がないって言うのが口癖だけど」アラートン夫人は言葉に少量の悪意をまぶす。「いろんなところへ顔を出すから、きっと洋服代がたいへんね。いつも着飾って」

「いや、あれはたぶんお金を払ってないな。と言っても、お母さん、お母さんのような、享楽的なエドワード朝の人が想像するようなことじゃないですよ。文字どおり、請求書が来ても払わないって意味です」

アラートン夫人はため息をついた。

「どうしてそんなことができるのかしらねえ」

「一種の特別な才能ですよ」とティム。「度はずれの派手好みで、まともな金銭感覚のない人間だと、どんな大金でもツケにしてもらえるんです」

「そうだとしても、結局はサー・ジョージ・ウォードのように破産することになるのよ」

「お母さんはあの博労《ばくろう》のじいさんに甘いですよね——ひょっとして、一八七九年ごろに舞踏会で〝薔薇《ばら》の蕾《つぼみ》〟のようだとかなんとか言ってもらったせいですか？」

「一八七九年だとわたしはまだ生まれていませんでした」夫人は勢いこんで訂正した。

「サー・ジョージは礼儀作法をわきまえた魅力的な方です。博労のじいさんなんて呼ぶのは許しませんよ」

「あの人のことでは事情通の人たちからおかしな話をいろいろ聞いてますよ」

「あなたもジョアナも、人がどんな噂を流されていても平気なのね。意地悪な話ならなんでも面白がるんだから」

ティムは眉をつりあげた。

「お母さん、ずいぶん熱くなりますね。ウォードじいさんをそんなにご贔屓《ひいき》だとは知らなかったなあ」

「ウォード・ホールを手放すことになって、あの方がどんなに辛《つら》かったか、あなたたちにはわからないのね。あそこをそれはそれは大事に思ってらしたのよ」

反論は簡単にできたが、ティムは自制した。結局のところ、人のことをとやかく言える身ではないのだ。そこで、考えにふけりながら話す口調でこう言った。「まあでも、お母さんの考えはあながち間違ってないのかな。リネットが手を入れた屋敷を見に来てくださいと招待したら、はねつけるみたいに断わってきたそうですよ」

「それはそうですよ。そんな招待をするほうが間違ってます」

「サー・ジョージはかなり恨んでると思いますね——リネットを見るたびに、口のなかでぶつぶつ愚痴《ぐち》るそうです。古ぼけた先祖伝来の屋敷を高い値段で買ってもらったのに、それが赦《ゆる》せないっていうんでしょうかね」

「あなたにはその気持ちがわからないの？」夫人は語気鋭く言う。

「はっきり言って」ティムは穏やかに言った。「わかりませんね。なぜ過去に生きるんです？　なぜ昔のことにしがみつくんです？」

「過去をなくしたあとは何で埋め合わせればいいというの？」

ティムは肩をすくめた。「興奮ですかね。新しいものを求めるんです。きょうは何が現われるかわからないということを毎日楽しむんです。相続したつまらない土地建物に満足していないで、自分でお金を稼ぐ——自分の頭脳と技術を使ってね」

「今回みたいに株で儲《もう》ければいいってことね！」

ティムは笑った。「べつにいいでしょう？」

「株で同じくらい損することもあるけど、それはどうなの？」

「嫌なことを言いますね。きょうそういうことをおっしゃるのは野暮ですよ……ね、どうです、エジプト行き」

「そうねえ――」

ティムはにっこりして先回りした。「じゃ、決まりだ。お母さんもぼくも、前からエジプトを見たいと思ってたじゃないですか」

「いつがいいと思うの？」

「そりゃ来月ですよ。あそこは一月がいちばんいいんです。それまでは、あと何週間か、このホテルで楽しい人たちとおつきあいができますよ」

「ティム」アラートン夫人はとがめる口調で言い、それから、うしろめたそうにつづけた。「じつはわたし、ミセス・リーチに約束しちゃったのよ。警察へいらっしゃるときは息子にお供させますって。あの方、スペイン語がおできにならないから」

ティムは顔をしかめた。

「例の指輪の件ですか？　因業な金持ち《ホースリーチ》の娘の、血の色をしたルビーの指輪。あれは盗まれたんだって、まだ言い張ってるんですか? そりゃ行けとおっしゃるなら行きますがね。時間の無駄ですよ。疑われているメイドが可哀想です。ぼくはあの日、ミセス・リーチがあの指輪をはめて海に入るのをちゃんと見てましたからね。海で落っことしたのに気づかなかったんですよ」

「でも間違いなくはずして、鏡台に置いていったっておっしゃってるのよ」

「いや違いますね。ぼくはこの目で見ましたから。ミセス・リーチはばかな人ですよ。十二月に海に飛びこむ女はみんなばかです。たまたまお日さまが明るく照ってたって、水が温かいわけじゃない。そもそも太った女の人が海水浴をするのを許しちゃいけませんね。水着姿が見ていて不愉快だもの」

アラートン夫人はつぶやいた。

「わたしも海水浴はやめたほうがいいのよね」

ティムは大きな笑い声をあげた。

「お母さんですか? お母さんはたいていの若い女に余裕で勝ちますよ」

アラートン夫人はため息をついた。「このホテルに若い人がもう少しいればねえ。あなたのためにいいんだけど」

ティムはきっぱりと首を横にふった。

「ぼくはいいです。誰にも邪魔されずにお母さんとふたりで快適に過ごせていますから」

「ジョアナならいいんでしょう」

「とんでもない」ティムの否定は意外なほど明確だった。「お母さんは思い違いをしてます。ジョアナは、話は面白いけど、ぼくはべつに彼女が好きじゃないし、そばにいると神経に障《さわ》るんだ。ここにいないのはありがたいですよ。二度と会えないとなっても、あっさり諦《あきら》められるでしょうね」

それから、声をひそめてつけ加えた。

「ぼくが心から敬意を抱いて称賛する女性は世界にただひとりです。それが誰なのかは、ようくご存じでしょう、ミセス・アラートン」

アラートン夫人は顔を赤らめて当惑をあらわにした。

ティムは重々しい口調で言った。

「本当の淑女は世界にそう多くはいませんが、お母さんはたまたまそのひとりなんです」

IX

ニューヨークのセントラル・パークを見おろすアパートメントの一室で、ロブスン夫人は感嘆の声をあげた。

「まあ、とってもすてきなお話じゃないの！　あなたはものすごく運がいいわ、コーネリア」

娘のコーネリア・ロブスンは顔を赤らめた。

大柄で、不器用そうで、茶色い目は従順な犬の目だ。

「ええ。とってもすてき！」

独身の老女マリー・ヴァン・スカイラーは、貧しい親類である母娘《おやこ》の、この場合にふさわしい反応を見て、満足げに首を傾けた。

「わたし、前から一度ヨーロッパへ行ってみたかったんです」コーネリアはため息をついた。「でも、絶対に行けないような気がしてました」

「もちろん、いつもどおり、ミス・バワーズにも同行してもらうんだけど」とミス・ヴァン・スカイラーは言う。「話し相手としては――もの足りないんですよ。コーネリアなら細々したことも頼めるだろうし」

「ええ、それはもう喜んで、マリーおばさま」コーネリアは意気込みを見せた。

「それじゃ話は決まったわね」とミス・ヴァン・スカイラー。「ちょっとミス・バワーズを呼んできてくれる？　そろそろエッグノッグの時間だから」

コーネリアは席を立った。

母親のロブスン夫人が言った。

「マリー、ほんとにどうもありがとう！　わたし、コーネリアはみなさんとのおつきあいの面でぱっとしないことに悩んでいると思うの。あの子、そのせいできっと傷ついてるのよ。わたしがあちこち連れてってあげられればいいんだけど——ネッドが亡くなってからはそういうわけにもいかないから」

「あの子を連れていけてわたしもうれしいのよ」ミス・ヴァン・スカイラーは言った。「コーネリアはいつもやさしくて、器用で、喜んで用事をしてくれる子だもの。近ごろの若い人は自己中心的な人もいるけど、あの子はそうじゃないしね」

ロブスン夫人は立ちあがり、裕福な親類であるミス・ヴァン・スカイラーの皺《しわ》だらけの黄色みを帯びた顔にキスをした。

「本当にどうもありがとう」

ロブスン夫人は階段の途中で、背の高い有能そうな女と行き会った。女は泡立つ黄色い液体を入れたグラスを手にしている。

「ミス・バワーズ、あなたも行くのね？」

「はい、ミセス・ロブスン」

「すてきな旅になるわね！」

「はい、とても楽しいだろうと思います」

「いままで外国へ行ったことは？」

「はい、ございます、ミセス・ロブスン。去年の秋、ミス・ヴァン・スカイラーとパリへ行きました。でもエジプトははじめてです」

ロブスン夫人はためらった。

「その――何も――問題が起きなければいいけれど」

低い声だった。

だが、ミス・バワーズは普通の声で答えた。

「だいじょうぶです、ミセス・ロブスン。そのことにはしっかり気をつけますから。わたしはいつもちゃんと目を光らせることにしています」

それでも、ゆっくりと階段をおりていくロブスン夫人の顔には、まだかすかな影がさしていた。

X

同じくニューヨークの、こちらはダウンタウン。アンドリュー・ペニントン氏はオフィスで自分宛ての郵便物に目を通していた。一通の手紙を読んでいた氏は、片手を拳《こぶし》に握り、デスクに叩きつけた。顔が真っ赤になり、額に血管が浮きだした。デスクの上のブザーを押すと、頭のよさそうな秘書が賞賛に値するすばやさで現われた。

「ロックフォードに来てもらってくれ」

「はい、ミスター・ペニントン」

数分後、ペニントンの共同経営者《パートナー》、スターンデイル・ロックフォードが入ってきた。ふたりは似ていないこともない——どちらも背が高く、痩せていて、頭は白髪まじり、きれいに髭を剃《そ》った聡明そうな顔をしている。

「なんだい、ペニントン？」

ペニントンは読み返している手紙から目をあげて言った。

「リネットが結婚したよ……」

「なんだって？」

「聞こえたろう！　リネット・リッジウェイが結婚したんだ！」

「ええ？　いつ？　なぜ事前に知らせてこなかった？」

ペニントンは机上のカレンダーを見た。

「この手紙を書いたときはまだ結婚してなかったが、いまはもう結婚している。式は四日の朝。つまりきょうだ」

ロックフォードはどさりと椅子に腰を落とした。

「いやはや！　だしぬけだな！　何も言ってなかったんだろう？　相手は誰だ？」

ペニントンはまた手紙を見た。

「ドイル。サイモン・ドイル」

「どういう男だ？　聞いたことのある男かい？」

「いや。手紙にもたいしたことは書いてない……」ペニントンは端正な筆跡の文面を目でたどった。「何か内密に相談したいことがあるらしいが……それはどうでもいい。とにかく重要な点は、彼女が結婚したということだ」

ふたりの目が合った。ロックフォードがうなずき、

「これはちょっと考えないとな」と静かに言った。

「どうしたらいい？」

「こっちが訊きたいな」

ふたりは黙りこんだ。

それからロックフォードが言った。

「何かいい案はないか？」

ペニントンはゆっくりと答えた。

「ノルマンディー号がきょう出航するから、わたしたちのどちらかが行く。いまなら間に合うはずだ」

「なんだって？　それはどういう案だ？」

ペニントンは説明しかけた。

「あのイギリスの弁護士どもが――」そこで言いさす。

「なんなんだ？　連中とやり合う気じゃないだろうな。それは無謀だぞ！」

「きみに行ってもらうのは――いや、わたしでもいいが――イギリスじゃない」

「どういうプランなんだ？」

ペニントンは便箋をテーブルの上でのばした。

「リネットは新婚旅行でエジプトへ行く。ひと月くらい向こうにいるらしい……」

「エジプト——？」

ロックフォードは考えた。それから顔をあげてペニントンと目を合わせた。

「エジプト。そういうことか！」

「そう——偶然会ったことにする。こっちも旅行中ということでね。リネットとご亭主は——新婚気分だ。うまくいくかもしれない」

ロックフォードは疑わしげな口調で言う。

「リネットは鋭いからな……でも——」

ペニントンは声を小さくした。「方法はあるんじゃないかと思う——なんとかやれる方法が」

ふたりはまた目を合わせる。ロックフォードがうなずいた。

「よし、いいだろう」

ペニントンは時計を見た。

「急がないと——どっちが行くにしても」

「きみが行ってくれ」ロックフォードはすぐさま言った。「リネットと気が合うのはきみだ。〝アンドリューおじさん〟のほうだ。それがいい！」

ペニントンは顔をこわばらせた。

「うまくやればいいが」

ロックフォードが言った。

「やらなくちゃいけない。〝状況〟は差し迫ってるんだ……」

XI

ウィリアム・カーマイケルは、痩せこけた若い男がドアをあけて御用をうかがう顔を覗かせると、こう言った。

「ミスター・ジムを呼んできてくれ」

ジム・ファンソープが部屋に入ってきて、尋ねる顔で伯父《おじ》を見た。伯父はうなずき、うなるような声で言った。

「うむ、来たか」

「何か御用ですか?」

「ちょっとこれを見たまえ」

ファンソープは椅子に腰かけ、テーブルの上の書類を引きよせた。カーマイケル氏は甥《おい》をじっと見る。

「どうだね」

返事はすぐに来た。

「臭いますね」

カーマイケル・グラント・アンド・カーマイケル法律事務所の上級共同経営者《シニア・パートナー》、カーマイケル氏は、またいつもの「うむ」で受けた。

ファンソープは、エジプトから航空便で届いたばかりの手紙をもう一度読んだ。

……こんな日に事務上の手紙を書かなくてはならないとはなんの因果かしらと思います。わたしたちは一週間、ここカイロのメナ・ハウス・ホテルで過ごし、そのあいだにファイユームの見物にも行きました。あさってにはナイル川を汽船でさかのぼってルクソール、アスワンと訪ねます。そのあとはハルツームまで足をのばすかもしれません。けさ、クック旅行代理店へ切符の手配に行ったら、誰と会ったと思います？　わたしのアメリカの財産管理人、アンドリュー・ペニントンです。二年前に彼がロンドンへ来たとき、あなたもお会いになったはずです。彼がエジプトに来ているなんてわたしは知りませんでしたが、彼もわたしがいるとは思っていなかったばかりか、わたしが結婚したことも知りませんでした！　結婚を知らせるわたしの手紙が着く直前に、出発したようです。彼はわたしたちと同じ船でナイルの旅をする予定だとか。すごい偶然だと思いませんか？　さて先だってはお忙しい時期にいろいろお骨折りいただき、どうもありがとうございました。わたしは——

ジム・ファンソープが二枚目の便箋に移ろうとしたとき、カーマイケル氏が手紙をとり戻した。

「もういい。あとはいいんだ。どう思う？」

甥はちょっと考え——それから言った。

「まあ——これは——偶然じゃないですね……」

伯父は、そのとおり、とうなずいた。

「エジプト旅行をしたいかね？」と急に声を高める。

「それがいいと思いますか？」

「時間の余裕がないと思うんだ」

「でも、なぜぼくなんです？」

「脳みそを使いたまえ、脳みそを。リネット・リッジウェイはきみに会ったことがない。

ペニントンもきみを知らない。飛行機で行けばたぶん間に合うだろう」

「でも――嫌だなあ。何をするんです？」

「目を使う。耳を使う。脳みそを使う――あればの話だがな。必要とあらば――行動する」

「どうも――嫌ですねえ」

「嫌かもしれん――しかし、やらねばならん」

「それは――必要ですかね？」

「わたしの考えでは」カーマイケル氏は言った。「絶対に必要なことだ」

XII

オッターボーン夫人は、頭に巻いた、土地の伝統的生地でできたターバンを直しながら、不平たらたらの口調で言った。

「エジプトへ行ったたってべつにいいじゃないの。あたしはもうエルサレムに飽きちゃったのよ」

娘が無言なので、さらに言った。

「話しかけられたら、返事ぐらいしたらどうなの？」

娘のロザリー・オッターボーンは、新聞に載っている顔写真を見ていた。写真の下にはこんな文章がある。


サイモン・ドイル夫人は、結婚前は社交界の美女、リネット・リッジウェイとして有名だった。ドイル夫妻はエジプトで新婚旅行を楽しむ予定。


ロザリーが言った。「お母さん、エジプトへ行きたいの？」

「そうだよ」オッターボーン夫人は嚙みつくように答えた。「このホテルのあたしたちの扱いようといったらひどいからね。あたしがここに泊まっていれば宣伝になる――だから特別に割引するのは当然なのよ。なのに、それとなくそのことを言ったら、あんな失礼なことを――ほんとに失礼なことを。だからこっちも思ってることをはっきり言ってやったわ」

ロザリーはため息をついた。

「どこも似たようなものだけど。出るのならすぐに出たいわ」

「けさだってそうよ」とオッターボーン夫人は言いつのる。「支配人が言ってきたの。当ホテルは全室が前から予約されています、お客さまがたにもこの部屋を二日後に出ていただかなければなりませんって」

「じゃ、どのみちよそへ移らなくちゃいけないのね」

「そんなことない。あたしは自分の権利のために断固戦うつもりよ」

ロザリーはつぶやいた。「もうエジプトへ行っちゃうのがいいんじゃないかしら。どこだって同じなんだし」

「確かにこんなこと、生きるか死ぬかの問題じゃないからね」

しかし、その考えは完全に間違っていた——これはまさしく生きるか死ぬかの問題なのだった。

第二部　エジプト

1

「あの人、私立探偵のエルキュール・ポアロよ」アラートン夫人が言った。

夫人と息子のティムは、アスワンにあるカタラクト・ホテルの前庭で、真っ赤に塗られた籐椅子にすわっていた。彼らがいま、うしろ姿を見送っているのは、ふたりの人物――白いシルクのスーツを着た背の低い男と、長身で細身の若い女だ。

ティム・アラートンはめずらしく敏捷《アラート》な動きで背を起こした。

「あのおかしな小男が？」信じられないという口調だ。

「そう、あのおかしな小男が！」

「こんなところで何してるのかな」

母親は笑った。「まあ、そんなに興奮して。男の人ってどうして犯罪が大好きなの？

わたしは探偵小説なんて嫌いだから読みません。でも、ムッシュー・ポアロは秘密の仕事で来ているんじゃないと思うわ。うんとお金が貯まったから諸国漫遊を楽しんでらっしゃるのよ」

「ホテルでいちばんの美女に目をつけたみたいですね」

アラートン夫人はちょっと首をかしげて、向こうへ歩いていくポアロ氏と若い女の背中を眺めた。

若い女は、横にならんだポアロより十センチほど背が高い。背筋をことさらにのばすでもなく、猫背になるでもない、優美な歩き方だ。

「かなりきれいな人ねえ」アラートン夫人は言った。

そしてティムをちらりと横目で見た。面白いことに、魚はたちまち食いついてきた。

「かなりどころじゃない。ただ気難しそうな顔が残念だな」

「たまたまそんな表情をしただけかもしれないでしょう」

「きっと性格の悪い嫌な女ですよ。きれいなことはきれいだけど」

噂の女はポアロの横をゆっくりと歩いていた。この若い女、ロザリー・オッターボーンは、閉じた日傘をもてあそびながら、確かにティム・アラートンがいま評したような顔をしていた。拗《す》ねているようにも怒っているようにも見えた。眉根をよせて、赤い唇の両端を下へ引きおろしている。

ふたりはホテルの門を出ると左に折れ、公園の涼しい木陰に入った。ポアロは上機嫌な顔をし、やさしい口調でしゃべっていた。丹念にプレスした白いシルクのスーツに身を包み、パナマ帽をかぶり、人造琥珀《こはく》の柄に毛の房をつけた、凝った装飾の蝿払《はえはら》いを手にしている。

「――もううっとりしますね」とポアロは言っていた。「エレファンティネ島の黒々とした岩、太陽、川面《かわも》の小さな船。そう、生きていることはすばらしいです」

ちょっと間を置いてからこう尋ねた。

「そうお思いになりませんか、マドモアゼル？」

ロザリーはしらけた返事をした。「まあまあですわ。アスワンは憂鬱《ゆううつ》なところだと思います。ホテルは半分空で、泊まっている人はみんな百歳くらい――」

言いさして――唇を噛んだ。

ポアロの目が悪戯《いたずら》っぽく光った。

「そのとおりです、はい。わたしも片足を棺桶に突っこんでいます」

「いえ――その――あなたのことじゃないんです。すみません。失礼なこと言って」

「失礼なことはありません。あなたが同年輩のお仲間を欲しがるのは自然なことですよ。

でも、少なくともひとり、若い男性がいますね」

「いつもお母さんの横にすわってる人でしょう？　お母さんのほうはすてきだけど――男の人は嫌な感じです――自惚《うぬぼ》れが強そうで！」

ポアロはにやりと笑った。

「わたしも――自惚れが強そうですか？」

「いえ、そんなこと思いません」

明らかにどうでもよさそうだった――が、ポアロは気にするふうもなく、淡々と、満足げにこう言った。

「わたしの親友は、わたしのことをとても自惚れが強いと言います」

「それはまあ」ロザリーは曖昧《あいまい》に言った。「あなたが自惚れてもいい何かをお持ちだからでしょうね。残念ながら、わたし、犯罪には全然興味ないですけど」

ポアロは厳粛めかして言った。

「あなたにはうしろめたい秘密が何もないと知ってうれしいです」

一瞬、ロザリーの仮面のような不機嫌顔が表情を変えて、ポアロのほうへ、問いかけるような視線をすばやく投げた。ポアロは気がつかなかったのか、話題を変えた。

「あなたのお母さまはきょう、お昼を食べにいらっしゃらなかった。お加減でも悪いのですか？」

「このホテルが合わないんです」ロザリーは簡単に答えた。「早く出たいですわ」

「わたしたちは旅の仲間になるんですよね？　第二急湍《セカンド・カタラクト》に近いワディ・ハルファまで」

「ええ」

公園の木陰を出て、川べりの埃《ほこり》っぽい道を歩く。抜け目なさそうなビーズ売りが五人、絵葉書売りがふたり、石膏《せっこう》の黄金虫《スカラベ》売りが三人、貸し驢馬《ろば》屋の少年がふたり、つきまとってきた。少し離れて、貧しい子供たちが何かを期待して、ぞろぞろついてくる。

「ビーズいらんかね。きれいだよ。安いよ……」

「奥さん、スカラベいらんかね。これ女王さまの虫。縁起いいよ……」

「ほら見て――本物のラピス。上等よ。安いよ……」

「驢馬乗らんかね。これ、いい驢馬よ。名前、ウィスキー・ソーダよ……」

「花崗岩《かこうがん》の石切り場、案内するよ。これ、いい驢馬よ。ほかの驢馬悪いよ、あの驢馬こけるよ……」

「絵葉書いらんかね――安いよ――きれいだよ……」

「奥さん、見てこれ……たった十ピアストル――安いよ――ラピス――これ象牙《ぞうげ》……」

「これ上等の蝿払い――これぜんぶ琥珀よ……」

「舟乗らんかね。いい舟あるよ……」

「奥さんホテル戻るかね？　これ一級の驢馬よ……」

ポアロは曖昧な手ぶりで、これら人間蝿の群れを払いのけた。ロザリーは商人たちのあいだを夢遊病者のような足どりでふらりふらりと歩いた。

「目も耳も不自由なふりをしてるのがいちばんですよね」とロザリーは言う。

貧しい子供たちが脇を駆けながら、哀れっぽい小声でねだってきた。

「心づけ《バクシーシ》、心づけ《バクシーシ》。ヒップ・ヒップ・フレー――いいよー、きれいだよー……」

ひらひらする子供たちのボロ服は、色遣いが明るくて、絵画的な興趣に富んでいた。群れをなす蝿がさかんに彼らの瞼《まぶた》にたかっている。

子供たちがいちばん粘り強かった。物売りたちは引きさがり、つぎの一団に襲いかかる。ポアロとロザリーは、今度は店をかまえた商人たちから挑戦を受けた――この人たちのほうが言葉が達者で説得力がある……。

「どうぞごらんになって」「象牙のワニいかがですか」「うちははじめてですか？　きれいなものがたくさんありますよ」

ふたりは五軒目の店に入った。ロザリーが写真のフィルムを何本か店主に渡す――これが彼女の散歩の目的だった。

店を出ると、川岸のほうへ足を向けた。ナイル川を航行する汽船が一隻、係留作業をしていた。ポアロとロザリーは乗客たちを興味深く眺めた。

「けっこう乗客が多いですね」ロザリーは言った。

ティム・アラートンがそばにやってくると、ロザリーはそちらに顔を向けた。ティムは早足で歩いてきたのか、軽く息をはずませている。

しばしの沈黙のあと、ティムが口をひらいた。

「例によってろくでもない連中でしょうね」と、おりてくる乗客たちを蔑《さげす》んだ。

「たいていぞっとしない人たちですよね」とロザリーも同調した。

三人とも、先に来た者が新しく着いた者を見るときの優越感を覚えているようだった。

「あっ！」ティムが不意に興奮した声を出した。「あれはリネット・リッジウェイじゃないか！」

ポアロは無感動だったが、ロザリーは興味をかきたてられた。前に身を乗りだし、曇りのとれた顔で、こう訊いた。

「どこ？　あの白い服の人？」

「そう。背の高い男といっしょの。船をおりてきますね。あれが結婚したばかりの男でしょう。苗字はなんだったかな」

「ドイル」とロザリー。「サイモン・ドイルよ。新聞に載ってたわ。リネットさんって、とってもお金持ちなんでしょう？」

「まあ、若い女の人ではイギリスでいちばん裕福でしょうね」ティムはうきうきした調子で言った。

三人は乗客たちが上陸してくるのを黙って見ていた。ポアロは若いふたりが噂した女性を興味深げに眺めて、こうつぶやいた。

「美しい人です」

「なんでも持ってる人っているんですね」ロザリーは苦い口調で言った。

そして妙に恨みがましい表情を顔に浮かべながら、渡り板を渡ってくるリネットに目を注いだ。

リネットは、まるでレビューの舞台の中央に立つ花形歌手のような完璧な装いだった。そして演劇界の名女優のように自信にあふれてもいた。どこへ行ってもみんなに見られ、賞賛され、つねに舞台の真ん中に立つことに慣れているように見えた。

刺すような視線を向けられていることも意識しているが――同時にそれを無視しても

いる。そんな見られ方も人生の一部なのだった。

陸《おか》にあがったリネットは役を演じた。それは無意識の演技だった。新婚旅行を楽しむ裕福で美しい社交界の華。顔を横に向け、小さな笑みを浮かべて、かたわらにいる背の高い男に何か言った。男が返事をすると、その声が、ポアロの興味を惹《ひ》いたらしかった。探偵は目をあげ、眉根をよせた。

夫妻が近づいてきた。ポアロの耳にサイモン・ドイルの声が入ってきた。

「なんとか時間をつくろうよ。ここが気に入ったら一、二週間いてもいいんだから」

男はリネットに顔を向けていた。熱心な、愛情のこもった、少し謙虚な顔だった。

ポアロは思案しながら、男に視線を走らせた——たくましい肩、褐色に陽灼《ひや》けした顔、ダークブルーの目、子供っぽくすらある素朴な微笑。

「運のいい男ですよ」夫妻が通りすぎたあと、ティムが言った。「扁桃炎《へんとうえん》でも偏平足《へんぺいそく》でもない金持ちの令嬢をつかまえるとはね！」

「とても幸せそうですね、あのふたり」ロザリーは羨望《せんぼう》のにじむ声で言った。それからぼそっとつけ加えた言葉は、あまりにも小声だったのでティムには聞こえなかった。

「公平じゃないわ」

ポアロにはその声が聞こえた。先ほどから当惑ぎみに眉をひそめていた探偵は、ロザリーにすばやく視線を投げた。

ティムが言った。

「さてと、母が注文したものをとりに行かないと」

帽子を軽く持ちあげて挨拶《あいさつ》をし、歩み去った。ポアロとロザリーはまた貸し驢馬屋を追い払いながら、ホテルのほうへぶらぶら引き返しはじめた。

「なるほど、公平ではないですか、マドモアゼル」ポアロはやさしく言った。

ロザリーはむっとして顔を赤くした。

「なんのことかしら」

「あなた、先ほど小声でおっしゃったでしょう。ええ、おっしゃいましたよ」

ロザリーは肩をすくめた。

「でも実際、ひとりで何もかも持っているなんてどうなんでしょう。お金、美貌、すばらしいスタイル、それに――」

そこで言いさしたので、ポアロがつづけた。

「それに愛情。そういうことですか？　しかし彼女はお金のおかげで結婚できただけかもしれませんよ！」

「でも、ミスター・ドイルが彼女を見たときの目、ごらんになったでしょう？」

「ええ、見ましたとも、マドモアゼル。見るべきものはすべて見ました――あなたが見ていないものまでね」

「なんですか、それ？」

ポアロはゆっくりと言った。「マダム・ドイルの目の下にできた隈《くま》です、マドモアゼル。それから日傘を強く握りしめて白くなっている手の関節……」

ロザリーはポアロの顔を見つめた。

「それはどういうことですの？」

「それが意味するのは、光るもの必ずしも金《きん》にあらず、ということ――つまりあの女性は裕福で美しくて愛されていますが、それでも何かがうまくいっていないのです。それにわたしはべつのことも知っています」

「と言うと？」

「わたしはですね」ポアロは眉をひそめた。「以前、あるとき、ある場所で、確かにあの声を聞いたことがあるのです――ムッシュー・ドイルの声を――どこでだったか思いだせればいいのですが」

だが、ロザリーは聞いていなかった。ぴたりと立ちどまってしまっていた。日傘の先でさらさらの砂の上に模様を描いていた。それから不意にはげしい言葉を吐きだした。

「わたしって嫌な人間。ほんとに嫌な人間。まるでけだものだわ。わたし、あの人の服をはぎとってやりたい。あのきれいで偉そうで自信たっぷりな顔を踏んづけてやりたい。つまらない嫉妬と言われるでしょうけど——そんな気持ちなんです。あの人は、腹が立つほど全部うまくいっていて、落ち着いていて、堂々としてるんです」

ポアロはこの感情の爆発にいささか驚いたようだった。ロザリーの腕をとって、やさしく揺さぶった。

「さあ——それだけぶちまけたら少し気が楽になったでしょう」

「あの人が憎いんです！　はじめて見た人をこれだけ憎んだことはいままでありません」

「それはすばらしい！」

ロザリーはいぶかしげにポアロを見た。それから口もとをひくつかせて、笑いだした。

「それでいいのです」ポアロも笑った。

ふたりは打ち解けた気分でホテルに向かった。

「じゃ、わたし母を捜しに行きます」薄暗くて涼しい玄関ホールに入ると、ロザリーは言った。

ポアロはそのまま建物の奥へ進み、ナイル川に面したテラスに出た。テラスには小さなテーブルがならんでおり、お茶が飲めるが、まだ時刻が早かった。ポアロはしばらくたたずんで川面を見おろしていたが、やがて庭園へおりていった。

暑い陽射しのもと、テニスを楽しむ人たちがいた。ポアロは足をとめてしばしそれを眺め、それから傾斜の急な坂道をおりた。ナイルの岸辺に置かれたベンチにすわっていたのは、ポアロが〈シェ・マ・タント〉で見た若い女だった。すぐにあのときの女だとわかった。あの夜、顔が記憶にしっかりと刻みこまれたのだ。もっとも表情はひどく違っていた。あのときよりも顔は青白く、体はさらに細くなり、目の下には疲労と苦悩のしるしと思われる隈ができていた。

ポアロは少し引き返して距離をとった。女からはまだ見られていない。気づかれないようにしながら、しばらく彼女を観察した。女はいらいらと小さな足で地面を踏みつけていた。目は暗い火をくすぶらせ、苦しみと恍惚の混じった奇妙な色を見せていた。女はナイルの川面を見ていた。そこでは白帆の船が何隻ものぼりくだりしていた。

ひとつの顔——ひとつの声。ポアロはその両方を覚えていた。いまそこにいる若い女の顔と、さっき聞いた新婚の夫の声の両方を……。

ポアロが自分に気づいていない若い女のことを考えていると、劇の新しい場が始まった。

上のほうで声がしたのだ。若い女がベンチからさっと立ちあがった。リネット・ドイルとその夫が坂道をおりてきた。リネットは幸福と自信に満ちた声で話していた。顔から不安と緊張がすっかりとれて、上機嫌だった。

ベンチから立った若い女が一、二歩前に出る。

ドイル夫妻はぴたりと足をとめた。

「こんにちは、リネット」若い女、ジャクリーヌ・ド・ベルフォールが声をかけた。「あなたたちもここへ来てたの！　しょっちゅう会うじゃない。どう、サイモン、元気？」

リネットは小さく声をあげてあとずさりし、岩に背中をつけた。サイモン・ドイルは好男子の顔を不意に怒りでゆがめた。さっと前に出て、細身の少女っぽいジャクリーヌに殴りかかるような勢いを示した。

ジャクリーヌは鳥のようにすばやく首《こうべ》をめぐらし、近くに第三者がいることを相手に警告した。サイモンがふり向き、ポアロに気づいた。

そしてぎこちなく言った。

「やあ、ジャクリーヌ。ここで会うとは思わなかったよ」

説得力がまるでなかった。

ジャクリーヌは白い歯を見せて夫妻に笑いかけた。

「びっくりした?」

それから小さく会釈して、坂道をのぼりはじめた。

ポアロはさりげなく反対の方向へ歩きだした。

途中でリネット・ドイルの声が耳に入ってきた。

「サイモン——ねえ、サイモン——わたしたち——どうしたらいいの?」

2

夕食がすんだ。

カタラクト・ホテルの外のテラスではやわらかな明かりがともっている。宿泊客のほとんどがそこで小さなテーブルについていた。

サイモンとリネットもテラスに出てきた。いっしょにいるのは、背が高く風采《ふうさい》のりっぱな白髪の男で、きれいに髭を剃った顔はいかにもアメリカ人らしい。三人が出入り口のところでしばらく立っていると、近くにいたティム・アラートンが席を立って近づいた。

「きっと覚えていらっしゃらないと思いますが」と愛想よくリネットに話しかける。

「ジョアナ・サウスウッドの親類の者です」

「ああ――気づかなくてごめんなさい。ティム・アラートンさんね。これはわたしの夫です」――かすかに声が震えたのは、高慢のせいか、含羞《がんしゅう》のせいか？――「こちらはアメリカで財産管理をしてくれているミスター・ペニントン」

ティムは言った。

「母を紹介させてください」

数分後、五人は同じテーブルについていた――リネットが隅にすわり、ティムとペニントンが両側からはさんでしきりに話しかけ、彼女の注意を惹こうと競いあう。アラートン夫人はサイモン・ドイルと話していた。

自在扉《スイング・ドア》がひらいた。隅で男ふたりにはさまれ、背筋をのばしてすわっている美しい女が、びくりと緊張した。だが、テラスに出てきたのが小柄な男だとわかると、緊張を解いた。

アラートン夫人が言った。

「このホテルに泊まっている有名人はあなたがただけじゃありませんのよ。あのちょっと面白い感じの小柄な人はエルキュール・ポアロさんです」

気づまりな沈黙を如才なく埋めるためにとっさに口にした軽い言葉だったが、リネットはそれを聞いてはっとしたようだった。

「エルキュール・ポアロ？　ああ――聞いたことがあるわ……」

そう言って放心状態に沈んでいくように見えた。両側の男たちは一瞬、途方にくれた。

ポアロはテラスの端のほうへぶらぶら歩いていったが、まもなく声をかけられた。

「ここへどうぞ、ムッシュー・ポアロ。とってもすてきな夜ね！」

ポアロは招きに応じた。

「そうですね《メ・ウィ》、マダム。じつに美しい夜です」

そう言ってオッターボーン夫人に礼儀正しい微笑みを向けた。夫人の黒い薄絹の服と例のばかげたターバンの珍妙なこと！

オッターボーン夫人は甲高い声で不平を鳴らすように言った。

「ここにはほんとに有名人が大勢いるのねえ。じきにこのことが記事になって新聞に載るでしょうよ。集まったのは社交界の美女たちと高名な小説家たち——」

そこで間《ま》をとって、謙虚ぶった笑いを洩《も》らした。

ポアロは向かいにすわった娘のロザリーが、身をぴくりとさせ、口の両端をいつも以上に不機嫌そうにさげるのを、見た、というより、感じとった。

「いま何か作品を書いてらっしゃるのですか、マダム?」とポアロは訊いた。

オッターボーン夫人はまたわざとらしい笑い声を立てた。

「あたしはとても怠惰なの。そろそろ筆を起こさないといけないのだけれど。読者はだんだんじれてくるし——編集者は、ああ、気の毒な人！しょっちゅう催促の手紙をよこして、電報まで打ってくるし！」

ポアロは薄暗がりのなかでロザリーがまたもぞもぞするのを感じとった。

「あなたになら安心してお話しできるけど、ムッシュー・ポアロ、この旅行は取材旅行でもあるの。『砂漠に降る雪』——これが新作の題よ。力強くて——暗示的な題でしょ。砂漠に——雪が降る——情熱の炎の熱い息に、心はたちまち溶けていく」

ロザリーは何かつぶやきながら立ちあがり、暗い庭園のほうへ行ってしまった。

「人よ、強くあれ」オッターボーン夫人はターバンを巻いた頭をふりながらつづける。「強い肉——あたしの作品はどれもそれがテーマなの。図書館が禁書にしようと——どうでもいい！　あたしは真実を語るのみ。セックス！——ああ！　ムッシュー・ポアロ——なぜ世の人はみなセックスを恐れるのかしら。それこそは宇宙の軸なのに！　あたしの本をお読みになったことはあって？」

「ああ、マダム！　おわかりいただきたいのですが、わたしはあまり小説を読まないのです。仕事柄——」

オッターボーン夫人はきっぱりと言った。

「『無花果《いちじく》の樹の下で』を差しあげますわ。きっと深い意味をくみとっていただけるはずよ。率直な表現をしていますけど——それが現実なの！」

「どうもありがとうございます、マダム。喜んで拝読しますよ」

オッターボーン夫人はしばらく黙りこみ、二重にして首にかけたビーズのネックレスをもてあそんでいた。それから目をすばやく左右に走らせる。

「それじゃ――ちょっと部屋へ行ってとってくるわね」

「いいえ、マダム、どうかお気遣いなく。またあとで――」

「いいえ、かまわないの」夫人は腰をあげた。「いまお見せしたいから――」

「どうしたの、お母さん?」

不意にロザリーが脇に現われた。

「なんでもないの。ムッシュー・ポアロに差しあげる本をとりにいくだけよ」

「『無花果の樹の下で』? わたしがとってくるわ」

「どこにあるか知らないでしょ。あたしが行くから」

「知ってます」

ロザリーは足早にテラスを歩き、建物に入った。

「あなたはお幸せですね、マダム。とても可愛らしいお嬢さんです」ポアロは頭をこっくりさせた。

「ロザリー? ええ、そうね――器量はいいほうね。でも性格がきついのよ、ムッシュー・ポアロ。病人をいたわってくれないの。なんでも自分がいちばんよくわかってると思ってて。あたしの健康のことをあたしよりよく知ってるつもりでいるのよ――」

ポアロは通りかかった給仕に合図した。

「リキュールはいかがです、マダム？　シャルトリューズか、クレーム・ド・マントなど」

オッターボーン夫人はぶるぶる首をふった。

「いえ、けっこう。あたしはほとんど絶対禁酒者と言っていいの。気づいてらっしゃるかもしれないけど、水しか飲まないわ――さもなければ、レモネードか。お酒の味が我慢ならないのよ」

「ではレモネードにしますか、マダム？」

ポアロは注文した――レモネードをひとつ、ベネディクティンをひとつ。

自在扉がひらいた。ロザリーが出てきて、本を手にやってきた。

「はい」と言って母親に本を渡したが、その言い方はびっくりするほどそっけなかった。

「いまムッシュー・ポアロがレモネードを注文してくださったの」とオッターボーン夫人が言った。

「あなたは何にしますか、マドモアゼル？」

「何も」ロザリーはそう答えたあと、こんなぶっきらぼうな返事は失礼だと気づいたようだった。「あの、けっこうです。ありがとうございます」

ポアロは、オッターボーン夫人の差しだす本を受けとった。本にはまだカバーがかかっていた。派手な色遣いで描かれたカバーの絵のなかで、小粋な断髪の、指の爪を真っ赤に塗った女が、エデンの園のイヴの服装で、虎の毛皮にすわっている。そばに立つ一本の木は、葉の形は無花果だが、大きな、現実にはありえない色をしたリンゴの実がいくつもなっていた。

本の題は『無花果の樹の下で』、著者はサロメ・オッターボーン。カバーの袖に刷られた出版社による宣伝文は、この小説が現代女性の性生活を大胆かつ赤裸々に探究していることを熱く謳《うた》いあげ、〝恐れを知らぬ〟とか〝斬新な〟とか〝リアルな〟といった形容詞をちりばめていた。

ポアロは頭をさげた。

「光栄です、マダム」

顔をあげたとき、著者の娘と目が合った。ポアロは思わず小さく身じろぎをした。その顔に苦痛がありありと見てとれたので、驚き、心を痛めたのだ。

そのとき飲み物が運ばれてきて、ありがたいことに空気がほぐれた。

ポアロは優雅な手つきでグラスをかかげた。

「おふたりの健康を祝して《ア・ヴォトル・サンテ》、マダム——マドモアゼル」

オッターボーン夫人はレモネードをひと口飲み、つぶやいた。

「冷たくてさっぱりとして——おいしい」

沈黙がおりた。三人はナイルの川中の黒光りする岩を眺めた。月明かりのもと、それらの岩はどこか幻想的で、有史以前の巨大な生物が体の半分を水の上に出しているようだった。不意にそよ風が吹き、また不意にやんだ。

空気のなかに、みんな静かに、とささやきあうような——何かを予期するような——気配が感じられた。

ポアロは視線をテラスに移して、そこにいる人たちを見た。思い過ごしかもしれないが、そこにも予感に満ちた静まりが感じとれた。主役の女優が舞台に登場するのを観客が待っているときのような時間が流れていた。

そのとき、自在扉がまたひらきはじめた。今回は誰か重要な人物が登場するのだという特別な雰囲気がみなぎるように思えた。誰もが話をやめ、そちらを見た。

暗い色の髪のほっそりした若い女が、ワイン色のイヴニング・ドレス姿で現われた。一瞬立ちどまったあと、悠然とした足どりでテラスを歩き、空いたテーブルについた。

みなの注意を惹こうとするようなようすもなく、身のこなしはごく普通だが、どこか俳優が舞台に登場するときのような、効果を計算する感じがあった。

「おやおや」オッターボーン夫人はターバンを巻いた頭をそちらへぐいと倒した。「なんだか自分をお偉い人だと思ってるようね、あのお嬢ちゃんは！」

ポアロは返事をしなかった。ただじっとそちらを見ていた。若い女は、おそらく意図的に、リネット・ドイルがよく見えるテーブルに陣取った。リネットは前に身を乗りだして何か言い、腰をあげて、席をかわった。いまは、前とは反対のほうを向いている。

ポアロは何か納得したようにうなずいた。

そのおよそ五分後、あの若い女がテラスの反対側の席に移った。煙草を吸いながら、静かに微笑んでいる。満足してくつろいでいるようにも見えるが、その間もずっと、まるで無意識にしているように、もの思わしげな目をリネットに注いでいた。

十五分ほどたったころ、突然リネットが立ちあがり、ホテルの建物のほうへ歩きだした。ほとんどすぐに夫もあとを追った。

ジャクリーヌ・ド・ベルフォールは、ふっと笑い、椅子の向きを変えた。煙草に火をつけ、ナイル川を眺めやった。そしてひとり、思いだし笑いでもするように、ずっと微笑んでいた。

3

「ムッシュー・ポアロ」

ポアロは急いで腰をあげた。ほかの客がみな引きあげたあとも、ひとりテラスに残っていたのだ。沈思黙考しながら、川中のつやつや光る黒い岩を見ているときに、名前を呼ばれてわれに返った。

育ちのよさがうかがえる、自信に満ちた、魅力的な声だったが、いくらか傲慢《ごうまん》な響きも含まれていた。

ポアロはリネットの凛《りん》とした瞳を覗きこんだ。

華美な紫色のビロードの肩掛けを白いサテンのドレスの上からはおったリネットは、ポアロの目に信じられないほど美しく豪奢《ごうしゃ》に見えた。

「ムッシュー・エルキュール・ポアロでいらっしゃいますね」とリネットは言った。

それはほぼ質問ではなかった。

「そうです、マダム」

「わたしのこと、ご存じじゃないかと思うんですけど」

「ええ、マダム。お名前はうかがっております。どなたかは存じていますよ」

リネットはうなずいた。それ以外の返事が来るとは思っていないのだ。それから魅力的な専制君主風の口調であとをつづけた。「いっしょにトランプ遊戯室へいらしていただけませんか、ムッシュー・ポアロ。どうしても聞いていただきたいことがあるんです」

「いいですとも、マダム」

ポアロはリネットのあとから建物に戻った。リネットは誰もいないトランプ遊戯室に入り、ポアロを招き入れると、ドアを閉めてほしいと合図した。それからテーブルのひとつへ行って椅子にすわる。ポアロも向かい合わせに腰かけた。

リネットはずばり本題に入った。逡巡《しゅんじゅん》はまるでなかった。言葉は滑らかに流れでた。

「ご評判はかねがねうかがっています、ムッシュー・ポアロ。とても頭のいい方だってことを知っています。わたし、早急にどなたかに助けていただきたいんです――たぶん、あなたならなんとかしてくださるんじゃないかと思うんですけど」

ポアロは軽く首をかしげた。

「お褒めにあずかり恐縮です、マダム。しかし、わたしはいま休暇中で、休暇中は仕事を受けないことにしているのです」

「そこはご相談させていただけるかと思います」

失礼な言い方ではなかった——が、どんな相談もつねに自分の望む方向でまとめてきた人間の静かな自信がこもっていた。

リネットはつづけた。

「じつは、ムッシュー・ポアロ、わたし、耐えられない嫌がらせを受けているんです。それをやめさせたいんです！　わたしは警察へ行こうと思うんですけど、わたしの——わたしの夫は、警察には何もできないと思っているようなんです」

「もう少し詳しくお話しいただけますか？」ポアロは丁寧な口調で言った。

「ええ、そうします。ごく単純な話なんです」

依然としてためらいはまったくなく——言いよどむこともない。リネット・ドイルは明晰《めいせき》で実務的な頭脳の持ち主だった。できるだけ簡潔に話そうと、しばらく黙って考えていた。

「わたしと出会う前、主人はミス・ド・ベルフォールという人と婚約していました。彼女はわたしの友達でもありました。主人は婚約を破棄しました——結局、どう考えても合わないふたりだったんです。気の毒だけど、彼女にはかなり痛手だったようです……そのことは——本当に気の毒に思いますけど——こういうのは仕方のないことなんです。彼女は、なんというか——脅すようなことを——言いました。わたしはほとんど気にしなかったし、彼女も脅しを実行しようとはしませんでした。ただ、そのかわり、突拍子もないことを始めたんです——わたしたちが行く先々へついてくるという」

ポアロは眉をあげた。

「はあ——かなり変わった——その——復讐ですな」

「とても変わってて——ばかげてます！　でも——まいってしまうんです」

リネットは唇を噛んだ。

ポアロはうなずく。

「なるほど、それは想像できます。あなたがたは、新婚旅行中なのでしたね？」

「ええ。最初は——ヴェネチアででした。彼女が——ホテル・ダニエリにいたんです。わたしはただの偶然だと思いました。かなり気まずかったけど、それだけのことでした。それから、ブリンディジで同じ船に乗り合わせました。どうやら——彼女はパレスチナへ行くらしいとわかりました。だから、わたしたちがその船をおりるとき、彼女は残るのだと思っていました。だけど——わたしたちがカイロのメナ・ハウスに着いたら——

彼女が待っていたんです」

ポアロはうなずいた。

「そのあとは？」

「わたしたちは船でナイル川をさかのぼりました。たぶん――同じ船に乗っているんだろうなと思いましたが、いませんでした。だからわたし、もうああいう――子供じみたことはやめたんだろうと思ったんです。でも、このホテルに来てみたら――ちゃんといて――わたしたちを待っていました」

ポアロはしばらく鋭い目をリネットに据えていた。リネットは完璧に平静を保っていたが、テーブルの縁《ふち》をつかんでいる手の関節が、力の入れすぎで白くなっていた。

ポアロは言った。

「で、この状態がつづくと恐れているのですね？」

「そうなんです」リネットは間を置いた。「もちろん、こんなのはほんとにばかな話です！　ジャクリーヌは自分から進んで人に笑われるようなことをしているんですから。なぜもっと誇りを――自尊心を持たないのかと呆《あき》れます」

ポアロは小さく身じろぎをした。

「ときには、マダム、誇りや自尊心が――そっちのけになることもあるのです。ほかの

――もっと強い感情があるときは」

「そうかもしれません」リネットはいらだちを抑えていた。「でも、こんなことをしてなんの得があるというんです？」

「損得だけが大事とはかぎりませんよ、マダム」

その口調に含まれた何かに、リネットははげしい不快感を覚えたようだった。顔を紅潮させて、早口で言った。

「あなたのおっしゃるとおりです。動機を詮索しても意味はありません。いちばん大事なのはこれをどうやめさせるかです」

「それをどういうふうにやろうとお考えなのですか、マダム？」とポアロは訊く。

「わたしも夫も――当然のことですけど――このまま嫌がらせを受けつづけるわけにはいきません。こういうことには、何か法的な手段をとるべきだと考えています」

リネットは苛々《いらいら》と話す。ポアロは考えるような顔で相手を見ながら訊いた。

「公衆の面前で、はっきりと言葉で脅されたことはありますか？　侮辱的な言葉を投げつけられたことは？　身体に危害を加えられかけたことは？」

「ないですわ」

「それなら、率直に言って、マダム、できることがあるとは思えません。若い女性があちこち観光旅行をしていたら、どの場所にもあなたがたご夫婦がいた――さて《エ・ビヤン》――それがなんだと言うのです？　どこの空気を吸おうと自由ですからね！　私的な領域に押し入ってこられるわけでもない。いつも公の場所で遭遇するのでしょう？」

「つまりできることは何もないと？」

信じられない、という口調だ。

ポアロは穏やかに言った。

「わたしの見るところ、何もありませんね。マドモアゼル・ド・ベルフォールは自分の権利の範囲内で行動しています」

「でも――たまらないんです！　これからもこういうことがつづくなんて、耐えられないんです！」

ポアロは乾いた口調で言った。

「わたしはあなたに同情すべきなのでしょうね、マダム――あなたはいままで何かに耐えることがあまりなかった方のようですから」

リネットは眉をひそめていた。

「何かやめさせる方法が絶対あるはずです」とつぶやく。

ポアロは肩をすくめた。

「移動したらどうでしょうね――どこかほかの場所へ」ポアロは提案した。

「そしたら彼女もついてきます!」

「おそらく――ええ」

「だったら無意味です!」

「まさしく」

「それに、どうしてわたしが――わたしたちが――逃げなきゃいけないんです? まるで――まるで――」

途中でやめた。

「そのとおりです、マダム。まるで――! 要するに問題はそこでしょう?」

リネットは顔をあげてポアロを見つめた。

「どういう意味ですか?」

ポアロは口調を変えた。前に身を乗りだし、内密に、何かを訴えるように、ごくやさしく言った。

「なぜあなたはそんなに気にするのです、マダム?」

「なぜって。たまらないんです! ものすごく腹が立つんです! さっき言ったでしょう!」

ポアロはかぶりをふった。

「全部はうかがっていませんね」

リネットはまた言った。「どういう意味ですか？」

ポアロは椅子の背にもたれ、腕組みをして、感情のこもらない淡々とした調子で言った。

「お聞きなさい《エクテ》、マダム。ちょっとしたお話をしますから。ひと月かふた月前のある日、わたしはロンドンのとあるレストランで食事をしていました。隣のテーブルには若い男女がいました。とても愛しあっていて、とても幸せそうで、自信をもって将来を語らっていました。ひそひそ話を盗み聞きしたわけではありません——ふたりは人の耳などまるで気にせずに話していました。男はこちらに背を向けていましたが、女性のほうは顔が見えました。とても入れこんでいる顔でした。恋をしていたのです——身も心も魂もささげる恋を——軽い恋を何度も繰り返すタイプではないのです。明らかに彼女には、その恋は生きるか死ぬかの問題のようでした。このふたりは結婚の約束をしているようだと、わたしは推測しました。ふたりは新婚旅行の行先を相談していました。そして、エジプトに行こうと計画していました」

そこで言葉を切った。リネットは語気鋭く言った。

「それで？」

ポアロはつづけた。

「これはひと月かふた月前のことですが、その若い女性の顔は──忘れてはいません。もう一度見たらすぐにわかるはずです。若い男の声も覚えています。わたしがそのあと、いつ彼女の顔を見、男の声を聞いたかは、マダム、おわかりになるでしょう。わたしはここ、エジプトで聞いたのです。男は新婚旅行中でした、はい──ただしべつの女性とでした」

リネットが鋭い口調で言った。

「だからどうなんです。その事実関係はもうお話ししたじゃありませんか」

「事実関係は──確かに」

「じゃ、なんなんですか？」

ポアロはゆっくりと答えた。

「ロンドンのレストランで、若い女性は友達のことを話しました──その友達は自分たちを絶対に失望させないと言いました。その友達というのは、マダム、あなただと思いますが」

「ええ。わたしたちが友達だったことは話したはずです」

リネットの顔が赤くなった。

「彼女はあなたを信頼していた？」

「ええ」

リネットはそれだけで黙り、いらだたしげに唇を噛んだ。それから、ポアロが何か言う気配を見せないので、たまらなくなって言った。

「もちろん、彼女には残念な結果になったけど、こういうことは起こるものでしょう、ムッシュー・ポアロ」

「ええ、起こるものです、マダム」ポアロはそこで間を置いてからつづけた。「あなたは英国国教会の信徒ですね？」

「ええ」リネットは軽い当惑を見せた。

「それなら教会で牧師さんが聖書を読むのを聞くことがおありでしょう。ダビデ王が預言者から聞いた話もご存じのはずです。多くの羊と牛を持っている金持ちの男と、一匹の小羊しか持たない貧しい男がいた——その金持ちの男が、貧しい男の小羊をとってしまったという話（旧約聖書『サムエル記』下第十二章一節〜）。あなたがたに起きたのはそれと同じことなのです、マダム」

リネットはさっと背筋をのばし、目を怒りでぎらつかせた。

「何をおっしゃりたいかはよくわかります、ムッシュー・ポアロ！　俗な言い方をすれば、わたしが友達の恋人を奪ったということですよね。あなたの世代の方はどうしても感傷的な物の見方をなさいますけど——そういう見方をすれば——そのとおりだということになるでしょう。でも、厳然たる事実だけを言うなら、それは違います。ジャッキーがサイモンを熱烈に愛していたのは否定しませんけど、サイモンのほうはそれほどでもなかったかもしれないということを、あなたは考慮していらっしゃらないと思います。彼女のことはとても好きだったんでしょうけど、わたしに会う前ですら、あの婚約は間違いだと感じはじめていたと思うんです。曇りのない目で見てください、ムッシュー・ポアロ。サイモンは、自分の愛する相手はこのわたしだと気づいたんです。ジャッキーじゃなくて。それに気づいたとき、彼はどうすればいいというんです。高潔な自己犠牲の精神で、好きでもない女性と結婚すべきなんでしょうか——そんなことをすれば三人の人生が台無しになります——そんな結婚で、彼がジャッキーを幸せにできるかどうかは怪しいんじゃありませんか？　仮にわたしに出会ったとき、彼がもうジャッキーと結婚していたのなら、そのまま夫婦でいつづける義務があるかもしれません——もっとも、それもどうかとわたしは思いますけど。夫婦のどちらかが不幸なら、もうひとりのほうも苦しむことになりますから。でも、婚約にはそこまでの拘束力はありません。間違いだとわかったら、手遅れにならないうちにその事実を直視したほうがいいんです。ジャッキーがとても辛い思いをしたのは認めますし、とても気の毒だと思いますけど——そうなってしまったんです。避けられなかったんです」

「さあ、どうなのでしょうね」

リネットはポアロを見据える。

「どういう意味ですか？」

「とても論理的で理解しやすいです——あなたの言い分は！　しかし、ひとつ説明できていないことがあります」

「それはなんです？」

「あなた自身の態度です、マダム。つきまとわれるあなたの反応は二通りありえます。迷惑に感じるか——あるいは相手に哀れみを感じるか——友達が深く傷ついたために世間的な常識を全部かなぐり捨ててしまったことに対してですね。しかし、あなたの態度は違う。嫌がらせをされることが耐えがたいという——それはなぜか？　理由はひとつしかありえません——あなたが罪悪感を覚えているからです」

リネットはぱっと立ちあがった。

「よくもそんなことを！　ほんとに、ムッシュー・ポアロ、それはひどすぎます」

「いいえ、マダム、わたしはあえて率直に申しあげます！　あなたは自分自身をもごまかそうとしていますが、要するにあなたは友達の恋人を故意に奪ったのだとわたしは考えています。どうです、違いますか？　あなたはひと目見たときからその男性に強く惹かれた。しかし、あなたは一瞬ためらったはずです——自制するか、そのまま突き進むか、選ぶ余地があると気づいた瞬間があったはずです。主導権はあなたにあったとわたしは考えています——ムッシュー・ドイルにではなくね。あなたは美しくて、裕福で、聡明で、知的です、マダム——それに魅力もあります。その魅力を使うことも、抑えることもできたのです。あなたは人生で望みうるものすべてを持っている人です、マダム。それに対して、あなたのお友達は、ひとりの男性だけに人生を託していました。あなたはそのことを知っていた——しかし、ためらいはしたけれども、手をひっこめはしなかった。手をのばして、あの聖書の金持ちのように、貧しい者のただ一匹の小羊を奪ったのです」

沈黙が流れた。リネットは自分をぐっと抑え、冷たい声で言った。

「そんなことはまったく的はずれです！」

「いいえ、的をはずれてはいません。あなたがマドモアゼル・ド・ベルフォールの予期せぬ登場になぜそこまで動揺するのかを、わたしは説明しているのです。その理由はこうです。あの女性は未練たらしい恥さらしなことをしているかもしれませんが、あなたは心の奥で、彼女にはそうする権利があると確信しているのです」

「そんなの嘘です」

ポアロは肩をすくめた。

「あなたは自分自身にも正直になろうとしないのですね」

「そんなことありません」

ポアロはやさしく言った。

「おそらく、マダム、あなたはこれまで幸せな人生を送ってきて、ほかの人たちに対して寛大で思いやりのある態度をとってこられたのでしょう」

「そうするように努めてきました」

リネットの顔からいらだちと怒りが消えた。もはや構えることなく——ほとんど寂しげに話した。

ポアロは言った。

「だから、故意に人を傷つけてしまったという感情がわいて、そんなに動揺するのです。そして事実を認めるのをひどく嫌がるのです。無遠慮な物言いはお詫びしますが、どんなことでもいちばん大事なのは心理なのですよ」

リネットはゆっくりと言った。「仮にあなたのおっしゃるとおりだとして——と言っても、わたしは認めませんけど——いまできることはなんでしょうか？　過去は変えられません。現在の状況と取り組むしかないんです」

ポアロはうなずいた。

「あなたは明晰な頭脳をお持ちです。そう、過去には戻れませんから、現状を受け入れるしかありません。ときには、マダム、できることはそれしかないのです——過去の行為の結果を受け入れることしかね」

「つまり」リネットは信じがたいという口調で訊き返す。「できることはない——何もない、ということですか？」

「あなたは勇気を持たなければなりません、マダム。わたしにはそう思えます」

リネットはゆっくりと言った。

「ジャッキーと——ミス・ド・ベルフォールと——話していただけないでしょうか。諭《さと》してあげてほしいんです」

「ええ、それはできます。お望みならやりましょう。しかし、成果はあまり期待しないでください。マドモアゼル・ド・ベルフォールはひとつの固定観念にとても強くしがみついていて、そこから引き離せないように思えますのでね」

「でも、この状況から抜けだすために何かできることがあるはずです！」

「もちろん、あなたがイギリスに帰って、ご自宅で生活する手はありますね」

「でも、ジャクリーヌはわたしの屋敷がある村に住むかもしれません。そしたらわたしは外出するたびに顔を合わせることになります」

「そうですね」

「それに」リネットはゆっくり言う。「サイモンは逃げることに賛成しないと思うんです」

「ご主人はこの件でどういう態度をとっておられますか？」

「怒っています——とにかく怒っています」

ポアロは思案顔でうなずいた。

リネットは訴えるように言った。

「それで——話していただけますか？」

「はい、やってみます。しかし、効果はないだろうというのがわたしの意見です」

リネットは語気を荒くした。「ジャッキーは普通じゃないんです！　何をしでかすかわかりません！」

「先ほど脅しのことをおっしゃいましたね。どういう脅しなのか話していただけますか？」

リネットは肩をすくめた。

「わたしたちふたりを──その──殺すって。ジャッキーは──いかにもラテン民族らしくなることがあるんです」

「なるほど」ポアロは重々しい口調で言った。

リネットは哀願する顔をポアロに向けた。

「わたしのために働いてくださいます？」

「いえ、マダム」ポアロはきっぱり答えた。「仕事として依頼を受けることはしません。人としての義務を果たすためにできるかぎりの手を打つことはいたします。ここには困難で危険な状況があります。それを解消するため、わたしにできることはしますが──成功の見込みについてはあまり自信がありません」

リネットはゆっくりと言った。

「ではわたしのためには働いていただけないと？」

「はい、マダム」エルキュール・ポアロは言った。

4

ポアロは、ジャクリーヌ・ド・ベルフォールがナイル河岸の岩に腰かけているのを見つけた。きっとまだ寝ておらず、ホテルの庭かどこかにいるに違いないとほぼ確信していたのだ。

ジャクリーヌは両手のひらに顎をのせ、足音が近づいてきてもふり向かなかった。

「マドモアゼル・ド・ベルフォール？」ポアロは声をかけた。「ちょっとお話ししたいのですが、かまいませんか？」

ジャクリーヌは少しだけ首をめぐらした。口もとがかすかに笑っている。

「いいわ」ジャクリーヌは答えた。「あなた、ムッシュー・エルキュール・ポアロよね？　あててみましょうか。ミセス・ドイルの代理で来たんでしょ。成功報酬をたんまり約束されて」

ポアロは近くのベンチに腰をおろした。

「あなたの推測は一部だけ正しいです」ポアロは微笑みながら言った。「わたしはいまマダム・ドイルと話してきたところです。ですが報酬は受けとりません。厳密にはあの人の代理ではないのです」

「へえ」

ジャクリーヌは探るような目でポアロを見る。

「じゃなぜ来たの？」と無遠慮に訊く。

ポアロは返事のかわりにべつの質問をした。

「あなたは以前わたしを見たことがありますか、マドモアゼル？」

ジャクリーヌは首を横にふった。

「見てないと思うけど」

「しかし、わたしはあなたを見ています。以前、〈シェ・マ・タント〉でお隣の席にすわったことがあるのです。あなたはムッシュー・サイモン・ドイルとごいっしょでした」

奇妙な、仮面のような表情が、ジャクリーヌの顔をおおった。「あの夜のことは覚えてる……」

「あれ以後、いろいろありましたね」

「ええ、そう。いろいろあった」

やけになったような苦々しさを含んで、声がとがっていた。

「マドモアゼル、悪いことは言いません。死者は葬りなさい！」

ジャクリーヌは驚いた顔をした。

「どういう意味？」

「過去を忘れるのです！　未来のほうを向くのです！　起きたことは仕方がありません。恨んでみても始まらないのです」

「わたしが忘れればリネットにはものすごく好都合よね！」

ポアロは、もどかしげな手ぶりをした。

「わたしはあの人のことを考えているのではありません！　あなたのことを思って言うのです。あなたは苦しんだ——それはそうでしょう——しかし、こんなことをつづけても苦しみが長引くだけです」

ジャクリーヌは首を横にふった。

「そんなことない。わたし、これが楽しいと思えるときだってあるもの」

「それこそが、マドモアゼル、最悪のことですよ」

ジャクリーヌはさっと目をあげた。

「あなたはばかな人じゃない」ゆっくりと言った。「よかれと思って言ってくれているのね」

「国にお帰りなさい、マドモアゼル。あなたは若い、頭もいい——世界があなたの前にひろがっています」

ジャクリーヌはゆっくりと首をふった。

「あなたはわかってない——わかろうという気がない。サイモンこそがわたしの世界なの」

「恋がすべてではありませんよ、マドモアゼル」ポアロはやさしく諭した。「そんなふうに思うのは若いときだけです」

それでもジャクリーヌは首をふる。

「あなたはわかってない」ポアロにすばやく視線を投げた。「もちろん事情はご存じね？　リネットと話したのよね？　それにあの夜、あのレストランにいた……サイモンとわたしは愛しあっていたのよ」

「あなたが彼を愛していたことは知っています」

ジャクリーヌは言葉の違いを聞きとがめた。そして力をこめて自分の言い分を繰り返した。

「わたしたちは愛しあっていたの。わたしはリネットのことも好きだった……あの人を信用していた。親友だったんだもの。リネットは昔から欲しいものはなんでも買える人だった。欲しいものを我慢したことなんてなかった。あの人、サイモンを見て、欲しくなったの――だからとってしまったのよ」

「彼のほうはあっさり――買われた？」

ジャクリーヌは暗い色の髪の頭をゆっくりと横にふった。

「いいえ。必ずしもそういうことじゃないのよ。もしそうだったら、わたしはいまここにはいない……。あなたはサイモンなんて執着するに値しない男だと言いたいんでしょ……。もし彼がお金目当てでリネットと結婚したのなら、そのとおりかもしれない。でも、お金目当ての結婚じゃないの。もっと複雑な事情があるの。人生では輝きというものが大事な意味を持つのよ、ムッシュー・ポアロ。そしてお金はそれを持つのを助けてくれるの。リネットにはある種の〝雰囲気〟がある。あの人は王国の若き女王で、指の先まで贅沢《ぜいたく》を尽くせるのよ。ちょうど豪華な舞台装置のなかで生きているようなもの。世界が足もとにひれ伏している。イギリスで指折りの裕福な、結婚相手として最高に人気の高い貴族が、彼女と結婚したがったくらい。なのに彼女はあえて腰を低くして、無名の男、サイモン・ドイルを選んだ……。それで彼がのぼせあがるのを不思議だと思う?」不意に空を指さした。「あの月を見て。くっきりと見えるでしょ。ちゃんとそこにあるのがわかるでしょ。でも太陽が輝きはじめたら全然見えなくなる。それと似ているのよ。わたしは月……。太陽がのぼったら、もうサイモンには見えなくなる……。彼は目がくらんでしまう。見えるのは太陽だけ――リネットだけになるの」

少し間を置いて、つづけた。

「わかるでしょ――輝きなのよ。サイモンはのぼせてしまったの。リネットは自信に満ちている――その自信で人を支配する。彼女の自信に影響されて、ほかの人間も自信を持つようになるの。サイモンは――弱いかもしれないけど、とても単純な人なの。リネットが現われて黄金の御車でさらっていかなかったら、わたしだけを愛しつづけてたはずよ。わたしにはわかるの――はっきりわかるの――リネットから誘いかけなかったら、サイモンが彼女に恋することなんてなかったってことが」

「あなたはそう思っているのですね――なるほど」

「そうだと知っているの。彼はわたしを愛してた――これからも愛しつづけるの」

ポアロは訊いた。

「いまも愛していると言うのですか?」

ジャクリーヌは即答しかけたように見えたが、その言葉は飲みこまれた。燃える真紅の色を顔中にひろげながら、ポアロを見た。それから目をそらして、頭をたれた。そして押し殺した小声で言った。

「ええ、わかってる。いまはわたしを憎んでる。そう、憎んでる……。彼は用心したほうがいい」

すばやい動きで、ベンチに置いた小さなシルクのバッグのなかを探った。それから手を出した。手のひらには、握りに真珠母《しんじゅも》を張った小型のピストルがのっていた――上品な玩具のように見える。

「可愛いでしょ？」とジャクリーヌは言う。「そうは見えないかもしれないけど、本物よ！　こめてある弾は男でも女でも殺せるの。わたし、射撃の腕はいいのよ」追憶にふけるような、遠い目になって微笑んだ。「子供のころ、母に連れられてサウス・カロライナへ里帰りをすると、祖父が撃ち方を教えてくれたの。祖父は古風な考え方を持っていた。ときには銃を撃つことも正当だ――特に名誉がかかってるときは、という考え方。父もそう。若いころに何度か決闘をしたの。剣の使い手でね。ひとり殺したことがあるのよ。ある女の人のことで。だから、わかるでしょ、ムッシュー・ポアロ」――まっすぐ探偵と目を合わせた――「わたしは血が熱いのよ！　今度のことが起きたとき、わたしはこれを買った。ふたりのうち、どっちかを殺すつもりだった――でも、どっちにするか決められなかったの。ふたりとも殺したんじゃ何か不満が残りそうだし。リネットが怖がりな人ならさんざん怖がらせてから殺すのも面白いけど——でも彼女、体に危害を加えてくるような相手に対しては、度胸が出るのよね。襲われても立ち向かえるの。だからわたし——時間をかけることにしたの！　そのほうが楽しいから。やるのはいつだってやれる。実行を先にのばして——そのことを考えるほうが楽しい！　それから思いついたの——あとをつけようって！　ふたりが仲良く、幸せそうに、遠いところへ出かけるでしょ、そしたらそこに——わたしがいるの！　これがすごく効くのよ！　リネットはまいってるみたい——身体的な脅しじゃそうはならないのに！　皮膚の下へきゅうっと来るらしいの。それでわたし、もう楽しくなってきて……。彼女には何もできないのよ！　わたしが愛想よく礼儀正しくふるまうから！　脅したと責められそうなことは何も言わないから！　おかげでふたりは何もかも——何もかも——台無しにされるのよ」

銀の鈴をふるような澄んだ声で笑った。

ポアロはその腕をつかんだ。

「静かになさい。さあ静かに」

ジャクリーヌはポアロを見た。

「で、なんなの？」

挑みかかるような微笑みを浮かべた。

「マドモアゼル、お願いです。そういうことはもうやめてください」

「みんなの大事なリネットにかまうなと言うのね！」

「それよりもっと深いことです。邪悪なものに心をひらいてはいけません」

ジャクリーヌは唇を少しひらいた。目に当惑の色がさした。

ポアロは重々しくつづけた。

「なぜなら――もし心をひらいたら――邪悪なものがやってくるからです……。そう、邪悪なものはまず間違いなくやってきます……。あなたのなかに入り、棲《す》み処《か》をつくります。やがてあなたはそれを追いだせなくなるのです」

ジャクリーヌはポアロをじっと見つめた。視線が揺らぎ、不安の光をまたたかせた。

そして言った。「わたし――わからない――」

それからきっぱり叫んだ。

「でもあなたにはとめられないわよ！」

「ええ」ポアロは言った。「とめられません」

悲しげな声だった。

「わたしが——殺そうとしたって、とめられないわ！」

「ええ——あなたが代償を——支払う覚悟を決めたならばね」

ジャクリーヌは笑った。

「わたしは死ぬのなんか怖くない！　生きてたって仕方ないから。きっとあなたは、誰かに傷つけられたからと言って——すべてを奪われたからと言って——その誰かを殺すのは間違ってると信じてるんでしょうね」

ポアロは揺るがない口調で答えた。

「はい、マドモアゼル。許されない罪だと信じています——人を殺すことは」

ジャクリーヌはまた笑った。

「それならわたしのいまの復讐のやり方を認めてくれなくちゃ。だって、それがうまくいってるあいだは、ピストルを使わないんだから……。でも、怖いの——そう、ときどき怖くなるの——すべてがまずい方向へ行って——彼女を傷つけたくなるんじゃないかって——ナイフを突き刺すか、わたしの可愛いピストルを頭にぴたっとつけて——この指で引き金を引くか——あっ！」

最後の叫びにポアロはびくりとした。

「どうしました、マドモアゼル？」

ジャクリーヌは首をめぐらして暗がりを見ていた。

「誰かが——あそこに立ってたの。もういないけど」

ポアロはすばやく周囲を見まわした。

あたり一帯には誰もいないようだった。

「ここにはわたしたちしかいないようですよ、マドモアゼル」

そう言って立ちあがった。

「ともかく言いたいことは全部言いました。おやすみなさい」

ジャクリーヌも腰をあげた。ほとんど懇願するように言った。

「わかってもらえるかしら？——わたしがあなたの言うとおりにするのは無理だってこと」

ポアロはかぶりをふった。

「いいえ——なぜなら、無理ではないからです。そうする機会はあるからです！　お友達のリネットにも、手をひっこめる機会がありました……。しかしその機会を逃してしまいました。やめる機会を逃すと、人はそのことをやらなければならなくなります。二度目のチャンスは来ないのです」

「二度目のチャンスは来ない……」

ジャクリーヌはしばらくじっと立って考えていたが、やがて挑むように顔をあげた。

「おやすみなさい、ムッシュー・ポアロ」

ポアロは悲しげに首をふり、彼女のあとからホテルへの坂道をのぼりはじめた。

5

翌朝、エルキュール・ポアロが街に出ようとホテルを出たところへ、サイモン・ドイルが追いついてきた。

「おはようございます、ムッシュー・ポアロ」

「おはようございます、ムッシュー・ドイル」

「街に出るんですか? いっしょにぶらぶら歩いていいでしょうか?」

「いいですとも。どうぞどうぞ」

ふたりはならんで歩き、門を出て、公園の涼しい木陰に入った。サイモンはパイプを口からはなして言った。「ムッシュー・ポアロ、ゆうべ、ぼくの妻があなたとお話ししたそうですね」

「ええ、お話ししました」

サイモン・ドイルは軽く眉をひそめていた。行動的なタイプの男は、考えを言葉にしたり、気持ちをわかりやすく表現するのが得意ではないが、彼もそのひとりだった。

「ひとつありがたいと思ったのは、例の件のことで、ぼくたちには何もできないも同然だと妻にわからせてくださったことです」

「法的な措置は何もとれませんね」

「そうなんです。リネットはそれがわかっていなかったようで」小さな笑みを浮かべた。

「何しろ困ったことがあったら、警察に届ければすべて解決すると小さいころから信じてるんです」

「そうならいいのですがね」

ちょっと間があいた。それから不意にサイモンが、顔を真っ赤にしながら言った。

「妻が——こんなふうに苦しめられるのはひどいことですよ！　何もしてないんですから！　ぼくのしたことが下劣だというのなら、そう言ってくれてかまわない。たぶんそのとおりなんでしょう。でもリネットを苦しめるのはお門違《かどちが》いだ。なんの関係もないんですから」

ポアロは重々しく首をたれたが、何も言わなかった。

「それで——もう——ジャッキーと——ミス・ド・ベルフォールと——話していただいたんでしょうか？」

「ええ。話しました」

「彼女、わかってくれましたか？」

「いや、だめでした」

サイモンはいらだたしげに言った。

「どれだけばかなことをしてるか、自分でわからないのかな。まともな人間ならこんなことはしないってわからないんでしょうか。自尊心ってものがないんですかね」

ポアロは肩をすくめた。

「なんというか——自分は心を傷つけられたという感情しかないようです」

「そりゃそうだろうけど、まともな人間はこんなことしないんだ！　全部ぼくのせいだというのは認めますよ。ぼくは彼女にひどいことをした。ぼくに愛想をつかして、もう二度と会いたくないというのならわかります。でも、あとをつけまわすなんて——そんな——そんな無様なことを！　自分の恥をさらすようなものだ！　いったい何をしようっていうんだろう？」

「たぶん——復讐でしょうね」

「ばかな話だ！　もっと芝居じみたことをやるのならわかりますよ——ピストルでぼくを撃つとかね」

「そのほうが彼女らしいと思うのですね？」

「まあはっきり言ってそうですね。血が熱いというか——感情を抑えられない質《たち》です。かっとなったら何をしでかすかわかりません。ですが、このスパイもどきのつきまといは——」

「もっと巧妙ですね——そう！　知的です！」

サイモンはポアロをまじまじと見た。

「あなたはわかってらっしゃらない。これはリネットの神経にものすごくこたえているんです」

「あなたの神経にも？」

サイモンは一瞬びっくりした顔をした。「ぼくですか？　ぼくはあいつの首を絞めてやりたい気分です」

「では、もう昔の感情は残っていないのですか？」

「それは、ムッシュー・ポアロ——どう言ったらいいんだろう。太陽がのぼったときの月みたいなものです。もうそこにあるのがわからない。リネットに会ったときから——ジャッキーは存在しなくなったんです」

「ほう《ティヤン》、これは妙だ《セ・ドロール・サ》」ポアロはつぶやく。

「なんです？」

「いまの喩《たと》えが興味深かっただけです」

サイモンはまた顔を紅潮させて言った。「ジャッキーは、ぼくがリネットと結婚したのは金のためだと言ったでしょう。そんなのは嘘です。ぼくは金目当ての結婚なんてしません！　ジャッキーにわかってないのは、男っていうのは——その——彼女みたいな愛し方をされるとうんざりしてくるってことなんですよ」

「はい？」

ポアロはさっと相手を見た。

サイモンはつかえながらつづけた。

「つまり——こんなことを言うと——嫌味だけど、ジャッキーはぼくを好きすぎるんです！」

「愛している女と愛させている男《ユンヌ・キ・エム・エ・アン・キ・ス・レッス・エメ》」ポアロは小さく言った。

「え？　なんですか？　あのですね。男というのは、自分が女を愛する以上にその女から愛されていると感じると嫌になるんです」話すにつれて声が熱を帯びてきた。「身も心も所有されていると感じるのが嫌なんです。女の所有欲ってやつが！　この男はわたしのものだ——わたしだけのものだ！　これが我慢ならない——男は誰でもそうです！

逃げたくなる——自由になりたくなる。男は女を所有したいんです——女に所有されるんじゃなくて」

そこで言葉を切り、軽く震える手でパイプに火をつけた。

ポアロは言った。

「あなたはマドモアゼル・ジャクリーヌに対してそういうことを感じていたわけですか？」

「え？」サイモンはポアロを見、それから言った。「ああ——そうです——まあ、つまりそういうことなんです。もちろん彼女はそんなことに気づいてないでしょう。ぼくのほうから言うようなことでもないし。でも、ぼくはいらいらしてたんです——そんなときにリネットに会って——一目惚《ひとめぼ》れしたんです！　こんなすてきな女性ははじめてだって。そしたらびっくりするようなことが起きた。誰もが足もとにひれ伏す女性が——ぼくみたいなどうってことのない男を選んでくれたんです」

サイモンは驚異の念にうたれた少年のような口調で言った。

「なるほど」ポアロは思案するような面持ちでうなずいた。「なるほど——そうですか」

「なぜジャッキーは雄々しく諦《ライク・ア・マン》めてくれないんだろう」サイモンは恨めしそうに言う。

ポアロは鼻の下をひくりとさせて微笑した。

「それは、ムッシュー・ドイル、そもそも彼女が男《マン》ではないからでしょう」

「いや――ぼくが言ったのは、いさぎよくということですよ！　苦い薬を飲まきゃいけないときは飲むしかない。悪いのはぼくですよ。それは認めます。でもですよ！　もう好きでなくなった女と結婚するなんてばかげてます。ジャッキーがどんな人間か、どこまで異常なことをやりそうか、それがわかったいまは、逃げることができて運がよかったと思ってますよ」

「どこまで異常なことをやりそうか」ポアロは考えながらサイモンの言葉を口にした。「ムッシュー・ドイル、彼女がどこまでやりそうか、見当はつきますか？」

サイモンは驚いた顔でポアロを見た。

「いや――というか、なぜそんなことを？」

「ピストルを持っているのはご存じですか？」

サイモンは眉をひそめ、首を横にふった。

「あれを使うとは思えない――いまとなってはね。もっと前ならともかく、もうそんな段階は過ぎてると思いますよ。いまはただ根に持って――ぼくたちふたりに嫌がらせをしているだけです」

ポアロは肩をすくめた。

「そうかもしれませんがね」と疑わしげに言う。

「ぼくが心配なのはリネットのことなんです」サイモンは言うまでもないようなことを言った。

「そうでしょうね」とポアロ。

「ジャッキーがピストルで芝居がかった騒ぎを起こすんじゃないかなんて心配はあまりしていませんが、スパイもどきの尾行はリネットの神経に相当こたえているんです。じつはひとつ計画があるんですが、それについて助言がありましたらお願いします。まず、ぼくたちはあと十日間いまのホテルにいるとみんなに言っています。で、明日——カルナック号という汽船がセヘル島からワディ・ハルファに向かって出発します。ぼくは偽名でこの船の船室を予約するつもりです。そして明日、ぼくたちはフィラエ島を見物に行く。荷物はリネットのメイドがカルナック号に運ぶ。ぼくたちはセヘル島で船に乗る。ぼくたちが戻ってこないことにジャッキーは、ジャッキーが気づいたときは、もう遅い——船は出発しているというわけです。ジャッキーは、ぼくたちが自分をまいて、カイロへ戻ったと考えるでしょう。ポーターに金をつかませて、そう言わせるのもいいかなと考えてます。

ジャッキーが旅行代理店へ行って訊いても無駄です。ぼくたちは偽名を使って船に乗るんですから。どうです、この計画は？」

「よく考えてありますね。しかし、あなたがたが戻るまでジャクリーヌがここにいたら？」

「ぼくたちは戻らないかもしれません。ハルツームまで行って、そこから飛行機でケニアへ飛ぶことも考えています。ジャッキーも地球上をあちこち追いかけまわすことはできませんよ」

「そう、いずれお金が尽きるときが来るに違いありません。彼女はお金をあまり持っていないでしょう」

サイモンは賛嘆の目でポアロを見た。

「頭がいいですね。ぼくはそこまで考えていませんでした。ジャッキーはとても貧乏です」

「それなのにここまであとをつけてくることができたのですか？」

サイモンは自信なさそうに答えた。

「もちろん、少しばかり収入はあります。年に二百ポンド足らずですかね。たぶん――そう、たぶん彼女は元本を現金化してこれをやっているんです」

「するとそのお金を使い果たしたら一文無しになる?」

「ええ……」

サイモンは落ち着かなそうに体をもぞもぞさせた。その事態を想像して不安になったようだった。ポアロは注意深く相手を観察した。

「いや、どうも」ポアロは感想を述べた。「それは想像したくないことですな……」

サイモンは気色ばんだ。

「でも、ぼくにはどうしようもないですよ!」それからつけ加えた。「で、ぼくの計画、どう思われます?」

「うまくいくかもしれません。ええ。しかし、もちろん、それは退却ですが」

サイモンの顔が赤くなった。

「逃げることだとおっしゃるんですね? ええ、それはそのとおりです……。とにかく、リネットが――」

ポアロは相手をじっと見ていたが、やがて小さくうなずいた。

「おっしゃるとおり、それが最良の方法かもしれませんな。しかし、忘れてはいけませんよ。マドモアゼル・ド・ベルフォールは頭のいい人です」

サイモンは厳粛な口調で言った。

「そのうちいつか、正面から向きあって戦わなければならなくなる気がします。彼女の態度は理性に反していますから」

「理性ですか、はははあ《モン・デュ》！」

「女だって理性的にふるまっちゃいけないってことはないでしょう」サイモンは特に感情もなく言う。

ポアロはそっけなく返した。

「女性が理性的にふるまうことはよくあります。そのときのほうがもっと怖いですよ！」それからこうつけ加えた。「じつはわたしもカルナック号に乗るのです。それも予定に入っていましてね」

「あ、そうなんですか！」サイモンはそこで言いよどみ、戸惑いぎみに、言葉を探しながらつづけた。「それは――つまり――その――ぼくたちのためですか？　そこまであなたにご面倒をおかけするのは――」

ポアロは急いで誤解を解いた。

「そうではありません。ロンドンを発つ前に手配してあったのです。わたしはいつも事前に万全の計画を立てますからね」

「足の向くまま気の向くままの旅はしないんですか？　そのほうが楽しいと思うけど」

「そうかもしれません。しかし人生で成功するには細かい点まですべて事前に準備しておくべきです」

サイモンは笑った。

「それはむしろ腕のいい殺人者のやり方じゃないかな」

「そうです——しかし、わたしが覚えているなかでいちばん見事で解決の困難だった犯罪は、その場の思いつきでなされたものでした」

サイモンは少年のように興奮して言った。

「カルナック号では、手がけた事件の話をぜひ聞かせてください」

「いやいや、それは——なんと言いましたかね——仕事の話《ショップトーク》ですから、野暮なものとされています」

「そうですけど、あなたの場合、お仕事の話はぞくぞくするほど面白いでしょう。ミセス・アラートンがそう言っていました。あの人、あなたにいろいろ質問するチャンスをうかがっていますよ」

「ミセス・アラートン？　あの母親思いの息子さんのいる、御髪《おぐし》の白い魅力的なご婦人ですか？」

「そうです。あの人もカルナック号に乗るんです」

「彼女はあなたがたが乗ることを――？」

「もちろん知りません」サイモンは力を入れて言った。「誰も知らないです。ぼくは誰も信用しないことにしていますから」

「すばらしい考え方ですな――わたしもいつもその方針をとっています。ところで、あなたがたご夫婦といっしょにいる、あの背の高い白髪の男性ですが――」

「ペニントンですか？」

「はい。あの人もいっしょに旅をしているのですか？」

サイモンは不快そうに言った。「新婚旅行には珍しいと思ってらっしゃるでしょうね。ペニントンはリネットの、アメリカでの財産管理人なんです。カイロで偶然会いました」

「ああ《アー》、そうですか《ヴレマン》！　ひとつ訊いていいですか？　奥さまはもう成人されていますか？」

サイモンは面白がるような顔になった。

「まだ二十一にはなりません――でも、ぼくと結婚するのに誰の同意も得る必要はありませんでした。ペニントンはびっくりしたみたいです。リネットは結婚を知らせる手紙を出したんですが、それが届く前の日にカーマニック号でニューヨークを発ったそうです。だから結婚のことを知りませんでした」

「カーマニック号——」ポアロはつぶやいた。

「カイロの〈シェファーズ〉でばったり会ったとき、ものすごくびっくりしていましたよ」

「それはたいへんな偶然でしたね！」

「ええ。で、彼もナイル川を旅するというので——道づれになるしかないというか——そうしないと失礼になりますからね。それに、ある意味——そのほうが安心でもあったし」また当惑顔になった。「ほら、リネットが——ジャッキーがあちこちに現われるので——神経質になっていましたからね。ぼくたちふたりだけだといつもその話題が出るけど、アンドリュー・ペニントンがいると助かるんですよ——ほかのことを話すわけだから」

「奥さんはムッシュー・ペニントンにその問題を相談していないのですか？」

「していません」サイモンは攻撃的な感じで顎をあげた。「ほかの人には関係ないことですからね。それに、ナイルの旅に出発したときは、もうこの一件は終わったと考えていました」

ポアロは首を横にふった。「しかし、まだ終わってはいない。そう——終わりはまだ見えていません。それは確かだと思います」

「あれですね、ムッシュー・ポアロ、あなたって人は、あんまり励ましになることを言ってくれないんですねえ」

ポアロは相手を見て、軽いいらだちを覚えた。そしてこう思った。「このアングロサクソンの男は何ごとも真剣に受けとめずにゲームと考えるらしい！　まるでまだ子供のようだ」

リネットも、ジャクリーヌも、問題を真剣に受けとめている。しかし、サイモンの態度には男特有の、ああ面倒くさいというういらだちが見てとれるばかりだ。

ポアロは言った。

「立ち入ったことをうかがいますが、新婚旅行をエジプトでというのはあなた、、の発案ですか？」

サイモンは顔を赤くした。

「いえ、もちろん違います。ぼくはほかのところがよかったんです。でも、リネットがどうしてもと言うので。だから——だから——」

尻切れトンボに終わった。

「当然そういうことですかね」ポアロは重々しく言う。

リネット・ドイルがこうと決めたら、必ずそうならなければならないのだ。

ポアロは考えた。「これで三つの違う説明を聞いたわけだ——リネット・ドイルのもの、ジャクリーヌ・ド・ベルフォールのもの、サイモン・ドイルのもの。さて、どれがいちばん真実に近いのかな」

6

サイモンとリネットは、翌朝十一時ごろ、フィラエ島見物に出かけた。ジャクリーヌはホテルのテラスにすわり、ふたりを乗せた絵のように美しい帆船が出航するのを見ていた。したがって一台の自動車が——慎み深いメイドと山のような荷物をのせて——ホテルの玄関前から走りだすのは見なかった。自動車は右に曲がり、セヘル島へ向かっていった。

ポアロは昼食までの二時間を、ホテルから見える川中の島、エレファンティネ島で過ごすことにした。

桟橋へおりていくと、ふたりの男がホテルの船に乗るところだったので、それに加わった。ふたりの男は互いに知らない同士のようだった。若いほうは前の日に汽車で到着した。背が高く、髪は暗い色で、細面《ほそおもて》だが向こう気の強そうな顎をしていた。ひどく汚れた灰色のフランネルのズボンをはき、奇妙なことに暑い国に合わないタートルネックのセーターを着ている。もうひとりは、ややずんぐりした中年男で、英語らしい英語だがほんの少し不自然なところもある言葉で、すぐにポアロと話をしはじめた。若いほうの男は話に加わるどころか、そちらをしかめ面で見ただけで、ことさらふたりに背を向け、ヌビア人の船頭が足先で舵《かじ》をとり両手で帆をあやつる機敏な働きぶりを、感心しながら眺めていた。

川面はごく穏やかで、黒いつるつるした大岩がかたわらを過ぎていき、そよ風が一行の顔をなでていった。あっというまにエレファンティネ島に着き、ポアロと話し好きの中年男は船をおりて、まっすぐ博物館をめざした。男が名刺を出し、小さく頭をさげながらポアロによこす。それにはこんな文字が刷られていた。

シニョール・グイド・リケッティ　考古学者《アルケオロゴ》

負けてはならじと、ポアロも会釈を返し、自分の名刺を出す。挨拶の儀式がすむと、ふたりはいっしょに博物館に入った。イタリア人考古学者の口からは豊富な知識がとうとうと流れでた。ふたりはいつしかフランス語で話していた。

汚れたフランネルのズボンをはいた若い男は、博物館のなかを無関心なようすでぶらぶら歩き、ときどきあくびをしていたが、まもなく外の空気を求めて逃げだした。

ポアロとリケッティ氏もしばらくして博物館を出た。リケッティ氏は外の遺跡を熱心に見物しはじめたが、ポアロは川岸の岩の上に白と緑の縞《しま》模様の日傘が見えたので、そちらへ足を向けた。

アラートン夫人が大きな岩の上にすわり、スケッチブックを脇に置いて、膝に本をのせていた。

ポアロは礼儀正しく帽子をとった。アラートン夫人はすぐさま話しかけてきた。

「おはようございます。このやりきれない子供たちを追い払うのは無理なんでしょうねえ」

色の黒い子供の一団が夫人をとりまき、にこにこ笑いながら手を差しだして、ときどき「バクシーシ、バクシーシ」と期待の声をあげていた。

「じきに諦めると思っていたんですけど」アラートン夫人は情けなさそうに言う。「もう二時間以上もこうやってわたしをじっと見ているの――しかも少しずつ近づいてくるでしょ。わたしが『あ《イ》っち《ム》行って《シ》！』と言って、傘をふったら、ぱっと散るんだけど、一、二分したらまた戻ってきて、人のことをじいっと見るの。もうその目が嫌だし、洟《はな》をたらしてるのも気持ち悪いし。まあ、わたしはもともと子供がとても好きってわけじゃないんだけど——せめてそこそこ清潔にして、お行儀よくしてくれないと」

夫人は苦笑した。

ポアロは騎士道精神を発揮して子供たちを追い払おうとしたが、うまくいかなかった。いったん逃げても、すぐまた現われて、距離をちぢめてくる。

「エジプトが静かなところならもっと好きになるんですけどねえ」とアラートン夫人は言った。「どこへ行ってもひとりになれないでしょう——いつも誰かがお金をねだってきたり、驢馬に乗れだの、ビーズ玉を買えだの、近くの村を見物に行かないかだの、カモ猟をやらないかだのと言ってきて」

「そこは確かに大きな欠点ですね」とポアロは言った。

それから岩の上にハンカチを注意深くひろげ、そろそろと腰をおろした。

「けさは息子さんとごいっしょではないのですか？」とポアロは訊く。

「ええ、出発する前に何通か手紙を出すんだと言って出かけました。わたしたち、第二急湍《きゅうたん》まで行くんです」

「わたしもです」

「まあ、うれしい。わたし、あなたにお会いしてとてもわくわくしていますの。マヨルカ島にいたとき、ミセス・リーチという方がいて、あなたのことでとってもすばらしい話を聞かせてくれたんです。その人、ちょうどそのとき、海で泳いでいてルビーの指輪をなくしたところで、あなたがいらしたら見つけてくださるのにと嘆いていましたよ」

「ああ、そうですか、しかし、わたしは海驢《あしか》ではないので海の底から拾ってこられませんよ！」

ふたりは笑った。

アラートン夫人は会話をつづけた。

「きのう、わたし、部屋の窓から見ていたんですけど、玄関前の道をサイモン・ドイルさんといっしょに歩いていらしたでしょう。あの方をどうお思いになるかお話ししてくださいな！　わたしたち、あの方に興味津々《しんしん》なんです」

「おや、そうですか」

「ええ。リネット・リッジウェイさんとの結婚にはほんとにびっくりしましたもの。ウィンドルシャム卿と結婚するんだとばかり思っていたのに、突然、誰も聞いたことのないような男性と婚約したりして！」

「リネットさんをよくご存じなのですか、マダム？」

「いいえ。ただ親類のジョアナ・サウスウッドが彼女の親友なんです」

「ああ、はい。そのお名前は新聞で読んだことがあります」ちょっと間を置いてから、つづけた。「マドモアゼル・ジョアナ・サウスウッドはよく新聞の記事に出る方ですね」

「まあ、あの子は自分を宣伝するのが得意ですから」アラートン夫人は少しきつい調子で言った。

「あなたはお好きではないのですか、マダム？」

「わたし、ひどいことを言ってしまったわね」夫人は悔いる顔をした。「わたしは古い人間なんです。だからあまりジョアナのことが好きじゃないんです。ティムとはとっても仲良しなんですけど」

「なるほど」とポアロ。

夫人はちらりとポアロを見た。それから話題を変えた。

「こちらには若い人がほんとに少ししか来ていないんですね！　あの奇天烈《きてれつ》なターバンを巻いた人に、栗色の髪をした娘さんがいらっしゃるでしょ。あの方くらいじゃないかしら。ポアロさんはけっこうお話しになったようですね。わたし、あのお嬢さんに興味があるんです」

「どうしてですか、マダム？」

「なんだかお気の毒なんですもの。若くて繊細な人は苦しむことがありますでしょう。

あの方は苦しんでいると思うんです」

「はい、彼女は幸福ではありません。可哀想に」

「ティムとわたしは〝むっつり娘〟と呼んでいるんです。一、二度、話しかけてみましたけど、無視されました。でも、あの方もたぶんナイルをさかのぼる船旅に参加すると思うんですよね。だからもう少し仲良くなれると思うんですけど、どうでしょう?」

「それはありうることだと思います、マダム」

「わたしは人づきあいが好きなんです――人間というものがとっても面白いんですよ。いろんな人がいますから」ちょっと間をあけてからまたつづけた。「ティムの話だと、あの黒っぽい髪の若い娘さんは――ド・ベルフォールという名前の方ですけど――サイモン・ドイルと婚約していたんですってね。となると、かなり気まずいんじゃないかしら――あんなふうに旅先で鉢合わせをすると」

「そう――気まずいでしょうね」

アラートン夫人はすばやい視線をポアロに飛ばした。

「何をばかなと思われるかもしれませんけど、あの方はなんだか怖いですね。何かこう――はげしいというか」

ポアロはゆっくりとうなずいた。

「その感じ方はそう間違ってはいませんよ、マダム。強い感情は怖いものです」

「あなたも人間に興味がおありなんですの、ムッシュー・ポアロ？　それとも興味があるのは犯罪者になる可能性のある人間だけかしら？」

「マダム——そのカテゴリーからはずれる人は多くはいませんよ」

アラートン夫人は軽く驚きを示した。

「それ本気でおっしゃってるの？」

「その人なりの動機があればということです」

「それは人によって違うんですの？」

「もちろんです」

アラートン夫人は少し黙り——口もとに小さな笑みを浮かべた。

「わたしにもその可能性があるのかしら？」

「母親というものは、マダム、子供に危険が及ぶととても冷酷になります」

夫人は重々しく言った。

「そうでしょうね——ええ、おっしゃるとおりです」

夫人はしばらく黙っていたが、やがてにこやかに言った。

「ホテルにお泊まりのみなさんが犯罪者になるとしたら何が動機になるか、いま想像してみているんです。これけっこう楽しいですね。たとえば、サイモン・ドイルはどうでしょう?」

ポアロは微笑みながら答えた。

「犯すのはごく単純な罪——目的達成のいちばんの早道だからそれを犯す。複雑な心理などはないでしょう」

「だからすぐに犯人とわかる?」

「そうです。知的な犯罪はやりますまい」

「リネットは?」

「あの人の場合は、『不思議の国のアリス』の女王の、〝首をはねておしまい!〟式のことでしょうな」

「なるほど、君主の神聖な権利として殺させるのね! それとたぶん、〝ナボテの葡萄《ぶどう》園〟(悪王アハブがナボテを殺させてその葡萄園を奪った話。旧約聖書『列王記』上二十一章)みたいなこともありうるでしょうね。じゃあ、あの危険な感じの娘さん——ジャクリーヌ・ド・ベルフォールは——殺人を犯すことがありうるかしら?」

ポアロはしばらく黙っていたが、やがて迷う口調で言った。

「そう、ありうるとは思いますね」

「でもあまり自信はない？」

「ええ。あれはよくわからないお嬢さんです」

「ミスター・ペニントンは殺人なんかしないでしょう？　ひからびていて、いかにも胃弱という感じで――赤い血が流れているように見えませんもの」

「しかし、強い自衛本能はあるかもしれません」

「ああ、そうですね。あのターバンの哀れなミセス・オッターボーンはどうです？」

「虚栄心というものがあります」

「それは殺人の動機になりますの？」アラートン夫人は疑う口調になる。

「殺人の動機は、ときにほんの些細《ささい》なことなのです、マダム」

「いちばん普通の動機ってなんですか、ムッシュー・ポアロ？」

「いちばん多いのは――お金。あるいは、いろいろな形での金銭的利益です。それから復讐、愛情、恐怖――憎悪、善意――」

「善意はないでしょう、ムッシュー・ポアロ！」

「ありますとも、マダム。わたしの知っている例では――Aという人を――Bが殺しましたが、それはもっぱらCのためにやったことでした。政治的暗殺はよくこういう理屈で実行されますね。ある人間を文明にとって有害とみなし、文明のためと称して殺す。

そういう暗殺者は忘れているのです。人を生かすか死なすかを決めるのは神さまの役目だということを」

　ポアロの口調は厳粛だった。

　アラートン夫人は静かに言った。

「その最後のことはそうだと思います。ですけど、神さまは誰か人を選んで、自分の決めたことを実行させるのじゃないかしら」

「そのような考え方は危険ですよ、マダム」

　夫人は軽い口調になった。

「そんなお話をうかがっていると、ムッシュー・ポアロ、みんな殺されて、この世に生き残る人なんて誰もいなくなりそうですね！」

　それから腰をあげた。

「そろそろ戻りましょうか。昼食《おひる》がすんだらすぐ出発ですもの」

　桟橋に着くと、フランネルのズボンの若い男がちょうど船の座席にすわるところだった。イタリア人考古学者はとうに来て待っている。ヌビア人の船頭が帆をひろげて船を出すと、ポアロはまだ話したことのない若い男に、礼儀として声をかけた。

「エジプトには見ごたえのあるすばらしい遺跡がたくさんありますな」

若い男は少し嫌な臭いのする煙草をパイプで吸いはじめていた。それを口からはなして、驚くほど育ちの良さを感じさせる英語で、短く、強い調子で言った。

「胸が悪くなるね」

アラートン夫人は鼻眼鏡をかけて、うれしそうに、興味津々の目で男を見た。

「おやそうですか？　それはまたどうして？」とポアロ。

「たとえばピラミッドだ。強大な権力でふくれあがった専制的なファラオの自己満足のために、大きな石のブロックを積んで無意味な山をこしらえて。あんなもののために、大勢の人間が重労働で汗を流し、死んでいった。ピラミッドが表わしているのは、民衆の受けた拷問のような苦しみだ。そのことを考えると胸が悪くなるんだ」

アラートン夫人は陽気な口調で言った。

「するとあなたは、ピラミッドもパルテノンの神殿も美しい霊廟《れいびょう》も寺院もいらない――民衆が三度三度の食事をきちんととれて、ベッドの上で死ぬことができればそれで満足だとおっしゃるのね？」

若い男はしかめ面を夫人のほうに向け変えた。

「石より人間のほうが大事だと思いますよ」

「人間より石の建築のほうが長く残りますよ」とポアロが言う。

「ぼくは芸術作品とかいうものより満足に食事がとれている労働者を見たい。大事なのは未来だ——過去じゃなく」

それはあんまりだとばかり、リケッティ氏がとうとう弁舌をふるいはじめたが、言葉を聞きとるのは容易ではなかった。

若い男は三人に対して資本主義体制についての見解をはっきり述べて反論したが、その説き方はひどく辛辣だった。

船がホテルの桟橋に着いて、長い熱弁はようやく終わった。

アラートン夫人が、「ああ、着いた着いた」と明るくつぶやいて上陸した。若い男が夫人の背中をじろりと睨む。

ホテルの玄関ホールで、ポアロはジャクリーヌ・ド・ベルフォールと行き会った。乗馬服を着た彼女は、皮肉っぽく軽い会釈をした。

「驢馬で出かけようと思うの。近くの村を見物するっていうの、どう思います、ムッシュー・ポアロ？」

「ああ、きょうは遠乗りですか、マドモアゼル。そうですな、どの村も絵《エ・ビヤン》のように美しいです——しかし、お土産物にあまり散財してはいけません」

「じつはみんなヨーロッパから輸入したものなんでしょ？　わたしはそんなに騙されや

すくないわ」

ジャクリーヌはまた小さく会釈をして、まぶしい陽射しのなかへ出ていった。

ポアロは荷造りを終えた——衣類や持ち物はスーツケースから出したあともすべて几帳面《きちょうめん》に整理しているので、簡単な作業だった。それから食堂へ行き、早めの昼食をとった。

昼食のあと、ホテルのバスが、第二急湍へ行く旅行者を鉄道の駅まで送っていった。カイロからの急行列車に乗って、セヘル島まで行く——列車に乗っている時間は十分ほどだ。

駅まで行ったのはアラートン親子、ポアロ、汚れたフランネルのズボンの若い男、そしてイタリア人考古学者だ。オッターボーン夫人とその娘はアスワン・ダムとフィラエ島を見物し、そのあとセヘル島で汽船に乗る予定だった。

カイロからルクソール経由でやってくる急行列車は二十分ほど遅れた。それがようやく到着すると、例によって上を下への大騒ぎとなった。現地人のポーターが、荷物をおろす者と積みこむ者とでぶつかりあいをする。

ようやくポアロは、軽く息を切らしながら、自分の荷物が運びこまれた仕切り客室《コンパートメント》におさまった。この客室にはアラートン親子の荷物と、誰のだかまったくわからない荷物も置かれていた。ティムと母親はべつの客室に、べつの乗客たちの荷物とともにいるらしい。

ポアロの同室者は、ひとりは年輩の婦人だった。顔は皺だらけで、白い立ち襟の服を着て、かなりの数のダイヤモンドを身につけ、人類を軽蔑《けいべつ》している爬虫類《はちゅうるい》といった表情をまとっていた。

老婦人は、ポアロを高慢な貴族的の目でじろりと見たあと、アメリカの雑誌のうしろに立てこもった。老婦人の向かいには、大柄の、かなり不器用そうな、三十前であろう若い女がすわっていた。茶色い目は犬のように従順そうで、髪はぼさぼさ、いつでもご用を承りますという構えで控えている。老婦人はときどき雑誌の上べりから目を覗かせ、鋭い口調で命令を出した。

「コーネリア、膝掛けをしまって。着いたら化粧道具鞄《かばん》はあなたが運ぶんですよ。ポーターに運ばせちゃいけませんよ。わたしのペーパーナイフを忘れていかないようにね」

乗車時間は短かった。発車して十分後、一同は汽船カルナック号の待つ桟橋にやってきた。オッターボーン親子はすでに乗船していた。

カルナック号は比較的小さな船だった。第一急湍を訪れるためのパピルス号やロータス号は大きすぎて、アスワン・ダムの閘門《こうもん》を通過できないのだ。乗客は自分たちが利用できるスペースを案内された。予約は満杯ではなく、ほとんどの乗客はいちばん上の層である遊歩デッキに部屋があった。遊歩デッキの船首部分は全面ガラス張りの展望室になっており、前方にひらけてくる川の景色がよく見えた。展望室の下は、喫煙室と小さな応接室、その下は食堂である。

ポアロは荷物が自室に運びこまれるのを見届けると、またデッキに出て、出航作業を眺めた。ロザリー・オッターボーンが手すりに寄りかかっていたので、そばへ行った。

「いよいよヌビア（エジプト南部からスーダン北部にまたがる地域）に入りますね。わくわくしますか、マドモアゼル？」

ロザリーは深く息を吸った。

「ええ。やっと煩わしいものから逃げられる感じがします」

彼女は手ぶりでその煩わしいものを示した。しかし逃げていく先の、前方に見える水面《みなも》や、水ぎわまで傾斜してきている草木のない岩山や、ところどころに残るダム建設で水没した建物の残骸は、憂鬱な、ほとんど不吉とも言える魅力をたたえていた。

「人間の世界から離れられるんです」ロザリーはそうつけ加えた。

「しかしこの船旅の仲間からは逃げられませんね、マドモアゼル？」

ロザリーは肩をすくめ、それから言った。「この国には何かわたしに――邪悪だと感じさせるものがあるんです。その何かは、人の内面で煮えたぎっているものを表面に引きだしてしまう。とにかくこの世は何もかもがすごく不公平で――不当だから」

「どうでしょうね。確たる証拠はないように思いますが」

ロザリーはつぶやいた。

「でも――よそのお母さんと――うちの母を比べてみてください。うちの母ときたら、セックスこそは神、このサロメ・オッターボーンはその預言者なりって感じで」そこで言いさした。「こんなこと言うべきじゃなかったですね」

ポアロは両手で、どんどん話しなさいと促すしぐさをした。

「いいではありませんか――わたしにならね。わたしは商売柄いろいろな話を聞きます。あなたのなかで何かが――ジャムのように煮えているのなら――それなら《エ・ビヤン》ですね、浮かんでくる灰汁《あく》をスプーンですくいとればいいのです」

ポアロは何かを大河に捨てるしぐさをした。

「はい、これでなくなりました」

ロザリーは言った。

「あなたって、なんてすばらしい人なんでしょう！」不機嫌そうだった口もとに微笑みを浮かべた。それから不意に身をこわばらせた。「あら、ドイルさんたち！　このツアーに参加していたのね！」

リネットが遊歩デッキの中ほどの船室から現われた。サイモンもすぐあとから出てくる。ポアロはリネットの表情を見て驚いた――明るく輝いて、自信に満ちているのだ。その幸福そうなようすは傲慢に見えるほどだ。サイモンも人が変わったようだった。にこにこ笑って、まるで学校生活が楽しくて仕方がない少年のようだ。

「ああ、わくわくするなあ」サイモンも手すりに寄りかかって言った。「ここからの旅はほんとに楽しみだ。そうじゃないか、リネット？　なんだか観光旅行というより――エジプトの心臓のなかに入っていくみたいでさ」

妻はすぐさま答えた。

「ほんとね。いままで以上に――未開って感じがする」

リネットは夫の腕の下に自分の腕を通す。サイモンは腋《わき》をしめてその腕を強くはさんだ。

「いよいよ出発だ、リン！」

汽船が突堤から離れていく。第二急湍まで行って戻ってくる七日間の旅が始まったのだ。

夫妻の背後で、銀の鈴をふるような笑い声が響いた。リネットがさっとふり返った。

ジャクリーヌ・ド・ベルフォールがそこに立っていた。愉快でたまらないというようすだ。

「こんにちは、リネット！　ここで会うとは思わなかったな。アスワンにあと十日ほどいるって言ってたじゃない。ほんとにびっくり！」

「でも——あなた、確か——」舌がもつれる。リネットはいかにも嫌そうな形だけの笑みを口もとにつくった。「わたしもあなたに会うとは思わなかったわ」

「そう？」

ジャクリーヌはデッキを歩きだし、船の反対側のほうへ曲がっていった。リネットは夫の腕を自分の腕でぎゅっとしめつけた。

「サイモン——サイモン——」

サイモンの人のよさそうな喜びの表情が消え、怒りがあらわになっていた。自制心はまったく効かず、両手の拳が握りしめられていた。

夫妻は歩きだした。ポアロはそちらに顔を向けなかったが、きれぎれの言葉が耳に入ってきた。

「……戻りましょうよ……もう無理よ……船をおりて……」それから、サイモンの声が少しだけ音量を高め、絶望しているようでいながらも、断固とした調子で言った。

「永遠に逃げつづけるわけにはいかないよ、リン。とにかくこれをやり抜くしかないんだ……」

それから数時間後、陽が暮れはじめた。ポアロはガラス張りの展望室でまっすぐ前を見ていた。カルナック号は狭い谷間を進んでいく。両側の岩の斜面はすごみのある荒々しさを見せ、そのはざまを川が深く速く流れている。

ポアロは物音を耳にした。そばにリネットが立っていた。

リネットは手を握ったり、ひらいたりしていた。いままで見たことのない表情をしていた。全身に、途方にくれた子供の雰囲気があった。リネットは言った。

「ムッシュー・ポアロ、わたし怖いんです——何もかもが怖いんです。こんな気持ちになったのははじめてです。このあたりの岩の野蛮な感じ、風景の容赦ない残酷な感じ、何もかもがむきだしで。わたしたち、どこへ行くんでしょう？　何が起こるんでしょう？　わたし、ほんとに怖いんです。みんながわたしを憎んでいる。こんなふうに感じるのもはじめてです。わたし、人には親切にしてきました——人のためになることをしてきました——なのにみんなわたしを憎むんです——わたしを憎んでいる人がいっぱいいるんです。サイモンを除けば、あとは敵ばかりで……。たまらない気持ちです——わたしを憎んでいる人が大勢いるなんて……」

「どういうことです、マダム？」

リネットは首をふる。

「たぶん――神経のせいだとは思うんですけど……。何かわたしのまわりは……何もかもが安全じゃないように感じるんです」

リネットはすばやく首だけまわして、うしろをふり返った。それから不意に混乱した言葉をまくしたてた。「これはどうやったら終わりになりますか？　わたしたち、閉じこめられてしまった。罠《わな》にかかってしまった。もう抜けだせない。このまま進むしかない。わたし――わたし、いまどこにいるのかわからない」

リネットは椅子にすとんと腰を落とした。ポアロは厳粛な面持ちで彼女を見おろした。そのまなざしは同情の色に染まっていなくもなかった。

リネットが言った。

「あの子はわたしたちがこの船に乗ることをどうやって知ったんでしょう？　なぜそれがわかったんでしょう？」

ポアロは首をふりながら答えた。

「彼女は頭がいいですからね」

「もうあの子から逃げられないような気がして」

ポアロは言った。「こうすればよかったという方法はあります。あなたがたがそれを思いつかなかったのは驚きですよ。あなたには、マダム、お金の問題はないわけです。それならなぜ自分たちだけで帆船を一隻雇わなかったのです？」

リネットは途方にくれたようすで首をふった。

「こんなことになるとわかっていたら——でも、わからなかったんです——あのときは。それに、むずかしいんです……」そこでたまらなくなったように声を高めた。「ああ、わたしの苦労が半分でもわかってもらえたら！　サイモンの扱いにはほんとに気を遣うんです……。彼——ばかばかしいくらい——お金のことに敏感で。わたしにお金があることをものすごく気にしているんです。彼、ほんとはスペインのどこか手ごろな観光地に行きたかったんです——それも——その——新婚旅行の費用は全部自分で出すからと言って。そんなのどうでもいいことなのに！　男の人ってばかですよね！　もっと——ごく当たり前に——快適な生活に慣れればいいんです。なのに、帆船を一隻借りるなんて——考えるだけで嫌だ——必要のない出費だなんて。わたし、彼を教育しなくちゃいけないんです——少しずつ」

そこで顔をあげ、悔しそうに唇を噛んだ。まるで相手に誘いこまれて不用意に自分の悩みごとを話してしまったとでもいうように。

リネットは立ちあがった。

「そろそろ着替えをしないと。すみませんでした、ムッシュー・ポアロ。わたし、ばかなことを長々とお話ししてしまったみたい」

7

アラートン夫人はシンプルな黒いレースのイヴニング・ドレスに身を包み、落ち着いた気品を漂わせながら、ふたつ下のデッキの食堂へおりていった。入り口のところで息子のティムが追いついてきた。

「すみません、お母さん。もう少しで遅れるところでした」

「わたしたちの席、どこかしら」食堂には小さなテーブルが点々と置かれていた。給仕はほかの客たちを案内するのに忙しそうだ。夫人とティムは自分たちの順番が来るのを待った。

「ところで」と夫人が言う。「ムッシュー・ポアロに同席をお願いしておきましたからね」

「お母さん、どうしてまた！」ティムは本当に驚き、嫌がっているような声で言った。夫人は意外そうな顔で息子を見た。いつもはそういうことがまるで平気な子なのに。

「あら、嫌なの？」

「嫌ですよ。あんなとんでもない出しゃばり男！」

「まあ、ティム！　その意見にはお母さん賛成しないわ」

「とにかく、なぜ赤の他人とそこまで親しくするんです？　こんな小さな船のなかでそんなつきあい方をしていると、うんざりしてきますよ。朝昼晩とあの人といっしょに食事をすることになって」

「あらそう。ごめんなさいね」アラートン夫人は困り顔になった。「あなたも楽しいかと思ったのよ。あの方にはいろいろな経験がおありだから。あなたは探偵小説が好きだもの」

ティムはうなった。

「もうその手の〝すばらしいアイデア〟は思いつかないでほしいなあ、お母さん。いまさら来ないでくれとは言えないでしょうねえ」

「それは、ティム、無理ですよ」

「じゃあまあ、我慢するしかないか」

給仕がやってきて、ふたりをテーブルに案内した。あとについて歩きながら、アラートン夫人は怪訝な顔をしていた。ティムはおおらかで、温和な性質の子だ。いまのようにはげしく感情を表わすのは彼らしくない。一般的にイギリス人には外国人を好まない――あるいは信用しない――ところがあるが、ティムはたいへんな国際人《コスモポリタン》なのだ。まあ、しょうがない――と夫人はため息をつく。どうせ男なんてわけがわからない！　こんなに近しい肉親でも、気心を知り尽くせないところがあって、思いがけない反応をされることがある。

親子が席についたとき、ポアロが静かな急ぎ足で食堂に入ってきた。そしてテーブルにやってくると、空いた椅子の背に手をかけた。

「本当にお言葉に甘えてよろしいのですか、マダム？」

「もちろんです。さあどうぞ、ムッシュー・ポアロ」

「ありがとうございます」

ポアロは椅子にすわるとき、ちらりとティムを見たが、ティムは不機嫌な表情を消すのに必ずしも成功していなかった。それに気づいたアラートン夫人は居心地の悪い思いをした。

夫人は楽しい雰囲気をつくろうと努めた。スープを飲むとき、皿のそばに置かれた乗客リストをとりあげた。

「どれがどの人だかあててみましょうよ」夫人はうきうきした声で提案した。「いつもこれが楽しいの」

リストを上からたどっていく。

「ミセス・アラートン、ミスター・T・アラートン。これは簡単ね！　ミス・ド・ベルフォール。彼女はオッターボーンさんたちと同じテーブル、と。なるほど。ロザリーさんといっしょだとどんな感じになるのかしら。ええと、つぎは？　ドクター・ベスナー。ドクター・ベスナー？　この方わかる？」

夫人は四人の男が陣取っているテーブルに目を向けた。

「きっとあの髪の毛を短く刈って、口髭をはやしている、太った方だわ。ドイツ人でしょう。スープがだいぶお気に召しているみたい」

確かにスープを美味しそうにすする音が聞こえてきた。

夫人はさらにつづける。

「ミス・バワーズ？　この方わかるかしらね。女の人は三、四人いるけど――まあ、あとまわしにしましょう。ミスター・アンド・ミセス・ドイル。はいはい。主賓ご夫妻といったところね。リネットさんは本当に美しい。お召し物もなんてすばらしいんでしょう」

ティムは椅子にすわったまま上体をひねった。リネットとサイモンとアンドリュー・

ペニントンは、隅のテーブルを割り当てられていた。リネットは白いドレスに真珠のネックレスをつけている。

「ばかにあっさりした服に見えるけどな」とティムは言った。「だらーんと長い布っ切れを着て、腰に紐を巻いてるだけだ」

「そうね。とっても男らしい描写だけど、あれは八十ギニーもするのよ」

「女の人はなぜそんなに服にお金をかけるんだろう」とティムは言う。「ばかげてると思いますよ」

アラートン夫人は旅の仲間の照合をつづけた。

「ミスター・ファンソープというのはきっと、ドイツ人の方と同席している、あの全然しゃべらない物静かな人ね。わりといいお顔。妙に慎重そうだけど、知的な感じがするわね」

ポアロは同意した。

「そう——知的な人です。自分はしゃべりませんが、人の話をよく聞き、観察眼を働かせています。そう、目をしっかり使っていますな。あまりこういう国に旅行に来るようなタイプではないようです。ここへは何をしに来たのでしょうね」

「ミスター・ファーガスン」アラートン夫人はつぎに進む。「これは例の反資本主義の人じゃないかしら。ミセス・オッターボーン、ミス・オッターボーン。このふたりはみんな知っているわね。ミスター・ペニントン、またの名を〝アンドリューおじさん〟。男前ねえ——」

「ちょっとお母さん」ティムが注意する。

「とっても男前だと思うけど、冷淡なタイプね」とアラートン夫人。「顎のあたりに無慈悲な感じが出ている。たぶん、よく新聞に出ている、ウォール街で相場をやっているような人でしょう。とびきりのお金持ちに違いないわ。つぎは——ムッシュー・エルキュール・ポアロ——もっか、才能を遊ばせ中。ねえ、ティム、ムッシュー・ポアロのために犯罪でも犯してみたら？」

邪気のない冗談なのに、ティムはまた嫌な顔をした。

息子のしかめ面を見て、夫人は急いでつぎに移る。「ミスター・リケッティ。親愛なるイタリア人考古学者。そしてミス・ロブスンとミス・ヴァン・スカイラー。最後の人は簡単ね。アメリカ人のとっても醜い老婦人。自分ではこの船の女王さまのつもりで、うんとお高くとまり、厳しい条件をみたす人しか相手にする気はない、という感じ！でも、すごいと言えばすごい人ね。一種の骨董品《こっとうひん》というか。いっしょにいるのはミス・バワーズとミス・ロブスン——痩せて鼻眼鏡をかけているほうがたぶん秘書で、もうひとりの、ちょっと情けない感じの若い人は貧しい親類。奴隷みたいな扱いを受けながらも、旅を楽しんでいるみたいね。ロブスンが秘書で、バワーズというのが貧しい親類だと思うわ」

「逆ですよ、お母さん」ティムはにやにやする。急に上機嫌が戻ってきた。

「どうしてわかるの？」

「ぼくは食事の前に展望室にいたんだけど、あのばあさんが若い女に、『ミス・バワーズはどこ？ すぐ呼んできて、コーネリア』と言ったんです。コーネリアさんは従順な犬みたいにトコトコ走りだしましたよ」

「わたし、ミス・ヴァン・スカイラーとお話ししてみたいわ」とアラートン夫人。

ティムはまたにやりとした。

「鼻であしらわれますよ、お母さん」

「ううん、だいじょうぶ。まずは地ならしをするのよ。そばにすわって、低めの、でもはっきり聞こえる声で、上品な言葉遣いをして、思いだせるかぎりの貴族の親類や知り合いのことを話すの。あなたの又従兄《またいとこ》のグラスゴー公爵、あの人の名前なんかさりげなく出したら、きっと効果があるわ」

「お母さんも人が悪いなあ！」

食事のあとで起きたいくつかの出来事は、人間本性《ほんせい》の研究家が見れば面白味がなくもなかっただろう。

社会主義的な思想を持つ若い男（アラートン夫人の推測どおりファーガスン氏だった）は、喫煙室へ行った。最上層の展望室へあがっていくほかの乗客たちを軽蔑しているようだった。

ミス・ヴァン・スカイラーは当然の権利だとばかり、展望室の、すきま風の届かない最良の席を確保した。そこにはすでにオッターボーン夫人がすわっていたが、つかつかと歩み寄ってこう言ったのだ。

「ちょっと失礼。わたし、ここに編み物を置いておいたと思いますけど！」

その目に見据えられて、ターバン女史は催眠術にかかりでもしたように立ちあがり、席をあけわたした。ミス・ヴァン・スカイラーとお供のふたりはそこに陣取った。オッターボーン夫人はすぐそばの席につき、何度かミス・ヴァン・スカイラーに話しかけてみたが、そのつど冷たい儀礼的な応答にはね返され、まもなく諦めてしまった。以後ずっと、ミス・ヴァン・スカイラーは栄光ある孤立を守りつづけた。ドイル夫妻はアラートン親子と同席した。医師は寡黙なファンソープ氏を話し相手にした。ジャクリーヌ・ド・ベルフォールは、本を一冊手にひとりですわっていた。ロザリー・オッターボーンは落ち着かないようすだった。アラートン夫人は一、二度会話に引きこもうとしたが、ロザリーは不愛想な反応しか示さなかった。

エルキュール・ポアロはひと晩中、オッターボーン夫人の、作家の使命についてのご高説を拝聴させられた。

その夜、自分の船室に戻る途中で、ポアロはジャクリーヌ・ド・ベルフォールと出くわした。彼女は手すりに寄りかかっていた。こちらをふり向いたその顔の、ひどくみじめそうな表情を見て、ポアロは驚いた。周囲の目を気にしない傍若無人さも、悪意をみなぎらせて食ってかかる態度も、暗い炎を燃やして勝利感に浸る雰囲気も、そこにはなかった。

「おやすみなさい、マドモアゼル」

「おやすみなさい、ムッシュー・ポアロ」少しためらったあと、ジャクリーヌはこう言った。「わたしがこの船に乗っていて、驚いたでしょ」

「驚いたというより、気の毒に思いました――とても気の毒に……」

ポアロは憂《うれ》わしげに言った。

「気の毒って――わたしが？」

「そうです。あなたは、マドモアゼル、危険な道を選びました……。わたしたちはこの船で旅に出ましたが、あなたも、あなた自身の魂の旅に出たのです——流れの急な川、危険な岩、この先どんな災いが待っているか知れません……」

「なぜそんなことを言うの？」

「本当のことだからです……。あなたは自分を安全な岸につなぎとめていたロープを切ってしまいました。いまから引き返す気になっても、引き返せるかどうかは怪しいです」

ジャクリーヌはごくゆっくりと言った。

「それは本当ね……」

それから頭をさっとのけぞらせた。

「でも、いい——自分の星を追うしかないの——どこへ行くことになろうと」

「お気をつけなさい、マドモアゼル、間違った星を追わないように……」

ジャクリーヌは笑い声をあげ、貸し驢馬屋の若者の呼び声をまねた。

「あの星悪いよ！　あの星落ちるよ！……」

船室で眠りに落ちていくちょうどそのとき、ポアロはささやき声を聞いて、目をさました。

それはサイモン・ドイルの声で、言葉は汽船がセヘル島を出るときに言ったのと同じものだった。「とにかくこれをやり抜くしかないんだ……」

「そう」とポアロは思った。「やり抜くしかない……」

ポアロは幸福な気分ではなかった。

8

翌朝早く、船はエッセブアに着いた。コーネリア・ロブスンは、顔を輝かせながら、つばの広い大きな帽子をかぶり、まっ先に上陸した数人のひとりとなった。コーネリアはつんとした態度をとるのが得意ではない。気立てのいい娘で、誰にでも好意的な態度をとる。ふと見ると、エルキュール・ポアロがいた。白いスーツにピンクのシャツ、大きな黒い蝶ネクタイ、頭には探検帽。そのいでたちに、貴族的なミス・ヴァン・スカイラーなら顔をしかめただろうが、コーネリアは平気だった。

ふたりはスフィンクスのならぶ広い通路をいっしょに歩いた。ポアロが、「お連れの方たちは神殿見物にいらっしゃらないのですか?」と会話のきっかけをつくると、コーネリアは喜んでそれに応じた。

「ええ、マリーおばさまは――これはミス・ヴァン・スカイラーのことですけど――あまり早起きしないんです。健康にとても、とても、気をつけなくちゃいけませんから。

そしてもちろん、ミス・バワーズには、この人は看護婦さんですけど、残っていろいろやってもらいたがるわけです。それにおばさまは、これは第一級の神殿じゃないと言うし――でも、ものすごくやさしい人だから、わたしが見に行くのはかまわないって言ってくれたんです」

「寛大ですな」ポアロはそっけなく言う。

純真なコーネリアは皮肉な調子に気づかない。

「ええ、とてもやさしいんです。この旅行に連れてきてくれて本当にいい人だと思います。わたし、運がいいと思ってます。おばさまが母にわたしも連れていきたいと言ってくれたときは、信じられなかったくらいです」

「あなたは旅行を楽しんでいるのですね？」

「もう、とってもすてきです。イタリアにも行きました――ヴェネツィアと、パドヴァと、ピサに――それからカイロにも行って――ただ、カイロではおばさまの具合があまりよくなくて、あちこち見られなかったんですけど。そうしていまは、ワディ・ハルファまで行って帰ってくるこのすばらしい船旅をしているんです」

ポアロはにっこり笑った。

「あなたは幸福な性格ですね、マドモアゼル」

それから、物思いにふけりながら前をひとりで黙って歩いている、いつも不機嫌顔のロザリーに目を向けた。

「あの方、とてもきれいですよね」コーネリアがポアロの視線の先を見て言う。「ただ、いつも軽蔑のまなざし、みたいな感じで。もちろん、とてもイギリス人らしいってことですよね。ミセス・ドイルほど美しい人じゃないけど。ミセス・ドイルは、わたしがいままで見たなかでいちばん美しくて優雅な人だと思います！　旦那《だんな》さまはもう奥さまが歩く地面すら崇拝《すうはい》しているって感じじゃありません？　あの髪の白いご婦人は高貴な感じに見えると思うんですけど、どうですか？　公爵のご親類だとか。ゆうべわたしたちの近くにすわっていたとき、そう話してましたよ。でも、あの方自身は貴族じゃないんですよね？」

コーネリアがしゃべりつづけているうちに、ガイドがみんなに立ちどまるよう求め、詠唱するような調子で説明を始めた。「この神殿はアメン神と太陽神ラー・ホルアクティを祀《まつ》っております——ラー・ホルアクティはハヤブサの頭をもつ姿で描かれ……」

単調な声の説明がつづいた。ベスナー医師は、ベデカー旅行案内書を手に、ドイツ語で書かれた文章を小声で読んでいた。活字のほうが好きなのだ。

ティム・アラートンは一行に加わっていなかった。母親のほうは寡黙なファンソープ氏となんとか話をしようとしていた。アンドリュー・ペニントンはリネットと腕を組んで、ガイドの説明に耳を傾けている。特に興味があるのは数字らしい。

「高さが二十メートル？　もう少し低いように見えるがな。しかし偉い男だね、このラムセス二世というのは。エジプトの大立者だ」

「大物の実業家だったのよ、アンドリューおじさん」

アンドリュー・ペニントンは、安心したという目でリネットを見た。

「けさは元気そうだね、リネット。このところ、ちょっと心配していたんだ。やつれているように見えたから」

一行はおしゃべりをしながらまた船に戻った。カルナック号はふたたび川をさかのぼる。風景はもうそれほど厳しいものではなくなり、椰子《やし》の木や畑も目につきだした。風景の変化とともに、乗客たちを密《ひそ》かに圧迫していたものが消えていくように思えた。ティム・アラートンの不機嫌は直り、ロザリーのむっつり顔は和らいでいた。リネットはほとんど快活に見えた。

ペニントンがリネットに言った。「新婚旅行中の花嫁にこういう話をするのは野暮なんだが、二、三の――」

「もちろんいいわよ、アンドリューおじさん」リネットはたちまち事務的な態度になった。「わたしが結婚したから、いろんなことが変わってきたんでしょう?」

「そうなんだ。またあとででもいいから、二、三の書類にサインをもらいたい」

「いまでかまわないけど?」

ペニントンは周囲を見まわした。展望室のそのあたりには、ほかに人がいなかった。ほとんどの乗客は外の、展望室と船室の並びのあいだのスペースにいた。展望室にいるのは、ひとりはファーガスン氏で、部屋の真ん中あたりの小さなテーブルでビールを飲んでいる。汚れたフランネルのズボンに包まれた両脚を前にのばし、グラスを口に運ぶあいまに口笛を吹いていた。もうひとりはポアロで、ファーガスン氏の前にすわっている。あとはミス・ヴァン・スカイラーが、隅の席でエジプトの本を読んでいた。

「そうかね。それじゃ」ペニントンはそう言って、展望室を出ていった。

リネットとサイモンは微笑みをかわした──ゆっくりと時間をかけて満開になる微笑みだった。

サイモンが言った。

「気分はいいかい?」

「あいかわらず上々……。不思議なくらい、もう不安はなくなったわ」

サイモンは深い確信を口調にこめて言った。

「きみはすばらしいよ」

ペニントンが戻ってきた。文字がびっしりタイプされた書類をひと束持っていた。

「まあ!」リネットは声をあげた。「これ全部にサインするの?」

ペニントンは弁解した。

「いやあ、たいへんな作業で申し訳ないんだが。諸々《もろもろ》きちんと整えないといけないのでね。まずは五番街の不動産の賃貸借契約……それから、こっちは西部の油田の採掘権関係……」

かさかさ紙をめくりながら話しつづける。サイモンはあくびをした。

展望室のドアがひらき、ファンソープ氏が入ってきた。あたりを漫然と見まわしてから、ポアロのそばへやってきた。そして立ったまま、外の薄青い川水と、それを包みこむ黄色い砂地を眺めた……。

「――じゃ、ここにサインを」ひととおり説明したあと、ペニントンはひと綴《つづ》りの書類をリネットの前に置き、ある箇所を指さした。

リネットは書類をとりあげ、目を通しはじめた。読み終えると、一枚目に戻り、ペニントンが置いた万年筆を手にとって、リネット・ドイルと署名した……。

ペニントンはその書類をとりあげ、べつの綴りを置く。

ファンソープがそちらの方向へ歩いていった。船が通りすぎていく岸辺に何か興味深いものを見つけたのか、横手の窓から外を見る。

「これは名義書換の書類」ペニントンは言った。「読まなくてもいいよ」

それでもリネットはすばやく一読した。ペニントンは三つ目の綴りを置く。またしてもリネットは注意深くあらためた。

「べつに込み入った書類じゃないんだよ」とペニントン。「面白くもないことが法律用語でずらずら書いてあるだけだ」

サイモンはまたあくびをした。

「ねえ、リン、まさか全部読む気じゃないだろうね？　これじゃ昼食の時間が過ぎてしまうよ」

「いつも全部読むことにしているの」とリネットは答える。「そうしなさいって、お父さんに言われたのよ。何か書き間違いがあるかもしれないからって」

ペニントンが少し辛辣な笑い方をした。

「きみはたいした女実業家だな、リネット」

「ぼくよりずっと緻密《ちみつ》だね」サイモンも笑った。「ぼくは生まれてこのかた、法律関係の書類なんて読んだことないよ。この点線の上にサインしろと言われたらサインをする

——それだけだ」

「それはいい加減すぎる」とリネット。

「ぼくには実務的な頭がないんだよね」サイモンはほがらかに言う。「昔からそうなんだ。ここにサインして——はいはい。そのほうが簡単だ」

ペニントンは何か考える面持ちでサイモンを見ていた。そして鼻の下をこすりながら冷ややかに言った。

「それはちょっと危険かもしれないね」

「そんなことないですよ」とサイモンは答える。「ぼくは世の中の人が寄ってたかってぼくを食い物にしようとしているなんて考えるタイプじゃない。人を信用するタイプだ——そのほうが得なんです。人に裏切られたなんて経験はほとんどないですよ」

不意に、誰もが驚いたことに、寡黙なファンソープがさっとこちらを向いて、リネットに言った。

「突然口をはさんで失礼ですが、わたしはあなたの実務的な感覚にたいへん感心しているんです。仕事上の経験からすると——あ、わたしは弁護士ですが——女性は残念なことに非実務的です。書類を全部読んでからサインするというのは——じつにりっぱなものです」

ファンソープは軽く頭をさげた。それからちょっと顔を赤らめると、また向き直って、ナイルの岸辺を眺めはじめた。

リネットは当惑ぎみに、「ああ——ありがとうございます……」と答え、くすくす笑いを封じるために唇を嚙んだ。若い男が不思議なくらいまじめな調子で話したからだ。

ペニントンはひどく迷惑そうな顔をしていた。

サイモンは、いまのが不愉快なのか面白いのかわからないという顔だ。

ファンソープの耳の裏側は真っ赤だった。

「じゃ、つぎどうぞ」リネットはペニントンに笑顔を向けた。

だが、ペニントンは気分を害したようだった。

「べつの機会にしようか」ぎこちなく言った。「まあ——その——ドイル君の言うとおり、全部読んでいたんじゃ昼食の時間が過ぎてしまうからね。外の絶景も見逃したくないし。どのみち急ぐのは最初のふたつだけなんだ。残りはあとで片づけよう」

リネットは言った。

「ここ、すごく暑いわね。外に出ましょう」

三人は自在扉を抜けた。ポアロは首をめぐらした。思案にふけりながら、ファンソープの背中を見た。それから視線を、だらけた姿勢ですわっているファーガスンに移した。

彼は頭をのけぞらせて小さく口笛を吹いていた。

最後にポアロは、隅の席で背筋をのばしてすわっているミス・ヴァン・スカイラーに目をやった。彼女はファーガスンを睨んでいる。

左舷《さげん》の自在扉がひらき、コーネリア・ロブスンが急いで入ってきた。

「遅いじゃないの」ミス・ヴァン・スカイラーが叱りつける。「どこへ行ってたの？」

「ごめんなさい、マリーおばさま。毛糸がおっしゃったところになかったんです。べつの箱に入っていて——」

「あなたはほんとに探し物が下手くそなんだから！　一生懸命やっているのはわかっているけど、もっと頭を使って、てきぱきやらないと。なんでも気を入れてやらなきゃだめですよ」

「ごめんなさい、マリーおばさま。わたしって、ほんとにばかですよね」

「がんばればばかにならずにすむんです。この旅行に連れてきてあげたんだから、お返しにもうちょっと気のきいた働きをしてほしいものね」

コーネリアは顔を赤らめた。

「ほんとにごめんなさい、マリーおばさま」

「で、ミス・バワーズはどこ？　薬の時間からもう十分たってしまいましたよ。すぐ連れてきてちょうだい。お医者さまからこれはものすごく大事な薬だって――」

このとき、ミス・バワーズが、水薬の入ったグラスを手に入ってきた。

「お薬です、ミス・ヴァン・スカイラー」

「十一時に飲むことになっているのよ」老婦人は嚙みつくように言う。「時間を守らないのはほんとに嫌なの」

「ええ」ミス・バワーズは自分の腕時計をちらりと見た。「いま十一時三十秒前です」

「でもわたしの時計じゃ十一時十分ですよ」

「わたしの時計のほうが正確です。いつも正しい時刻を教えてくれます。一秒も遅れたり進んだりしません」

ミス・バワーズの落ち着きはびくともしない。

老婦人は薬を喉《のど》に流しこんだ。

「よけいに気分が悪くなった」ぴしゃりと言う。

「それはお気の毒です、ミス・ヴァン・スカイラー」

ミス・バワーズは少しも気の毒そうではなかった。完全に無関心な口調だった。機械的にしかるべき返事をしているだけのようだ。

「ああ、ここは暑い」ミス・ヴァン・スカイラーはぎすぎすと言う。「デッキに空いた椅子を見つけてきてちょうだい、ミス・バワーズ。コーネリア、わたしの編み物を持って。落とさないよう気をつけてね。あとで毛糸を少し巻いてもらいますよ」

御一行は外に出た。

ファーガスンがため息をつき、脚をもぞもぞ動かしながら、誰に言うともなく言った。

「まったくあのばあさま、首をひねってやりたいね」

ポアロは興味を覚えて声をかけた。

「お嫌いなタイプのようですな」

「嫌いなタイプ？　ああ嫌いだね。あんな、なんの役にも誰の役にも立たない人間は。働いたことなんか一度もなくて、指一本動かさない。ほかの人間を食いものにして肥え太る。あれは寄生虫だ——寄生虫のなかでも特に不快な寄生虫だ。この船にはほかにも、この世界にいなくていい人間が何人もいるよ」

「本当ですか？」

「ああ。さっきそこにいた若い女もそうだ。名義書換の書類にサインしながら、やたらいばってた女。何百何千もの労働者がはした金で奴隷みたいに働かされて、おかげであの小娘はシルクの靴下だのなんだのと無駄な贅沢ができる。イギリスで指折りの裕福な女だと誰かから聞いたがね——生まれてから一度も努力なんかしたことがないんだ」

「あの人がイギリスで指折りの裕福な女性だというのは誰から聞いたのですか？」

ファーガスンは喧嘩《けんか》を売るような目でポアロを見た。

「あんたが話をするような人じゃないよ！　自分の手を使って働き、それを恥じていない人間だ！　あんたがつきあってる、着飾った、きざったらしい、役立たずの連中とは大違いのね」

ファーガスンは憎々しげな目でポアロの蝶ネクタイとピンクのシャツを見つめた。

「わたしは自分の頭脳を使って働き、それを恥じていません」ポアロは相手の目を見返して言った。

ファーガスンはふんと鼻で笑った。

「銃殺にしてしまえばいい――そんな連中はみんな！」

「いやはや、あなたは暴力に対してたいへんな情熱をお持ちですね！」

「暴力なしでいったい何ができるというのか、教えてくれないか？　建設をするためにはその前に破壊が必要なんだ」

「確かにそのほうが手っ取り早くて、賑《にぎ》やかで、派手な見物《みもの》になりますな」

「あんたの職業はなんなんだ？　どうせ何もしていないんだろう。それとも仲買人《ミドルマン》あたりか」

「わたしは中程度の人《ミドルマン》ではありません。頂点の人《トップマン》です」ポアロはかすかに傲慢な口調で言った。

「だからなんの商売だ？」

「わたしは探偵です」とポアロは答えた。〝わしは国王じゃ〟というのと同じくらい頭《ず》の高い言い方だった。

「へえ！」ファーガスンは心底驚いたようだった。「あの女は探偵を連れ歩いているのか。そこまで用心して貴《とうと》い御身《おんみ》を守ってらっしゃるんだ」

「わたしはムッシュー・エ・マダム・ドイルとはいかなる関係もありません」ポアロは切り口上で言った。「いまは休暇中です」

「物見遊山というわけか」

「あなたはどうなのです。やはり休暇中なのでは？」

「休暇中？」ファーガスンはふんと鼻を鳴らした。そして、「ぼくは状況を視察中なんだ」と謎めいたことを言った。

「それは興味深いですな」ポアロはつぶやくように言って、ゆっくりとデッキに出ていった。

ミス・ヴァン・スカイラーは最良の場所にすわっていた。コーネリアがその前にひざまずき、両腕を持ちあげて、グレーの毛糸の巻きとりを手伝っている。ミス・バワーズは椅子の上で背筋をぴんとのばし、サタデー・イヴニング・ポスト紙を読んでいた。ポアロは右舷のデッキをゆっくりと歩いていく。船尾に曲がったところで、ひとりの女とぶつかりそうになった。女は驚いた顔をポアロに向けた――肌の浅黒い、きりっとした、ラテン民族の顔だった。黒い服をすっきり着こなし、制服姿の大柄な男と立ち話をしていた。男は見たところ機関士らしい。ふたりとも顔に奇妙な表情を浮かべていた――うしろめたさと警戒の色だ。何を話していたのだろう、とポアロは思った。

また船尾の角を曲がり、左舷のデッキを進んだ。とある船室のドアがひらき、オッターボーン夫人が出てきて、もう少しでポアロの胸に飛びこむところだった。夫人は真っ赤なサテンの化粧着を着ていた。

「ごめんなさい」と夫人は言った。「ムッシュー・ポアロ――ほんとにごめんなさいね。どうも船が――揺れるせいで。あたし船に弱いの。じっとしててくれればいいんだけど……」ポアロの腕をつかんだ。「縦揺れがだめなのよ……。船にはほんとに弱くて。それに何時間もひとりでほったらかしにされてね。うちの娘ときたら――母親のこと、何も考えてくれない――何もわかってくれないの。あの子のためにずっとがんばってきたのに……」夫人は泣きだした。「骨身を削って――身を粉にして――奴隷のように働いてきたのに。恋多き女《グランド・アムルーズ》に——あたしはなれたかもしれないのに——恋多き女《グランド・アムルーズ》になれたかもしれないのに——すべてを——すべてを犠牲にして……。なのに誰も気にかけてくれない！　あたしはみんなに言ってやる——いまからみんなに言いに行くわ——娘があたしをほったらかしにするって——あれは薄情な子だって——こんな旅行に来させて——死ぬほど退屈なのに……。いまからあたしはみんなに言いに行くのよ——」

ぱっと駆けだそうとするのを、ポアロはやさしく押さえた。

「わたしがお嬢さんを呼んできてあげますよ、マダム。部屋にお戻りなさい。それがいちばんいい——」

「だめ。あたしはみんなに言うの——船に乗ってる人全員に——」

「危ないですよ、マダム。ずいぶん揺れますからね。デッキから落ちるかもしれません」

オッターボーン夫人は、本当だろうかという顔でポアロを見た。

「そう思う？　ほんとにそう思う？」

「ええ」

説得はうまくいった。夫人は動揺し、ためらったあと、船室に戻った。

ポアロは一、二度、鼻をひくつかせた。それからうなずき、デッキをさらに進んで、ロザリー・オッターボーンのいるところへ行った。ロザリーはアラートン夫人とティムのあいだにすわっていた。

「お母さまがお呼びですよ、マドモアゼル」

楽しそうに笑っていたロザリーは、たちまち顔を曇らせた。不審そうな目でちらりとポアロを見たあと、急ぎ足で通路を歩いていった。

「どうもよくわからない子ね」とアラートン夫人は言った。「態度がすぐ変わるんですもの。親しくなれたかなと思ったら――つぎの日にはまた不愛想になって」

「わがままで気難しいんですよ」とティム。

アラートン夫人は首を横にふった。

「ううん。そういうことじゃないと思うわ。あの子、不幸なんですよ」

ティムは肩をすくめた。

「ま、みんなそれぞれ問題を抱えていると」ちぎって捨てるような言い方だった。

ベルの音が大きく鳴り響いた。

「あ、昼食《おひる》の時間」アラートン夫人がうれしそうに声をあげる。「もうおなかがぺこぺこ」

その夜、ポアロはアラートン夫人がミス・ヴァン・スカイラーの隣にすわって話しているのに気づいた。そばを通りかかると、夫人はそっとウィンクをしてみせた。

夫人はこんなことを言っていた。「もちろん、カルフリーズ城でのことですわ――公爵は――」

コーネリアは、側仕《そばづか》えの仕事を一時的に解かれて、デッキに出ていた。そしてベスナー医師の話に耳を傾けていた。医師はベデカー旅行案内書を拾い読みしながら、いささかくだくだしい調子でエジプト学の解説をしている。コーネリアはうっとりと聞いていた。

手すりに寄りかかったティム・アラートンが言っていた。

「とにかく、世の中は腐っている……」

ロザリー・オッターボーンが答えていた。

「不公平なのよ……一部の人だけがすべてを持っていて」

ポアロはため息をついた。

自分がもう若くないことがうれしかった。

9

月曜日の朝、カルナック号のデッキではさまざまな表現での喜びと賛嘆の声が聞かれた。汽船は岸に係留されている。そこから数百メートル離れたところで、朝の陽射しが、岩山を削ってつくった巨大な神殿にあたっていた。崖《がけ》から彫りだされた四体の巨大な人物像は、ナイルの川面とのぼってくる太陽を永久に眺めつづけている。

コーネリア・ロブスンはしどろもどろに感激を口にした。

「ああ、ムッシュー・ポアロ、ほんとにすばらしいですね。すっごく大きくて、安らかで——見ていると、人間なんてほんとにちっぽけで——まるで虫みたいだなあって——くよくよ悩むことなんてなんにもないんだって思えますよね」

近くに立っているファンソープが、「ふうむ——本当に——すごい」とつぶやく。

「壮大ですねえ」サイモン・ドイルがそう言いながら近づいてきた。それからポアロだけに話しかけるようにつづけた。「ぼくは神殿見物とか観光とか、そういうものはあまり好きじゃないんですが、こういうのを見ると、なんて言うのか、さすがにぐっと来ますね。昔のエジプトの王さまたちはすごい人たちだったんだなと思いますよ」

ファンソープはそのあいだに離れていった。サイモンは声を低くした。

「ぼくはこの船のツアーに参加してとてもよかったと思っています。おかげで――その、解決しましたからね。どうしてって思うかもしれませんが――事実なんです。リネットは元気をとり戻しました。問題と正面から向きあうことにしたからだって、彼女は言っています」

「そういうことはあるでしょうね」とポアロ。

「船でジャッキーを見たときは、たまらない気分になったけど――そのあと、ふっと、どうでもよくなったそうです。ぼくたちはもうジャッキーから逃げないことに決めました。これからは堂々と顔を合わせる。つきまとわれたって全然平気だってところを見せてやる。あんなのはただの品のない嫌がらせにすぎないんです。ジャッキーはぼくたちを動揺させているつもりだろうけど――もうこっちは動じない。それで彼女も思い知るはずです」

「そうですね」ポアロは思案しながら言う。

「どうです、いいやり方でしょう?」

「ええ、そう。そうですな」

リネットがデッキのほうへやってきた。淡い杏色《あんず》をしたリネンのドレスを着ていた。顔は微笑んでいた。

特に感情のこもらない冷ややかな会釈でポアロに挨拶をし、夫を連れ去った。

ポアロは、どうやら批判めいた意見を述べたせいで嫌われたらしいと気づき、ちょっと可笑《おか》しくなった。リネットは自分のすべてについて無条件の賞賛を受けることに慣れている。ポアロは、誰もがそのような賞賛をすべきであるという教義にはっきりと違反したのだ。

アラートン夫人がそばに来てささやいた。「リネットさん、ずいぶんようすが変わりましたね！　アスワンではあんなに不安がって不幸そうだったのに。きょうはあんまり幸せそうだから、〝フェイ〟なんじゃないかと心配になるわ」

ポアロがどういう意味か尋ねようとしたちょうどそのとき、集合を促す声があがった。これから乗客たちは上陸し、ガイドに先導されてアブ・シンベル神殿を見物するのである。

ポアロは歩いているうちにアンドリュー・ペニントンとならんだ。

「エジプトははじめてなんでしょう？」とポアロは訊いた。

「いや、一九二三年にも来ているんだ。もっとも、カイロにだがね。ナイル川をさかのぼる旅はこれがはじめてだ」

「確かこちらへはカーマニック号で来られたのでしたね――ムッシュー・ドイルがそう言ってらしたと思いますが」

ペニントンは鋭い目をポアロに向ける。

「ああ、そう、そのとおりだ」

「わたしの友達も同じ船で来ましたが、お会いになりませんでしたかね？――ラシントン・スミス夫妻というのですが」

「そういう名前の人と会った覚えはないですな。乗客は定員いっぱい乗っていたし、天候が悪かったから外に出てこない人が多かった。どのみち短い旅だから、誰が乗っていて誰が乗っていなかったかなんてわかりゃしない」

「ええ、そうでしょうね。ドイルさん夫妻に会ったのはうれしい偶然でしたでしょう。リネットさんが結婚されたのはご存じなかったのですか？」

「ああ。ミセス・ドイルがアメリカに手紙をくれたが、それが旅先へ転送されてきたのは、カイロで思いがけず会ってから何日かたったあとだった」

「もうずいぶん以前からのお知り合いだそうですね？」

「まあ、そう言っていいだろうな、ムッシュー・ポアロ。はじめて会ったとき、リネットはまだ可愛い女の子だった。これくらいの背の——」と手で背丈を示す。「彼女のお父さんとわたしは古くからの親友だったがね。偉い男だった、メルウィッシュ・リッジウェイは——そして、たいへんな成功者だった」

「リネットさんは莫大な財産を相続されたのだとか……あ、失礼《パルドン》——プライバシーに踏みこんではいけませんね」

ペニントンはちょっと面白がるような顔をした。

「なに、周知の事実だよ。そう、リネットは裕福な女性だ」

「しかし、先年の大暴落が株資産の評価額に影響しているのではありませんか？　たとえ堅実な株で固めていても」

ペニントンが答えるまでに少し間があいた。

「それは、ある程度まではそのとおりだ。最近は損を切るか、持ちつづけるか、その判断がすごくむずかしい」

ポアロは小声になった。

「それにしても、マダム・ドイルは実務的な頭がおありのようですね」

「そう。まったくそのとおり。リネットは頭のいい実際的な人だ」

ふたりは立ちどまった。ガイドが偉大なる王ラムセス二世によって建造されたこの神殿の解説を始めた。神殿の入り口の左右に二体ずつ、計四体ある巨像は、どれもラムセス二世の座像である。岩山をえぐりながら形を彫りだしてつくった王の像は、ばらけて歩く旅行者の小集団を見おろしていた。

リケッティ氏はガイドの説明などは聞かず、巨像の台座に近づいて黒人やシリア人の捕虜《ほりょ》の浮き彫りを調べるのに忙しかった。

神殿の内部に入ると、薄暗い平穏が一行を包みこんだ。ガイドがいまも鮮やかに色彩を保っている壁の浮き彫りを指さしながら説明をしたが、旅行者たちは自然にいくつかのグループに分かれていった。

ベスナー医師は神殿内にドイツ語を響かせてベデカー旅行案内書を読み、コーネリアのために、ときどき英語に訳した。コーネリアは従順なようすで医師につきしたがっている。もっとも、それは長くつづかなかった。ミス・ヴァン・スカイラーが、冷淡な顔のミス・バワーズの腕につかまりながら入ってきて、「コーネリア、こっちへおいで」と命じ、講義はやむをえず打ち切りになったからだ。医師は眼鏡の分厚いレンズ越しに、コーネリアのうしろ姿をどこか上の空で見送った。

「じつにいい娘《こ》だ」医師はポアロに言った。「近ごろの若い女のなかには餓死《がし》しかけているような痩せっぽちもいるが――あの娘は曲線がすばらしい。それに人の話を熱心に聞いてよく理解する。あの娘に教えるのは楽しいよ」

コーネリアは人にこき使われたり教えられたりするのが運命のようだ、という考えが、ポアロの頭をふとよぎった。どちらにしても、話を聞く側であって、聞かせる側ではないのだ。

コーネリアがご用を命じられたおかげで一時的に体があいたミス・バワーズは、神殿内部の真ん中に立ち、好奇心のない冷ややかな視線をまわりに走らせた。遠い過去の驚異に対する彼女の反応はわかりやすいものだった。

「ガイドはこの神だか女神だかのどれかの名前を醜女《ムート》と言ってたけど。変な名前」

神殿の奥には至聖所があり、薄闇のなかで超然とした異様な威厳を示しながら、四体の神像が永遠に鎮座していた。

四つの像の前に、リネットとその夫が立っていた。リネットはサイモンと腕を組み、上をあおいでいる――それは新しい文明に属する人間の典型的な顔で、知性と好奇心に満ち、過去にとらわれていなかった。

不意に、サイモンが言った。

「もう出よう。この四人は好きじゃない――特にあの丈の高い帽子をかぶったやつが嫌だ」

「あれは確か、王の守護神アメン・ラーよ。あれがラムセス二世。どうして好きじゃないの？　強烈な魅力があるじゃない」

「強烈すぎるよ——なんだか不気味だ。早く陽のあたるところに出よう」

リネットは笑ったが、言うとおりにした。

ふたりは神殿を出て、陽射しのもとで黄色い温かな砂を踏んだ。リネットが笑いだした。足もとにヌビア人の少年の頭が五つ六つ一列にならんでいる。一瞬、胴体から切り落とされた生首が転がっている凄惨《せいさん》な光景かと見えたが、すぐに目がきょろきょろ動き、首が左右にリズミカルにふられ、唇が珍妙な歌を歌いだしたのだ。

「ヒップ、ヒップ、フレー！　ヒップ、ヒップ、フレー！　いいねいいね、面白いね、ありがとうございまーす」

「あはは、ばかばかしい！　どうやっているの？　ほんとに首まで埋まっているのかしら」

サイモンが小銭を何個かとりだした。

「いいねいいね、でもお金かかるね」とふざける。

この〝ジョー〟の責任者らしき少年ふたりが、ささっと小銭を拾った。

リネットとサイモンは歩きだした。まだ船に戻りたくはないが、見物にも飽きていた。そこで地面にすわって崖にもたれ、暖かい陽射しを浴びることにした。

「お陽さまってすてき」とリネットは思った。「暖かくて――信頼できて……。幸福ってすてき……。わたしであるってすてき――わたし――わたし――リネット――」

それから目をつぶった。なかば眠り、なかば醒めて、吹きみだれ流れめぐる砂のような物思いのなかで漂っていた。

サイモンの目はひらいていた。その目もまた満足していた。あの最初の夜に動揺したのはなんて愚かなことだっただろう……。動揺なんてしなくていい……。何もかもだいじょうぶだ……。とどのつまりは、ジャッキーを信用すればいいのだ――。

叫び声がひとつ聞こえた――みんなが腕をふりながら――叫びながら――駆けてきた……。

サイモンは一瞬、呆《ほう》けたようにみんなを見ていた。が、つぎの瞬間、ぱっと立ちあがってリネットを自分のほうへ引きよせた。

間一髪だった。大きな岩が崖を転がり落ちてきて、地面に激突した。あのままそこにすわっていたら、リネットは押しつぶされて原形をとどめなかっただろう。

ふたりは真っ青な顔で抱きあっていた。エルキュール・ポアロとティム・アラートンが駆けつけてきた。

「いやはや、マダム《マ・フォワ》、危ないところでした！」

四人とも、思わず崖の上を見あげた。何も見えなかった。しかし、上には小道がついている。ポアロは、上陸したときに現地人が何人かそこを歩いているのを見たのを思いだした。

ポアロはドイル夫妻を見た。リネットは当惑のあまり、まだぼうっとしている。サイモンのほうは怒りをうまく言葉にできず、罵声《ばせい》が口から出た。

「くそっ、あいつ！」

だが、ちらりとティム・アラートンを見て、自制した。

ティムは言った。

「ふう、きわどかった！　誰かが落としたのか、それとも自然に落ちたのか」

リネットは顔面蒼白《そうはく》で、やっとこう言った。

「たぶん——誰かが落としたんだと思う」

「あなたは卵の殻みたいにつぶされるところでしたよ。あなたには敵がいるんじゃないのかな、リネットさん」

リネットは二度、つばを飲みこんだ。ティムの軽口に返礼するのはむずかしそうだった。

ポアロが急いで言った。

「船に戻りましょう、マダム。あなたには気付けの一杯が必要です」

四人は急ぎ足で歩いた。サイモンはまだ怒りをたぎらせていた。ティムは明るい口調で話し、いま遭遇したばかりの危険からリネットの気をそらそうとした。ポアロは深刻な面持ちをしていた。

船の渡り板にたどり着いたとき、突然、サイモンがぴたりと立ちどまった。顔に驚きの色がひろがった。

ジャクリーヌ・ド・ベルフォールが船からおりてこようとしているのだ。けさは青いギンガムチェックのワンピースを着て、子供っぽく見える。

「どういうことだ！」サイモンは息だけの声で言った。「それじゃ本当に事故だったのか」

顔から怒りが消え、かわりにほっとした表情がありありと浮かんだので、ジャクリーヌは何かあったらしいと気づいたようだった。

「おはよう」と彼女は言った。「ちょっと遅くなっちゃった」

みんなに会釈をして、陸にあがり、神殿に向かって歩きだした。

サイモンはポアロの腕をつかんだ。リネットとティムは先に渡り板を渡っていく。

「ああ。ほっとしましたよ。ぼくは――てっきり――」

ポアロはうなずいた。

「はい。あなたがどう思ったかは知っています」

だが、ポアロはなおも深刻な顔で思案していた。

それからふり向いて、神殿見物に出かけたほかの人たちのようすに注意を向けた。

ミス・ヴァン・スカイラーは、ミス・バワーズの腕につかまって、ゆっくりと戻ってきた。

それより少し遠いところでは、アラートン夫人が地面にならんだヌビアの少年たちの首を見て笑っていた。オッターボーン夫人もいっしょだった。

ほかの人間の姿は見えなかった。

ポアロは首をふりふり、サイモンのあとからゆっくりと船に戻った。

10

「マダム、〝フェイ〟とはどういう意味か教えていただけませんか？」

アラートン夫人はちょっと驚いた顔をした。

ポアロと夫人は第二急湍を見おろす岩山を、苦労しながらゆっくりと登っていた。ほとんどの人は駱駝《らくだ》に乗ったが、ポアロは駱駝の動きが船の揺れにちょっと似ているのでやめ、アラートン夫人のほうは、ああいう動物に乗るのはぞっとしないという理由から歩くことにしたのだった。

カルナック号は前の夜にワディ・ハルファに着いた。そしてけさ、二隻のランチが乗客を第二急湍まで運んできた。ただし、イタリア人考古学者のリケッティ氏だけは例外で、セムナという僻遠《へきえん》の地まで自分ひとりで行くと前から言い張っていた。氏によれば、セムナはアメンエムハト三世の時代にヌビアへの玄関口だった場所で、たいへん興味深いとのことだった。そこにある石碑には、黒人種であるヌビア人がエジプトに入るときは関税を払わなければならなかったことが記録されているという。この単独行動を断念させるため、いろいろと説得が試みられたが、どれも失敗に終わった。リケッティ氏の決意は固く、自分に反対する人の意見をすべて退けてしまった。反対論というのは、(1)セムナ行きなど無意味だ、(2)自動車で行けないところだからそもそも行けない、(3)仮に自動車で行けるとしてもこのあたりに自動車などない、(4)仮に自動車があるとしても値段がべらぼうに高いだろうから手に入らない、というものだ。リケッティ氏は、(1)の意見をあざ笑い、(2)に対しては、そんなことは信じられないと言い、(3)については、自分で自動車を見つけてみせると豪語し、(4)に関しては、自分はアラビア語が達者だから首尾よく値切ってみせると胸を張った。リケッティ氏は本当に出発してしまった——秘密裏にこっそり出かけたのは、自分も決められた観光ルートから離れてみようと考える者がほかの乗客から出ないようにとの配慮からだった。

「〝フェイ〟?」アラートン夫人は小首をかしげてどう説明しようかと考えた。「ええと、それはスコットランド語の言葉でしてね。とんでもないくらいの幸福のことなんです。そのあとには必ず災いが起きる、そんな幸福。ほら——こんな幸せはほんとであるはずがないって、そういうやつですよ」

夫人はさらに詳しく解説し、ポアロは注意深く耳を傾けた。

「ありがとうございます、マダム。よくわかりました。あなたがきのうそれをおっしゃったのは不思議ですね——マダム・ドイルはあの少しあとで、危うく死ぬところだったのですから」

アラートン夫人は小さく身震いした。

「すんでのところで逃れましたね。あの哀れな黒い子供たちが面白半分に転がしたんだと思います? どこの国でも男の子がしそうなことですもの——それほど悪気があったんじゃないかもしれませんよ」

ポアロは肩をすくめた。

「そうかもしれませんね、マダム」

それから話題を変えて、マヨルカ島のことを尋ねた。そこへ旅行する場合を想定した、実際的な事柄についての質問だった。

アラートン夫人はこの小柄な男をとても好きになってきていた——おそらくそれは、ひとつには息子の意見に逆らいたいという気持ちから来ている。ティムはできるだけ母親がポアロと親しくならないよう心を砕いていると、夫人には感じられた。ポアロのことを〝最悪の出しゃばり男〟だとはっきり決めつけるのだ。けれど、夫人はポアロを出しゃばり男だとは思わない。息子が偏見を持つのは、むしろあのどこか外国風の服装のせいだろう。夫人自身はポアロを、知的で刺激的な話し相手だと思っている。また人の気持ちがとてもよくわかる人でもあるようだ。気がつくと夫人は、ジョアナ・サウスウッドを厭《いと》わしく思う気持ちをポアロに打ち明けていた。そのことを話すと気が楽になった。べつにいいだろう。ポアロはジョアナと会ったことがないし——これからも会うことはたぶんない。息子と気が合うジョアナへの嫉妬がいつも心の重荷になっているけれど、それを軽くすることはいけないことではないはずだ。

ちょうど同じとき、ティムはティムで、ロザリー・オッターボーンを相手に自分の母親のことを話していた。

その話題になる前、ティムは自分の運の悪さを冗談まじりに自嘲《じちょう》していた。まず健康がすぐれない。いっそひどい病気なら興味深い人生になるのだろうが、それほどでもなく、かと言って自分の望む人生が送れるほどには頑健ではない。お金もあまりないし、性に合う職業も思いつかないし。

「ものすごくなまぬるい、無気力な人生なんだ」とさも不満そうに締めくくった。

ロザリーが唐突に言った。

「あなたにはたくさんの人が羨みそうなものがあるわ」

「なんだい？」

「お母さん」

ティムは驚き、かつ喜んだ。

「ぼくの母？ うん、それはそう。あの人は唯一無二の人だ。わかってくれてありがとう」

「ほんとにすばらしいお母さんだと思うわ。とってもおきれいで——落ち着いてらして——まるで何ものにも傷つけられないって感じで——それでいて、いろんなことを面白がって、冗談を言ったり……」

賞賛に熱が入って、舌がもつれかけた。

ティムの胸にロザリーへの温かい気持ちがわいてきた。同じように相手の母親を褒めてあげたくなった。だが、あいにくオッターボーン夫人は、ティムには世にもおぞましい存在だ。お返しができなくて、ひどく気まずい思いをした。

ミス・ヴァン・スカイラーはランチに残っていた。駱駝に乗ってであれ、徒歩であれ、岩山登りは彼女には危険だった。火が爆《は》ぜるような口調でこう言った。

「いっしょに残ってもらって申し訳ないわね、ミス・バワーズ。あなたには見物に行ってもらって、コーネリアを残すつもりだったのに。若い娘はわがままですよ。何も言わずにさっさと行ってしまって。おまけにあの不愉快な、育ちの悪いファーガスンとかいう若い男と話をしているんだから。コーネリアにはがっかりですよ。社交のセンスが全然ないわ」

ミス・バワーズはいつもの事務的な口調で言った。

「わたしは全然かまいません、ミス・ヴァン・スカイラー。歩いて山を登ると暑いですし、駱駝の鞍《くら》はぞっとします。どう見ても蚤《のみ》がいそうで」

ミス・バワーズは眼鏡のかけ具合を直し、目を細くして、岩山をおりてくる人たちを見た。

「ミス・ロブスンはあの若い男性といっしょじゃありませんね。お医者のベスナー先生といっしょです」

ミス・ヴァン・スカイラーは低くうなった。

もっとも、ベスナー医師がオーストリアに大きな診療所を持ち、ヨーロッパで高い評判を得ていると知ったときから、ミス・ヴァン・スカイラーは愛想よくする傾向にはあった。それと旅行中に診《み》てもらうことがあるかもしれないとの計算もあったのだ。

一行がカルナック号に戻ってきたとき、リネットが驚いた声をあげた。

「あら、電報が来ている」

手紙のラックから電報をさっととり、開封した。

「うん？――なんだろう――ジャガイモ、アーティチョーク、韮葱《にらねぎ》――どういう意味だと思う、サイモン？」

サイモンがやってきてリネットの肩越しに覗きこんだとき、怒りの声が聞こえた。

「失礼、その電報はわたしのだ」

リケッティ氏が電報を乱暴にむしりとり、リネットをぎろりと睨みつけた。

リネットは驚いて相手の顔を見、それから手にした封筒を見た。

「あ、サイモン、わたしなんてばかなのかしら！　リケッティって書いてある――リッジウェイじゃない――それにわたしはもうリッジウェイじゃないし。謝らないと」

小柄な考古学者を追いかけ、船尾で声をかけた。

「すみません、シニョール・リケッティ。わたし、旧姓がリッジウェイで、結婚してまだ間がないものですから、うっかり……」

そこで言いさし、笑窪《えくぼ》をつくって微笑んで、若い新婚の妻のしくじりを笑って赦してもらおうとした。

ところがリケッティは、笑ってすませる気分ではないようだった。不満を爆発させるヴィクトリア女王をしのぐほどの険悪な顔つきだった。

「宛名はもっと注意して読むべきだ。そんな不注意は赦せん」

リネットは唇を噛み、頬を上気させた。謝罪をこんなふうに突っぱねられることに慣れていなかった。くるりと背を向けてサイモンのそばへ戻ると、怒りの声をあげた。

「ほんとにイタリア人って我慢ならないわ!」

「気にしないほうがいいよ、ね。きみが気に入ったあの大きな象牙の鰐《わに》を見に行こう」

ふたりは陸にあがった。

ポアロが桟橋を歩いていくふたりを見ていると、鋭く息を飲む音が聞こえた。首をめぐらすと、ジャクリーヌ・ド・ベルフォールが横にいた。ジャクリーヌは両手で手すりを握りしめていた。こちらを向いた彼女の表情を見たとき、ポアロは驚いた。もう陽気な調子で悪意をほとばしらせるジャクリーヌではなかった。いまの彼女は、内なる炎に焼き尽くされようとしているように見えた。

「あの人たち、もう気にしないんだ」ジャクリーヌは低く早口に言った。「わたしのことを乗り越えたんだ。わたしにはもう手が届かない……わたしがここにいようといまいと、あの人たちは気にしない……。わたしには——もうあの人たちを傷つけることができない……」

手すりを握る手が震えていた。

「マドモアゼル——」

ポアロが言いかけるのを、ジャクリーヌはさえぎった。「ううん、もう遅い——警告してくれても手遅れなの……。あなたの言うとおりだった。わたしは来るべきじゃなかった。この旅行には。あなたはわたしの旅をなんと呼んだんでしたっけ？　魂の旅？　わたしはもう引き返せない——このままつづけなきゃいけない。わたしはつづけるつもりよ。あの人たちがふたりで幸せになることは許さない——絶対に許さない。それを許すくらいならいっそ彼を殺したほうがましよ……」

ジャクリーヌは不意にその場を離れていった。そのうしろ姿を見送るポアロの肩に、誰かの手が置かれた。

「きみの彼女は少し取り乱していたようだね、ムッシュー・ポアロ」

ポアロはふり返った。そこに知り合いが立っているのを見て驚いた。

「レイス大佐！」

「やあ、驚いたかい」

背の高い、赤銅色に陽灼けした男が微笑んだ。

ポアロがレイス大佐とはじめて出会ったのは、一年前、ロンドンでのことである。ふたりは非常に奇妙な晩餐《ばんさん》会に招待された——その晩餐会は、招待主である風変わりな男の死によって幕を閉じたのだった。

ポアロはレイス大佐が神出鬼没の男であることを知っていた。たいていは大英帝国のうちでも辺境の、紛争が醸されているところに現われるのだ。

「あなたはここ、ワディ・ハルファにいるんですね」ポアロは思案げに言う。

「そう、この船にね」

「ということは？」

「きみたちといっしょにセヘル島まで戻るということさ」

ポアロは眉をつりあげた。

「それはたいへん興味深いことですね。ちょっと一杯やりましょうか」

ふたりは展望室に入った。いまはがらんと無人である。ポアロは大佐のためにウィスキーを注文し、自分は砂糖をたっぷり入れたオレンジエードのダブルをあつらえた。

「帰りの船旅をごいっしょするということですが」ポアロは飲み物をひと口飲んでから言った。「政府の船で行くほうが早いのではありませんか？　日中だけでなく夜にも進むそうですから」

レイス大佐は顔に笑み皺をつくった。

「例によって冴えているね、ムッシュー・ポアロ」と楽しそうに言った。

「するとお目当ては乗客ですな？」

「乗客のひとりだ」

「ふうむ、どのひとりかな」ポアロは凝った装飾の天井に相談した。

「残念ながらわたしにもわからない」レイス大佐は憂《うれ》わしげに言う。

ポアロは興味をそそられた顔になった。

大佐は言った。

「きみには秘密にする必要はないだろう。じつはこの地域で面倒が起きているんだ——いろんな形でね。われわれが追っているのは公然と騒乱を指揮している者たちじゃない。巧妙なやり方で火薬にマッチの火を近づけようとしている連中だ。そういう輩《やから》は三人。ひとりは死んだ。ひとりは監獄にいる。わたしが追っているのは三人目——冷酷な殺人を五件か六件実行したと思われる人間だ。金で雇われる扇動者としては最も頭脳明晰な男と言っていい……。その男がこの船に乗っているんだ。そのことはわれわれが入手した手紙のなかの一文からわかっている。暗号を解読すると、『Xは二月七日から十三日まで船旅をおこなうカルナック号に乗船する』となるんだ」

「人相や特徴はわかっていますか？」

「いや。アメリカ人とアイルランド人とフランス人の血を引いているようだが、それは捜す手がかりとしてほとんど役に立たない。きみは何か見当がつかないかな」

「見当ですか――ふうむ、そうですねえ……」ポアロは思案する。

こういう場合、それ以上は押さないという了解が、ふたりのあいだにはできている。

ポアロは確信がないかぎり話さない。そのことをレイス大佐は知っていた。

ポアロは鼻をこすりながら悩ましげに言った。

「じつはこの船ではいま非常に心配なことが進行中でしてね」

大佐は尋ねる目になった。

「こう考えてください」とポアロは言う。「人物Aが人物Bにとてもひどいことをした。人物Bは復讐を望んでいて、脅し文句を口にしている」

「AもBもこの船に乗っている？」

ポアロはうなずいた。

「そのとおりです」

「Bは、女だろうね？」

「そうです」

レイス大佐は煙草に火をつける。

「わたしなら心配しないな。自分はこうするとやたら言ってまわる人間は、たいてい何もしないものだ」

「特に女性《レ・ファム》の場合はそうだと言いたいのでしょうね！　それはそのとおりです」

しかし、ポアロはまだ憂い顔だった。

「ほかにも何かあるのかね？」

「ええ、あります。きのう、人物Aがからくも死をまぬがれました。死んだとしても、事故死と都合よく呼ばれたかもしれません」

「Bが仕組んだことなのかね？」

「いや、そこが問題でしてね。Bがそれに関与したということはありえないのです」

「では事故なわけだ」

「そうなのでしょう――しかし、その種の事故をわたしは好みません」

「Bが関与したはずがないというのは確かなのか？」

「確かです」

「まあ、偶然の事故というものはあるからね。ところでAというのは誰なのかな。ひどく不愉快な人間なのかね？」

「正反対です。Aは魅力的で、裕福で、美しい、若い女性です」

レイス大佐はにやりとした。

「まるで通俗小説だね」

「かもしれません《プテートル》。しかし、ともかく、わたしは心が晴れないのです、友《モ・ナミ》よ。わたしの考えが正しければ、そしてわたしにはつねに正しく考える癖があるのですが」――このいかにもポアロらしい発言に、レイス大佐は口髭の陰で微笑んだ――「非常に不安なことが持ちあがるのです。そしてそこへあなたがべつの厄介ごとをつけ加えてくれた。このカルナック号に殺人者がひとり乗っているとあなたは言う」

「その男が殺すのは魅力的な若い女性ではないがね」

ポアロは、そんなことでは安心できないというように首を横にふった。

「わたしは不安です、友《モ・ナミ》よ。不安なのです……。きょう、わたしはその女性、マダム・ドイルに、ご主人といっしょにハルツームへ行くよう助言しました。この船で戻るのはやめるようにとね。しかし、ふたりは聞き入れませんでした。あとはもう破局をみることなく船がセヘル島に帰り着くことを神に祈るばかりです」

「きみは少し悲観的に考えすぎていないかな」

ポアロはかぶりをふった。

「不安なのです。そう、このわたし、エルキュール・ポアロは、不安なのです……」

11

コーネリア・ロブスンは、アブ・シンベル神殿のなかに立っていた。それは翌日の夜——暑い静かな夜のことだった。カルナック号はふたたびアブ・シンベルに立ち寄っていた。今度は人工の明かりで神殿を見るためである。昼の光で見るのとは大違いだった。コーネリアはその様変わりした眺めに驚異の念を覚え、そのことをそばに立っているファーガスン氏に話した。

「ほんとに、このほうがずっとすばらしいですね！」コーネリアは感嘆の声をあげた。「王さまに首を切られているあの敵の兵隊たち——あれなんか、くっきり浮きだして見えるもの。それと、あそこに可愛いお城があるけど、前に見たときは気づかなかった。ベスナー先生がいらっしゃったら、あれがなんなのか教えてくださるのに」

「あんな年寄りのどこがいいんだ」とファーガスンは陰湿な声で言った。

「わたし、あんなやさしい人にめったに会ったことがないです」

「ふん、あんなもったいぶったじいさん」

「そんな言い方はよくないと思います」

ファーガスンは突然、コーネリアの腕をつかんだ。ふたりが神殿から月明かりのもとへ出ようとしているときだった。

「なぜきみは退屈な小太りのじいさんたちといっしょにいるのが好きなんだ？——それと意地悪なばあさんにガミガミ叱られるのが」

「なんてこと言うんですか、ファーガスンさん！」

「きみには気概ってものがないのか？　きみもあのばあさんと同じ人間なんだぞ」

「同じじゃないですよ！」コーネリアは思っているとおりを言った。

「あんなに金持ちじゃないと、そういう意味だろう」

「違います。マリーおばさまは教養があるし——」

「教養！」ファーガスンはまた突然腕を放した。「むかむかする言葉だ」

コーネリアは警戒の目で相手を見た。

「あのばあさん、きみがぼくと話すのを嫌がるだろう？」

コーネリアは顔を赤らめて当惑の表情を浮かべた。

「それはなぜか。ぼくを自分とは階級の違う人間だと思ってるからだ！　まったく！

そういうのって頭に来ないか？」

コーネリアは口ごもりながら言った。

「そんなふうに、何かに怒ってばかりいるのって、やめたほうがいいんじゃないでしょうか」

「きみにはわからないのかな──アメリカ人なのに──誰もが生まれつき自由で平等なんだぞ」

「そんなことないと思います」コーネリアは静かな確信をこめて言った。

「おいおい、それはきみたちの国の憲法に書いてあるだろう！」

「憲法をつくるのは政治家だけど、マリーおばさまは政治家は紳士じゃないって言ってます。そして、もちろん人間は平等じゃないです。平等だとしたら説明のつかないことばかりだもの。たとえばわたしは、なんかこうぱっとしない器量で、悔しいと思ったこともあったけど、もう気にしないことにしてます。わたしだって、ミセス・ドイルみたいに気品のある美人に生まれたかったけど、そう生まれなかったんだから、そのことでくよくよしても仕方ないんです」

「ミセス・ドイルか！」ファーガスンは深い軽蔑の声をあげた。「あれこそ見せしめの銃殺刑にすべき人間だよ」

コーネリアは不安げな顔で相手を見た。

「あなたはきっと消化不良なんですね」思いやりをこめて言った。「マリーおばさまが前に飲んでた特別なペプシン剤を持ってるけど、飲んでみます?」

ファーガスンは言った。

「きみはどうしようもないな!」

そしてくるりと背を向けて反対側へすたすた歩きだした。コーネリアはそのまま船に向かっていく。ちょうど渡り板の端に来たとき、また引き返してきたファーガスンが追いついた。

「きみはこの船の乗客のなかでいちばんいい人だよ。そのことを覚えておきたまえ」

コーネリアはうれしくなって顔を赤く染め、展望室へ向かっていった。

ミス・ヴァン・スカイラーはベスナー医師と話していた——医師の患者になっている何人かのヨーロッパの王族を話題とする心地よい会話だった。

コーネリアがうしろめたそうに声をかけた。

「あの、遅くなりすぎたかしら、マリーおばさま」

ミス・ヴァン・スカイラーは腕時計を見て、険しい声で言った。

「急いで帰ってきたとは言えないようね。わたしのビロードの肩掛けはどうしたの?」

コーネリアはあたりを見まわした。

「お部屋を見てきますか、マリーおばさま？」

「部屋なんかにあるわけないでしょう！　夕食のあとでわたしがここへ持ってきたんだから。そのあとわたしは動いてないんですからね。あそこの椅子に置いといたはずなのよ」

コーネリアはその辺をひととおり捜した。

「どこにもないみたいです、おばさま」

「そんなばかな。よくお捜し」まるで犬に出すような命令に、コーネリアは犬よろしく従った。近くのテーブルにいた寡黙なファンソープ氏が腰をあげ、捜索を手伝った。だが、肩掛けは見つからなかった。

その日はひどく蒸し暑い一日で、ほとんどの乗客は神殿見物から帰ったあと、早めに船室にさがってしまっていた。展望室の隅のテーブルでは、ドイル夫妻がペニントンとレイス大佐を相手にブリッジをしていた。ほかに展望室ですわっているのはポアロだけで、ドアの近くの小さなテーブルでしきりにあくびを繰り返していた。

ミス・ヴァン・スカイラーは、女王さまのお通りとばかりコーネリアとミス・バワーズを従えて、船室に向から歩みを始めていたが、ポアロのそばでふと足をとめた。礼節を重んじるポアロは急いで立ちあがり、巨人級のあくびを嚙みころした。

ミス・ヴァン・スカイラーは言った。

「あなたがどなたなのか、先ほどようやく気づきましたよ、ムッシュー・ポアロ。古くからのお友達のルーファス・ヴァン・オールディンからお噂を聞いていたんです。そのうちあなたが手がけられた数々の事件のお話をうかがいたいですわ」

ポアロは眠たい目を小さくしばたたかせながら、大げさな身ぶりでお辞儀をした。ミス・ヴァン・スカイラーは丁重ながらも上から見くだすような会釈をして、先へ進んでいった。

ポアロはまたあくびをした。眠気で頭が重く、ぼんやりして、目をあけているのがむずかしかった。ブリッジに熱中している面々に目をやり、それからファンソープを見た。ファンソープは本に読みふけっている。展望室にそれ以外の人間はいなかった。

ポアロは自在扉をあけてデッキに出た。向こうから走ってきたジャクリーヌとぶつかりそうになった。

「失礼《パルドン》、マドモアゼル」

ジャクリーヌは言った。「眠そうね、ムッシュー・ポアロ」

ポアロはあっさり認めた。

「そうなのです《メ・ウィ》——もう眠くて眠くて。目をあけていられません。しかし、きょうは一日中蒸し暑いですね」

「ええ」ジャクリーヌはそのことを考えるような顔になった。「なんだかこんな日には——何かがぶつりと切れそうな気がする。もうこれ以上耐えられなくなって……」

その声は低く、はげしい感情をみなぎらせていた。

ジャクリーヌはポアロを見ず、砂の岸辺に目を向けていた。両の手は固く握りしめられて……。

不意に緊張がゆるんだ。ジャクリーヌは言った。「おやすみなさい、ムッシュー・ポアロ」

「おやすみなさい、マドモアゼル」

一瞬、ふたりの目が合った。翌日、このときのことを思い返したポアロは、ジャクリーヌのまなざしには何かを訴えかけるような色があったと結論づけた。彼はまたあとでこのまなざしを思いだすことになる。

それからポアロは自分の船室へ行き、ジャクリーヌは展望室に向かっていった。

コーネリアは、ミス・ヴァン・スカイラーのいくつもの気ままな要求に応じたあと、刺繍《ししゅう》の道具を持って展望室に戻った。何しろまったく眠くないのである。それどころか目が冴えて、少し興奮すらしていた。

ブリッジの四人はまだ対戦中で、べつの椅子では物静かなファンソープが本を読んでいる。コーネリアも椅子にすわって刺繍を始めた。

突然ドアがひらいて、ジャクリーヌ・ド・ベルフォールが入ってきた。顎をぐっとあげて、その場で立ちどまった。それから呼び鈴のボタンを押し、コーネリアのそばへぶらぶら歩いてきて、椅子に腰かけた。

「陸にあがってきたの?」とコーネリアに訊く。

「ええ。月明かりがすてきだと思って」

ジャクリーヌはうなずいた。

「そうね。すてきな夜ね……。新婚旅行にぴったりの」

目がブリッジのテーブルに向けられ——一瞬、リネットの上にとまった。

給仕が呼び鈴に応えてやってきた。

ジャクリーヌはジンのダブルを注文した。注文しているとき、サイモンがちらりと視線を投げてきた。その眉間《みけん》に不安の皺がかすかに刻まれている。

リネットが言った。

「サイモン、あなたがコールする番よ」

ジャクリーヌが鼻歌を歌いだす。

飲み物が来ると、グラスをとりあげ、「じゃ、犯罪に乾杯」と言ってジンを飲みほし、おかわりを注文した。

またしてもサイモンが、ブリッジのテーブルから目を向けてきた。そしてどこか上の空でコールをした。パートナーのペニントンが注意を促した。

ジャクリーヌがまた鼻歌を歌いはじめた。最初は小さかった声が、だんだん大きくなってきた。

「彼は彼女の恋人だったけど、彼女にひどい仕打ちをした……」

「あ、失礼」サイモンがペニントンに言った。「ばかなことをしました。あなたのリードにちゃんと応えないなんて。向こうに勝たせてしまった」

リネットが立ちあがった。

「ああ眠い。もう寝よう」

「そろそろ就寝の時間ですな」とレイス大佐。

「そのようだ」ペニントンも賛成した。

「あなたも行く、サイモン?」

サイモンはゆっくりと答えた。

「まだいい。一杯飲んでから行く」

リネットはうなずいて出ていった。レイス大佐がそれにつづく。ペニントンは、自分の飲み物を飲み終えてから、あとを追った。

コーネリアは刺繍の道具をまとめて腰をあげた。

「まだ行かないで、ミス・ロブスン」ジャクリーヌが言った。「お願い。夜更かしして飲みたい気分なの。ひとりにしないで」

コーネリアはまたすわった。

「若い女の子どうし、団結しましょ」

ジャクリーヌは頭をのけぞらせて笑った——全然楽しそうではない、甲高い笑い声だった。

おかわりが来た。

「あなたも何かお飲みなさいよ」とジャクリーヌが言う。

「いえ、いいんです。ありがとう」とコーネリア。

ジャクリーヌは椅子をうしろに傾けて、今度はわりと大きな声で歌いだした。「彼は彼女の恋人だったけど、彼女にひどい仕打ちをした……」

ファンソープ氏は『欧洲の内幕』（ジョン・ガンサー著）のページをめくる。

サイモンは雑誌を手にとった。

「あの、ほんとにもう行きますね」コーネリアが言う。「時間も遅いし」

「まだ行っちゃだめ」ジャクリーヌは宣告した。「寝るのは禁止。あなたのこと話して」

「でも――あの――話すことなんて、あまりないから」コーネリアは口ごもる。「ずっと家にいて。あんまり外に出なくて。ヨーロッパ旅行は今回がはじめてなんです。すごく楽しんでいます」

ジャクリーヌは笑った。

「あなたって幸せな性格ね。わたしもあなたみたいになりたい」

「えっ、そうですか？ でも――きっと――」

コーネリアはまごついた。

ミス・ド・ベルフォールは間違いなく飲みすぎている。こういうのは、コーネリアにとって珍奇なことではない。酔っ払いなら禁酒法時代にいくらでも見たことがあった。けれど、この場合は何か違っている……。ジャクリーヌはコーネリアに話しかけている――コーネリアを見つめている――でも、なぜかほかの人に話しかけているような感じが、コーネリアにはした……。

しかし、ほかに部屋にいるのはふたりだけ、ファンソープとサイモン・ドイルだ。ファンソープは本にのめりこんでいるように見える。ドイルはちょっとようすが変で――奇妙な警戒の色が顔に浮かんでいる。

ジャクリーヌがまた言った。

「あなたのこと、全部話して」

あくまで従順なコーネリアは求めに応じようとした。のろのろと、必要のない細部にしょっちゅう寄り道しながら、普段の生活のことを話した。話すことには全然慣れていなかった。いつも聞き役だからだ。

それでも、ジャクリーヌはコーネリアのことを知りたいらしかった。話につまると、すぐにつづけるよう促してきた。

「さあ――もっと話して」

そこで、コーネリアはもっと話したが（「もちろん、母はとっても体が弱いから――シリアルしか食べないこともあるんですけど――」）、自分の話が最高につまらないのがわかっているので悲しい気分になる。それでも相手は興味を持ってくれているらしく、うれしく思わないでもないが、でも、本当に興味があるんだろうか？　何かほかのものを聞いているんじゃないかしら？――それとも、ほかのものが聞こえてくるのを待っているのでは？　確かにこちらを見ているけれど、見ているのはほかの人、この部屋にすわっているほかの人じゃないか……？

「それと、街にはとってもいい美術教室があるんです。わたしも去年の冬、そこの講座をひとつ――」

（いま何時？　きっともうだいぶ遅いわね。わたし、さっきからずいぶんしゃべってる。切りあげるきっかけがあればいいんだけど……）

するとたちまち、その願いに応えるかのように、あることが起きた。と言っても特別なことではなく、そのときは、ごく自然な出来事のように思えた。

ジャクリーヌが首をめぐらして、サイモン・ドイルに話しかけたのだ。

「呼び鈴を鳴らして、サイモン。もう一杯飲みたいの」

サイモンは雑誌から顔をあげ、穏やかに言った。

「給仕はもうみんな寝ているよ。十二時を過ぎたから」

「もう一杯飲みたいんだってば」

サイモンは言った。

「きみはもう充分飲んだよ、ジャッキー」

ジャクリーヌは体全体をさっとサイモンのほうへ向けた。

「そんなことあなたには全然関係ないでしょ」

サイモンは肩をすくめた。

「確かにないね」

ジャクリーヌはしばらくサイモンを見つめる。それから言った。

「どうしたの、サイモン。怖いの？」

サイモンは答えない。妙に慎重な手つきでまた雑誌をとりあげた。

コーネリアが小声で言った。

「あ――もうほんとに遅い――そろそろ――行かないと――」

動きかけたところで、指貫《ゆびぬき》がぽとり……。

ジャクリーヌが言った。

「まだ寝に行っちゃだめ。誰か女の人にいてほしいの――応援してほしいのよ」また笑いだした。「あそこにいるサイモンが何を怖がってるかわかる？　わたしが身の上話をあなたにしはじめるんじゃないかって、そう思ってるのよ」

「えっと――あの――」コーネリアはへどもどする。

ジャクリーヌは核心に踏みこんだ。

「サイモンとわたしは以前婚約していたの」

「そ、そうなんですか」

コーネリアは相反するふたつの感情にとらわれていた。ひどく困惑すると同時に、わくわくする楽しさも味わっていた。ああ――ドイルさんの、あのものすごい形相！

「そうなの。とっても悲しい話なの」ジャクリーヌは低いやわらかな声に皮肉をつめこんでいた。「あなたはわたしを、ずいぶんひどい目にあわせたのよね、サイモン？」

サイモンは乱暴に言った。

「もう寝ろよ、ジャッキー。きみは酔ってる」

「気まずいのならあなたが出ていけばいいのよ、サイモン」

サイモンはジャクリーヌを見た。雑誌を持つ手が少し震えていた。それでも、はっきり言った。

「ぼくはここにいる」

コーネリアは三度目につぶやいた。「わたし――ほんとにもう遅いから――」

「行かないでってば」ジャクリーヌはさっと手をのばして、椅子にすわっているコーネリアを押しとどめた。「そこにいて、わたしの話を聞いてちょうだい」

「ジャッキー！」サイモンは声をとがらせた。「恥ずかしいと思わないのか！　いいからもう寝るんだ」

ジャクリーヌは突然、椅子の上で背を起こした。早口の言葉が、はげしく噴きでる蒸気のように、流れでた。

「修羅場《しゅらば》が怖いんでしょ。いかにもイギリス人ね——感情を抑えこんで！　わたしにも〝節度〟を守ってほしいんでしょうね。でも、わたしは〝節度〟なんてどうでもいいの！　とっとと出ていったほうがいいわよ——わたしはしゃべるから——思いきり」

ジム・ファンソープがそっと本を閉じた。あくびをし、ちらりと腕時計を見、腰をあげて、ぶらりと出ていった。まさにイギリス人らしい行動だが、さすがにさりげなさはまったく感じられなかった。

ジャクリーヌは椅子にすわったまま、全身でサイモンのほうを向き、睨みつけた。「ほんと、ばかな男」濁った声で言った。「わたしをひどい目にあわせておいて、ただですむと思ってるの？」

サイモンは口をひらいて、また閉じた。そのままじっとすわっていた。油を注ぎさえしなければ、猛火も自然と消えるのではないか、そう希望をつないでいるかのようだった。

ジャクリーヌの声がしゃがれて聞きとりにくくなった。コーネリアは魅了された。なまの感情がむきだしになるのを見るのははじめてだからだ。

「わたし言ったよね」とジャクリーヌはつづける。「ほかの女とくっついたら殺すって……。本気じゃないと思った？　だったら大間違いよ。わたしはただ——待ってただけ！　あなたはわたしの男なのよ！　聞こえてる？　わたしのものなのよ……」

サイモンはそれでも黙っている。ジャクリーヌの手が膝の上で動いた。彼女は前に身を乗りだした。

「殺すって言ったのは本気なのよ……！」不意に手が持ちあがり、何かがきらりと光った。「犬みたいに撃ち殺してやる——汚い犬を殺してやる……」

このとき、ついにサイモンが行動に出た。ぱっと立ちあがった。が、その瞬間、ジャクリーヌが引き金を引いた……。

サイモンは体をなかばひねり——椅子に倒れこんだ……。コーネリアは悲鳴をあげ、ドアのほうへ走った。ジム・ファンソープがデッキの手すりに寄りかかっていた。コーネリアは呼びかけた。

「ファンソープさん……ファンソープさん……」

ファンソープが駆け寄ってきた。コーネリアは必死にすがりついた。

「撃ったの！——あの人、銃で撃ったの……！」

サイモンは椅子に倒れこんだまま、じっとしていた……。ジャクリーヌは麻痺したように立ちつくしている。体をはげしく震わせ、恐怖に目を見ひらいて、サイモンのズボンの膝頭《ひざがしら》のすぐ下にゆっくりとひろがっていく真紅のしみを見つめていた。サイモンはハンカチでしっかりと傷を押さえていた。

ジャクリーヌはきれぎれに言った。

「わたし……わたし、本気じゃなかった……」

ピストルが震える手から落ち、床で音を立てた。ジャクリーヌはそれを蹴とばした。ピストルは長椅子のひとつの下に滑りこんだ。

サイモンはかすかな声でつぶやいた。

「ファンソープ、頼む——誰かが来る……なんでもないと言ってくれ——事故とか——なんとか。スキャンダルは困るんだ」

ファンソープはすぐ飲みこんでうなずいた。ドアのほうを見ると、ヌビア人の給仕が驚いた顔でこちらを見ている。ファンソープは言った。

「なんでもない——なんでもないんだ——ちょっとふざけただけだ！」

黒い顔は半信半疑だったが、やがて納得したようだった。白い歯を見せて大きく笑みをひろげて、うなずいて、立ち去った。

ファンソープはサイモンのほうに向き直った。

「だいじょうぶだ。ほかに音を聞いた人間はいないと思う。シャンパンのコルクを飛ばしたくらいの音だったからね。さあ、つぎは――」

そこでファンソープはぎくりとした。ジャクリーヌがヒステリックに泣きだしたのだ。

「ああ、もう死んじゃいたい……わたし自殺する！　死んだほうがいいのよ……。ああ、なんてことしたの――なんてことしちゃったの」

コーネリアが急いで駆け寄った。

「ね、静かに、静かに」

サイモンは額を汗で濡らし、顔を痛みでゆがめながら、急きこんで言った。

「彼女を連れていってくれ。頼むから、ここから連れだしてくれ！　部屋へ連れていってくれ、ファンソープ。あと、ミス・ロブスン、おたくの看護婦さんを彼女につけてやってくれないか」訴えかける目で、ファンソープとコーネリアを交互に見た。

「彼女をひとりにしないでくれ。看護婦さんにしっかり見ててもらってほしいんだ。それから、ベスナー先生をここへ呼んでくれ。くれぐれも、このことがぼくの妻の耳に入らないようにしてほしい」

ジム・ファンソープは、わかったとうなずいた。この若い寡黙な男は非常時に冷静で有能だった。

ファンソープとコーネリアは、泣きじゃくり、じたばたするジャクリーヌを両側から支えて、展望室を出、船室に向かった。船室に入ると、ジャクリーヌはいっそうはげしく手を焼かせた。ふたりから逃れようと暴れ、倍の声で泣いた。

「わたし、川で死ぬ……溺《おぼ》れて死ぬ……生きてる資格がない……。ああ、サイモン――サイモン！」

ファンソープはコーネリアに言った。

「ミス・バワーズを連れてくるんだ。そのあいだ、わたしがここにいるから」

コーネリアはうなずいて船室を出ていった。

コーネリアがいなくなるとすぐ、ジャクリーヌはファンソープにしがみついた。

「脚から――血が出てた――骨が折れてるかも……出血多量で死ぬかも。行かなくちゃ……。ああ、サイモン――サイモン――わたし、なぜあんなことを？」

ジャクリーヌが声を高めると、ファンソープは急いで言った。

「静かに――静かに……。彼はだいじょうぶだ」

ジャクリーヌはまた暴れだす。

「離して！　川へ飛びこむから……。わたしを死なせて！」

ファンソープはジャクリーヌの両肩を押さえてベッドに押し戻した。

「ここにいるんだ。騒ぎを起こしちゃいけない。しっかりするんだ。だいじょうぶなんだから」

ジャクリーヌがいくらか自制心をとり戻したので、ファンソープは少しほっとしたが、ドアがひらいて有能なミス・バワーズが現われたときは、ありがたかった。ミス・バワーズはおぞましいキモノ風のナイトガウンをきっちり着こみ、コーネリアを従えて入ってきた。

「さてと」ミス・バワーズはてきぱき質問する。「どういうことです？」

そして事情を聞いても、驚かず、たじろがず、処置を開始した。

ファンソープは感謝の念を覚えつつ、頼もしい看護婦にあとを任せて、医師の船室へ足を急がせた。

ノックをし、返事を待たずにドアをあけて、部屋に入った。

「ベスナー先生！」

大いびきがぴたりとやみ、驚いた声が言った。

「うん《ゾー》？ なんだね？」

ファンソープは電灯をつけた。まばたきしながら見あげる医師は大型の梟《ふくろう》かと見えた。

「ドイルがピストルで撃たれました。撃ったのは、ミス・ド・ベルフォールです。彼はいま展望室にいます。来てくれませんか」

体格のいい医師はすぐ行動に移った。いくつか簡単な質問をしながら、スリッパをはき、ガウンを着た。それから小さな診察鞄をとりあげて、ファンソープといっしょに展望室に向かった。

サイモンは自分のすぐ横にある窓をなんとかあけていた。頭を窓枠にもたせかけ、外の空気を吸っていた。顔は真っ青だ。

医師がそばへ行った。

「で《ハ》？　どうだね《ソー》？　これはなんだ？」

血を吸ったハンカチがカーペットの上に落ちていた。カーペットには黒っぽいしみができている。

医師は低くうなる声でドイツ語の感動詞を発しながら、傷を見た。

「うむ、これはひどい……。骨が折れておる。失血もかなりのようだ。ヘア・ファンソープ、わたしの部屋へ運ぶのを手伝ってくれ。ほら《ソー》――こんなふうにだ。この人は歩けんからな。こういう具合に、運ばねばならん」

ふたりでサイモンを持ちあげたとき、コーネリアが入り口に現われた。彼女を見て、医師は満足げにうなった。

「ああ《アッハ》、あなたか。ようし《グート》。いっしょに来たまえ。助手が欲しいのだ。この青年よりはいい。彼はすでに少し青ざめておる」

ファンソープは気弱な苦笑を洩らした。

「ミス・バワーズを呼んできますか？」と訊く。

医師はコーネリアを目で値踏みした。

「あなたならやれそうだ。気絶したり、取り乱したりはせんだろう。どうかね？」

「言いつけどおりにやります」コーネリアは意気込んで答えた。

医師はよしよし、というようにうなずいた。

一行はデッキを進んだ。

つづく十分間は純然たる外科的処置の時間となり、ファンソープには愉快ならざるひとときとなった。コーネリアのしっかりした働きを見て、ファンソープは密かに恥ずかしさを覚えた。

「さて《ゾー》と、やるだけのことはやった」ようやく医師は宣言した。「きみはよくがんばったよ、サイモン」と褒めながらサイモンの肩を叩いた。

それからサイモンのシャツの袖をまくりあげ、注射器を手にとった。

「では眠れるようにしてあげよう。ときにきみの奥さんだが、どうするかね？」

サイモンは弱々しい声で答えた。

「朝まで知らせないでくれるようお願いします……」そして、こうつづけた。「それと──ジャッキーを責めないでください。全部ぼくが悪いんですから。ぼくは彼女に恥をかかせるようなことをした……可哀想に──わけがわからなくなって、こんなことをやったんです……」

ベスナー医師は理解のしるしにうなずいた。

「うむ、うむ……わかるよ……」

「ぼくが悪いんです──」サイモンはなおも重ねた。目をコーネリアに向けた。「誰か──ついていてやってください。でないと──自分で自分を──」

医師が注射針をサイモンの腕に刺す。コーネリアが冷静でしっかりとした口調で言った。

「だいじょうぶですよ、ミスター・ドイル。ミス・バワーズがひと晩中ついていますから……」

サイモンは顔に感謝の色を浮かべた。体からふっと力を抜いた。そして目を閉じた。

が、突然、その目をひらいた。「ファンソープ」

「なんだ、ドイル」

「あのピストル……あそこに……転がしといちゃまずい……。朝になったら給仕に見つかってしまう」

ファンソープはうなずいた。

「そうだな。いま、とってくる」

船室を出てデッキを進んだ。ジャクリーヌの部屋からミス・バワーズが顔を出した。

「いまはもう落ち着いてます。モルヒネの注射を打っておきました」

「今夜はずっとついててくれますか？」

「ええ。モルヒネで興奮する人もいますから。今夜はずっと付き添っています」

ファンソープは展望室へ行った。

その約三分後、医師の船室のドアをノックした。

「先生？」

「なんだね？」ベスナー医師がドアをあけた。

ファンソープは医師にデッキへ出てくるよう促した。

「あの――ピストルが見つからないんです……」

「ピストルです。ジャクリーヌが落としたやつ。彼女が蹴って、長椅子の下に入ったはずなんですが。その長椅子の下にないんです」

ふたりは顔を見合わせた。

「しかし、誰がとったというのかね？」

ファンソープは肩をすくめる。

「何が見つからん？」

医師は言った。

「それは変だ。だが、われわれに何ができるというのか」

不可解で、なんとなく不安な気分のうちに、ふたりの男は別れた。

12

エルキュール・ポアロが髭を剃ったばかりの顔から石鹸《せっけん》を拭《ふ》きとっていると、ドアにすばやいノックがあり、レイス大佐が返事を待たずに無言で入ってきた。

大佐はドアを閉めた。

そして言った。

「きみの直感があたった。本当に起きたよ」

ポアロは背筋をのばして鋭く訊いた。

「何が起きたのです?」

「リネット・ドイルが死んだ——ゆうべ、頭を撃ち抜かれて」

ポアロはしばらく黙っていた。ふたつの記憶が鮮明によみがえった——ひとつは、アスワンのホテルの庭で、ジャクリーヌ・ド・ベルフォールが息を切らしながら、険しい声で、「わたしの可愛いピストルを頭にぴたっとつけて、この指で引き金を引く」と言ったこと。もうひとつは、もっと新しい記憶で、同じ声が、「なんだかこんな日には、何かがぶつりと切れそうな気がする。もうこれ以上耐えられない」と言ったこと——そして、ふたつめの言葉のあとで、ジャクリーヌが一瞬、何かを訴えかけるような奇妙な色を目に浮かべたこと。なぜあのとき、その訴えかけに反応しなかったのか？　あのときの自分はひたすら眠く、何も見えず、何も聞こえない状態だったのだ……。

　レイス大佐はつづけた。

「わたしは一応、いま公務を帯びて動いている人間だから——当局からこの件の処理を任せると言ってきた。船は三十分後に出発する予定だったが、わたしが許可を出すまで延期される。殺人犯が陸からやってきたという可能性もあるわけだしね」

　ポアロは首を横にふった。

　レイス大佐は手ぶりで賛意を示した。

「そうだな。外部侵入の線は除外していいだろう。さて、あとは任せる。きみが仕切るんだ」

カルナック号

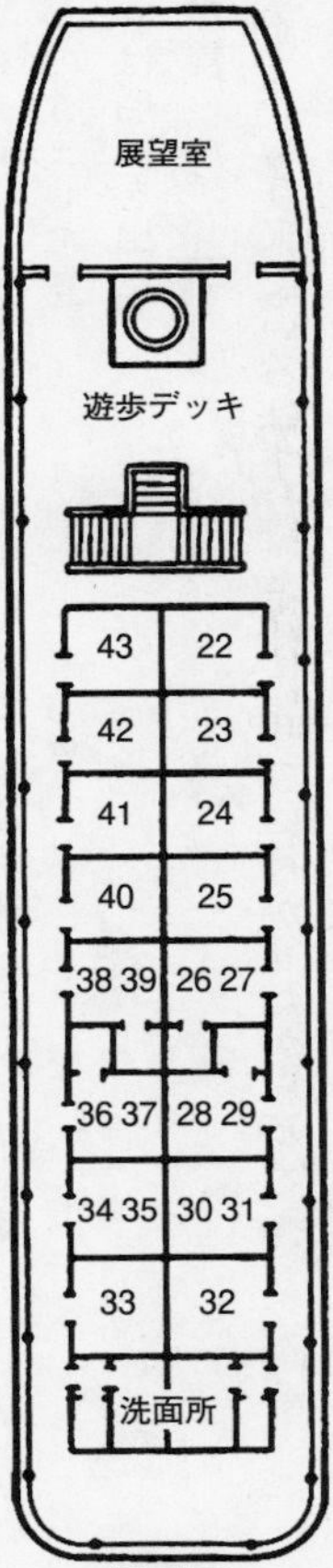
展望室
遊歩デッキ
43 22
42 23
41 24
40 25
38 39 26 27
36 37 28 29
34 35 30 31
33 32
洗面所

配置図

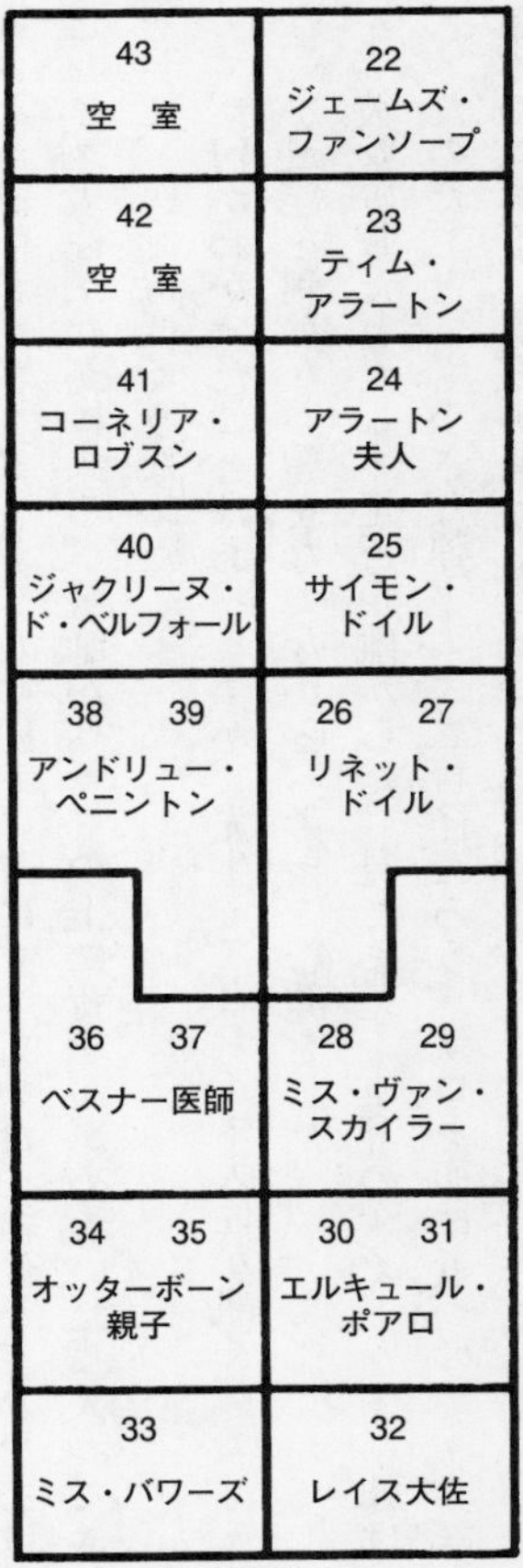
43 空室
22 ジェームズ・ファンソープ
42 空室
23 ティム・アラートン
41 コーネリア・ロブスン
24 アラートン夫人
40 ジャクリーヌ・ド・ベルフォール
25 サイモン・ドイル
38 39 アンドリュー・ペニントン
26 27 リネット・ドイル
36 37 ベスナー医師
28 29 ミス・ヴァン・スカイラー
34 35 オッターボーン親子
30 31 エルキュール・ポアロ
33 ミス・バワーズ
32 レイス大佐

船室

ポアロは先ほどから器用な指遣いで身だしなみを整えていた。終わると、言った。

「用意ができました」

ふたりは船室を出た。

大佐が言った。

「ベスナーがもう来ているはずだ。給仕に呼びに行かせたからね」

船にはバスルーム付きの特等船室が四室あった。左舷の側は、ベスナー医師と、アンドリュー・ペニントンの部屋。右舷のほうは、ミス・ヴァン・スカイラーと、その隣のリネット・ドイルの部屋。サイモン・ドイルの船室はその隣だ。

顔の青ざめた給仕がリネット・ドイルの船室の外に立っていた。給仕がドアをあけ、ポアロとレイス大佐がなかに入る。医師がベッドの上に背をかがめていた。入ってきたふたりを見て、医師は低くうなった。

「どうです、何かわかったことはありますか、先生?」とレイス大佐が訊く。

医師は、まだ髭を剃らない顎をなでながら、考えこむ顔をした。

「ああ《アッハ》! 彼女は撃たれた――至近距離からだ。見たまえ――耳のすぐ上を――弾はここから入ったのだ。とても小さな弾――二二口径だろう。銃口を頭に近づけて――ほら、ここが黒ずんでおる。皮膚が焼けたのだ」

またしてもポアロの脳裏に、アスワンで聞いたあの言葉の不快な記憶がよみがえった。

医師はつづけた。

「彼女は眠っていた——争った形跡はない——犯人は暗い部屋に忍びこみ、寝ているリネットを射殺した」

「いや《アー》、違う《ノン》！」ポアロは叫んだ。彼のなかの心理分析家がはげしく異を唱えた。ジャクリーヌ・ド・ベルフォールが、ピストルを手に暗い船室に忍びこむ——だめだ、その絵は、うまく〝はまらない〟。

医師は眼鏡の分厚いレンズ越しにポアロを見つめた。

「しかし、起きたのはそういうことだろう……」

「ええ、そうです。わたしはあなたの考えを否定しているのではありません」

医師は、ならよろしい、というようにうなる。

ポアロはベッドに近づき、医師の横に立った。リネットは横向きに寝ていた。自然で穏やかな姿勢だった。とはいえ、片方の耳の上に小さな穴があき、そのまわりで血が凝固している。

ポアロは悲しげに首を横にふった。

それからすぐ目の前の、白く塗られた壁に視線を向け、はっと息を飲んだ。白いきれいな壁面が、赤茶色の塗料のようなものでいびつに書かれた大きなJの文字で損なわれている。

ポアロはその字をじっと見つめたあと、死んだリネットの上に背をかがめて、その右手をそっと持ちあげた。一本の指に赤茶色のものがついていた。

「ああ、くそくそくそくそ《ノン・ダン・ノン・ダン・ノン》！」

「え？　なんだね？」

医師が顔をあげた。

「おや《アッハ》！　これは」

レイス大佐も言った。

「どうも驚いたな。これをどう考えるかね、ポアロ？」

ポアロは体を前方に小さく揺らした。

「どう考えるかとお尋ねですか。そうですな、これはきわめて単純《エ・ビヤン》なことです。違いますか？　マダム・ドイルは瀕死《ひんし》の状態。しかし殺人者の名を知らせたい。そこで指に自分の血をつけ、殺人者のイニシャルを壁に書いた。そう、驚くほど単純なことです」

「いや、しかし――」

ベスナー医師が何か言おうとしたが、レイス大佐が手ぶりで黙らせた。

「つまり、それがきみの考えかね？」大佐はゆっくりと訊く。

ポアロは大佐のほうへ体を向けて、うなずいた。

「ええ、そうです。いまも言ったとおり、驚くほど単純なことです！　こういうことはおなじみではありませんか。犯罪小説ではしょっちゅう起きることです！　いまではいささか古《ヴィユ・ジュ》い手ですがね！　そこから推測されるのは、われらが殺人者は――古風な人間だということです！」

レイス大佐が長々と息を吸った。

「なんだそういうことか」と大佐は言う。「わたしはてっきり――」

そこで言いさした。

ポアロはごく小さく微笑みながら言った。

「わたしが通俗小説の常套《じょうとう》手段をリアルだと感じる人間だと思いましたか？　あ、失礼《パルドン》、先生、さっきあなたが言いかけたのは――？」

医師は腹の底から絞りだすように言った。

「わたしが言いたいのは、いやはや！　ばかげておると――ありえんと、そういうことだ！　被害者は即死したのだ。なのに指に血をつけて――しかも血はほとんど出とらんのに――壁にJと書く。ばかな――ありえん――通俗小説なみのナンセンスだ！」

「子供騙《セ・ランファンティヤージュ》しですな」ポアロは同意した。

「しかし、誰かが何かの目的でやったんだろうね」とレイス大佐。

「それは——当然そうです」ポアロは厳粛な面持ちで言った。

レイス大佐が言う。

「Jはなんの Jだろう」

ポアロは即座に答えた。「ジャクリーヌの Jです。ジャクリーヌ・ド・ベルフォールは、一週間足らず前に、こうしたいと言いました——」ポアロは間を置いてから、あのとき聞いた言葉をそのまま口にした。「わたしの可愛いピストルを頭にぴたっとつけて——この指で引き金を引く……」

「なんたることだ《ゴット・イム・ヒンメル》！」と医師は声をあげた。

しばし沈黙が流れた。レイス大佐が大きく息を吸ってから言った。

「まさにそれがここで起きたと？」

ベスナー医師はうなずいた。

「さよう。非常に口径の小さいピストルだ——たぶん、二二口径だな。むろん、確かなことを言うには、弾を摘出せねばならんが」

レイス大佐は即座に理解してうなずいた。それから言った。

「死亡時刻はどうです?」

医師はまた顎をなでた。じゃりじゃり音がした。

「時刻はあまり正確に言いたくない。いま八時だが、ゆうべの気温から考えて、死亡してから六時間経過しているのは確実。しかし八時間はたっておるまい」

「すると午前零時から二時のあいだですね」

「そういうことだ」

間があいた。レイス大佐は周囲を見た。

「被害者の夫だが。隣の部屋で眠っているんだろうね」

「いまは」と医師。「わたしの部屋で眠っておる」

レイス大佐とポアロはひどく驚いた顔をした。

「ああ《アッハー》、そう《ゾー》か。あんたがたは知らされてないのだね。医師は何度かうなずいた。ミスター・ドイルはゆうべ、展望室で撃たれたのだ」

「撃たれた? 誰に?」

「若い女性、ジャクリーヌ・ド・ベルフォールに」

レイス大佐は語気鋭く訊いた。

「怪我はひどいんですか?」

「うむ。骨が折れておる。とりあえず、できるだけの手当てをしておいたが、なるべく早くレントゲンを撮って、きちんとした処置をせねばならん。それはこの船では不可能だ」

ポアロはつぶやいた。

「ジャクリーヌ・ド・ベルフォールが」

その視線がまた壁のJの字にあてられた。

レイス大佐が不意に言った。

「ここでできることがもうないのなら、下へ行こう。喫煙室をわれわれに使わせてくれるそうだ。ゆうべ起きたことをみんなから聞かなくちゃいけない」

三人はリネットの船室を出た。レイス大佐が施錠し、鍵をポケットに入れる。

「またあとで戻ってくればいい。まずは事実関係をはっきりさせることだ」

三人はひとつ下のデッキにおりた。カルナック号の支配人が喫煙室の入り口前で心配そうに待っていた。

支配人は哀れにもひどく動揺し、不安にとらわれて、ぜひレイス大佐の手にすべてを委《ゆだ》ねたいと言った。

「もうお任せするしかないと思うのです。あなたは政府機関の方ですから。上からは例の——その——もうひとつの件でも、あなたの指示どおりにするよう言われていますし。引き受けてくだされば、なんでもさせていただきますので」

「よろしい！　ではまず事件を調査するあいだは、この部屋をわたしとムッシュー・ポアロの専用の部屋にしてもらいたい」

「承知しました」

「とりあえずはそれだけだ。きみの仕事をつづけたまえ。用があるときは連絡する」

少しばかり安堵したようすで、支配人は退室した。

レイス大佐はベスナー医師に言った。

「すわってください、先生。ゆうべのことを全部聞かせていただきましょう」

大佐とポアロは医師が低くうなるような声で説明するのを黙って聞いた。

「何が起きたかは明白ですな」話を聞き終えると、大佐は言った。「ジャクリーヌは酒の助けを借りて、自分のはげしい感情をかきたて、とうとう二二口径のピストルでサイモンを撃った。それからリネット・ドイルの部屋へ行き、彼女も撃った」

医師は首を横にふった。

「いやいや、わたしはそうは思わん。そんなことがありうるとは思わんね。だいいち、自分のイニシャルを壁に書くわけがない——それはばかげとる。違《ニヒト・ヴァール》うかね？」

「わかりませんよ」と大佐。「彼女がその発言の示すとおり、凄まじい怒りと嫉妬にかられていたのなら、もしかしたら――その――自分の犯罪行為に署名をしたかったのかもしれない」

ポアロはかぶりをふった。

「いやいや、わたしは彼女がそんな――幼稚なことをするとは思いませんね」

「となると、あのJが書かれている理由はただひとつ。誰かがジャクリーヌに罪を着せるために書いたんだ」

ベスナー医師は言った。

「そう、しかし殺人犯は運が悪かった。なぜなら、いいかね、ジャクリーヌが殺したというのは、ありそうにないだけでなく――わたしの考えでは、ありえんからだ」

「なぜです？」

医師は、ジャクリーヌがヒステリー状態になり、ミス・バワーズに介護されたことを説明した。

「そしてミス・バワーズは、ひと晩中付き添っておったと思う――これは間違いないはずだ」

レイス大佐が言った。

「もしそうなら、ことは非常に単純になる」

ポアロが大佐に訊いた。

「死体を発見したのは誰です？」

「ミセス・ドイルのメイド、ルイーズ・ブールジェだ。朝、いつもどおり女主人の部屋へ行き、死んでいるのを知り、部屋を出たところで、通りかかった給仕の腕に倒れこみ、気絶した。給仕が支配人に知らせ、支配人がわたしに知らせた。わたしはベスナー先生に知らせ、そのあときみを呼びに行ったんだ」

ポアロはうなずいた。

レイス大佐が言った。

「ドイルに知らせないと。まだ眠っていると言いましたね？」

ベスナー医師は答えた。

「ああ、わたしの部屋で眠っておる。ゆうべ、強い鎮痛薬を注射したからな」

レイス大佐はポアロに顔を向けた。

「これ以上先生を引きとめておく必要はないだろう。もういいね？　ありがとうございました、先生」

医師は立ちあがった。

「朝食をとってくるとしよう。そのあと部屋に戻って、ドイルが起きそうかどうか見てくるよ」

「お疲れさまです」

医師は出ていった。大佐とポアロは顔を見合わせた。

「さて、どうする、ポアロ」レイス大佐は訊いた。「責任者はきみだ。わたしはきみの命令で動く。何をすればいいか言ってくれ」

ポアロはお辞儀をした。

「それでは《エ・ビヤン》！　調査委員会の活動開始ですね。まずはゆうべの出来事の事実確認をすべきでしょう。つまり、ファンソープとミス・ロブスンからの事情聴取です。このふたりが一連の事実の直接の目撃者ですからね。ピストルの消失がとても重要な問題です」

レイス大佐は呼び鈴を鳴らし、給仕にふたりを呼んでくるよう頼んだ。

ポアロはため息をつき、首を横にふった。

「この事件は厄介だ。どうも厄介だ」そうつぶやく。

「何か考えがあるのかい？」大佐が好奇心から尋ねた。

「相反する考えがいくつかあります。まだうまく整理されていません——秩序立っていません。まずはジャクリーヌ・ド・ベルフォールがリネット・ドイルを憎み、殺したがっていたという大きな事実があります」

「彼女がリネットを殺すことはありうると思っているのか？」

「思っています――ええ」ポアロは疑いを含んだ口調で言った。

「しかし、あんなやり方はしないんじゃないかと、そこが気になるのかね？　暗い船室に忍びこみ、眠っている相手を射殺する。その冷酷さに真実味がないと」

「ある意味ではそうです」

「つまりきみは、この若い女、ジャクリーヌ・ド・ベルフォールには、あらかじめ計画を練った冷酷な殺人は犯せないと思っているわけだ」

　ポアロはゆっくりと答えた。

「そこがよくわからないのです。彼女にはそれだけの頭脳がある――それはそのとおり。しかし、実際にそれを行動に移せるかどうかは怪しい気がしましてね……」

　レイス大佐はうなずいた。

「なるほど……。まあ、ベスナーの話だと、殺すのは物理的にも不可能だったということだが」

「それが本当なら事態はかなりはっきりします。本当だと期待しましょう」ポアロは間を置き、それからつけ加えた。「もし本当ならうれしいです。わたしはジャクリーヌにたいへん同情していますから」

ドアがひらき、ファンソープとコーネリアが入ってきた。

コーネリアが溜《た》まった思いを吐きだすように言った。

「ほんとに恐ろしいことですよね。気の毒なミセス・ドイル！　あんなすてきな方が。あの方にそんなことをするなんて本物のケダモノです。ミスター・ドイルもお気の毒に。このことを知ったら気がおかしくなってしまうんじゃないかしら！　ゆうべだって、ご自分の事故のことが奥さんの耳に入らないかって、ものすごく心配して」

「まさにそのことを話していただきたいんですよ、ミス・ロブスン」とレイス大佐は言った。「ゆうべ起きたことを正確に」

コーネリアは、はじめは少し混乱した話しぶりだったが、ポアロがひとつふたつ質問することで、滑らかに進んだ。

「ああ、なるほど、わかりました。ブリッジが終わったあと、マダム・ドイルは自分の部屋に向かったのですね。しかし実際に自分の部屋に入ったのでしょうか？」

「入ったんだ」とレイス大佐が答える。「わたしがこの目で見た。わたしは彼女の部屋の前でおやすみなさいを言ったんだ」

「時刻は？」

「わたしは、わかりません」とコーネリア。

「十一時二十分だった」とレイス大佐は言う。

「そうですか《ビヤン》。では十一時二十分の時点で、マダム・ドイルはまだ生きていたと。そのとき展望室にいたのは――どなたです？」

　ファンソープが答えた。

「ドイルがいました。ミス・ド・ベルフォールも。あとはわたしと、ミス・ロブスン」

「そうです。ミスター・ペニントンは、ブリッジのあとお酒を一杯飲んでから寝に行きました」

「どれくらいあとで？」

「三、四分だと思います」

「十一時半よりも前ですね」

「そうです」

「すると展望室には四人いたのですね、マドモアゼル・ロブスン。あなたと、マドモアゼル・ド・ベルフォールと、ムッシュー・ドイルと、ムッシュー・ファンソープの四人。みなさん何をしていたのですか？」

「ミスター・ファンソープは本を読んでらして、わたしは刺繍をしていました。ミス・

ド・ベルフォールは——あの人は——」

ファンソープが助け船を出した。

「酒を飲んでいましたね。けっこうな量」

「そうなんです」とコーネリア。「おもにわたしに話しかけて、わたしの国での生活のこととか、いろいろ訊いてくれました。で、いろんなことを——おもにわたしに——話すんですけど、なんとなく、ほんとはミスター・ドイルに言ってるんだという気がしました。ミスター・ドイルはあの人に対して怒ってるみたいな感じでしたけど、なんにも言いませんでした。黙っていたら、そのうち収まるんじゃないか、そう考えてるんだなって思いました」

「でも収まらなかった？」

コーネリアはうなずいた。

「わたしは一、二度、もう寝に行きますって言ったんですけど、ミス・ド・ベルフォールが行かせてくれなくて。それでわたし、だんだん、すごく落ち着かなくなってきました。そのうちミスター・ファンソープが立ちあがって、外に出ていって——」

「なんとなく気まずくて」とファンソープは言った。「それでさりげなく席をはずしたんです。ミス・ド・ベルフォールは明らかにひと悶着《もんちゃく》起こそうとしていたから」

「それから、あの人はピストルを出しました」コーネリアが話を進めた。「ミスター・ドイルがぱっと立ちあがって、ピストルをとろうとしたけど、弾が出て、脚にあたったんです。ジャクリーヌは泣いたりわめいたりしだして――わたしは怖くなって、外へ出てファンソープさんを呼びました。それで彼がいっしょになかに戻ってくれたんですけど、ミスター・ドイルは、大騒ぎしないでほしいと言って。ヌビア人の給仕がひとり、ピストルの音を聞いて、やってきたんだけど、ミスター・ファンソープが、なんでもないと言って追い返して。それからわたしたち、ジャクリーヌを彼女の部屋へ連れていったんです。で、ミスター・ファンソープがそばについていて、わたしがミス・バワーズを呼びに行きました」

コーネリアはそこで息切れして、間をあけた。

「それは何時のことです？」とレイス大佐が訊く。

コーネリアが、「ええと、わかりません」と言うと、すぐにファンソープが答えた。

「十二時二十分ごろだと思います。わたしがようやく自分の部屋に戻ったのが十二時三十分だというのははっきりわかっています」

「ひとつふたつ確かめさせてください」とポアロは言った。「マダム・ドイルが展望室を出たあと、あなたがた四人の誰かがそこを出たということは？」

か？」

「マドモアゼル・ド・ベルフォールが展望室を出なかったというのは間違いありません

「ないです」

ファンソープが即答した。

「間違いないです。ドイルも、ミス・ド・ベルフォールも、ミス・ロブスンも、わたしも、展望室を出ていません」

「けっこうです。これでマドモアゼル・ド・ベルフォールが——そう——十二時二十分より以前にマダム・ドイルを射殺したというのはありえないとわかりました。さて、マドモアゼル・ロブスン、あなたはマドモアゼル・バワーズを呼びに行った。そのあいだ、マドモアゼル・ド・ベルフォールが自室でひとりになったことはありましたか？」

「いいえ。ずっとファンソープさんがついていました」

「いいでしょう！　いままでのところ、マドモアゼル・ド・ベルフォールには完璧なアリバイがあります。つぎはマドモアゼル・バワーズに話を聞きたいと思いますが、呼んできていただく前に、ひとつふたつ、おふたりに意見をうかがいたい。ムッシュー・ドイルは、マドモアゼル・ド・ベルフォールをひとりにしないよう頼んだとのことです。それは彼女がさらに軽率なことをしそうだと心配したからだ、とお考えですか？」

「わたしはそう思います」とファンソープ。

「彼女がマダム・ドイルに危害を加えることを間違いなく恐れていた？」

「いや」ファンソープはかぶりをふった。「それはないような気が。むしろ彼女が――その――自分自身に危害を加えるんじゃないかと恐れていたと思います」

「自殺ですか？」

「ええ。彼女はすっかり酔いがさめて、自分のしたことをはげしく悔いているようでした。自分を責めていたんです。死ぬとか、生きてる資格がないとかしきりに言って」

コーネリアがおずおずと言った。

「ミスター・ドイルはジャクリーヌのことで、かなり動揺していたと思います。そして――やさしい言い方をしました。全部自分が悪いんだ――彼女をひどい目にあわせたからだって。彼は――ほんとにすごくやさしかったです」

ポアロは考えながらうなずいた。

「例のピストルですが」と質問をつづける。「そのあとどうなりましたか？」

「ジャクリーヌは床に落としました」とコーネリア。

「そのあとは？」

ファンソープが、あとで自分が捜しに行ったが見つからなかったと説明した。

「ああ！」ポアロは言った。「大事なところへ近づいてきました。どうか細かく話してください。起きたことを順番に」

「ミス・ド・ベルフォールはピストルを落としたんです」とファンソープ。「そしてそれを蹴とばした。ピストルは長椅子の下の、見えないところに入りました」

「きっと見るのも嫌だったんです」とコーネリアが補足した。「わたしには気持ちがわかります」

「なるほど、ピストルは長椅子の下に入ったと。さあ、ここからよく注意して思いだしてください。マドモアゼル・ド・ベルフォールは展望室を出る前にピストルを拾わなかったのですね？」

ファンソープもコーネリアも、その点については記憶がはっきりしていた。

「けっこうです。わたしはすべてを細かく知りたいのです。さて、いよいよ肝心の点に来ました。マドモアゼル・ド・ベルフォールが展望室を出るとき、ピストルは長椅子の下にあった。そのあと、彼女はひとりになったことはない――つねにムッシュー・ファンソープか、マドモアゼル・ロブスンか、マドモアゼル・バワーズが、いっしょにいた――展望室を出たあと、ピストルをとりに戻る機会はなかった。ムッシュー・ファンソープ、あなたが展望室へピストルを捜しに行ったのは何時です？」

「十二時半より少し前ですね」

「それで、あなたがベスナー先生といっしょにムッシュー・ドイルを展望室から運びだしたあと、展望室へピストルを捜しに行くまで、どれくらい時間がありましたか?」

「五分か――もう少しか」

「すると、その五分間に、誰かがピストルを長椅子の下からとったことになりますね。その誰かは、マドモアゼル・ド・ベルフォールではない。では誰なのか? ピストルをとった人間がマダム・ドイルを殺した可能性が高いようです。その誰かは、それまでに起きた一連の出来事を見ていたか、あるいは聞いていたかした、と考えていいかもしれません」

「なぜそう言えるのかわかりませんね」とファンソープが異議を唱える。

「なぜなら」とポアロは言う。「あなたの証言によれば、ピストルは長椅子の下の、見えないところに入った。それなら、偶然に見つかることはまずありません。そこにあることを知っている誰かがとったのです。したがってその誰かは、その場にいたということになります」

ファンソープはかぶりをふった。

「発砲があった直前、わたしはデッキにいましたが、誰の姿も見ませんでしたよ」

「ああ、でも、あなたは右舷の扉から出たのでしょう」

「ええ。わたしの部屋がある側です」

「では、仮に誰かが左舷の扉のところからガラス越しになかを見ていたとしても、あなたにはわからなかったでしょう？」

「そうですね」ファンソープは認めた。

「銃声を聞きつけた人は、ヌビア人の給仕以外に誰かいましたか？」

「わたしの知るかぎりいませんでした」

ファンソープはさらにつづけた。

「展望室の窓は全部閉まっていました。宵の口に、ミス・ヴァン・スカイラーが、風が入ってくると苦情を言ったので、閉めたんです。自在扉もふたつとも閉まっていたし。銃声は外にはっきりとは聞こえなかったと思いますね。聞こえても、シャンパンのコルクが飛ぶ音程度だったでしょう」

レイス大佐が言った。

「わたしの知るかぎり、もうひとつの銃声を聞いた人はいないようだ――ミセス・ドイルが殺されたときの銃声はね」

「その点はいずれ調べるとして」とポアロは言った。「いまはマドモアゼル・ド・ベルフォールの発砲に集中しましょう。マドモアゼル・バワーズに話を聞かなければなりません。その前に」——ポアロはファンソープとコーネリアを手で示した——「おふたりのことを教えてください。いまお聞きしておけば、あとで来ていただく必要がなくなりますのでね。まずは、ムッシュー——フルネームをどうぞ」

「ジェームズ・レッチデール・ファンソープ」

「住所は?」

「ノーサンプトン、マーケット・ドニントン、グラスモア・ハウス」

「職業は?」

「弁護士です」

「この国を訪れた理由は?」

間があいた。これまで冷静沈着だったファンソープが、はじめて当惑したように見えた。しばらくして——つぶやくような声で言った。

「あの——観光です」

「ああ!」ポアロは言った。「休暇をとったのですね?」

「ええと——はい」

「けっこうです、ムッシュー・ファンソープ。ではゆうべ、われわれがいま話題にした出来事以後、あなたがどう動いたかを、簡単に話していただけますか？」

「すぐベッドに入って寝ました」

「その時刻は——？」

「十二時半をちょっと過ぎたころです」

「あなたの部屋は右舷の二十二号室——展望室にいちばん近いところですね？」

「ええ」

「もうひとつだけうかがいます。ご自分の部屋に戻ったあと、何かの音や声を——どういうものでもいいのですが——聞きませんでしたか？」

ファンソープは考えた。

「すぐベッドに入ったんですが、ちょうどもう眠りこむというとき、バチャッという水の音を聞いた気がします。ほかには何も聞いてません」

「水の音を聞いた？　音はすぐ近くでしましたか？」

ファンソープは首を横にふった。

「よくわかりません。もう半分眠ってましたから」

「それは何時ごろですか？」

「一時ごろじゃないかと思います。はっきりしませんが」

「ありがとう、ムッシュー・ファンソープ。以上です」

ポアロはコーネリアのほうを向いた。

「さて、マドモアゼル・ロブスン、フルネームをお願いします」

「コーネリア・ルース・ロブスン。住所はコネティカット州、ベルフィールド、ザ・レッド・ハウスです」

「エジプトへはどうして来られました？」

「親類のマリーおばさま、つまり、ミス・ヴァン・スカイラーが、旅行に連れてきてくれたんです」

「今回の旅行以前にマダム・ドイルと会ったことはありましたか？」

「いいえ、一度も」

「昨晩は、それからどうしました？」

「ベスナー先生がミスター・ドイルの脚の手当てをするのをお手伝いして、そのあとすぐ寝に行きました」

「あなたの部屋は――」

「左舷の四十一号室――ミス・ド・ベルフォールの隣です」

「何か音か声を聞きましたか？」

コーネリアは首を横にふった。「何も聞きませんでした」

「水がはねる音も?」

「ええ。部屋は岸の側ですし」

ポアロはうなずいた。

「ありがとう、マドモアゼル・ロブスン。それではお手数ですが、マドモアゼル・バワーズを呼んできてください」

ファンソープとコーネリアは喫煙室を出ていった。

「これではっきりしてきたようだ」とレイス大佐は言った。「三人がみな嘘をついているのでないかぎり、ジャクリーヌ・ド・ベルフォールがピストルを拾ったということはありえない。しかし誰かがとったわけだ。その誰かは発砲騒ぎを見ていた。そして卑劣にも壁にJの字をでかでかと書いた」

ドアがノックされ、ミス・バワーズが入ってきた。本職の看護婦はいつもどおり有能そうな落ち着きを見せて椅子にすわった。ポアロに訊かれて名前、住所、職業を答えたあと、こうつけ加えた。

「わたしは二年以上、ミス・ヴァン・スカイラーのお世話をしています」

「マドモアゼル・ヴァン・スカイラーの健康状態はたいへん悪いのですか?」

「いえ、そうでもありません」とミス・バワーズ。「ただ、もうそれほどお若くないし、ご自身の健康について神経質なところがおありなので、看護婦をそばに置いておきたいのでしょう。特にご病気ということはありません。人にお世話されるのが好きで、そのことにお金を払う用意があるんです」

ポアロは、なるほどとうなずいたあと、マドモアゼル・ロブスンに呼ばれたのでしたね？」


「あなたはゆうべ、マドモアゼル・ロブスンに呼ばれたのでしたね？」

「はい、そうです」

「何があったか正確に話していただけますか？」

「ミス・ロブスンから簡単に事情を聞いてから、ミス・ド・ベルフォールの部屋へいっしょに行きました。あの人はひどく興奮して、ヒステリーを起こしていました」

「マダム・ドイルに危害を加えたがるようなことを言っていましたか？」

「いえ、そういうことは何も。何か病的な感じで自分を責めていました。かなりアルコールを飲んでいたようで、それで苦しそうでしたから、ひとりにしておけないと思いました。モルヒネの注射をして、寝ずに付き添いました」

「さて、マドモアゼル・バワーズ、この質問に答えてください。マドモアゼル・ド・ベルフォールは部屋を一度も出ませんでしたか？」

「はい、出ませんでした」

「あなたはどうです？」

「けさの早い時間までずっと付き添っていました」

「絶対に確かですか？」

「絶対に確かです」

「ありがとう、マドモアゼル・バワーズ」

看護婦は出ていった。ポアロとレイス大佐は顔を見合わせた。

ジャクリーヌ・ド・ベルフォールの容疑は完全に晴れた。では、リネット・ドイルを射殺したのは誰なのか？

13

レイス大佐が言った。

「誰かがピストルをとった。それはジャクリーヌ・ド・ベルフォールじゃない。彼女が殺人犯だと疑われることを知っていた人間だ。しかし、その誰かは看護婦がジャクリーヌにモルヒネの注射をしてひと晩中付き添うことになるのを予見できなかった。それともうひとつ。その誰かは、以前に崖の上から大石を落としてリネット・ドイルを殺そうとしたという事実もある。あれもジャクリーヌ・ド・ベルフォールじゃなかった。では、いったい誰だったんだ？」

ポアロは言った。

「それより、石を落としたのが誰でありえなかったかを考えるほうが簡単でしょうね。それはムッシュー・ドイル、マダム・アラートン、ムッシュー・ティム・アラートン、マドモアゼル・ヴァン・スカイラー、マドモアゼル・バワーズではありえない。この人たちはわたしに見えるところにいました」

「ふうむ」とレイス大佐。「それでもまだ残る人間はかなりいるね。動機はどうだろう?」

「その点はムッシュー・ドイルから話を聞くと何かわかるかもしれません。たぶん、それまでにもいくつかの出来事があって――」

ドアがひらき、ジャクリーヌ・ド・ベルフォールが入ってきた。

顔が真っ青で、足が少しふらついていた。

「わたしはやってないわ」と彼女は言った。怯《おび》えた子供のような声だった。「わたしはやってない。お願い、信じて。みんなわたしがやったと思うだろうけど――やってない――やってないのよ。ああ、もう――ひどいことになって。なんでこんなことが起きるのか。わたしはゆうべサイモンを殺しかけた――頭がどうかしてたんだと思う。でも、もうひとつのほうは……」

椅子にへたりこみ、わっと泣きだした。

ポアロはその肩をやさしく叩いた。

「さあさあ。あなたがマダム・ドイルを殺したのでないことはわかっていますよ。それは証明されています――そう、証明されているんです、お嬢《モ・ナンファン》さん。犯人はあなたじゃありません」

ジャクリーヌはさっと背を起こし、湿ったハンカチを握りしめた。

「じゃ、犯人は誰？」

「それをいま、わたしたちは考えているのです。何か参考になることを知りませんか？」

ジャクリーヌはかぶりをふった。

「わからない……。想像がつかない……。まるで見当もつかない」

眉間に深い皺を刻んで、ようやくこう言った。「リネットが死ぬことを望む人間なんて思いあたらないわ」――そこで口ごもった――「わたし以外には」

レイス大佐が言った。

「ちょっと失礼――あることを思いついた」

急ぎ足に喫煙室を出ていった。

ジャクリーヌ・ド・ベルフォールはうなだれ、神経質に指をひねりながら、すわっていた。

突然こんなことを言う。「死って恐ろしい――恐ろしい！――考えるのも嫌」

ポアロは言った。

「ええ。そしていま、この瞬間、誰かがうまく計画を成功させたと喜んでいると思うと、愉快ではありませんね」

「やめて——やめて！」ジャクリーヌは声をあげた。「その言い方、怖い。怖い」

ポアロは肩をすくめた。

「しかし本当のことですよ」

ジャクリーヌは低い声で言った。

「わたし——彼女が死ねばいいと思った——そしたら、死んだ……。しかもそれは……わたしが言ったとおりの——死に方だった」

「そうです、マドモアゼル。頭を銃で撃ち抜かれていました」

ジャクリーヌは叫んだ。

「だからやっぱり誰かに聞かれてたのよ！　あの夜、カタラクト・ホテルの庭で！」

「ああ！」ポアロはうなずいた。「あなたもあのことを覚えていましたか。そうです、偶然にしてはできすぎです——マダム・ドイルがあなたの言ったとおりの殺され方をしたのは」

ジャクリーヌは身震いした。

「あの夜の、あの男——いったい誰なの？」

ポアロはしばらく黙っていたが、やがて声音をがらりと変えて訊いた。

「男だったというのは確かですか、マドモアゼル？」

ジャクリーヌは驚いた顔でポアロを見た。

「ええ、もちろん。少なくとも――」

「なんですか、マドモアゼル？」

ジャクリーヌは眉をひそめ、目を半分閉じて、思いだそうとした。そしてゆっくりと言った。

「わたしは男だと思ったけど……」

「でも、いまは自信がない？」

ジャクリーヌはゆっくりと言った。

「ええ。自信がない。当然男だと思ってたけど――考えてみたら、見たのは――ただの人影――影だけだから」

そこで言葉を切ったが、ポアロが何も言わないので、こうつづけた。「あれ、女だったと思う？　でもこの船に乗っている女の人で、リネットを殺したがる人なんている？」

ポアロは首を左右に動かしただけだった。

ドアがひらいて、ベスナー医師が現われた。

「ちょっとミスター・ドイルと話しにきてくれるかね、ムッシュー・ポアロ。あんたに会いたいそうだ」

ジャクリーヌははじかれたように立ちあがり、医師の腕をつかんだ。

「具合はどうですか？　彼――だいじょうぶですか？」

「むろん、だいじょうぶではない」医師はとがめるように言う。「骨が折れとるんだから」

「でも死ぬことはないんでしょう？」ジャクリーヌは声を高める。

「ああ《アッハ》、誰が死ぬと言ったかね。文明社会に戻ったらレントゲン撮影をして、ちゃんとした治療ができるのだ」

「よかった！」ジャクリーヌは両手を合わせてぶるぶる震わせた。それからまた椅子に腰を落とした。

ポアロは医師といっしょにデッキに出た。レイス大佐もやってきて、三人は医師の船室に向かった。

サイモン・ドイルはベッドに横たわり、クッションと枕を即席の固定具にして脚を支えていた。顔は血の気を失い、苦痛のためにしかめ面のまま固まっている。だが、そこに表われているのは何よりも困惑の表情――何か吐き気を催すような困惑にとらわれている子供の表情だった。

サイモンはつぶやくように言った。

「どうぞ入ってください。先生から――聞きました――リネットのことは……。なんだか信じられない。ほんとに信じられない」

「気持ちはわかる。ひどいことだ」とレイス大佐が言う。

サイモンは口ごもりながらつづけた。

「その――ジャッキーはやってないんです。それは確かなんだ！　うんと怪しいように見えるけど、やってないんです。ゆうべは――ちょっと酔っぱらって、興奮して、ぼくにあんなことをしたわけだけど。でも――殺人はやってない……冷酷な殺人はやってないんです……」

ポアロはやさしく言った。

「そう自分を苦しめてはいけません、ムッシュー・ドイル。奥さんを撃ったのが誰であれ、マドモアゼル・ド・ベルフォールではありません」

サイモンは疑うような顔でポアロを見た。

「それは、本気で言ってるんですか？」

「しかし、マドモアゼル・ド・ベルフォールでないとして」とポアロはつづける。「誰である可能性があるか、何か考えはありませんか？」

サイモンはかぶりをふった。困惑の度がさらに増した。

「ばかげている――ありえない。ジャッキーを除いたら、ああいうことをしたがる人間はほかにはいない」

「ようく考えてください、ムッシュー・ドイル。奥さんに敵はいなかったですか？　誰かに恨まれていませんでしたか？」

またしてもサイモンは、両手でさっぱりわからないというしぐさをして、首を横にふった。

「これはいかにも突飛な発想だけど、ウィンドルシャム卿が思い浮かばないでもない。リネットは、いわばあの人をふって、ぼくと結婚したわけだから――でも、あんな上品な人が人を殺すなんて考えられないし、ずっと遠いところにいるんだし。サー・ジョージ・ウォードも同じですね。屋敷のことでリネットをよく思わず――大がかりな改築に反感を持っていた。でもあの人はロンドンにいるし、そんなことで殺人というのも飛躍しすぎですよね」

「いいですか、ムッシュー・ドイル」ポアロは真剣な口調で言った。「カルナック号にはじめて乗った日、わたしはマダム・ドイルとかわしたちょっとした会話に強い印象を受けました。奥さんはひどく悩み――取り乱していました。そのとき奥さんは――いいですか――みんながわたしを憎んでいると言ったのです。なんだか安全じゃない気がして――怖いと――まるでまわりにいるのは敵ばかりのように感じると」

「妻はジャッキーが船に乗っているのを知って動揺していたんです。ぼくもそうでしたが」

「そうなのでしょうが、それではいまの言葉が説明しきれません。いるのは敵ばかりというのは誇張しただけかもしれませんが、ともかくそれは敵が複数いることを示しています」

「そうかもしれない」サイモンは認めた。「でも、その説明はつく気がします。それはきっと乗客リストにある名前を見たせいなんです」

「乗客リストの名前？　誰の名前です？」

「それは、言いませんでした。ぼくのほうもあまり身を入れて聞いていなかったんです。ジャクリーヌのことで頭がいっぱいで。覚えているのは、ビジネスでいろんな人に痛い目をみさせたというようなことで、自分の一族に恨みを持っている人に会うと落ち着かないと言っていました。彼女の一族の話って、あまり詳しくは知りませんが、リネットの母親は大富豪の娘だったはずです。父親もまあそこそこ裕福な人でしたが、結婚したあとは、投資顧問というのかなんというのか、その種のことをやっていたようです。その結果、何人かの顧客に大損をさせた。きのうまでけっこうな暮らしだったのに、きょうは溝《どぶ》のなかというようなことですね。たぶんこの船には、自分の父親がリネットの父親のせいでひどい目にあった人がいるんじゃないかと思うんです。リネットがこんなことを言ったのを覚えてますよ。『その人のことを何も知らないのに憎むなんてひどい』とね」

「なるほど」とポアロは考えながら言った。「それでマダム・ドイルの言っていたことの説明がつきます。はじめて奥さまは遺産が与えてくれる恩恵ではなく、精神的負担のほうを感じたのでしょうね。奥さまがその人物の名前を言わなかったというのは確かですか、ムッシュー・ドイル?」

サイモンは残念そうにうなずいた。

「ぼくは話をろくに聞いていなかったんです。だから、『いまどき父親たちがしたことを気にする人間はいない。みんな忙しくてそれどころじゃないから』というようなことを言って、すませてしまいました」

ベスナー医師がぶっきらぼうに言った。

「ああ《アッハ》、そう言えば、この船には不平だらけの若い男がひとりおるじゃないか」

「ファーガスンですか？」とポアロ。

「うむ。一、二度、ミセス・ドイルをなじっておった。この耳で聞いたよ」

「その辺のこと、調べる方法はありますかね？」とサイモンが訊く。

ポアロは答えた。「レイス大佐とわたしは乗客全員から話を聞かなければなりません。それをする前に仮説を立てるのは賢明ではないでしょうね。あと気になるのはメイドです。まずは彼女から話を聞くべきですね。場所はここがいいでしょう。ムッシュー・ドイルに同席していただくほうが何かと都合がいいはずです」

「いい考えですね」とサイモン。

「このメイドはもう長いのですか？」

「ふた月ほど前からですよ」

「たったふた月ですか！」ポアロは声をあげた。

「えっ、まさかあなたは――」

「奥さんは高価な宝石をお持ちでしたか？」

「真珠のネックレスを持ってきています」とサイモンは答える。「四万ポンドだか五万ポンドだかすると言っていたようですが」

そこでサイモンは身震いした。

「それじゃ、その真珠のために——？」

「盗みは殺人の動機になります」とポアロ。「もっとも、この場合は考えにくいのですが……。まあ、いまにわかります。メイドを呼びましょう」

ルイーズ・ブールジェは、前にポアロが船尾でぶつかりそうになった、褐色の髪の、快活なラテン民族の若い女だった。

ただしいまはまったく快活ではない。目を泣き腫《は》らして、怯えたようすをしている。とはいえ、顔にはある種の鋭い狡猾《こうかつ》そうな感じがあり、ポアロとレイス大佐は好印象を抱かなかった。

「ルイーズ・ブールジェですね？」

「はい、ムッシュー」

「生前のマダム・ドイルと最後に会ったのはいつですか？」

「ゆうべです、ムッシュー。部屋でお着換えのお手伝いをしました」

「それは何時のこと？」

「十一時過ぎです、ムッシュー。何分かは覚えてないです。服を脱いでベッドに入るのをお手伝いして、お部屋を出ました」

「その仕事にどれくらいかかったのかね？」

「十分です、ムッシュー。マダムはお疲れでしたから、部屋を出るとき明かりを消すようにおっしゃいました」

「部屋を出たあと、あなたは何をしたのかな」

「自分の部屋へ行きました、ムッシュー。ひとつ下のデッキです」

「何か見るか聞くかしませんでしたか？　われわれの参考になるようなことを」

「どうしてわたしに何か見たり聞いたりできるんですか、ムッシュー？」

「それはわたしたちに訊くのではなく、あなたが説明しなくてはならないことです」とポアロが言い返した。

ルイーズはポアロをちらりと横目で見た。

「でも、ムッシュー、わたしは近くにいなかったんです……。何を見たり聞いたりできるっていうんですか？　わたしは下のデッキにいたんです。しかも部屋はマダムのお部屋と反対側です。何も聞こえるはずないんです。もちろん、眠れなくて上のデッキにあがってたら、そしたら人殺しが、その怪物が、マダムの部屋に出入りするのを見たかもしれませんけど、ほんとのところは——」

ルイーズは両手をぱっと前に投げだすしぐさをして、サイモンに訴えかけた。

んですか？」

「ムッシュー、お願いです――わたし、こんなことになってるんです。何を話せばいい

「おいおい」サイモンは厳しい口調でたしなめた。「しっかりしたまえ。誰もきみが何かを見たとか聞いたとか言っているんじゃないんだ。だいじょうぶだよ。ぼくがちゃんときみのことを守ってあげるから。誰もきみが何かしたと言っているんじゃないんだからね」

ルイーズは、「ムッシューはとてもいい方です」とつぶやき、慎ましく目をふせた。

「つまりきみは、何も見たり聞いたりしていないというんだね？」レイス大佐はじれったそうに訊いた。

「だからそう言ってるんです、ムッシュー」

「では奥さまに恨みを持っている人間に心当たりはないだろうね？」

みなが驚いたことに、ルイーズは勢いよく首を横にふった。

「いえ、その心当たりならあります。その質問にははっきり、あると答えられます」

ポアロが訊いた。

「マドモアゼル・ド・ベルフォールのことですか？」

「もちろん、あの人もです。でも、いま言っているのは違う人です。この船にはもうひ

とり、マダムを嫌ってる人が乗ってます。その人はマダムに傷つけられたと言って怒ってるんです」

「これはまた！」サイモンが声をあげた。「いったいなんのことだ？」

ルイーズは思いきり力をこめてうなずきながら、あとをつづけた。

「わたし、知ってます、知ってるんです！　前のメイドが関係してるんです――わたしの前に雇われてた人です。この船の機関士のなかに、そのメイドと結婚したがってた男がいます。わたしの前のメイドは、マリーって名前ですけど、その男と結婚するつもりでした。でも、マダム・ドイルが人に調べさせたら、そのフリートウッドという男にはもう奥さんのいることがわかったんです――この国の、色の黒い奥さんです。その奥さんは自分のふるさとに帰って暮らしてるけど、いまでも結婚はしてるんです。それでマダム・ドイルはそのことをマリーに話しました。マリーはとても悲しんで、もうフリートウッドとは会わなくなりました。このフリートウッドは、ものすごく怒りました。マダム・ドイルがもとのマドモアゼル・リネット・リッジウェイだとわかると、殺してやる！ってわたしに言ったんです。あの女のお節介のせいで人生をめちゃめちゃにされたからって」

ルイーズは勝ち誇った顔で言葉を切った。

「これは興味深い」とレイス大佐。

ポアロはサイモンのほうを向いた。

「この件で何かわかることは？」

「何もないです」サイモンはまじめな調子で答えた。「リネットはその男が船に乗っていることすら知らなかったんじゃないですかね。たぶんその一件のことはすっかり忘れていたと思います」

サイモンはメイドにさっと顔を向けた。

「そのことを奥さんに話したかい？」

「いえ、ムッシュー、もちろん話してません」

ポアロが訊いた。

「マダムの真珠のネックレスについて何か知りませんか？」

「真珠のネックレス？」ルイーズは目をまんまるに見ひらいた。「ゆうべ、つけてらっしゃいました」

「マダムがお寝《やす》みになるときにも見ましたか？」

「はい、ムッシュー」

「マダムはどこへ置きました？」

「いつもどおり、ベッドの脇のテーブルに」

「ゆうべ、そこにあるのを見たんですね？」

「そうです、ムッシュー」

「けさもそこにあるのを見た？」

ルイーズの顔に驚きの表情が表われた。

「そんなこと！　わたし見もしませんでした。ベッドのそばへ行ったら、マダムが——それでわたし、わあって叫んで、外に走りでて、気絶したんです」

ポアロはうなずいた。

「見なかったのですね。しかし、わたしの目は、ちゃんと気づきました。けさ、ベッドの脇のテーブルには真珠のネックレスがなかったことにね」

14

ポアロの観察は間違っていなかった。リネットのベッド脇のテーブルに真珠のネックレスはなかった。

ルイーズ・ブールジェはリネットの所持品をよく調べるよう命じられた。ルイーズによれば、何もかもそろっているが、真珠のネックレスだけがなくなっているとのことだった。

ポアロとレイス大佐がリネットの船室を出ると、すぐ外で給仕が待っていた。喫煙室に朝食を用意したと知らせるためだった。

デッキの途中でレイス大佐が足をとめ、手すりから身を乗りだした。

「おや！　何か思いつきましたね、友よ《モ・ナミ》！」とポアロが言う。

「ああ。さっきファンソープが水のはねる音を聞いたと言ったときに思いだした。じつはわたしもゆうべ、何時ごろかわからないが、水の音で目がさめたんだ。殺人者が犯行のあとでピストルを川に捨てるというのは充分ありうることだ」

ポアロはゆっくりと言った。

「本当にそんなことがありうると思いますか、友よ《モ・ナミ》？」

レイス大佐は肩をすくめる。

「まあひとつの仮説だよ。ピストルは被害者の船室にないんだからね。わたしは真っ先に捜してみたんだ」

「そうだとしても」とポアロは言う。「川に捨てるというのは考えにくいですね」

レイス大佐は言った。

「じゃ、どこにあるんだ？」

ポアロは考えながら答えた。

「マダム・ドイルの船室にないのなら、論理的に言って、ありうるほかの場所はひとつだけです」

「それはどこかね？」

「マドモアゼル・ド・ベルフォールの船室です」

レイス大佐は思案顔で言った。「うむ、なるほどそれは――」

そこで間を置いた。

「彼女はいま船室にいない。ちょっと見てこようか？」

ポアロは首を横にふった。「いや、友よ《モ・ナミ》、それは急ぎすぎです。まだそこに置かれていないかもしれません」

「いますぐ船全体を捜すのはどうだろう」

「それではこちらの手の内を明かすことになります。わたしたちは慎重に行動しなくてはいけません。いまのわたしたちの立場は非常にデリケートです。食事をしながら相談しましょう」

レイス大佐は同意し、ふたりは喫煙室におもむいた。

「さてと」レイス大佐は自分のカップにコーヒーを注ぎながら言った。「間違いのない事実がふたつある。真珠のネックレスの消失。それとフリートウッドという男の存在だ。真珠に関しては盗難が考えられる。しかし――きみはわたしの考えに賛成するかどうかわからないが――」

ポアロは即座に言った。

「盗むタイミングがおかしい？」

「そういうことだ。こんなときに真珠を盗めば船に乗っている者全員が厳しく調べられるに決まっている。どうして犯人は隠しおおせる自信を持てるのか？」

「船をおりてどこかに隠したかもしれません」

「陸にあがる者がいないか船員が監視しているよ」

「それなら、ありそうにないですね。殺人は盗みから気をそらすために犯したのでしょうか？　いや、それは不合理です——全然納得できません。しかし、マダム・ドイルが目をさまして、誰かが真珠を盗もうとしているのに気づいたとしたら？」

「それで泥棒がミセス・ドイルを射殺したというのかね。しかし、彼女は眠っているあいだに撃たれたんだ」

「では、それも筋が通らないと……。じつはあの真珠については、わたしにもちょっとした考えがあります——しかし——いや——ありえませんね。わたしの考えが正しいのなら、真珠は消えるはずがないからです。ところで、あのメイドのことはどう思いますか？」

「思ったんだが」レイス大佐はゆっくりと言う。「彼女はさっき話したことより、もっと多くのことを知っているんじゃないかな」

「ああ、あなたもそんな印象を受けましたか」

「あれは間違いなく、質《たち》のいい女じゃない」とレイス大佐。

ポアロはうなずいた。

「わたしも彼女を信用しません」

「殺人に関係していると思うかね？」

「いや、そうは思いませんが」

「真珠の盗難のほうは？」

「そちらの可能性のほうが高いでしょう。彼女はごく最近マダム・ドイルに雇われました。宝石窃盗団《せっとう》の仲間かもしれません。そういう場合、非常に優秀だというふれこみのメイドがからむことが多いのです。残念ながら、いまはそれについての情報を得られる状況にはありません。しかし、わたしはこの説明にも満足しきれないのです……。その真珠のネックレスは――ああ《アー》、いやいや《サクレ》、やはりわたしのちょっとした考えが正しいはずです。ただそこまで愚かな人間は――」ポアロはそこで言葉を切った。

「フリートウッドという男はどうかな？」

「尋問しなければなりませんね。そこに答えがあるのかもしれない。ルイーズ・ブールジェの話が正しいのなら、その男には復讐という動機がある。ジャクリーヌがムッシュー・ドイルを相手に起こした騒ぎを見て、みんながいなくなったとき、展望室に飛びこんでピストルをとったのかもしれません。そう、それはかなりありそうな話です。壁に書かれた血文字のことも、単純で粗野な性格と合致するでしょう」

「つまり、その男こそがわれわれの求めている人間だと?」

「ええ――ただ――」

ポアロは鼻をこすった。軽く顔をしかめて言った。

「わたしは自分の弱点を知っています。以前から人に言われているのは、事件をことさらむずかしく考えがちだということです。あなたがいま提示した説は――あまりにも単純で簡単すぎるように思えます。それが真相だという感じがしないのです。しかし、それはわたしの偏見のせいかもしれません」

「とにかくその男を呼んでみよう」

レイス大佐は呼び鈴を鳴らし、指示を出した。それからポアロに言った。

「ほかに――可能な説はあるかな」

「たくさんあります、友よ《モ・ナミ》。たとえば、あのアメリカ人の財産管理人」

「ペニントンかね?」

「そう、ペニントン。このあいだ展望室で、ちょっとした面白い場面が見られました」

ポアロはその出来事をレイス大佐に話した。

「わかるでしょう――何かありそうなのです。マダム・ドイルはどの書類もサインする前に読みたがった。するとペニントンはまた今度にしようと言ったのです。そのとき、サイモン・ドイルがとても興味深いことを言いました」

「なんと言ったのかね？」

「こう言ったのです――。『ぼくは法律関係の書類なんて読んだことがない。サインしろと言われたところにサインするだけだ』。その意味するところはわかるでしょう。ペニントンは理解しました。彼の目を見ればそのことがわかりました。ペニントンはまったく新しいことを思いついたという目でサイモンを見たのです。想像してみてください、友《モ・ナミ》よ。あなたがきわめて裕福な人物の娘の財産管理人に就任したとします。あなたはそのお金を勝手に使って投機をするかもしれない。探偵小説によくある話だと笑うかもしれませんが――新聞にもよく出ています。そういうことは起こるのです、友《モ・ナミ》よ、現実に」

「異論はないよ」とレイス大佐。

「もしかしたら、思いきった投機をすれば、まだ損失を穴埋めする時間的余裕はあったのかもしれません。被後見人が未成年者のあいだは。ところが――リネットは結婚した！　財産管理権は結婚と同時に本人の手に移る！　たいへんだ！　しかし、まだチャンスはある。リネットは新婚旅行中で、財産のことなど考える気がないかもしれない。それならいろいろな書類のなかにある種の書類を一枚紛れこませておけば、読みもせずにサインするのではないか。ところがリネット・ドイルはそんな人ではなかった。新婚旅行中だろうとなんだろうと、実務的な女性だった。そのとき彼女の夫があることを言ったおかげで、破滅から逃れようと必死なペニントンは、ある新しいことを思いついた。リネット・ドイルが死ねば、財産は夫のものになる——その夫は扱いやすい人物で、アンドリュー・ペニントンのような抜け目のない男にかかれば子供みたいなものだ。親愛《モン・》なる《シェール》大佐、わたしはそんな考えがペニントンの頭をよぎるのを見たのです。『相手がこのサイモンなら……』。そう考えたのです」

「ありうる話だが」レイス大佐はそっけなく言った。「証拠がないだろう」

「悲しいかな、そのとおりです」

「怪しいと言えば、あのファーガスンも怪しい」とレイス大佐。「あの男はじつに辛辣なことを言う。しかし、わたしは言葉だけを問題にしているんじゃない。あの男は、リネットの父親に破滅させられた人物の息子かもしれない。少し飛躍しすぎかもしれないが、ありうる話だ。人はいつまでも昔の恨みを忘れないものだからね」

大佐はそこで間を置いてから、こうつづけた。

「それにわたしの追っている男もいる」

「そう。その人物もいますね」

「そいつは殺人者だ」とレイス大佐。「その点は調べがついている。とは言うものの、なぜリネット・ドイルを殺すのかという見当がつかない。接点がないからね」

ポアロはゆっくりと言った。

「もしかしたら、その男の正体を明らかにする証拠が偶然リネットの手に入ったのかもしれません」

「可能性はあるが、かなりありそうにない話だな」そこでドアにノックがあり、レイス大佐は言った。「ああ、われらが重婚志願者のおでましだ」

フリートウッドは大柄で喧嘩早そうな男だった。部屋に入ってくると、ポアロとレイス大佐の顔を交互に見た。ポアロは、前にルイーズ・ブールジェと話していた男だと認定した。

フリートウッドは胡散臭《うさんくさ》そうに言った。

「おれに用だと聞いたんだが」

「そうだ」レイス大佐が言った。「ゆうべこの船で殺人があったのは知っているね？」

フリートウッドはうなずいた。

「殺された女性にきみが腹を立てていたというのは本当だと思うんだが、どうかね？」

フリートウッドの目に警戒の色がひらめいた。

「誰がそんなこと言ったんだ?」

「きみは若い女とつきあうのをミセス・ドイルに邪魔されたと思っただろう」

「そんなことを誰が言ったのかはわかる――あのフランス人の嘘つき女だろう。あれは嘘ばっかりついてる女だ」

「しかし、例の話は本当のはずだ」

「あんなのはでたらめだ!」

「きみはなんの話か聞かないうちからでたらめだと言うんだね」

一撃がきれいにきまり、機関士は言葉につまって顔を赤くした。

「きみはマリーという若い女と結婚しようとしたが、マリーはきみがもう結婚している男だと知って離れていった。これは事実なんだろう?」

「それがあの女になんの関係があるっていうんだ?」

「ミセス・ドイルになんの関係があるのかという意味だな? しかし、重婚は重婚だからね」

「それは違うんだ。おれはこの国の女と結婚した。でもうまくいかなかった。女は自分の親兄弟のところへ帰った。おれはもう五、六年会ってない」

「しかし、まだ結婚しているわけだろう」

フリートウッドは黙った。レイス大佐はつづける。

「ミセス・ドイル、当時のミス・リッジウェイが、そのことに気づいたんだね？」

「ああ、そうだよ、あのいまいましい女！　頼まれもしないことに首を突っこみやがって。おれはマリーによくしてやっていた。あいつのためならなんでもしてやった。あいつの女主人がお節介をしなきゃ、例のことも知らなかったんだ。ああ、おれははっきり言うよ。あのレディーを恨んでいたよ。この船に乗ってるのを見たときはむかついて仕方がなかった。着飾って、真珠だのダイヤモンドだのを身につけて、偉そうにあちこち歩いて、ひとりの男の人生を台無しにしたってことなんか頭の隅にもない！　おれは腹が立ったよ。けど、おれを人殺し呼ばわりするなら――あの女をピストルで撃ち殺したって言うなら、そりゃ嘘だ！　おれは指一本触れちゃいない。それは神さまがご存じだ！」

フリートウッドはそこで言葉を切った。汗が顔を流れ落ちていた。

「ゆうべ十二時から二時のあいだはどこにいた？」

「寝棚で寝てたよ――仕事仲間に訊いてくれ」

「そうしよう」レイス大佐はそう言い、短くうなずいて尋問を終わらせた。「もういいぞ」

「どうですかね？《エ・ビヤン》」ドアが閉まると、ポアロはレイス大佐に訊いた。

大佐は肩をすくめた。

「話は筋が通っているね。もちろん、ぴりぴりして落ち着きがなかったが、不自然じゃなかった。アリバイを確かめなければいけないが――同僚の証言は決め手にはならないんじゃないかな。どうせ眠っていたのだろうし、そのあいだにフリートウッドはそっと抜けだして、また戻ってくることもできたわけだ。ほかにあの男を見た者がいるかどうか、それしだいだね」

「そう。それを確かめてみなくてはなりませんね」

「つぎにやるべきことは」とレイス大佐が言う。「犯行時刻を特定するために、物音を聞いた者を探すことだな。ベスナー先生は午前零時から二時までのあいだだと言っている。誰か乗客が銃声を聞いたとしてもおかしくない――銃声だとはわからなかったかもしれないがね。わたしはその種の音を聞かなかったが、きみはどうだ？」

ポアロはかぶりをふる。

「わたしは丸太のように眠っていましたからね。何も聞きませんでした――全然、何も。まるで睡眠薬でも飲んだみたいに熟睡しましたよ」

「それは残念だ」とレイス大佐。「右舷の船室にいた人たちから何か証言が得られるという幸運に期待しよう。ファンソープからはもう話を聞いた。つぎはアラートン親子だな。給仕に呼んでこさせよう」

アラートン夫人は足早に入ってきた。服装は白とグレーの縞模様のやわらかそうなシルクのワンピース。顔は悲しげだった。

「ほんとに恐ろしいことですね」夫人はポアロの置いた椅子に腰をおろすと、そう言った。「信じられないくらいです。あのすべてに恵まれていたすてきな方が——亡くなるなんて。信じられないような気持ちです」

「そういうお気持ちになるのはわかります、マダム」ポアロは同情をこめて言った。

「あなたがいてくださって本当によかったと思いますよ」アラートン夫人はさらりと言った。「あなたなら犯人を見つけられますものね。犯人があの気の毒な娘さんでなくてよかった」

「マドモアゼル・ド・ベルフォールのことですね。あの人が犯人じゃないと誰が言っていました？」

「コーネリア・ロブスンさんが」アラートン夫人はかすかな笑みを浮かべた。「あの方はこの事件にすっかり興奮していますよ。いままでこんなに派手に気持ちをかきたてられる経験をしたことがなかったんでしょうし、今後も二度とないんでしょうね。でもあの方、いい人だから、興奮していることを恥じていますよ。自分はひどい人間だって」

アラートン夫人はポアロを見て、それからつけ加えた。

「でも無駄なおしゃべりをしちゃいけないわね。質問がおありなんでしょう?」

「ええ、お願いします。ゆうべは何時にベッドに入りましたか、マダム?」

「十時半過ぎです」

「すぐに眠れましたか?」

「ええ。眠かったので」

「何か物音か声を聞かなかったでしょうか?――どんなものでもいいのですが――夜のあいだに」

アラートン夫人は眉をひそめた。

「ええ、水がはねて、誰かが走る音が聞こえた気が――いや、その逆だったかしら? その辺はぼんやりしてるんですけど。わたし、そのとき、なんとなく人が川に飛びこんだのかなという感じを受けました――そしてこれは夢だなと思いました――それから目がさめて、耳をすましてみたけど、しいんと静かでした」

「それは何時だったかわかりますか?」

「いいえ、わかりません。でも、ベッドに入ってからそれほどたってなかったと思います。

一時間以内じゃないでしょうか」

「それだとあまりはっきりしませんね、マダム」

「ええ、そうなんですけど。本当ははっきりしないのに当て推量をするのはよくないでしょう?」

「お話ししていただけるのはそれだけですか、マダム?」

「ええ、残念ですけど」

「以前にマダム・ドイルに会ったことはありましたか?」

「いいえ、でもティムは会ったことがあります。それと、あの方の噂は——わたしたちの親類のジョアナ・サウスウッドを通して——いろいろ聞いていました。でも、直接お話ししたのはアスワンが最初でした」

「あともうひとつ、マダム、たいへん申し訳ないのですが、お訊きしたいことがあるのです」

アラートン夫人は薄く微笑んでつぶやくように言った。「不謹慎な質問をされるのは大好きです」

「それはこうです。あなたか、あなたの身内の方が、マダム・ドイルの父親、メルウィッシュ・リッジウェイの事業を通じて経済的損失をこうむったことがあるでしょうか？」

アラートン夫人は完全に意表を突かれたという顔をした。

「いいえ！　わたしたちの財産はだんだんに減ってきているだけです……最近はいろんなものの利回りが前ほどよくありませんからね。だからうちの台所事情はよくありませんけど、それには劇的な理由なんてないんです。主人はいくばくかの財産を残してくれましたが、それはまだそのまま持っています。ただ前ほど利息がつかないだけです」

「ありがとうございます、マダム。では息子さんを呼んでいただけますか」

ティムは呼びに来た母親に軽い調子で言った。

「試練は終わったんですね？　今度はぼくの番か！　どんなことを訊かれるんです？」

「ゆうべ何か音を聞かなかったかって、それだけ」アラートン夫人は答えた。「あいにくわたしは何も聞いていないのよ。なぜだかわからないけど。だってリネットさんの部屋はひとつ置いて隣だもの。ピストルの音は聞こえるはずでしょう。さあ、行ってらっしゃい、ティム。おふたりが待ってらっしゃるから」

ポアロはティム・アラートンにも母親と同じ質問をした。

ティムは答えた。

「早めにベッドに入りました。十時半過ぎですかね。少し本を読んで、十一時過ぎに明かりを消しました」

「そのあと何か聞こえませんでしたか？」

「男の声で、おやすみなさい、と。そんなに離れたところじゃないと思います」

「それはわたしがミセス・ドイルに言ったんだ」とレイス大佐。

「そうですか。それからぼくは眠りました。でもそのあと、何か騒ぐような音がして、誰かがファンソープを呼ぶ声が聞こえました。そんな記憶があります」

「マドモアゼル・ロブスンが展望室から走りでて、ムッシュー・ファンソープを呼びましたが」

「ああ、たぶんそれですね。そのあといろんな人の声がしました。それから誰かがデッキを走って。水がはねる音がしました。それから、ベスナー先生が大声で、『気をつけて！』とか『もう少しゆっくり』とか言うのが聞こえましたね」

「水がはねる音がしたと」

「まあ、そんなような音です」

「それが銃声ではなかったというのは確かですか？」

「ええ。あれはもしかしたら……。ああ、コルクが飛ぶような音はしました。それは銃声だったかもしれない。コルクの音から、グラスに酒を注ぐところを連想して、それで水の音を聞いたような気がしたのかもしれないですね……。ぼうっとした頭で、パーティーをやってるのかなと考えたのは覚えています。みんな早く寝て静かにしてくれればいいのにと思いました」

「そのあとは何か聞こえませんでしたか？」

ティムは考えた。

「隣の部屋でファンソープが歩きまわる音が聞こえましたね。これは寝る気がないな、と思いましたっけ」

「そのあとは？」

ティムは肩をすくめた。

「そのあとは――夢のなかです」

「何も聞こえなかったと？」

「ええ、なんにも」

「ありがとう、ムッシュー・アラートン」

ティムは腰をあげて喫煙室を出ていった。

15

レイス大佐はカルナック号の客室の配置図を思案顔で眺めていた。

「ファンソープ、息子のアラートン、ミセス・アラートン。そのつぎが——いまは空いているサイモン・ドイルの部屋。その隣がリネット・ドイルの部屋で、つぎが例のアメリカ人の老婦人か。彼女なら何か音を聞いているかもしれない。もう起きているなら来てもらうとしよう」

ミス・ヴァン・スカイラーが喫煙室に入ってきた。けさはいつも以上に老けて、皮膚の色もいっそう黄色いように見えた。暗い色の小さな目は不機嫌の毒をたっぷり含んでいる。

レイス大佐は立ちあがって一礼した。

「ご面倒をおかけしてたいへん恐縮です、ミス・ヴァン・スカイラー。ご協力ありがとうございます。どうぞおかけください」

ミス・ヴァン・スカイラーは鋭い口調で言った。

「こんなことに巻きこまれるのはごめんですよ。本当に迷惑。わたしはこの――ええと――嫌な事件とはいっさい関わり合いになりたくないんですからね」

「ごもっとも、ごもっとも。いまもムッシュー・ポアロと話していたんです。できるだけ早く事情聴取を終わらせるのがいいだろう、そうすればもうご迷惑をおかけすることはないから、と」

ミス・ヴァン・スカイラーはやや好意的なまなざしでポアロを見た。

「おふたりにわたしの気持ちをわかっていただけてありがたいですわ。とにかくこういうことには慣れていないものだから」

ポアロはなだめる口調で言った。

「わかります、マドモアゼル。ですから、できるだけ早くこの不愉快なことから自由になっていただこうと思っております。さて、ゆうべベッドにお入りになったのは――何時でしたか？」

「いつも十時と決めていますけど、ゆうべはもっと遅かったの。コーネリアが、気のきかないことに、ひどく待たせたものだから」

「わかりました《トレ・ビャン》、マドモアゼル。ベッドにお入りになったあと、何かの音や声をお聞きにならなかったでしょうか？」

ミス・ヴァン・スカイラーは言った。

「わたしは眠りがとても浅いの」

「それはすばらしい《メルヴェイユ》ことです！　わたしどもには幸運です」

「わたしはミセス・ドイルの、あの派手で安っぽい感じのメイドが『おやすみなさいませ《ボンヌ・ニュイ》、マダム』と言う声で目がさめました。そんな大声を出さなくてもと思いましたわ」

「そのあとは？」

「また、うとうとして。今度は部屋に誰かいると思って目がさめました。でも、それは隣の部屋だと気づいたんです」

「マダム・ドイルの部屋ですか？」

「そう。それから外のデッキに誰かいる物音がして、ボチャンという水の音が聞こえたの」

「それは何時のことか見当がつきますか？」

「正確に言えますよ。一時十分です」

「自信がおありなのですか？」

「ええ。ベッドの横に置いてある小さな時計を見たから」

「銃声は聞きませんでしたか？」

「ええ。そういうものは」

「しかし、目がさめたのは銃声のせいだったかもしれないのでは？」

ミス・ヴァン・スカイラーは、蟇蛙《ひきがえる》のような顔を片方に傾けて考えた。

「そうだったかも」しぶしぶという感じで答えた。

「水の音はなぜしたか見当はつきませんか？」

「見当も何も――ちゃんと知っています」

レイス大佐がぱっと立ちあがった。

「知っているんですか？」

「知っていますよ。外をうろつく足音に腹が立ったの。だから起きて、部屋のドアをあけて覗いたんです。そしたらミス・オッターボーンが手すりから身を乗りだしていた。川に何か捨てたところだったのよ」

「ミス・オッターボーンが？」

レイス大佐は心底驚いている声を出した。

「そう」

「ほんとにミス・オッターボーンでしたか？」

「顔をはっきり見ましたもの」

「向こうはあなたを見なかった？」

「見なかったと思うわ」

ポアロが前に身を乗りだした。

「ミス・オッターボーンはどんな表情をしていましたか、マドモアゼル？」

「とても感情が高ぶっているみたいでしたね」

レイス大佐とポアロはちらりと目を見かわした。

「そのあとは？」とレイス大佐が促す。

「ミス・オッターボーンは船尾の角を曲がって、わたしはベッドに戻りました」

ドアがノックされ、支配人が入ってきた。

水のしたたる包みを手にしている。

「これを見つけました、大佐」

レイス大佐が包みを受けとった。何重にも巻きつけたビロードの布をはがすと、ピンク色のしみのついた安物のハンカチの包みが出てきた。中身は、握りに真珠母を張った小型のピストルだ。

大佐はちょっと意地悪な勝利感のにじむ目でポアロを見た。

「ほら。わたしの考えが正しかった。ピストルは川に捨てられたんだ」

大佐はピストルを手のひらにのせた。

「どうかね、ムッシュー・ポアロ。いつぞやの夜、きみがカタラクト・ホテルで見たというピストルはこれかな？」

ポアロはそれをじっくり調べてから静かに言った。「はい――これです。ここについている飾り――このJ・Bというイニシャル――。これは贅沢《アルティークル・ド・リュクス》品です――非常に女性的なつくりですが――凶器であることには違いありません」

「二二口径か」レイス大佐はつぶやき、弾倉を外に出した。「二発発射している。うん。これでまず間違いないようだ」

ミス・ヴァン・スカイラーは注意を惹くために咳《せき》をした。

「わたしの肩掛けはどうしてくれるんですの？」

「あなたの肩掛けといいますと、マドモアゼル？」

「そこにあるそのビロードの肩掛けですよ」

レイス大佐は水のしたたる布をとりあげた。

「これはあなたのですか、ミス・ヴァン・スカイラー？」

「そう、わたしのよ！」老婦人は嚙みつくように言った。「ゆうべなくしたんですよ。

見なかったかとみなさんに訊いたんだけど」

ポアロは尋ねる目でレイス大佐を見た。大佐は小さくうなずいた。

「最後にこれを見たのはいつですか、ミス・ヴァン・スカイラー?」

「ゆうべ、展望室へ持っていったんですよ。で、どこかに置いたんだけど、そのうち、ないのに気づいたの」

レイス大佐は早口に訊く。

「これがどう使われたかわかりますか?」

大佐は肩掛けをひろげ、黒く焦げた部分といくつかの小さな穴を指さして言った。

「殺人犯はこれでピストルをくるみ、発射音を消したんです」

「なんて失礼なことを!」ミス・ヴァン・スカイラーは怒気をこめて言った。しなびた両頬に血の気がのぼった。

レイス大佐が言った。

「ミス・ヴァン・スカイラー、ミセス・ドイルとは以前どういうお知り合いだったか話していただけませんか」

「以前は知り合いじゃありませんでした」

「でも、名前くらいは知っておられたでしょう?」

「もちろん誰だかは知ってたけど」

「ご一族同士もお知り合いじゃなかったんですか？」

「わたしどもは由緒ある家柄として誇りを持ってきた一族ですよ、レイス大佐。わたしの母は、ハーツ家の人たちとおつきあいするなどということは夢にも考えていなかったと思います。ハーツ家は、お金はあるにしても、素性の知れない人たちですから」

「お話しいただけることはそれだけですか、ミス・ヴァン・スカイラー？」

「いままで話したことにつけ加えることは何もありません。リネット・リッジウェイはイギリス育ちだし、わたしはこの船に乗るまで会ったことなどありませんでした」

ミス・ヴァン・スカイラーは立ちあがった。

ポアロがドアをあけ、彼女は悠然と出ていった。

ふたりの男は目を見合わせた。

「いまのが彼女の言い分だ」とレイス大佐は言った。「ずっとそれに固執するだろうな！　実際、本当の話かもしれない。わからんがね。それにしても――ロザリー・オッターボーンとは。まったく予想外だった」

ポアロは当惑のていで首を横にふった。それから、突然テーブルをばんと叩いた。

「しかし、筋が通りません」と声をあげる。「ああ、くそくそくそくそ《ノン・ダン・ノン・ダン・ノン》！　筋が通らない」

レイス大佐はポアロを見た。

「つまり、どういう意味かね？」

「つまり、いままでは順風満帆だったのです。誰かがリネット・ドイルを殺したがっていた。誰かがゆうべ、展望室の外から発砲騒ぎを見ていた。誰かが展望室にそっと入ってピストルをとった——ジャクリーヌ・ド・ベルフォールのピストルをです。誰かがそのピストルでリネット・ドイルを撃ち、壁にJの文字を書いた……。すべてが明白です。違いますか？　すべてがジャクリーヌ・ド・ベルフォールを殺人者だと名指しています。そんなとき真の殺人者は何をするだろうか？　ピストルを——動かぬ証拠のピストルを——ジャクリーヌ・ド・ベルフォールのピストルを——すぐ見つかるところに残しておくはずです。ところが彼は——あるいは彼女は——最も重要な証拠になるピストルを川に投げ捨ててしまった。なぜです、友《モ・ナミ》よ、なぜなのです？」

レイス大佐は首を横にふった。

「変だな」

「変以上です——ありえないことです！」

「ありえなくはないだろう。現に起きたんだから！」

「そういう意味ではありません。起きたことのつながり方がありえないというのです。何かがおかしいのです」

16

レイス大佐は、何を考えているのだろうという目でポアロを見た。ポアロの頭脳には敬意を抱いている——抱く理由がある。しかしいまは、探偵の思考についていけていない。それでも質問はしなかった。質問はめったにしない男なのだ。大佐は目の前の問題にまっすぐ向かっていった。

「つぎにやるべきことはなんだろう。ミス・オッタボーンの尋問かな」

「そうですね。それをやれば少し前に進めるでしょう」

ロザリー・オッターボーンが不機嫌な顔で入ってきた。神経質になったり、怖がったりしている様子は全然ない——とにかくこんなことはやりたくないという仏頂面だ。

「それで？　なんなんですか？」と彼女は言った。

レイス大佐が尋問を担当した。

「われわれはミセス・ドイルの殺害について調べています」

ロザリーはうなずいた。

「ゆうべは何をしたか話してもらえますか？」

ロザリーはしばらく考えた。

「母とわたしは早い時間にベッドに入りました——十一時前です。特に何も聞かなかったけど、ベスナー先生の部屋の外がちょっと騒がしかった。先生がドイツ語でどなる声が聞こえました。もちろん、なんの騒ぎかわかったのはけさになってからです」

「銃声は聞きませんでしたか？」

「はい」

「ゆうべは一度も部屋を出なかった？」

「はい」

「確かですか？」

ロザリーは目を見ひらいて大佐を見た。

「どういう意味ですか？　もちろん確かです」

「たとえば、船の右舷のほうへ行って、川に何か捨てたりしませんでしたか？」

ロザリーの顔に赤みがさしてきた。

「川に物を捨てちゃいけない規則でもあるんですか？」

「それはない。が、とにかく、捨てなかったかな?」

「捨ててません。だから部屋を出てないんです」

「じゃ、もし誰かがあなたを見たと言っていたら——」

ロザリーはさえぎった。

「誰が言ってるんですか?」

「ミス・ヴァン・スカイラーだ」

「ミス・ヴァン・スカイラー?」本当に驚いているような声だった。

「そう。ミス・ヴァン・スカイラーが、部屋の外を覗いたら、あなたが川に何か捨てるのが見えたと言っているんです」

ロザリーはきっぱりと言った。

「そんなの嘘です」

それから、突然思いついたように尋ねた。

「それって何時の話ですか?」

今度はポアロが答えた。

「一時十分です、マドモアゼル」

ロザリーは、なるほど、というようにうなずいた。

「ほかに何か見たと言ってますか？」

ポアロは好奇の目でロザリーを見た。顎をなでながら答えた。

「ええと――いいえ。しかし、ある物音を聞いたと言っています」

「何を聞いたんですか？」

「マダム・ドイルの部屋のなかを誰かが動きまわる音だそうです」

「なるほど」とロザリーはつぶやく。

いまや顔は真っ青――死人の色だった。

「あなたはあくまで何も川に捨てていないとおっしゃるんですか、マドモアゼル？」

「夜中にわたしがばたばた外に出て何を捨てるっていうんですか？」

「何か理由があるかもしれない――罪のない理由がね」

「罪のない？」ロザリーはとがった声で言う。

「そうです。いいですか、マドモアゼル、ゆうべ、あるものが川に捨てられました――罪がないとは言えないものがです」

レイス大佐がしみのついたビロードの包みを黙って差しだし、ひろげて中身を見せた。

ロザリー・オッターボーンは縮みあがってうしろに身を引いた。

「それって――事件で――使われたものですか？」

「そうです、マドモアゼル」

「で、わたしが——わたしがやったと思ってるんですか？　そんなばかな！　なぜわたしがリネット・ドイルを殺すんです？　あの人のことなんか知らないのに！」

ロザリーは笑い、蔑《さげす》みをあらわに立ちあがった。

「こんなの全部ばかげてる！」

「いいかね、ミス・オッターボーン」レイス大佐が言う。「ミス・ヴァン・スカイラーは、誓って、月明かりであなたの顔をはっきり見たと、そう言ってるんだ」

ロザリーはまた笑った。「あの意地悪なおばあさんが？　どうせ半分目が見えないんでしょう。あの人が見たのはわたしじゃありません」

そこで間を置いた。

「もう行っていいですか？」

レイス大佐がうなずき、ロザリーは部屋を出ていった。

ふたりの男は目を見かわした。レイス大佐が煙草に火をつけた。

「と、いうことだ。完全に証言が食い違った。きみはどちらを信じる？」

ポアロは首を横にふった。

「わたしはどちらも真っ正直には話していないという考えを持っています」

「それがこの仕事の最悪の面だ」レイス大佐は気落ちした口調で言った。

「つまらん理由で真実を隠す人間が多い。で、つぎはどうする？　乗客の尋問をつづけるかね？」

「そうしましょう。順序立てて整然とことを進めるのがいいのです」

レイス大佐はうなずいた。

娘につづいてオッターボーン夫人が、ろうけつ染めのふわふわした服をまとって現われた。

夫人は娘のロザリーと同じく、午後十一時前にベッドに入ったと言った。彼女のほうはひと晩中何も聞いていなかった。ロザリーが部屋を出たかどうかは知らない。犯罪の話になると、がぜん雄弁になった。

「痴情《クリム・パッショネル》による犯罪！」と夫人は叫んだ。「殺しという――原始的本能！　これは性的本能と密接に結びついてるわ。あのジャクリーヌという娘は、半分は血の熱いラテン民族の女。内面の奥深くにある本能に従ったのね。リヴォルヴァーを手に、そっと忍び寄って――」

「しかし、マダム・ドイルを撃ったのはジャクリーヌ・ド・ベルフォールではありませんよ。それははっきりしています。証明されているのです」とポアロは説明した。

「じゃ、彼女の夫よ」とオッターボーン夫人は勢いを盛り返そうとする。「血への欲望と性本能——これは性的犯罪ね。有名な事例がいくつもあるわ」

「ミスター・ドイルは脚を撃たれて動けませんでした——骨が折れてね」レイス大佐が言った。「その夜はずっとベスナー先生に付き添われていたんです」

オッターボーン夫人はいよいよ落胆した。何かいい考えはないかと懸命に思案した。

「あっ、そうだ！」と叫んだ。「これに気がつかないなんてあたしもばかだわ！　犯人はミス・バワーズよ！」

「ミス・バワーズ？」

「そう。そういうことよ。心理的に明らかだわ。抑圧よ！　抑圧された処女！　ドイル夫妻を見て逆上したのよ——若い夫婦が熱烈に愛しあっているのを見て。もちろん犯人は彼女よ！　あれはまさにそういうタイプでしょ——性的魅力がなくて、品行方正が身にしみついた女。あたしの本では、『不毛な葡萄の樹』に——」

レイス大佐がそつなくさえぎった。

「たいへん参考になるご意見を拝聴しました、ミセス・オッターボーン。しかし、われわれにはまだ仕事があります。どうもありがとうございました」

レイス大佐は戸口まで丁重に送りだし、額の汗をぬぐいながら戻ってきた。

「なんという毒々しい女だ！　ふう！　誰が殺人者か知らないが、殺すならあの女を殺せばよかったのに！」

「まだ諦めるのは早いですよ」とポアロは慰めた。

「なるほどそうかもしれない。あと残っているのは誰かな。ペニントンは――最後がよさそうだ。となると、リケッティか――ファーガスンだ」

リケッティ氏は動揺していて饒舌《じょうぜつ》だった。

「なんと恐ろしい、嘆かわしいことだ――あんな美しい若い女性が――じつに非人間的な犯罪だ――」

話しながら、両手を派手にふり動かした。

返事はどれも即答だった。ゆうべは早く寝た――かなり早い時刻で、夕食後すぐだった。しばらく本を読んだ――最近発表された論文の小冊子で――題は『小アジア先史《プレヒストーリッシェ・フォルシュング》時代研究《イン・クラインアージアン》』――小アジアの丘陵地帯から出土した彩色陶器に新たな光をあてた論考だ。

十一時ちょっと前には明かりを消した。いや、銃声は聞いていない。コルクが飛ぶような音もだ。ただひとつ聞いたのは――もっとあとの、真夜中のことだが――部屋の窓の近くでした、ばちゃんという大きな水の音だ。

「あなたの部屋は、下のデッキの右舷側ですね？」

「そうそう、そのとおり。ばっちゃーん、という大きな音だった」両腕をぱっとはねあげて、音の大きさを表現した。

「それは何時だったか教えていただけますか？」

リケッティは考えた。

「眠ってから一時間か、二時間か、三時間か。たぶん二時間くらいかな」

「たとえば、午前一時十分くらいとか？」

「ええ、そうであってもおかしくないですね。ああ！　それにしても、なんという恐ろしい犯罪だ――なんと非人間的な……。あんな魅力的な女性が……」

なおも盛んに手ぶりをしながら、リケッティは退場した。

レイス大佐はポアロを見た。ポアロは表情豊かに眉をつりあげ、ついで肩をすくめた。

ふたりはファーガスンの尋問にとりかかった。

ファーガスンは扱いにくかった。ふてぶてしい姿勢で椅子にすわった。

「まったくつまらん大騒ぎをして！」とあざける口調で言った。「この事件がなんだというんだ。世界には贅沢三昧《ざんまい》をする女なんてまだいくらでもいるぞ！」

レイス大佐は冷ややかに言った。

「ゆうべの行動を話してもらえますか、ミスター・ファーガスン」

「なぜそんなことを訊くのか知らんが、ま、いいよ。ぼくはぶらぶらしていた。ミス・ロブスンと陸にあがったりしてね。彼女が船に戻ったあとは、しばらくひとりで歩きまわっていた。それから船に戻って、午前零時ごろ部屋に入ったよ」

「部屋は下のデッキの、右舷側ですね？」

「そう。上流階級のみなさんと同じ側」

「銃声は聞きませんでしたか？　コルクが飛ぶ音くらいにしか聞こえなかったかもしれないが」

ファーガスンは考えた。

「そう言えば、コルクの音みたいなのが聞こえたかな……。何時ごろかは思いだせないが――ベッドに入る前だ。まだ何人も外にいて――デッキをどたどた走ったりしていたな」

「それはミス・ド・ベルフォールが発砲したときの音でしょう。ほかに銃声は聞きませんでしたか？」

ファーガスンはかぶりをふった。

「水がはねる音はどうです？」

「水がはねる音？　ああ、それは聞いた気がする。でも、外でなんだか騒いでいたから、確かなことはわからんね」

「あなたは夜中に部屋を出ましたか？」

ファーガスンはにやりと笑った。

「出なかった。だから正義の鉄槌《てっつい》をくだす行為には参加しなかった。惜しいことをしたよ」

「そういう不謹慎な発言は子供じみていますよ、ムッシュー・ファーガスン」

ファーガスンはむかっ腹を立てた。

「思ってることを言っちゃいけないのかい？　ぼくは暴力肯定論者だぜ」

「でも持論の実践はしないと？」とポアロはつぶやく。「さて、どうなのかな」

それからポアロは前に身を乗りだした。

「あのフリートウッドという機関士でしょう？　あなたにリネット・ドイルがイギリスで指折りのお金持ちだと教えたのは」

「フリートウッドとこの事件になんの関係があるんだ？」

「フリートウッドには、友よ、リネット・ドイル殺害のりっぱな動機があるのですよ。彼女を特別に恨んでいましたからね」

ファーガスンはびっくり箱の人形のように椅子から飛びあがった。

「フリートウッドに濡れ衣を着せる気なら、このぼくが相手だとな！」

「そういう汚いことをしようというのか？」怒りをほとばしらせて言った。「フリートウッドみたいな、弁護士を雇う金のない哀れな男に罪をなすりつけようというのか？だが、言っておくぞ——あんたらがフリートウッドに濡れ衣を着せる気なら、このぼくが相手だとな！」

「あなたはどういう方なのですか？」ポアロがやわらかく訊いた。

ファーガスンは顔を赤くした。

「とにかくぼくは友達を大事にする人間なんだ」とうなるような声で言った。

「さて、ミスター・ファーガスン、とりあえず以上でけっこうだ」とレイス大佐が言った。

ファーガスンが喫煙室を出てドアが閉まると、大佐の口から意外な言葉が出た。

「なかなか好感の持てるぼうやだな」

「彼があなたの追っている男だとは思いませんか？」とポアロが訊く。

「あれはどうも違うようだ。もっとも問題の男がこの船に乗っているのは間違いない。その点の情報は確実なんだ。しかしまあ、一度にふたつの事件は扱えない。ペニントンを呼ぶとしよう」

17

アンドリュー・ペニントンは、ありとあらゆる手垢《てあか》にまみれたやり方で悲しみと衝撃を表現した。いつものように服装にはよく気をつけていた。ネクタイは黒いものに替えている。きれいに髭を剃った長い顔には当惑の表情を浮かべていた。

「どうもまいってしまったよ！」ペニントンは悲しげな声で言った。「リネットは――わたしはよく覚えているが、ほんとに可愛い女の子だったんだ。メルウィッシュ・リッジウェイの可愛がりようときたらもう！　いや、こんなことを話しても仕方がないな。わたしに何ができるのか――言ってくれたまえ」

レイス大佐が言った。

「まずは、ミスター・ペニントン、ゆうべ何か物音か声を聞きませんでしたか？」

「いや、聞いていないと思う。わたしの部屋は三十八・三十九号室で――ベスナー先生の隣だが――午前零時ごろに何かあわただしい気配があった。もちろん、そのときは何が起きているのか知らなかったがね」

「ほかに何か聞きませんでしたか？　銃声とか？」

アンドリュー・ペニントンは首を横にふった。

「その種の音は何も」

「ベッドに入ったのは？」

「十一時過ぎだったと思う」

ペニントンは前に身を乗りだした。

「あなたがたはもうご存じだと思うが、この船ではいろんな噂が飛びかっている。あの半分フランス人の若い女――ジャクリーヌ・ド・ベルフォールといったかな――あれは何か訳ありの女のようだ。リネットは何も言わなかったが、わたしには耳も目もある。ジャクリーヌとサイモンは、以前、関係があったんだろう？　〝女を捜せ《シェルシェ・ラ・ファム》〟、事件の陰に女あり――これは非常に役に立つ指針だ。そしていまの場合、あまり遠くを捜す《シェルシェ》必要はないんだ」

ポアロは言った。

「あなたはジャクリーヌ・ド・ベルフォールがマダム・ドイルを撃ったと考えているのですか？」

「そんなふうに思えるね。もちろん、わたしは何も知らないが……」

「あいにく、われわれにはあることがわかっているのです!」

「えっ?」ペニントンは驚いた顔をした。

「マドモアゼル・ド・ベルフォールがマダム・ドイルを撃ったというのはまったくありえないということがね」

ポアロは状況を丁寧に説明した。ペニントンはその事実を受け入れたくないようだった。

「表面上はそのように見えるが——その看護婦はひと晩中起きていたわけじゃないと思うね。居眠りをしたすきに、ジャクリーヌは抜けだしたんだ」

「それはまずありそうにないことです、ムッシュー・ペニントン。看護婦はジャクリーヌに強力なモルヒネを注射しましたからね。それに看護婦というものは仮に居眠りをしても深く眠ることはなく、患者が目をさませば自分も目をさますものです」

「しかし、その話はなんとなく怪しい気がする」とペニントンは言う。

レイス大佐は穏やかながら有無を言わせぬ口調になった。

「これについては信じてもらわねばなりませんな、ミスター・ペニントン。われわれはあらゆる可能性をきわめて慎重に検討したのです。結論ははっきりしています——ジャクリーヌ・ド・ベルフォールはミセス・ドイルを撃っていない。だから犯人はほかに捜さなければなりません。われわれはその件であなたが役に立ってくれると期待しているのです」

「わたしが？」

ペニントンはたじろいだ。

「そうです。あなたは故人と親しかった。彼女のこれまでの人生を知っている。たぶんサイモン・ドイルより詳しいはずです。彼がリネットと出会ったのはわずか数ヵ月前ですからね。あなたは、たとえば、故人に恨みを抱いていた人間がいないかどうか知っているでしょう。彼女の死を願うような人間がいないかを」

ペニントンは乾燥しているように見える唇に舌を這《は》わせた。

「これははっきり言っておくが、わたしは知らない……。リネットはイギリスで育ったからね。どういう環境で、どういう人たちに囲まれて暮らしていたか知らないんだ」

「しかしですね」ポアロは物思いにふけっているような調子で言う。「この船にはマダム・ドイルの死を願っている人間が乗っているようなのです。覚えておいででしょうが、マダム・ドイルは、このアブ・シンベルで、大石につぶされるところを危うく逃れました——ああ！　しかし、あなたはその場にいなかったのでしたっけ？」

「いなかった。そのときわたしは神殿のなかにいたんだ。もちろんあとで話を聞いたが。危ないところだったそうだね。しかし、あれはおそらく事故だった。そう思わないかね？」

ポアロは肩をすくめた。

「あのときはそう思いました。いまは――迷っています」

「うん――もちろんそうだろう」ペニントンは上等のシルクのハンカチで顔を拭く。

レイス大佐が話を先に進めた。

「ミセス・ドイルは、この船に自分を恨んでいる人が乗っていると話していました――彼女個人をではないが、一族を恨んでいる人がね。誰のことだかわかりますか？」

ペニントンは心底驚いたような顔をした。

「いや、見当もつかない」

「そのことを彼女から聞きませんでしたか？」

「聞かなかった」

「あなたは彼女の父親と親しかった――彼女の父親が、ビジネスの上で競争相手か誰かを破滅させたというようなことを覚えていませんか？」

ペニントンは途方にくれたようすで首を横にふった。

「思いあたる大きな事件はないな。もちろん競争相手とやり合うことはよくあったが、誰かが脅し文句を口にしたケースは思いだせない――その種のことはなかった」

「つまり、役立つ情報はないということですか、ミスター・ペニントン？」

「そのようだ。われながらふがいないと思っている」

レイス大佐はポアロと目を見かわしてから、こう言った。

「残念です。期待していたんですがね」

大佐は面談が終了した合図に椅子から腰をあげた。

ペニントンが言った。

「サイモンは起きられない状態だから、わたしにいろいろやってもらいたがっていると思う。ひとつ訊きたいんだが、大佐、これからこの船はどうするのかな」

「ここを出たあとは、途中とまらずにセヘル島へ行きます。明日の朝、到着する予定です」

「遺体は？」

「冷凍庫に入れられるはずです」

ペニントンは頭をさげ、部屋を出ていった。

ポアロとレイス大佐はまた目と目を合わせる。

「ミスター・ペニントンは」大佐は煙草に火をつけながら言った。「居心地悪そうだったね」

ポアロはうなずいた。

「それに、ムッシュー・ペニントンは混乱しているあまり、愚かしい嘘をひとつつきました。大石が落ちてきたとき、彼はアブ・シンベル神殿のなかにはいなかったのです。そのことは――このわたしが《モワ・キ・ヴ・パルル》――誓って証言します。わたし自身が神殿から出てきたところだったのですからね」

「それは愚かしい嘘だ」とレイス大佐。「そして意味深い嘘だ」

ポアロはまたうなずいた。

「しかし当面」ポアロはにんまり笑う。「われわれはやわらかい子山羊革の手袋をはめて彼を扱う。そうですね？」

「わたしもそのつもりで応対したんだ」

「友《モ・ナミ》よ、あなたとわたしは不思議なくらいお互いを理解しているようです」

ふたりの足の下で、ごとごとという音が小さく鳴りはじめた。カルナック号がセヘル島に帰還すべく動きだしたのだ。

「真珠の問題」とレイス大佐は言った。「つぎはこれを解明しなくてはね」

「何かプランはありますか？」とポアロ。

「うむ」大佐は腕時計を見た。「あと三十分で昼食の時間だ。食事が終わるころにある発表をしたらどうだろう――真珠のネックレスが盗まれたという事実だけ知らせて、捜索をするあいだ全員食堂にとどまるよう要請するんだ」

ポアロは賛成だとうなずいた。

「いい考えです。ネックレスを盗んだ者はまだそれを持っているでしょう。予告なしに捜索すれば、川に捨てられてしまうことはありません」

レイス大佐は数枚の紙を自分のほうへ引きよせた。そして言い訳でもするようにこう言った。

「ここらでちょっと事実関係をまとめてみようと思うんだ。頭が混乱しないように」

「いいですね。順序立てて整然と。これにかぎります」とポアロは答えた。

レイス大佐は小さな字で几帳面に書きだした。書き終えると、労作をポアロのほうへ押しやった。

「異論のあるところはないかね？」

ポアロは紙をとりあげた。つぎのような題が記してあった。

リネット・ドイル夫人殺害事件

生前のドイル夫人を最後に見た者はメイドのルイーズ・ブールジェ。時刻、午後十一時三十分ごろ（だいたいそのあたり）。

十一時三十分から十二時二十分までのあいだにアリバイがある者は、コーネリア・ロブスン、ジェームズ・ファンソープ、サイモン・ドイル、ジャクリーヌ・ド・ベルフォール——以上のほかにはなし——ただし殺害はまず間違いなくそれ以後におこなわれている。なぜなら、凶器はジャクリーヌ・ド・ベルフォールのピストルとみてほぼ間違いないが、それ以前には彼女のハンドバッグのなかにあったからだ。本当に彼女のピストルが使われたかどうかは検死と弾丸の鑑定を待たなければならない——が、まず間違いなくそうだろうと考えられる。

出来事はおそらくつぎのように起きたのではないか。X（殺人犯）は展望室でジャクリーヌとサイモン・ドイルのあいだで起きたことを盗み見もしくは盗み聞きし、ピストルが長椅子の下に入ったのを知った。展望室が無人になったあと、Xはピストルを手に入れた——彼または彼女は、これを使えばジャクリーヌ・ド・ベルフォールの犯行とみなされると考えたのだ。この仮説が正しいなら、数名が容疑者リストからはずれる。

コーネリア・ロブスン。ジェームズ・ファンソープが戻ってきて長椅子の下を見るまで、ピストルをとる機会がなかった。

ミス・バワーズ——同じ。

ベスナー医師——同じ。

注意——ファンソープは確実に容疑者リストからはずれるとは言えない。長椅子の下のピストルをポケットに入れつつ、そこにはなかったと言うことができたからだ。

そのほかの人物はみなその五分間にピストルをとることが可能だった。

考えうる殺人の動機。

アンドリュー・ペニントン。リネット・ドイルの信託財産に関して不正をおこなっているいることが前提となる。この前提事実を推測させる証拠はいくつかあるが、告発を可能にするほど確実なものはない。大石を落としたのが彼であるなら、それで失敗したあと、つぎに到来した機会をつかんだ可能性がある。この場合、リネット殺害の意図はあったが、実際に成功した殺害はあらかじめ計画されたものではなかったことになる。ジャクリーヌによる発砲騒ぎが絶好の機会となったのだ。

ペニントン犯行説への反論。なぜピストルを川に捨てたのか。ピストルはジャクリーヌを犯人に仕立てあげるのに役立つはず。

フリートウッド。動機、復讐。フリートウッドはリネット・ドイルから不当な仕打ちを受けたと考えている。発砲騒ぎを盗み聞きし、ピストルのありかを知った可能性あり。そのピストルを使ったのは便利な凶器であったからで、ジャクリーヌに罪を着せるためではなかったかもしれない。川に捨てたことはそれで説明がつく。しかし、もしそうなら、なぜ壁にJの血文字を書いたのか？

注意――ピストルを包んであったハンカチが安物であることは、裕福な乗客ではなくフリートウッドのような人物の持ち物であることを示唆。

ロザリー・オッターボーン。ロザリーが何かを川に捨てるのを見たというミス・ヴァン・スカイラーの証言と、ロザリーの否認のどちらを信用すべきか。その時刻に何かが川に捨てられたが、その何かはビロードの肩掛けに包まれたピストルであったと推定される。

留意すべき諸点。ロザリーに動機はあるか？　リネット・ドイルを嫌い、嫉妬すらしていたかもしれない――が、殺人の動機としてははなはだ不充分と思われる。彼女に不利な証拠は、もっともな動機が見出せるかぎりにおいてのみ説得力を持ちうる。いまのところ、ロザリー・オッターボーンとリネット・ドイルが旧知の間柄だったとか、つながりがあったという事実は判明していない。

ミス・ヴァン・スカイラー。ピストルを包んでいたビロードの肩掛けは、ミス・ヴァン・スカイラーのもの。当人の証言によれば、最後にこの肩掛けを見た場所は展望室。その夜、肩掛けの紛失を周囲の者に訴え、あたりを捜させたが、見つからず。

この肩掛けを犯人Xはどうやって手に入れたか？　Xは夜の少し早い時刻にそれを盗んだのか？　そうだとして、なぜそんなことを？　ジャクリーヌとサイモンのあいだにひと騒動あることは誰にも予見できなかった。展望室で長椅子の下からピストルをとったとき、同時に肩掛けもとったのか？　しかし、それなら、それ以前に捜したときになぜ見つからなかったのか？　肩掛けはミス・ヴァン・スカイラーの手もとを一度も離れていないのか？

もしそうなら。

ミス・ヴァン・スカイラーがリネット・ドイルを殺したのか？　ロザリー・オッターボーンに不利な証言は嘘なのか？　仮に彼女が犯人だとして、動機は？

ほかの可能性。

動機が盗みである可能性。可能性はある。現に真珠のネックレスが紛失。リネット・ドイルがゆうべそれを身につけていたのは間違いない。

リッジウェイ家に恨みを持つ者の犯行である可能性。可能性はある——が、これまた証拠がない。

船に危険な男――殺人者――が乗っていることはわかっている。殺人者がいて、殺人が起きた。このふたつはつながっている？　しかし、そう言うためには、リネット・ドイルがその男にとって危険な情報を握っていたことを証明しなければならない。

結論。船の乗客はふたつのグループに分けることができる――動機または不利な証拠がある者と、いまのところ容疑者リストから一応はずれている者。

グループⅠ

アンドリュー・ペニントン

フリートウッド

ロザリー・オッターボーン

ミス・ヴァン・スカイラー

ルイーズ・ブールジェ（盗み？）

ファーガスン（政治的？）

グループⅡ

アラートン夫人
ティム・アラートン
コーネリア・ロブスン
ミス・バワーズ
ベスナー医師
リケッティ
オッターボーン夫人
ジェームズ・ファンソープ

ポアロは紙を押し戻した。

「あなたがここに書いたことはたいへん適切で、たいへん正確です」

「内容に賛成かね？」

「はい」

「きみは何をつけ加えたい？」

ポアロはいばった感じで胸を張った。

「わたしは自分自身に疑問をひとつ提示します。〝なぜピストルは川に捨てられたのか〟」

「それだけかね？」

「とりあえずは、そうです。この疑問に満足な答えが出ないかぎり、全体としてまったく筋が通りません。だからそこが出発点――出発点に違いないのです。お気づきでしょうが、友よ《モ・ナミ》、あなたはこの要約のなかで、それに答える試みをしていません」

レイス大佐は肩をすくめた。

「犯人がパニックに陥ったとか？」

ポアロは困ったという顔で首を横にふった。

そして濡れたビロードの肩掛けをとりあげて、テーブルの上でひろげた。焦げ跡と焼けた穴を指でなぞる。

「教えてください、友よ《モ・ナミ》」ポアロは突然言った。「銃のことはあなたのほうが詳しい。こんなものでピストルをくるんで、それほど消音効果があるのでしょうか？」

「いや、ないだろうね。たとえば消音器のようにはいかない」

ポアロはうなずいた。それからつづけた。

「男なら――銃を扱い慣れている男なら確実に――そういうことを知っているでしょう。しかしご婦人は――知らないのではないでしょうか」

　レイス大佐は好奇心もあらわにポアロを見た。

「知らないかもしれないね」

「ええ。ご婦人も探偵小説を読むでしょうが、探偵小説は細部まで非常に正確とはかぎりません」

　レイス大佐は握りに真珠母を張った小型のピストルをとりあげた。

「こういう小さいやつはどのみちそれほど大きな音はしない。ポン、ぐらいのものだ。周囲でほかの音がしていたら、おそらく気づかれないだろう」

「そう。わたしもそう考えたのです」

　ポアロはハンカチをとりあげて調べた。

「男物のハンカチですが――上等のものではありませんね。かの親愛《ス・シェール》なるウールワースあたりの品物でしょう。せいぜい三ペンスの」

「フリートウッドのような男が持っていそうなハンカチだ」

「ええ。アンドリュー・ペニントンは、わたしは見ましたが、シルクのとても上等なハンカチを持っていますね」

「ファーガスンのかな」

「ありえます。労働者の味方だという意思表示ですね。もっとも、それならむしろバンダナでしょうが」

「手袋のかわりに使ったんじゃないかな。ハンカチ越しにピストルを握ったんだ。指紋がつかないように」それから、ちょっとおどけた調子でつけ加えた。「〝頬をピンクに染めたハンカチの事件〟か」

「なるほど。まさに〝うら若き乙女《ジュンヌ・フィーユ》〟の色ですな」ポアロはハンカチをテーブルに置き、また肩掛けを手にとって、火薬の跡を調べはじめた。

「それにしても奇妙だ……」とつぶやく。

「何がだね？」

ポアロはやさしい声で言った。

「あの気の毒な《セット・ポーヴル》マダム・ドイル。静かに横たわり……頭に小さな穴があいて。彼女がどんな顔をしていたか覚えていますか？」

レイス大佐は興味津々の顔でポアロを見た。

「きみが何かを言おうとしているのはわかるんだがね――なんなのかさっぱりわからないよ」

18

ドアにノックがあった。

「どうぞ」とレイス大佐が答える。

給仕が入ってきた。

「失礼します」とポアロに言う。「ミスター・ドイルがお話ししたいそうです」

「いま行きます」

ポアロは腰をあげた。喫煙室を出て、階段をのぼり、遊歩デッキにあがると、ベスナー医師の船室におもむいた。

サイモンは顔を熱っぽくほてらせ、上体を起こして枕にもたれていた。

何か当惑しているようすだ。

「お呼び立てしてすみません、ムッシュー・ポアロ。その、ちょっとお願いしたいことがあるんです」

「なんでしょう?」

サイモンは顔をいっそう赤くした。

「あの——ジャッキーのことですけど。会いたいんです。どうなんでしょう——かまわないでしょうか——彼女はどう思うでしょうね——あなたから彼女に、ここへ来てくれるよう言っていただいたら? ここでじっと寝て、いろいろ考えたんですけど……。彼女は——結局まだ子供なんですよね——なのに、ぼくはものすごくひどい目にあわせて——それで——」

口ごもり、黙りこんだ。

ポアロは興味深げにサイモンを見た。

「マドモアゼル・ジャクリーヌに会いたいのですね? では呼んできましょう」

「ありがとうございます。どうもすみません」

ポアロは捜しに行った。ジャクリーヌは展望室の隅の椅子に縮こまってすわっていた。膝の上で本をひらいているが、読んではいない。

ポアロはやさしく声をかけた。

「いっしょに来てくれますか、マドモアゼル? ムッシュー・ドイルが会いたいそうです」

ジャクリーヌはぱっと立ちあがった。顔が紅潮した——が、すうっと血の気が引いた。うろたえているように見えた。

「サイモンが？　会いたがってるの？——わ、わたしに？」

信じられないというその顔を、ポアロはいじらしく感じた。

「さ、来ませんか、マドモアゼル？」

「あの——はい、もちろん行きます」

ジャクリーヌはすなおについてきた。まるで子供のよう、まごついている子供のようだった。

ポアロはベスナー医師の船室に入った。

「連れてきましたよ」

ジャクリーヌもあとから足を踏み入れた。が、そこでひるみ、立ちすくみ……黙ってじっとサイモンの顔を見つめた。

「やあ、ジャッキー」

サイモンも当惑していた。が、言葉をついだ。

「来てくれてありがとう。ちょっと言っておきたくて——つまり——ぼくが言いたいのは——」

ジャクリーヌがさえぎった。そして息を切らしながら、必死になって、言葉をほとばしらせた。

「サイモン――リネットを殺したのはわたしじゃない。ほんとにわたしじゃないの……。ゆうべはわたし――わたし――頭がどうかしてた。ねえ、赦してくれる？」

サイモンの口からはさっきより楽に言葉が流れでた。

「もちろんだよ。もういいんだ！　あのことはもういいんだ！　ぼくが言いたかったのはそれだ。きみがちょっと気に病んでるかもしれないと思って……」

「ちょっと？　気に病んでる？　ああ！　サイモン！」

「そのことできみに会いたかったんだ。もういいんだよ、わかるかい？　きみはゆうべちょっと酔っていた――少し飲みすぎていた。だから無理もなかったんだ」

「ああ、サイモン！　わたし、あなたを殺したかもしれないのよ……」

「そんなことはない。あんなちっぽけな豆鉄砲じゃ……」

「でも、脚が！　もしかしたら、二度と歩けないかも……」

「そう大げさに言わないでくれ、ジャッキー。アスワンに着いたらすぐレントゲン撮影をして、ちっぽけな弾をとりだしてもらう。それでもとの丈夫な脚に戻るんだ」

ジャクリーヌは二度、息を飲んだ。それからサイモンのベッドのそばに駆け寄ってひざまずき、上掛けに顔をうずめてすすり泣いた。サイモンはおずおずとした手つきで彼女の頭をぽんぽんと叩いた。サイモンはポアロと目を合わせた。ポアロは、まあいいでしょうというようにため息をついて、船室を出た。

出ていくとき、切れぎれのささやき声が聞こえた。

「わたしってほんとにひどい人間よね。ああ、サイモン……！　ほんとにごめんなさい……」

船室の外で、コーネリア・ロブスンが手すりに寄りかかっていた。

コーネリアが顔をこちらに向けた。

「あら、あなたでしたか、ムッシュー・ポアロ。こんなにいいお天気で、それがなんだか逆にひどいことみたいに思えますね」

ポアロは空を見あげた。

「太陽が輝いていると月は見えない。しかし、太陽が沈んだら――ああ、太陽が沈んだら」

コーネリアがぽかんと口をあけた。

「それ、なんのことですか？」

「わたしが言ったのは、マドモアゼル、太陽が沈んだら月が見えるようになるということです。そのとおりではありませんか？」

「それは——ええ——そうですよね」

コーネリアは不審そうにポアロを見た。

ポアロは柔和に笑った。

「わたしはばかなことを言っていますね。気にしないでください」

ポアロは船尾に向かってぶらぶら歩きだした。隣の船室の前でちょっと足をとめる。なかから会話の断片が洩れてきた。

「ほんとに恩知らずな——あなたのために苦労してきたのに——可哀想な母親のことなんかちっとも考えない……あたしがどれだけ苦しんでるかちっともわかってない……」

ポアロは唇をこわばらせて引き結ぶと、手をあげて、ドアをノックした。

はっと驚いたような沈黙があり、そのあとオッターボーン夫人の声がした。

「誰？」

「マドモアゼル・ロザリーはおられますか？」

ロザリーがドアロに現われた。その顔はポアロをぎょっとさせた。目の下に隈、口のまわりに皺ができている。

「どうしたんです」不愛想な声を出した。「何か用ですか」

「少ししお話ししたいのです、マドモアゼル、いっしょに来ていただけませんか？」

ロザリーはたちまち口もとを不機嫌にゆがめて、猜疑《さいぎ》のまなざしを向けてきた。

「なぜですか」

「どうかお願いします、マドモアゼル」

「そう。じゃ——」

デッキに出てくると、うしろ手にドアを閉めた。

「それで？」

ポアロはそっとロザリーの腕をとり、船尾のほうへ歩きだした。洗面所の角を曲がり、無人の船尾のデッキで足をとめた。ナイル川が後方へ流れ去っていくのが見える。

ポアロは手すりに両肘をかけた。ロザリーは体をこわばらせてまっすぐ立ったままだ。

「それで？」と彼女はまた言った。声はやはりひどく突《つ》っ慳貪《けんどん》だった。

ポアロは言葉を選びながらゆっくりと話した。

「いくつか質問をしたいのですが、マドモアゼル、どうもあなたは答えてくださろうとしないような気がします」

「それならわたしをここまで連れだしたのは無駄なことでしたね」

ポアロは人差し指をゆっくりと木の手すりの上ですべらせた。

「あなたは、マドモアゼル、重荷を負うのに慣れてしまっていらっしゃるようです……。しかし、あまり長くつづけすぎるのはよくないですよ。精神的な負担が大きくなりすぎますからね。あなたの場合は、マドモアゼル、すでにそれが大きくなりすぎているのです」

「いったいなんのことだか」

「事実のことを話しているのです、マドモアゼル――明白な、不快きわまる事実のことを。もう短い言葉でずばり言いましょう。あなたのお母さんはお酒の中毒ですね、マドモアゼル」

ロザリーは答えない。口をひらいたが、またすぐ閉じた。今度ばかりは途方にくれてしまったようだった。

「あなたは何も言う必要はありません、マドモアゼル。わたしが話しますから。わたしはアスワンであなたとお母さんの関係に興味を惹かれました。あなたはわざとお母さんを嫌うようなことを言っていましたが、本当は一生懸命お母さんを何かから守ろうとしているのがすぐにわかったのです。その何かがなんなのかもまもなくわかりました。いつぞやの朝、お母さんが紛れもなく酔っ払っているところを見ましたが、それよりずっと以前に気づいていたのです。それにお母さんの場合は隠れてこっそり飲む――これはいちばん扱いにくいタイプです。あなたはがんばりました。それでもお母さんには隠れて大酒を飲む人特有の狡賢《ずるがしこ》さがありました。うまくお酒を手に入れて、あなたに見つからないところに隠しておくのです。あなたがついきのうその隠し場所を見つけたのだとしても、わたしは驚きません。あなたはゆうべ、お母さんがぐっすり眠りこんだあと、隠してあったお酒を持ってそっと部屋を出て、船の反対側のデッキへ行きました（あなたがたの側は岸すれすれだからです）。あなたはお酒を川に捨てました」

ポアロは言葉を切った。

「いま言ったとおりではないですか？」

「ええ――そのとおりです」ロザリーはそう認めたあと、突然はげしい口調になった。「あなたがたにそれを話すべきだったんでしょうね！　だけど、みんなに知られたくなかったんです。噂はあっという間にひろまりますから。それに、まさかあんな――ばかげた――つまり――わたしが――」

ポアロはかわりに言葉を締めくくってやった。

「殺人の疑いをかけられるなんてばかげているということですね？」

ロザリーはうなずいた。

そして、わっと泣きだした。

「わたし一生懸命やったんです——誰にも知られないように……。ほんとは母が悪いんじゃない。母は落ちこんでしまったんです。本が売れなくなって。ああいう安っぽいセックス物は読者に飽きられたんです……。それで母は傷ついて——ひどく傷ついて。それで——お酒を飲みはじめたんです。母がなぜおかしなふるまいをするのか、わたしには長いことわかりませんでした。それから、それがわかったとき、わたしは——お酒をやめさせようとしました。そしたら、しばらくはやめているんです。だけど、また突然飲みだして、誰かとひどい喧嘩をしたり騒ぎを起こしたりします。それがもうひどくて」ロザリーは身震いをした。「わたしはいつも気をつけていました——面倒なことにならないように……そうしたら——そのうち母はわたしを嫌うようになりました。母は——真っ向からわたしと衝突するんです。ときどき、母はわたしを憎んでるんじゃないかと思います」

「可哀想な子《ポーヴル・プティット》だ」とポアロは言った。

ロザリーは食ってかかるように言った。

「哀れむのはやめてください。同情なんかしないで。そのほうがわたし、気が楽だから」ロザリーはため息をついた——悲痛な、長いため息だった。「わたし、もう疲れた……。ものすごく、死にそうなほど、疲れた」

「わかります」とポアロは言った。「みんなわたしのことを嫌な女だと思ってますよね。いつも不愛想で、不機嫌で、とげとげしくて。でも仕方ないんです。もう忘れてしまったんです――愛想よくする方法を」

「わたしが言ったのはそのことなのです――あなたが重荷を長く負いすぎたというのは」

ロザリーはゆっくりと言った。

「なんだかほっとしました――このことを話してしまって。あなたは――前からわたしにやさしくしてくれましたよね、ムッシュー・ポアロ。なのにわたし、何度も失礼な態度をとってしまって」

「堅苦しい礼儀《ラ・ポリテス》はいりません。ざっくばらんにいきましょう」

不意に疑わしげな表情がロザリーの顔に戻った。

「まさか――みんなに言うつもりじゃ？　でも、言わなくちゃいけませんよね。わたしがお酒の瓶《びん》を川に捨てたことは」

「いいえ、言いません。その必要はありませんから。それよりわたしの知りたいことを話してください。捨てたのは何時です？　一時十分くらいですか？」

「それくらいだと思います。正確な時刻は覚えてないけど」

「それとですね、マドモアゼル。マドモアゼル・ヴァン・スカイラーがあなたを見たと言っていますが、あなたは彼女を見ましたか？」

ロザリーはかぶりをふった。

「見てません」

「自分の部屋のドアをあけて外を覗いたと言っていますが」

「わたしは見てないと思います。デッキと、川のほうを見ただけです」

ポアロはうなずいた。

「デッキを見たとき、誰かを見ませんでしたか？」

間《ま》があいた――かなり長い間だった。ロザリーは眉をひそめた。真剣に考えているようだった。

それからようやく、きっぱりと首を横にふった。

「いいえ。誰も見ませんでした」

ポアロは鷹揚《おうよう》にうなずいた。が、その目は深刻な色をたたえていた。

19

乗客はひとり、あるいは二、三人ずつ、ひどく元気のないようすで食堂にそろそろと入ってきた。こんなときに食事を楽しむのは心ないことだという空気が、みなのあいだに行き渡っているように見えた。乗客たちはほとんど申し訳なさそうにしながらつぎつぎとテーブルについていく。

ティム・アラートンは母親が席についてから何分かしてやってきた。ひどく機嫌が悪そうである。

「こんな旅には来なければよかった」とうなるように言う。

アラートン夫人は悲しそうにうなずいた。

「わたしもそう思う。あの美しい人が！　ほんとにもったいない気がする。あの人を冷酷に撃ち殺せる人がいるなんて。そんなことができる人がいるってひどいことね。それと、あのもうひとりの可哀想な子」

「ジャクリーヌですか?」

「そう。心が痛むわ。あの子はほんとに不幸そうだもの」

「玩具みたいな鉄砲を持ち歩いて撃ったりするのはやめなさいと教えてやるんですね」

ティムは冷淡にそう言ってパンにバターを塗りはじめた。

「あの子はきっと不幸な育ちなのよ」

「ああ、もうよしてください、やたらと母性本能を垂れ流すのは」

「あなた、ずいぶん機嫌が悪いのね、ティム」

「そうですよ。誰だってそうなるでしょう」

「どうして不機嫌になることがあるのかしら。いまはとても悲しいだけよ」

ティムはいらいらしながら言った。

「お母さんはロマンティックな見方をしているんですよ! だからわかってらっしゃらないようだけど、殺人事件に巻きこまれるというのは冗談ごとじゃないんです」

アラートン夫人は少しびっくりした顔をした。

「そんなこと――」

「ほんとですよ。〝そんなこと〟も何もない。この船に乗っている人間はみんな容疑者なんだ――ぼくも、お母さんも、ほかの人たちも」

アラートン夫人は異を唱えた。

「理屈としてはそうでしょうけど――実際にはばかげていますよ！」

「でも殺人ですからね。ばかげてなんかいませんよ！　お母さんはそうやって、わたしは道徳心と良心と正義感のかたまりですみたいな顔をしてますがね。セヘル島やアスワンのいまいましい警察はそうは見てくれませんよ」

「たぶんその前に事件は解決するでしょうね」

「どうしてそうなるんです？」

「ムッシュー・ポアロが真相を突きとめるでしょう」

「あのぺてん師のじいさんがですか？　あんな男に何がわかります。立派なのは口先と口髭だけだ」

「ねえ、ティム」とアラートン夫人は言う。「全部あなたの言うとおりだとしてもいいですよ。でも、仮にそうでも、どうせこの面倒にはつきあわなくちゃいけないの。それなら腹をくくって、できるだけ明るく乗り切るのがいいんですよ」

しかし、息子の憂鬱は晴れる気配がなかった。

「真珠のネックレスがなくなってるって問題もあるようですね」

「リネットのネックレス？」

「そう。誰かが盗んだらしい」

「それが殺人の動機かしら」

「なぜそうなるんです？　お母さんは全然違うふたつの事件をごっちゃにしてますよ」

「ネックレスがなくなってるって話、誰から聞いたの？」

「ファーガスンからです。彼は友達の機関士から聞いて、機関士はリネットのメイドから聞いたそうです」

「あの真珠のネックレスはすてきだったわね」

　ポアロがアラートン夫人にお辞儀をしてテーブルについた。

「少し遅くなってしまいました」

「お忙しいのでしょうね」とアラートン夫人は言う。

「ええ、やることがたくさんありましてね」

　ポアロはワインの新しいひと瓶を持ってくるよう給仕に命じた。

「わたしたちは飲み物の趣味が広いわね」とアラートン夫人は言った。「あなたはいつもワイン、ティムはウィスキー・ソーダ、わたしはいろんな種類のミネラル・ウォーターをあれこれと」

「おや《ティヤン》！」ポアロは一瞬アラートン夫人を見つめ、こうつぶやいた。「なるほどそういうことも……」

それから、ひょいと肩をすくめると、不意の気がかりを脇へ置いて、当たり障りのないおしゃべりを始めた。

「ミスター・ドイルの怪我はひどいんですの？」とアラートン夫人が訊いた。

「ええ、かなりの重傷です。ベスナー先生は、早くアスワンでレントゲンを撮って弾を抜きとる処置をしなければと考えています。もっとも、後遺症は長くは残らないのではないかと言っていますがね」

「お気の毒に」とアラートン夫人。「ついきのうまでは本当にお幸せそうだったのに。望みのものをすべて手に入れてね。ところが美しい奥さまは殺される。自分は大怪我をしてベッドから動けない。だけど、できれば――」

「できれば、なんなのですか、マダム？」アラートン夫人が途中でやめたので、ポアロは尋ねた。

「あの可哀想な子にあまり腹を立てないでくれたらと思うんです」

「マドモアゼル・ジャクリーヌのことですね？　それなら正反対です。ムッシュー・ドイルは彼女のことをとても心配しています」

ポアロはティムのほうを向いた。

「これはちょっとした心理の機微でしてね。マドモアゼル・ジャクリーヌに行く先々でつきまとわれていたときには、怒り心頭に発していました――しかし、彼は現実に銃で撃たれ、重傷を負わされました――もしかしたら一生足を引いて歩くことになるかもしれません――そうしたとき、怒りはすうっと消えてしまったようなのです。どうです、理解できますか？」

「ええ」ティムは考えながら言った。「理解できる気がしますね。つきまとわれたときは自分が間抜けに感じられた――」

ポアロはうなずく。

「そのとおりです。男性としての威厳が傷つけられたのです」

「でもいまは――見方によれば、間抜けに見えるのは彼女のほうだ。みんなから責められるし。だから――」

「サイモンは寛大な心で赦せるようになったわけね」とアラートン夫人が締めた。「男の人ってなんて子供っぽいんでしょう！」

「女の人はよくそう言うけど、これが大きな間違いなんだよな」とティムはつぶやいた。

ポアロは微笑んだ。それからティムに言った。

「ところで、マダム・ドイルのご親類のマドモアゼル・ジョアナ・サウスウッドという人は、マダム・ドイルに似ていますか？」

「ちょっと間違っていますよ、ムッシュー・ポアロ。ジョアナはぼくたちの親類で、リネットにとっては友達です」

「ああ、失礼《パルドン》――混同していました。「マドモアゼル・サウスウッドはよく新聞のニュースになるようですね。わたしは以前から興味を持っていました」

「なぜです？」ティムが鋭く訊く。

そのときポアロは軽く腰を浮かせて、ジャクリーヌ・ド・ベルフォールにお辞儀をした。たったいま食堂に入ってきたジャクリーヌは、ポアロたちのそばを通り、自分のテーブルに向かった。頬が上気し、目がきらきら輝いて、息が少し乱れていた。また腰をおろしたとき、ポアロはティムから質問されたのを忘れてしまっているようだった。つぶやくような声でこう言った。

「高価な宝石を持っている若いご婦人は、みんなマダム・ドイルのように不用心なものでしょうかね？」

「それじゃ盗まれたというのは本当なんですか？」とアラートン夫人が訊く。

「誰がそう言っていましたか、マダム？」

「ファーガスンですよ」とティムが答えた。

ポアロは重々しくうなずいた。

「それは本当です」

「きっと」アラートン夫人は落ち着かないようすで言った。「そのせいでわたしたちみんな、いろいろ不愉快な目にあうんでしょうね。ティムがそう言っていますけど」

ティムは顔をしかめた。ポアロは彼のほうを見た。

「ああ！　もしかして以前に経験がおありですか？　ある家で盗難があったとき、そこに居合わせた経験が」

「ないですよ」とティム。

「あら、あるじゃないの。ポーターリントン家で。あのときは確か——例のどうしようもないご婦人のダイヤが盗まれたのよね」

「お母さんはなんでもすごく間違ったふうに覚えていますね。ぼくが居合わせたのは、あの人がいつも太った首にかけていたダイヤのネックレスが模造品だとわかったときですよ！　すり替えられたのはたぶん何カ月も前なんです。しかも、本人が取り替えたんだろうって言う人が何人もいましたしね！」

「そう言ったのはジョアナでしょう」

「ジョアナはその場にいませんでした」

「でもあの家の人たちをよく知っているし、そんなことを言いそうじゃないの」

「お母さんはいつもジョアナに厳しいんだからな」

ポアロは急いで話題を変えた。じつはアスワンで大きな買い物をしようと思っている。紫と金の魅力的な敷物をインド人の店で買うつもりなのだが、当然、関税は払わなければならないとして――。

「店の人の話では、品物を――なんと言いましたかね――直送してくれるらしいのです。しかも手数料はそれほど高くないとか。どうなのでしょう、そういうのはちゃんと届くでしょうか？」

アラートン夫人は、店からイギリスへ品物を直送させたという話は何人もの人から聞いたが、みんなちゃんと届いたそうだと答えた。

「そうですか《ビャン》。ではそうしましょう。しかし厄介なのは、イギリスから旅先へ物を送らせるときですね！　そういう経験はおありですか？　旅行に出てから、何か荷物を送らせたことはありますか？」

「それはないんじゃないかしら。ねえ、ティム？　あなたにはときどき本が届くけど、本はだいじょうぶよね」

「ええ、本はまたべつですね」

デザートが来た。レイス大佐が前触れなしに立ちあがり、乗客たちに告知した。まずは殺人事件の調査状況に軽く触れ、そのあと真珠のネックレスが盗まれたことを発表した。船内の捜索がまもなく始まるので、それが終わるまでは全員食堂にとどまっていただけるとありがたい。船内捜索のあとは、同意を得た上で（きっと同意していただけるものと信じていますが）、乗客各位の身体検査をおこないます。

ポアロはすばやくレイス大佐のそばへ行った。ふたりの周囲で乗客たちは低い声でざわめいた。疑問の声や、憤慨の声、感情を高ぶらせた声……。

大佐が食堂を出ていこうとしかけたとき、その耳にポアロが何かささやいた。大佐はそれを聞き、うなずいて同意をし、ひとりの給仕を手招きした。そして給仕に短く指示をすると、ポアロといっしょにデッキに出て、食堂のドアを閉めた。

ふたりは手すりのそばで一、二分立っていた。レイス大佐は煙草に火をつけた。

「きみのアイデアは悪くないね。すぐにわかるだろう。時間は三分与えておいた」

食堂のドアがひらき、先ほど大佐から何かを指示された給仕が出てきた。給仕は大佐に一礼して、こう言った。「おっしゃったとおりでした。ひとりのご婦人がいますぐお話ししたいとのことです」

「そうか！」レイス大佐は満足げな顔をした。「で、それは誰だ？」

「ミス・バワーズです。看護婦さんの」

大佐の顔にかすかな驚きの色が表われた。

「喫煙室へ連れてきてくれ。ほかの人は外へ出しちゃいかんぞ」

「はい――それはもうひとりの給仕に気をつけさせます」

給仕は食堂に戻った。ポアロとレイス大佐は喫煙室へ行った。

「バワーズだと？」とレイス大佐はつぶやく。

ふたりが喫煙室に入ると、まもなく先ほどの給仕がミス・バワーズといっしょに現われた。給仕はミス・バワーズを残して部屋を出、ドアを閉めた。

「さて、ミス・バワーズ」レイス大佐は尋ねる顔で看護婦を見た。「どういうことですかな？」

ミス・バワーズはいつもどおり冷静沈着で悠然とし、感情もまったく表わさなかった。

「お騒がせしてすみません、レイス大佐」とミス・バワーズは言った。「いろんなことを考えますと、すぐにあなたとお話しして」――簡素な黒いハンドバッグをあけた――「これをお返ししたほうがいいと思いました」

ミス・バワーズは真珠のネックレスをとりだしてテーブルに置いた。

20

ミス・バワーズが人をあっと言わせるのを好む人間であったなら、このときの自分の行動がもたらした結果に大満足だっただろう。

レイス大佐は驚愕《きょうがく》の色を顔に浮かべながら、真珠のネックレスをテーブルからとりあげた。

「これはなんとしたことだ」大佐は言った。「事情を説明していただけますか、ミス・バワーズ？」

「もちろんです。そのために来ましたから」ミス・バワーズは椅子にゆったりと腰かけた。「当然のことですけど、どうすればいちばんいいのかを決めるのはむずかしいことでした。わたしが雇われている一族の人たちはスキャンダルを嫌がりますし、わたしを信頼してくれていますから。でも、かなり異常なことになってきましたから、わたしとしてはほかにしようがありません。もちろん船のなかを捜して見つからないとなったら、乗客の身体検査になるわけで、それで真珠のネックレスがわたしのバッグから出てきたら、かなり気まずいことになるし、どのみち本当のことがわかってしまいます」

「本当のこととはどういうことです？　このネックレスをミセス・ドイルからとったのはあなたですか？」

「いいえ、レイス大佐、もちろん違います。ミス・ヴァン・スカイラーです」

「ミス・ヴァン・スカイラーが？」

「そうです。あの方はどうしても――その――物をとってしまうんです。特に宝石を。わたしがいつもそばにいる本当の理由はそれです。健康上のことじゃなくて――この特殊な癖のせいなんです。わたしはいつも目を光らせています。ですから幸い、わたしが雇われてからは一度も問題が起きたことはありませんでした。要はいつも注意しているんです。それからあの方はとったものをいつも同じ場所に隠します――靴下でくるむんです――だからやることは簡単です。毎朝靴下を調べます。もちろん、わたしは眠りが浅いですし、いつも隣の部屋に寝ます。ホテルなら、部屋と部屋のあいだのドアをあけておきます。だからあの方が部屋を出たらわかるんです。そういうときはあとを追いかけて、部屋に戻って寝るように説得します。ただ船だとそれがむずかしいんですけど。でも、あの方は夜にはあまりそれをやりません。たまたま誰かが置き忘れているものをとるんです。もちろんあの方は、真珠なんかは大好きですから」

ミス・バワーズは言葉を切った。

レイス大佐が訊いた。

「このネックレスはどうやって見つけたんです？」

「けさ、靴下のなかにありました。もちろんどなたのネックレスかは知っていました。わたしも何度も見てましたから。わたしは返しに行きました。ミセス・ドイルがまだ起きてなくて、なくなってるのに気づいてないことを祈りながら。でも、部屋の外に給仕が立っていました。殺人があったから誰もなかに入れないと言いました。それでわたしはものすごく困ったことになったんです。なくなってることに気づかれる前に、こっそり置いてこられるかもしれないと思っていました。でも、あとで部屋にこっそり置いてこられるかもしれないと思っていました。午前中ずっと、ものすごく嫌な気分で過ごしました。ヴァン・スカイラー家の人たちはとても気位が高いんです。このことが新聞に出るのは絶対にまずいんです。でも、新聞にはこの話を流す必要はないんでしょう？」

ミス・バワーズは心底不安がっているように見えた。

「それは状況によりますね」レイス大佐は慎重に言った。「しかし、もちろんあなたのためにできるだけのことはしますよ。ミス・ヴァン・スカイラーはこのことについてなんと言ってます?」

「もちろん否定するに決まってます。いつもそうです。誰か悪い人がここへ隠したんだと。盗みを認めたことは一度もありません。だから何かを盗みに行こうとするとき、すぐに追いついてつかまえれば、おとなしくベッドに戻るんです。月を眺めに外へ出ただけだとか、そんなことを言って」

「ミス・ロブスンは、この——なんというか——欠点のことを知っていますか?」

「いえ、ご存じありません。あの方のお母さまはご存じですが、ミス・ロブスンはとても純朴な方ですから、教えないでおくほうがいいと考えたんです。ミス・ヴァン・スカイラーの見張りはわたしひとりでできますし」有能なミス・バワーズはそう言った。

「呼びかけにすぐ応じていただいて、どうもありがとうございます、マドモアゼル」ポアロが言った。

ミス・バワーズは腰をあげた。

「わたしのしたことが正しかったのだといいんですが」

「ご安心なさい。あなたは正しいことをしました」

「何しろ殺人事件が起きたということですから——」

レイス大佐がさえぎった。重々しい声でこう言った。

「ミス・バワーズ、ひとつ質問があります。正直に答えていただかなければなりません。ミス・ヴァン・スカイラーは精神的に不安定で盗癖があるとのことですが、加えて殺人癖もある、ということはありませんか？」

ミス・バワーズは即座に答えた。

「いいえ、とんでもない！　そんなものはありません。これは信じていただいてだいじょうぶです。あの方は蠅一匹殺せませんから」

確信に満ちた断言だったので、もうそれ以上言うことは何もなかった。が、それでもポアロは穏やかな質問をひとつ差しはさんだ。

「マドモアゼル・ヴァン・スカイラーは耳が遠いのではありませんか？」

「ええ、おっしゃるとおりです、ムッシュー・ポアロ。普通は気づかないだろうと思います。あの方と話をしているのでないかぎり。でも、人が部屋に入ってきても気づかないとか、そういうようなことはあります」

「マダム・ドイルの部屋は隣ですが、そこで誰かがごそごそやっていたとして、マドモアゼル・ヴァン・スカイラーに聞こえたでしょうか？」

「いや、それはないでしょう――全然聞こえなかったと思います。ベッドはミセス・ドイルの部屋とは反対側の壁のきわにあります。だから何も聞こえなかったはずです」

「ありがとう、マドモアゼル・バワーズ」レイス大佐が言った。「では食堂に戻って、ほかのみなさんといっしょに待っててもらえますか？」

大佐はドアをあけ、ミス・バワーズが喫煙室を出て、階段をおり、食堂に入るのを見届けた。それからドアを閉めて、テーブルに戻ってきた。ポアロは真珠のネックレスを手にとった。

「ううむ」レイス大佐は険しい表情で言った。「あの看護婦、すばやく反応したね。じつに冷静で抜け目のない女だ――そのほうが好都合と見たら、あのまま隠しごとをつづけていただろう。さて、ミス・マリー・ヴァン・スカイラーをどう見る？　わたしは容疑者リストからはずすわけにはいかないと思う。ネックレスを手に入れるために殺人を犯したかもしれないからね。看護婦の言うことは信用できない。彼女は雇い主一族の利益を全力で守ろうとしているんだ」

ポアロはうなずいて同意した。さっきからしきりにネックレスを手でもてあそんだり、目の前にぶらさげたりしている。

そしてようやく言った。

「思うのですが、マドモアゼル・ヴァン・スカイラーの例の話は真実かもしれませんね。

彼女は本当に部屋の外を覗いて、ロザリー・オッターボーンを見たのです。しかし、マダム・ドイルの部屋で物音がしているのは聞いていないと思います。外を覗いたのは、ネックレスを盗むためにそっと部屋を抜けだそうとしたときでしょう」

「で、外を覗いたらロザリー・オッターボーンがいたと」

「はい。母親が隠していたお酒を捨てていたのです」

レイス大佐は同情をこめて首を横にふった。

「そういうことなんだな！　若い娘にはつらいことだ」

「ええ。あまり明るい人生ではありませんね。可哀想なロザリー《セット・ポーヴル・プティット・ロザリー》」

「しかしまあ疑惑が晴れてよかったよ。そのとき彼女は何か見たり聞いたりしなかったかな」

「それは尋ねてみました。誰も見なかった——とのことですが——その返事をするまで二十秒ほどかかりました」

「ほう？」レイス大佐は気をそそられた顔をした。

「ええ、何かありそうですね」

大佐はゆっくりと言った。「リネット・ドイルが射殺されたのが午前一時十分ごろであるなら、あるいは、何時であれ、船内が静かになったあとだとするなら、誰も銃声を聞いていないというのは驚きだね。ああいう小型のピストルは大きな音が出ないというのは確かだが、何しろ船のなかは静まり返っているんだからね。どんな音でも、コルクが飛ぶ小さな音だって、聞こえるはずだ。しかし、わたしは少しわかってきた気がするよ。リネットの部屋の船首側の隣室は無人だった。サイモンはベスナー先生の部屋で寝ていたからね。船尾側の隣はミス・ヴァン・スカイラーの部屋で、彼女は耳が遠い。となると残るはひとつ――」

そこで言葉を切り、期待する顔でポアロを見ると、ポアロはうなずいた。

「船の反対側の並びにある隣室だ。言いかえれば――ペニントン。われわれはつねにペニントンのところへ戻ってくるようだね」

「今度は子山羊革の手袋を脱いで彼のもとに戻ることにしましょう! ああ、いいですね。これは楽しみです」

「が、その前に船内の捜索をやるとしよう。真珠のネックレスがいい口実になる。これはもう見つかったわけだが――ミス・バワーズはそのことを吹聴したりはしないだろう」

「ああ、この真珠のことですね!」ポアロはいま一度、ネックレスを電灯の光にかざした。舌を出して真珠をなめた――のみならず、ひと粒を慎重に歯でくわえることすらした。そしてため息をついて、ネックレスをじゃらっとテーブルに放りだした。

「また面倒な問題が持ちあがりましたよ、友よ《モ・ナミ》。わたしは宝石の専門家ではありませんが、現役時代には宝石がらみの事件をたくさん扱いました。だからかなり自信をもって言えます。この真珠は精巧な模造品にすぎません」

21

「きみ

レイス大佐は吐き捨てるように言った。

「この事件はどんどんややこしくなっていく」真珠のネックレスをとりあげた。「きみの目利き違いじゃないのかね？　わたしには本物のように見えるぞ」

「模造品としてはとても出来がいいです――はい」

「するとどういうことになるんだ。リネット・ドイルは用心のために模造品をつくらせて、船旅にはそれを持ってきたのかな。そういうことをするご婦人は多いが」

「もしそうなら、サイモン・ドイルが知っているはずです」

「亭主には言わなかったのかもしれない」

ポアロは不服そうに首を横にふった。

「そうは思いませんね。最初に船に乗った夜、わたしはマダム・ドイルの真珠に目をみはりました――艶《つや》と輝きが見事でしたから。あのときは間違いなく本物を身につけていたと思います」

「となると、考えられる説はふたつある。ひとつは、ミス・ヴァン・スカイラーが盗んだのは模造品で、本物はそれ以前に誰かに盗まれていたというもの。もうひとつは、盗癖うんぬんは全部作り話だというものだ。あとのほうなら、ミス・バワーズが泥棒で、とっさに雇い主の盗癖の話をでっちあげ、模造品を差しだして疑惑をまぬがれようとしたか、それともミス・ヴァン・スカイラーほか二名が、ぐるかのどちらかだろう。最後の説が正しいなら、腕のいい宝石窃盗団がアメリカの裕福な老婦人のご一行さまとして旅をしていることになる」

「そうですね」ポアロはつぶやいた。「そこを判定するのはむずかしいです。しかし、ひとつ指摘しておきますと――マダム・ドイル本人をも騙せるような、留め金その他も含めて完璧な模造品をつくるには、高度な技術が必要です。大急ぎでできることではありません。模造品をつくった人間には本物をじっくり研究する機会があったに違いないです」

レイス大佐は立ちあがった。

「これ以上考えていても仕方がない。仕事にとりかかろう。本物のネックレスを見つけなくてはいけない。それと同時に目をしっかりあけておくんだ」

手始めは下のデッキの船室だった。リケッティの部屋にあったのは、いろいろな言語で書かれた何冊もの考古学の書物、種類の豊富な衣服、香りの高い数種の整髪料、私的な手紙が二通——一通はシリアにいる考古学発掘隊から、もう一通はローマにいる妹らしき人物からだった。ハンカチはすべてシルクの色物だった。

ふたりはファーガスンの船室に移動した。

共産主義の本や小冊子が数冊、スナップ写真が相当数、サミュエル・バトラーの『エレホン』と、サミュエル・ピープスの『日記』廉価版の一冊。身の回り品は多くない。上着やズボンはほとんどが傷んだり汚れたりしている。が、下着はそれとは対照的に上等のものばかりで、ハンカチはリネンの高価なものだった。

「このちぐはぐな感じが興味深いですね」ポアロはつぶやいた。

レイス大佐はうなずいた。「個人的な書類や手紙が全然ないのも変だよ」

「ええ。どうも考えてしまいますね。変わった青年です、ムッシュー・ファーガスンは」ポアロは手にした印鑑付きの指輪を思案げに見ていたが、やがてもとの引き出しのなかに戻した。

つぎはルイーズ・ブールジェの船室だった。メイドはいつも乗客たちのあとで食事をするが、レイス大佐は、きょうは彼女も食堂でほかの人たちといっしょにいさせることにして、給仕にその旨を伝えるよう指示していた。その給仕がデッキをやってきた。

「申し訳ありません」と給仕は謝った。「ミス・ブールジェが見つからないのです。いったいどこにいらっしゃるのか」

レイス大佐は船室のなかを覗いた。誰もいなかった。

大佐とポアロは遊歩デッキにあがり、右舷から捜索を始めた。まずはジェームズ・ファンソープの船室から。ここはすべてが整然としていた。ファンソープは身軽な旅をしているが、持っているものはどれも上質だった。

「手紙はなし、と」ポアロは考えながらつぶやいた。「ムッシュー・ファンソープは用心深い人のようです。手紙は読むはしから破り捨てているのでしょう」

隣のティム・アラートンの船室に移った。

ここにはアラートン家がアングロ・カトリック（英国国教会内のカトリック色の強い高教会派）であることを示す証拠が見られた――小ぶりの上品な三連祭壇画、精巧な工芸品である大きな木製のロザリオ。衣類のほかに、おびただしい書き込みがある未完成の原稿や、かなりの数の本があり、本のほとんどは最近出版されたものだった。引き出しには何通もの手紙が無造作に突っこんである。他人の手紙を読むことをまったく躊躇《ちゅうちょ》しないポアロは、全部に目を通した。気づいたのは、ジョアナ・サウスウッドからの手紙が一通もないことだった。

ポアロはチューブ入りのセコティーン（接着剤）を手にとってしばらく眺めてから、言った。

「つぎへ行きましょう」

「ウールワースのハンカチはないよ」レイス大佐はそう報告し、引き出しから出したものを手早くもとに戻した。

つぎはアラートン夫人の船室だった。そこはすばらしく整理整頓されていて、ラベンダーの香水の古風な香りがほのかに漂っていた。

捜索はすぐに終わった。出ぎわにレイス大佐が言った。

「品のいいご婦人だな」

その隣はサイモン・ドイルが更衣室にしていた部屋だった。パジャマや洗面具などいつも使うものは医師の部屋に移しているが、残りのものはここにある——大きな革製のスーツケースがふたつと、小さめの旅行鞄がひとつだ。衣装箪笥にも衣類があった。

「ここは丁寧に見たほうがいいですね、友よ《モ・ナミ》」ポアロは言った。「泥棒は真珠のネックレスをここへ隠したかもしれません」

「本当にそう思うかい？」

「思いますとも。考えてみてください！　誰が泥棒であろうと、遅かれ早かれ捜索のあることを予想していたはずです。その場合、自分の部屋に置いておくのはまったく賢明ではありません。共用の場所もまた危険です。ところがこの部屋は、使用者がいま現在自分では入ってこられない状態にあります。だからここでネックレスが見つかっても、誰が盗んだのかはわからないのです」

しかし、念入りに捜索をしても真珠のネックレスは出てこなかった。

ポアロが小さく「ちぇっ《ジュット》」とつぶやき、ふたりはデッキに出た。

リネットの部屋は死体が運びだされたあと施錠されていたが、レイス大佐は鍵を持っていた。ドアを開錠し、ふたりはなかに入った。

死体を運びだしたことを除けば、室内はけさとまったく同じ状態だった。

「ポアロ」レイス大佐は言った。「この部屋に何か手がかりがあるのなら、お願いだから見つけてくれ。それができるのはきみだけだ――これは間違いない」

「今度は真珠のネックレスのことではないのですね、友《モ・ナミ》よ？」

「そう。いちばん大事な殺人事件のほうだ。けさわたしが見逃したものがあるかもしれない」

粛々と、手ぎわよく、ポアロは捜索した。両膝をついて、床のすみずみまで目を走らせた。ベッドを調べた。衣装簞笥の扉をひらき、引き出しをあけて、中身をすばやくあらためた。衣装用のトランクと高価そうなスーツケースふたつを精査し、金飾を施した贅沢な化粧道具箱のなかを見た。最後に注意を向けたのは洗面台だった。そこにはいろいろな種類のクリーム、パウダー、化粧水が置かれていたが、興味があるのは、ラベルに〝ネイレックス〟の文字があるふたつの小瓶だけのようだった。ポアロは両方の瓶を手にとり、化粧台へ持ってきた。〝ネイレックス・ローズ〟と書いてあるほうは空だが、底に暗赤色の液体が一、二滴分くらい残っている。もうひとつは、大きさは同じだが、〝ネイレックス・カーディナル〟とあって、ほぼ一杯に入っていた。ポアロはまず空のほうのコルク栓を抜き、ついでほぼ一杯のほうもあけて、両方の匂いをそっとかいだ。梨《なし》味の飴《あめ》の匂いがした。ポアロは軽く眉をひそめて、また栓をはめた。

「何かわかったかね？」レイス大佐が訊く。

ポアロはフランスの諺《ことわざ》で答えた。「酢で蠅はつかまらぬ《オン・ヌ・プラン・パ・レ・ムーシュ・アヴェク・ル・ヴィネーグル》」（厳しいやり方ではうまくいかない、の意）それからため息まじりに言った。

「友よ《モ・ナミ》、われわれはついていません。殺人者はつれない性格のようです。カフスボタン、煙草の吸い殻、葉巻の灰などを落としていってくれなかった——女ならハンカチ、口紅、へアクリップなどですがね」

「瓶入りのマニキュア液だけかね？」

ポアロは肩をすくめた。「メイドに訊かなくてはいけません。何かあるはずです――そう――ちょっと面白いことがね」

「いったいどこへ行ったんだろうな」とレイス大佐。

ふたりは船室を出てドアに鍵をかけた。それからミス・ヴァン・スカイラーの部屋へ行った。

ここにも金持ちの贅沢品がふんだんにあった。高価そうな化粧道具、上等の鞄。手紙や書類はきちんと整理されていた。

その隣の二人部屋はポアロの部屋で、そのつぎがレイス大佐である。

「まさかこのふた部屋には隠さないだろうね」と大佐は言った。

ポアロは異を唱えた。「わかりませんよ。以前、オリエント急行の車中で殺人事件の捜査をしたことがあります。そのとき真っ赤なキモノ風のガウンが消えたのですが、列車内にあるのは確かでした。わたしは見つけましたが――どこにあったと思います？なんとわたしの鍵をかけたスーツケースのなか！　ああ！　あれは無礼なことでした！」

「じゃ、誰かがきみかわたしに無礼なことをしていないか見てみよう」

しかし、真珠泥棒はポアロにもレイス大佐にも無礼は働いていなかった。船尾をまわって、ミス・バワーズの船室を念入りに調べたが、怪しい点はひとつもなかった。ハンカチは無地のリネンで、イニシャルが入っていた。

つぎはオッターボーン親子の船室。ここもポアロはたいそう丁寧に捜索したが――収穫はなかった。

その隣はベスナー医師の船室で、サイモン・ドイルがベッドに寝ていた。脇に置かれたトレイの食事には手をつけていない。

「食欲がないんです」サイモンは言い訳するように言った。

熱がありそうに見え、朝会ったときよりずっと具合が悪そうだった。医師ができるだけ早く設備の整った病院へ連れていきたいとやきもきしているのを、ポアロはもっともだと思った。

ポアロがいまレイス大佐とふたりで何をしているかを説明すると、サイモンは納得のしるしにうなずいた。ミス・バワーズが真珠のネックレスを返してきたが、それは模造品だとわかったと告げたとき、サイモンは心底驚いたようすを見せた。

「本当に間違いありませんか、ムッシュー・ドイル？　奥さまは本物ではなく模造品を持って船に乗ったのではないですか？」

サイモンはきっぱりと首を横にふった。

「いや、間違いありません。リネットはあのネックレスが大好きで、どこへ行くときもつけていきました。考えられる損害はなんでも補償される保険をかけてあるから、彼女はちょっと注意が甘くなったんだと思います」

「では捜索をつづけなければなりませんね」

ポアロは引き出しをあけはじめた。レイス大佐はスーツケースをあらためにかかる。

サイモンは驚いたようすで見ている。「ひょっとしてベスナー先生が真珠を盗んだと疑ってるんじゃないでしょうね」

ポアロは肩をすくめた。

「ありえなくはないですよ。彼のことをわれわれはどれだけ知っているでしょうか？本人がわれわれに話していることだけです」

「でも、この部屋に何か隠したら、絶対ぼくに見られるでしょう」

「きょう何かを隠したのならあなたに見られるでしょう。しかし、ネックレスの取り換えがいつ起きたのかはわからないのです。何日か前にやったのかもしれません」

「そのことは考えなかったな」

しかし、捜索はむなしく終わった。

つぎはペニントンの船室だった。こちらもそれなりの時間をかけた。特に念入りに調べたのが法律やビジネスの文書がつまった鞄だ。書類のほとんどがリネットのサインを要するものだった。

ポアロは憂鬱そうに首を横にふった。「どれも公明正大なもののようです。そう思いませんか？」

「そうだな。しかし、あの男はお人好しの善人じゃない。何か見られちゃまずい書類があったはずだ——委任状とかその手のもので——とっとと廃棄してしまったんだろう」

「そうですね。ええ」

ポアロは箪笥のいちばん上の引き出しから、ずっしり重いコルトのリヴォルヴァーをとりだし、それを眺め、また戻した。

「ピストルを持って旅をする人はいまでもそれなりにいるようですな」とつぶやく。

「ああ、ちょっと意味がありそうな感じだな。もっとも、リネット・ドイルを殺したのはそんな大きな銃じゃないが」レイス大佐は少し間を置いてからつづけた。「ところで例のピストルが川に捨てられた件だが、こんな答えもありうるんじゃないかな。殺人犯はピストルをリネットの部屋に置いていった。それをほかの者が——第二の人物が——

とって、川に捨てた」

「ええ、ありえます。わたしもそれを考えました。しかし、そうするといくつもの疑問が出てきます。その第二の人物は誰なのか？　ピストルを処分してジャクリーヌ・ド・ベルフォールをかばうことにどんな利益があるのか？　第二の人物はリネットの船室へ何しに行ったのか？　リネットの船室に入ったことをわれわれが知っているのはマドモアゼル・ヴァン・スカイラーだけです。では彼女がピストルをとったのか？　なぜ彼女はジャクリーヌをかばおうとしたのでしょう？　かばおうとしたのではないとして――ピストルをとる理由はほかにありうるでしょうか？」

レイス大佐がひとつの説を立てた。

「肩掛けが自分のものだと気づいて、不安になって、包んであるピストルごと捨てたのかもしれない」

「肩掛けだけならわかりますが、ピストルも捨てるでしょうか？　とはいえ、その可能性もあると思います。しかし例によって――いやはや《ボン・ディユ》、すっきりしない説ですね。それに肩掛けについて、ひとつまだあなたが説明していないことがあります――」

ペニントンの船室を出ると、ポアロはレイス大佐にこう提案した。残りの船室――ジャクリーヌの部屋、コーネリアの部屋、ふたつの空き部屋――は大佐が調べ、そのあいだに自分はサイモンから話を聞きたいのだがどうだろう？

その提案どおり、ポアロはまた医師の部屋に入った。

サイモンが言った。

「あのう、さっきから考えてるんですけど。例の真珠は、きのうの時点では本物だったんです。それは自信があります」

「なぜそう言えるのです、ムッシュー・ドイル？」

「なぜって、リネットは」――妻の名前を口にするとき、サイモンは顔をぴくりとさせた――「夕食の前にネックレスを手に持って、それのことを話したからです。彼女は真珠にはけっこう詳しかったから、手に持っているのが模造品ならそうだとわかったと思います」

「しかし、あれは非常によくできた模造品でした。マダム・ドイルはあのネックレスを手もとから離すことがありましたか？　たとえば友達に貸すとかして」

サイモンは当惑ぎみに顔を赤らめた。

「それは、ムッシュー・ポアロ、ぼくにはちょっと……というのは――その――リネットとは知り合ってあまり間がなかったものですから」

「ああ、そうでした。出会ってすぐロマンスが芽生え、結婚されたのでしたね」

サイモンはつづけた。

「だから——ほんとに——そういうことはよく知らないんです。でもリネットは物惜しみしないほうでしたから、人に貸すこともあったかもしれません」

「たとえばですが」——ポアロはごくやさしい声で言った——「たとえば、マドモアゼル・ド・ベルフォールに貸したことはなかったでしょうか？」

「どういう意味です？」サイモンは顔を赤煉瓦《れんが》色に染め、体を起こそうとして、うっと身をすくめ、またベッドに体を戻した。「何が言いたいんです？　ジャッキーがネックレスを盗んだと言うんですか？　それはないです。絶対ないと誓えます。ジャッキーはまっすぐな人間です。物を盗むなんて考えられません——全然ばかげています」

ポアロは目を少しばかり輝かせて相手を見た。

「おやおや《オー・ラ・ラ》！」これは意外な反応だというように言った。「いまのわたしの質問、雀蜂の巣をつついたような効果を生みましたね」

サイモンは、ポアロの軽口にとりあわず、なおも言い張った。「ジャッキーはまっすぐな人間なんです！」

ポアロはアスワンで耳にした若い娘の声を思いだした。「彼はわたしを愛してた——これからも愛しつづけるの」

ポアロは、アスワンで自分が聞いた三つの話のうちどれが真実だったのだろうと考えた。そして結局のところ、ジャクリーヌの言ったことがいちばん真実に近いように思えてきた。

ドアがひらいて、レイス大佐が入ってきた。

「何もなし」とそっけなく言った。「まあ期待はしていなかったがね。乗客の身体検査をした給仕たちが報告しにくるのを見たよ」

男の給仕と女の給仕がひとりずつ戸口に現われた。男の給仕が言った。「何もありませんでした」

「男の乗客で文句を言う者はいなかったかね？」

「イタリア人の方だけです。かなり長いこと抵抗なさいました。これは侮辱だ――というようなことをおっしゃって。しかもこの方は銃を携帯されていました」

「どんな銃だね？」

「マウザーの自動拳銃、二五口径です」

「イタリア人は興奮しやすいです」サイモンが言った。「あのリケッティという男は、ワディ・ハルファで、リネットが電報のことでちょっと間違えただけでものすごく怒りましてね。彼女にとても失礼な態度をとりましたよ」

レイス大佐は女の給仕に顔を向けた。凛とした風貌の、大柄な女性だった。

「ご婦人がたのほうも何もありませんでした。みなさん大騒ぎされましたけど——ミセス・アラートンだけはべつで、とても愛想よく協力してくださいました。真珠のネックレスはないようです。ただ、ミス・ロザリー・オッターボーンがハンドバッグに小さなピストルを入れていました」

「種類は？」

「とても小さいやつです。握るところが真珠母で飾ってあります。玩具みたいなピストルです」

レイス大佐の目つきが鋭くなった。「なんということだ」とつぶやいた。「彼女の疑いは晴れたと思っていたのに——それとも、この船に乗っている若い女はみんな真珠母を張った小型のピストルを持っているのか？」

大佐は女の給仕に質問した。「ピストルが見つかったとき、ミス・オッターボーンは何か反応をしたかね？」

女の給仕はかぶりをふった。「見つかったことにお気づきにならなかったようです。わたしは持ち主に背中を向けてバッグのなかを見ましたから」

「しかし、見つかることは知っていたはずだ。ああ、そうだ、忘れていた。メイドはどうした?」

「船内をあちこち捜しましたが、見つかりません」

「どうしたんです?」とサイモンが訊く。

「ミセス・ドイルのメイド――ルイーズ・ブールジェが、姿を消したんです」

「姿を消した?」

レイス大佐は思案しながら言った。

「彼女がネックレスを盗んだのかもしれない。模造品をつくらせる時間もたっぷりあったはずだ」

「船内の捜索が始まるとわかって、川に飛びこんだんですかね?」とサイモン。

「そんなばかな」レイス大佐はいらだつ。「こういう船から真っ昼間に川へ飛びこめば、誰かに気づかれないはずがない。船のなかにいるはずだ」

大佐はまた女の給仕に訊いた。「最後に目撃されたのはいつだ?」

「昼食を知らせるベルが鳴る半時間ほど前です」

「とにかく部屋を見てみよう」レイス大佐は言った。「何かわかるかもしれん」

大佐が先に立って下のデッキへおりた。ポアロもあとにつづく。船室の鍵をあけ、なかに入った。

ルイーズ・ブールジェは、他人の身の回りの整理整頓を仕事にしているせいか、自分のことに関しては休暇をとっているようだった。箪笥の上には雑多なものが置きっぱなしにしてあった。スーツケースはひらいたまま。衣類がはみでて閉められないからだ。下着は椅子の背にだらりとかけられていた。

ポアロは迅速かつ丁寧に箪笥の引き出しをあらため、レイス大佐はスーツケースを調べた。

ベッドの脇にはルイーズの靴がならんでいる。そのなかの一足、黒いエナメル靴は、おかしな角度で、支えもなしに床の上に立っているように見えた。そのいかにも奇妙な感じが、レイス大佐の注意を惹いた。

大佐はスーツケースを閉じて、靴の上に背をかがめた。

そして、あっと叫んだ。

ポアロがすばやくふり向いた。

「どうしました？《ケス・キリ・ヤ》」

レイス大佐が暗い声で言った。

「メイドは姿を消したんじゃない。ここにいる——ベッドの下に……」

22

生前にルイーズ・ブールジェだった女は、ベッドの下から引きだされて床の上に横たえられた。レイス大佐とポアロはその上に背をかがめた。

まず大佐が体を起こした。

「死後一時間くらいだろうな。ベスナー先生に診てもらおう。心臓を刺されている。ほぼ即死だろうと思う。しかし、きれいな死に顔じゃないね」

「ええ」

ポアロは首を横にふり、小さく体を震わせた。

色の浅黒い、猫を思わせる顔は、驚きと怒りにひきつり、唇がめくれて歯がむきだしになっていた。

ポアロはもう一度かがんで、死体の右手を持ちあげた。指のあいだから何かが覗いている。それを引きだし、レイス大佐のほうへ差しだす——藤色がかった薄いピンクの、紙の小さな切れはしだ。

「なんだかわかりますか?」

「紙幣だ」と大佐。

「千フラン札の隅のところでしょうね」

「何が起きたかは明らかだな」と大佐は言った。「彼女は何かを知り――それをネタに殺人犯を脅迫した。われわれはけさ、彼女がすべてを話していないことに気づいていたわけだが……」

ポアロは声を高めた。

「わたしたちは愚かでした――愚かでした! 悟っているべきだったのです――あのときに。彼女はなんと言ったか。『何を見たり聞いたりできるっていうんですか? わたしは下のデッキにいたんです。もちろん、眠れなくて上のデッキにあがってたら、そしたら人殺しが、その怪物が、マダムの部屋に出入りするのを見たかもしれませんけど、ほんとのところは――』。しかし、もちろん、そういうことが起きたのです! 彼女は上のデッキにあがった。誰かがリネット・ドイルの部屋に入るのを――あるいはそこから出てくるのを――本当に見た。けれども、強欲のせいで、愚かしい強欲のせいで、いまはこうしてここに横たわっている――」

に言う。

「しかし、依然としてわれわれは殺人者に近づけていない」レイス大佐はいまいましげに言う。

ポアロはかぶりをふった。「いえいえ、いまはより多くのことがわかっています。わたしたちは――ほとんどすべてを知っています。もっとも、わたしたちにわかっていることは信じがたい事実のように思えますが……。しかし、そうであるに違いありません。わたしにわからないのは……。ああ！　けさのわたしはなんと愚かだったのでしょう！　わたしたちは――ふたりとも――彼女が何かを隠していると感じました。なのに論理的に考えればわかることに思いあたらなかったのです――脅迫ということに」

「彼女はすぐに口止め料を要求したに違いない」レイス大佐は言った。「払わなければ秘密をばらすと脅して。殺人者は要求に応じるしかなかったが、渡したのはフランスの紙幣だった。そこに何か意味はあるかな？」

ポアロは考えながら首を横にふった。「意味があるとは思えませんね。外国を旅行する人は予備のお金を持っていきます――五ポンド紙幣、ドル紙幣、そのほかフランスの紙幣もよく用意しておきます。殺人者は各種混ざった所持金を全部渡したのかもしれません。さあ、起きたことの推測をつづけましょう」

「殺人者はルイーズの部屋に来て、金を渡し、それから――」

「それから」ポアロは言った。「ルイーズが金を数えた。ええ、わたしはこの手の連中のことを知っています。金を数えたはずです。数えているあいだは完全に用心を忘れた。そのとき犯人がぶすりと刺したのです。うまくやってのけた殺人者は金をとり戻して逃げた――ただし、紙幣の切れはしには気づかなかった」

「この切れはしを手がかりに犯人を見つけられるかもしれないな」レイス大佐は確信のない口調で言った。

「それは怪しいですね」ポアロは言う。「犯人は紙幣を調べて、隅のちぎれたものがあるのに気づくでしょう。もちろん、犯人が吝嗇《けち》な人間なら、千フラン札を捨てることはしないでしょうが――残念ながら――たいへん残念ながら、この犯人は性格的に吝嗇《りんしょく》とは正反対だと思われます」

「どうしてわかる?」

「この殺人とマダム・ドイルの殺害をやってのけるにはいくつかの資質が必要です――度胸、大胆さ、果敢な実行力、電光石火の行動力。こうした資質は、ちまちま物惜しみする性格とは相容《あいい》れないものです」

レイス大佐は残念そうに首をふった。

「ベスナー先生を呼んでくるよ」

死体の検分にさほど時間はかからなかった。作業をしながら医師は、〃アッハ〃や〃ゾー〃といったドイツ語の感動詞をさかんに発した。

「死後まだ一時間たっておらん」と医師は言った。「死は非常にすばやかった――即死だ」

「どういう武器が使われたと思いますか？」と大佐。

「ああ《アッハ》、そこが興味深い。非常に鋭利で、薄くて、繊細なものだ。たとえばどういうものか、いま見せよう」

医師は大佐とポアロを連れてまた自分の船室に戻ると、ケースをひらき、刃の細長い外科用のメスを一本とりだした。

「たとえばこういうものだ――テーブルで食事に使うナイフなどとは違う」

「もしかして」レイス大佐はおどけ気味の口調で言った。「そのなかの一本が――その――なくなってるなんてことはないでしょうね、先生？」

医師は大佐をまじまじと見、それから顔を憤慨で真っ赤にした。

「きみは何を言っとるのかね？　まさかわたしが――オーストリア中で有名な――患者は上流の人たちばかりの――このわたし、カール・ベスナーが――哀れなフランス人の小間使い《ファム・ド・シャンブル》を殺したと思っとるのか？　ああ、まったくとんでもない――ばかげたことを言う！　わたしのメスはなくなっておらん——一本もだ。全部このケースの、それぞれの場所にきちんと収まっとる。自分で見るがいい。わたしの職業に対するいまの侮辱は、絶対に忘れんからな」

医師はケースを音高く閉じ、ぽんと放りだすと、荒い足どりで船室を出ていった。

「ふう！」サイモンが言った。「老先生を怒らせてしまいましたね」

ポアロは肩をすくめた。「残念なことです」

「先生を疑うのは見当違いじゃないですかね。すごく腕のいいお医者ですよ。いかにもドイツ《ボーシュ》男って感じだけど」

医師が不意に戻ってきた。

「すまんがふたりとも部屋を出てくれ。患者の包帯を替えるのだ」

ミス・バワーズがいっしょに入ってきて、職業的な有能さを誇るような物腰で立ち、ポアロたちが出ていくのを待った。

レイス大佐とポアロはおとなしく船室を出た。大佐は小声で何かポアロに告げて、右へ歩み去る。ポアロは左へ行った。

若い女の話し声と小さな笑い声が聞こえた。オッターボーン親子の船室に、ジャクリーヌとロザリー・オッターボーンがいた。

ドアはひらいており、ふたりの若い女はそのすぐ近くに立っていた。ポアロが通りかかったので、ふたりは顔をあげた。ポアロはロザリーが微笑みかけてくるのをはじめて見た――恥ずかしげだが温かみのある微笑みだ――ただし、慣れないことを新しく始めた人にありがちな、おずおずとしたところがあった。

「誰かの陰口ですか、お嬢さんがた？」ポアロは冗談の口調でとがめた。

「とんでもない」ロザリーは言った。「口紅の比べっこをしていたんです」

ポアロは微笑んだ。「流行のお洒落《レ・シフォン・ドージュルデュイ》の話ですね」

しかし、ポアロの微笑みには少し機械的なところがあった。ロザリーよりも敏感で観察力の鋭いジャクリーヌは、それを見てとった。手にしていた口紅を置いて、デッキに出てきた。

「何か――何があったの？」

「お察しのとおり、マドモアゼル、あることが起きました」

「どうしたんですか？」ロザリーも出てきた。

「また人が死にました」とポアロ。

ロザリーははっと息を飲んだ。ポアロは彼女をじっと見た。ロザリーの目に、ほんのつかの間、不安と、何かそれ以上のもの――驚愕が――表われた。

「マダム・ドイルのメイドが殺されたのです」ポアロはずばり言った。

「殺された？」ジャクリーヌが声をあげた。「殺されたって言ったの？」

「そうです。そう言いました」ポアロはジャクリーヌに答えたのだが、目はロザリーから離さなかった。そしてつぎの言葉はロザリーに向けて言った。「あのメイドは、見てはいけないものを見てしまったのです。そして――それを人にしゃべらないよう、口封じをされたのです」

「何を見たの？」

今度も尋ねたのはジャクリーヌだが、やはりポアロはロザリーに向かって答えた。奇妙な三角形の対話になった。

「彼女が何を見たか、それについては疑問の余地はほとんどないと思いますね」ポアロは言った。「殺人が起きた夜、彼女は誰かがリネット・ドイルの部屋に入るのを、あるいはそこから出てくるのを見たのです」

ポアロの耳と目は鋭敏だった。ロザリーがまた息を飲むのを聞きとり、瞼がひくりと動くのを見てとった。それはまさに予想していたとおりの反応だった。

「彼女、誰を見たか言いました？」ロザリーが訊いた。

ポアロは穏やかに――残念そうに――首を横にふった。

デッキを走ってくる足音がした。コーネリア・ロブスンだった。驚きに目を大きく見ひらいている。

「あっ、ジャクリーヌ、ひどいことが起きたの。また怖いことが起きたのよ！」

ジャクリーヌがそちらを向いた。ふたりは互いに数歩近づいた。ポアロとロザリーはほとんど無意識のうちに反対側へ動いた。

ロザリーが鋭い口調でポアロに訊いた。

「なぜわたしを見るんです？　何を考えてるんですか？」

「あなたはいまふたつ質問をしましたね。わたしはお返しにひとつだけ訊きます。なぜ本当のことを全部話してくれないのですか、マドモアゼル？」

「どういう意味かわからない。わたし——全部話しました——けさ」

「いいえ。まだ話していないことがいくつかあります。握りに真珠母を張った小口径のピストルをハンドバッグに入れていることを話していません。ゆうべ見たこともすっかり話したとは言えません」

ロザリーは顔を赤くした。それから鋭く言った。

「そんなの嘘です。リヴォルヴァーなんて持ってません」

「わたしはリヴォルヴァーとは言いませんでした。小口径のピストルをハンドバッグに入れていると言ったのです」

ロザリーはくるりと体の向きを変えて駆けだし、自分の部屋に飛びこむと、すぐに出てきて、グレーの革製ハンドバッグをポアロの手に押しつけた。

「変なこと言わないで。ご自分の目で確かめてください」

ポアロはバッグをあけた。なかにピストルはない。

ポアロがバッグを返すと、ロザリーは勝利と軽蔑の目を向けてきた。

「はい」ポアロは愉快そうに言う。「そこにはありません」

「ほら。あなただっていつも正しいとはかぎらないんです、ムッシュー・ポアロ。あなたが言ったもうひとつのことも間違ってるんです」

「いや、そうは思いませんね」

「ああ、もう腹が立つ！」ロザリーは怒りに任せて床をどんと踏んだ。「あなたは頭のなかで勝手なことを考えて、ずっとずっとそのことばっかり言うんです」

「あなたに本当のことを話してほしいからです」

「本当のことってなんですか？　あなたのほうがわたしよりよく知ってるみたい」

ポアロは言った。

「あなたが何を見たか、わたしに言ってほしいのですか？　わたしの言うとおりだったらそう認めますか？　わたしのちょっとした考えを言いましょう。あなたは船尾から右舷側のデッキに出たとき、思わず足をとめた。なぜならデッキの真ん中あたりの部屋からひとりの男が出てくるのを見たからです——その部屋は、リネット・ドイルの部屋だと、あなたは翌朝知りました。その男は部屋を出ると、ドアを閉めて、あなたがいるほうとは反対側の方向へ歩きだして——おそらく——いちばん端のふたつの部屋のどちらかに入りました。さあ、どうです。わたしの言うとおりじゃありませんか、マドモアゼル？」

　ロザリーは答えなかった。

　ポアロは言った。

「黙っているほうがいいと思っているのかもしれませんね。話したら自分も殺されるのではないかと恐れているのでしょう」

　一瞬、ポアロは相手が餌に食いついてくると思った——諄々《じゅんじゅん》と説くよりも、あなたには勇気がないととがめたほうがうまくいくだろうと考えたのだ。

　ロザリー・オッターボーンは口をひらき——唇を震わせて——こう言った。

「わたし、誰も見ていません」

23

ミス・バワーズが、ブラウスの袖口を整えながら、医師の船室から出てきた。ジャクリーヌが突然コーネリアのそばを離れて、ミス・バワーズに近づき、強い調子で訊いた。

「彼はどんなようす？」

ポアロも近くに寄り、かろうじてミス・バワーズの返事を聞きとった。ミス・バワーズはかなり心配そうな顔をしていた。

「ものすごく悪いわけじゃないです」

ジャクリーヌは声を高めた。

「でも前より悪くなってるの？」

「病院でレントゲンを撮って、麻酔をかけてちゃんと処置すれば、安心できるだろうと思います。セヘル島にはいつ着きますか、ムッシュー・ポアロ？」

「明日の朝です」

ミス・バワーズは唇を引き結び、首を横にふった。

「とても残念です。できるだけのことをしていますが、敗血症になる懼《おそ》れもあります」

ジャクリーヌはミス・バワーズの腕をつかんで揺さぶった。

「あの人、死ぬの？　死んじゃうの？」

「そんなことはありません、ミス・ド・ベルフォール。そうならないことを祈ってます。というか、きっとなりません。傷そのものは危険なものじゃないです。ただ、なるべく早くレントゲン撮影をしなくてはいけません。それともちろん、ミスター・ドイルは、きょうは絶対安静が必要でしたが、精神的にたいへんな一日で気が高ぶっていました。だから体温があがってきているのは不思議ではないです。奥さまが亡くなったし、いろんなことがつぎつぎに起きるし――」

ジャクリーヌは看護婦の腕をはなし、脇を向いた。ポアロとミス・バワーズに背を向けて、手すりに寄りかかった。

「わたしが言っているのは、いつも希望を持っているべきだということです」ミス・バワーズは言った。「ミスター・ドイルは体がとても丈夫です――それは見ればわかります――たぶん、いままで病気で一日寝たことすらないでしょう。それは有利な点です。

ただ、この発熱はよくない兆候ですけど——」

ミス・バワーズは首を横にふり、また袖口を直しながら、足早に去っていった。

ジャクリーヌは、涙で目がよく見えないため、手探りするような恰好で自分の船室に向かってよろよろ歩きだした。その肘を、誰かの手が支え、彼女を導いた。ジャクリーヌが目をあげて涙越しに見ると、脇にポアロがいた。ジャクリーヌはポアロに軽く寄りかかった。ポアロは彼女を支えて部屋に入った。

ジャクリーヌはベッドに体を横たえた。さらにぽろぽろ涙を流しながら、はげしく嗚《お》咽《えつ》した。

「死んじゃう！　死んじゃう！　彼が死んじゃう！……わたしが殺したことになるのよ。わたしが殺したことに……」

ポアロは肩をすくめた。悲しげに、小さく首をふった。

「マドモアゼル、起きたことは仕方がないです。してしまったことは取り消せません。悔やんでも遅いのです」

ジャクリーヌはいっそうはげしく泣いた。

「わたしが殺したことになるのよ！　こんなに愛しているのに……。こんなに愛しているのに」

ポアロはため息をついた。「愛しすぎているのです……」

それは以前、ブロンダン氏のレストランで思ったことだが、いまもそう思うのだった。

ポアロは少しためらいながら言った。

「ともかくですね、マドモアゼル・バワーズの言葉を真に受けてはいけません。看護婦というものは――わたしの考えでは、つねに悲観的な見方をするものです！　夜勤の看護婦は、夕方勤務につくときに担当の患者が生きていると驚くのです。日勤の看護婦は、朝の勤務はじめに担当の患者が生きていると驚くのです！　どんな悪いことが起きうるか知りすぎていますからね。自動車を運転する人はこんなことを考えてもおかしくありません。『もしあの横丁から車が急に出てきたら――あのトラックが急にバックしてきたら――向こうから来るあの車の車輪がはずれたら――あの生垣から犬が飛びだしてきてわたしの腕に噛みついたら――そしたら《エ・ビャン》、わたしはたぶん死ぬ！』。でも普通は、そういうことは起こらず無事に目的地に着けると考えるもので――たいていそれが正しいのです。そしてもちろん、事故にあったり事故を見たりした人は、それと反対の見方をしがちなのですよ」

ジャクリーヌは涙を流しながらも、少し笑い顔になって、こう訊いた。

「わたしを慰めにきてくれたの、ムッシュー・ポアロ？」

「わたしが何をしにきたかは神さま《ボン・ディユ》のみがご存じです！　あなたはこの旅行に来るべきではありませんでした」

「ええ——来なければよかったと思ってるわ。とても——恐ろしいことになったから。でも——それももうすぐ終わるわね」

「そうです《メ・ウィ》——そうですとも《メ・ウィ》」

「サイモンは病院へ行って、ちゃんとした手当てを受けて、すっかりよくなるの」

「まるで子供に聞かせるお話みたいですね！　『そしてふたりはいつまでも幸せに暮らしました』と、そういうことですね？」

　ジャクリーヌの顔が真っ赤になった。

「ムッシュー・ポアロ、わたし全然——そんなつもりは——」

「そんなことを考えるのは早すぎる！と偽善的に言うのが人として正しい道ですよね。しかし、あなたはラテン民族の血が半分入っているのです、マドモアゼル・ジャクリーヌ。たとえ人が眉をひそめようと、正直に言っていいのですよ。国王が亡くなった《ル・ロワ・エ・モール》——新しい国王万歳《ヴィーヴ・ル・ロワ》！　太陽が沈めば月がのぼる。そうではありませんか？」

「あなたはわかってない。彼はただわたしを哀れんでるだけ——ものすごく哀れんでるだけなの。彼にひどい怪我をさせてしまって、わたしがとっても辛い思いをしているのを知っているから」

「ああ、なるほど。純然たる同情というわけですか。とても高潔な感情ですね」

ポアロはジャクリーヌを見た。半分はからかうような気持ちで、半分はべつの感情とともに。それから、フランス語で小さくつぶやいた。

人生はむなしい、《ラ・ヴィ・エ・ヴェーヌ》
少しばかり愛し《アン・プ・ダムール》
少しばかり憎み《アン・プ・ド・エーヌ》
そしてさよなら《エ・ピュイ・ボンジュール》

人生はみじかい、《ラ・ヴィ・エ・ブレーヴ》
少しばかり望み《アン・プ・デスポワール》
少しばかり夢見《アン・プ・ド・レーヴ》
そしておやすみ《エ・ピュイ・ボンソワール》

ポアロはまたデッキに出た。レイス大佐が大股に歩いてきて、声をあげた。

「ポアロ！　ここにいたか！　ちょっと聞いてくれ。あることがひっかかるんだ」

大佐はポアロと腕を組み、船首のほうへ歩きだす。

「ドイルがちらっと言った言葉があるだろう。あれを聞いたときは何も思わなかったんだが。電報のことだがね」

「ああ《ティヤン》——そうですね《セ・ヴレ》」

「何も意味はないかもしれないが、どんな道も全部歩いておきたいからね。まったくいまいましいよ。殺人がふたつも起きたというのに、依然として闇のなかだ」

ポアロはかぶりをふった。「いや、闇のなかではありませんよ。もう光がさしています」

レイス大佐は好奇の目でポアロを見た。「真相の見当がついたのかね？」

「もはや見当以上です。確信があります」

「それは——いつから？」

「メイドのルイーズ・ブールジェが死んだときからです」

「わたしにはわからない！」

「友よ《モ・ナミ》、明白なことです——じつに明白なことです。ただ——むずかしい点がいくつかあるのです！　困難が——障害が！　リネット・ドイルのような人のまわりにはたくさんの——憎悪や嫉妬や羨望や悪意があつまるのです。まるで蝿の群れのように——ブンブン、ブンブンと……」

「でも、きみにはもうわかったのか？」レイス大佐は興味津々でポアロを見た。「きみは確かだと思うまではそんなふうには言わない男だ。わたしにはよくわからんよ。もちろん、いくつか考えはあるが……」

ポアロは足をとめた。

「あなたは偉い人です、親愛なる大佐《モン・コロネル》……。『きみの考えとはどういうのだ？　教えてくれ』などとは言いません。話せるのならもう話しているということを知っているからです。その前に明らかにしなければならないことがたくさんあります。しかし、わたしがいまから言う線に沿って、ちょっと考えてみてください。注意すべき点はいくつかあります……。まずあの夜、アスワンのホテルの庭で、マドモアゼル・ド・ベルフォールは誰かがわたしとの会話を盗み聞きしていると言いました。それからムッシュー・ティム・アラートンが、リネット殺害の夜に聞いた物音のことと自分がしたことを証言しました。それからけさ、ルイーズ・ブールジェがわれわれの質問に答えてした意味深い発言があります。それからアラートン夫人が水を飲み、ティムがウィスキー・ソーダを飲み、わたしがワインを飲むという事実。さらに加えて、ふたつのマニキュア液の瓶と、わたしが口にした諺のこと。そして最後に、ピストルが安物のハンカチとビロードの肩掛けにくるまれて川に捨てられたという、この事件の核心をなす事実……」

レイス大佐はちょっと黙り、それから首を左右にふった。

「ううむ。わたしにはわからん。いや、きみが仄《ほの》めかしていることはなんとなくわかるんだが、それは筋が通らない気がする」

「でもそうなのです――そうなのです――あなたは真実の半分しか見ていないのです。これを覚えていてください――わたしたちは最初から出発し直さなければなりません。なぜなら最初に抱いた考えが完全に間違っているからです」

レイス大佐は軽く顔をしかめた。

「そのことには慣れているよ。探偵の仕事で大事なのは、間違った出発点を捨てて、また出発し直すことだと、そう思えることがよくあるからね」

「ええ、まったくそのとおり。しかし、それをしない人たちもいます。彼らはある説を立て、そこにすべてをあてはめようとします。適合しない事実があったら、その事実を捨てる。しかし、重要なのはどうしても適合しない事実であって、それに意味があります。わたしは当初から、あのピストルが殺害現場から取り除かれたことを重視していました。それには何か意味がある――しかし、その意味を知ったのは、つい三十分前のことでした」

「わたしにはまだわからない！」

「わかるはずですよ！　わたしが示した線に沿って考えるだけでいいのです。さて、それでは例の電報の件を明らかにしましょう。ベスナー先生の許可があればですが」

医師はまだひどく機嫌が悪かった。ノックをすると、しかめ面を突きだした。

「なんだ？　またわたしの患者に会いたいのか？　それは賢明ではないぞ。熱があるのだ。きょうはもう充分動揺したからな」

「ひとつだけ質問があるんです」レイス大佐が言った。「たったひとつだけ。約束します」

医師が不服なうなり声とともに脇へよけ、ふたりは船室に入った。

「三分後に戻ってくる」と医師は言う。「三分たったら——絶対に——出ていってもらうぞ！」

医師が床を踏み鳴らして歩み去る音が聞こえた。

サイモン・ドイルは不安げに、大佐とポアロの顔を交互に見た。

「質問ってなんですか？」

「ちょっとしたことだ」大佐が答えた。「さっきの給仕の報告のなかに、シニョール・

リケッティが何かゴネているという話があったでしょう。あのとき、あなたは意外なことじゃない、イタリア人のリケッティは興奮しやすい男だと言った。何か電報のことで奥さんにひどく失礼な態度をとったとね。そのことを話してくれませんか?」

「お安いご用です。ワディ・ハルファで、ぼくたちは第二急湍から帰ってきたところでした。リネットが手紙のラックに電報が差してあるのに気づいたんです。彼女は自分がもうリッジウェイじゃないことを忘れていました。で、リケッティとリッジウェイは、下手な字で書いてあると紛らわしいでしょう。それで電報を開封したんですが、文面がチンプンカンプンなんです。これはなんだろうと考えていたら、あのリケッティがやってきて、電報をひったくって、ガミガミ文句を言ったんです。リネットはあとを追いかけて謝りましたが、それでもひどく無礼な態度をとったんですよ」

レイス大佐は大きく息を吸いこんだ。「その電報の文面ですが、ミスター・ドイル、少しでも思いだせますか?」

「ええ。リネットが一部を声に出して読みましたから。ええと確か――」

そこで間を置いた。そのとき、外で騒ぎが起きた。甲高い声が急速に近づいてきた。

「ムッシュー・ポアロとレイス大佐はどこ? おふたりにすぐ会いたいの! とっても大事な用件で。とびきりの情報があるの。あたし――ミスター・ドイルの部屋にいるの？」

ベスナー医師はドアを閉めていなかった。ひらいた戸口にカーテンが垂れているだけだった。オッターボーン夫人はカーテンを片側へかきのけ、嵐のように登場した。顔は真っ赤で、足もとが少し頼りない。舌もいささかもつれぎみだ。

「ミスター・ドイル」夫人は劇的な口調で言った。「あたし、奥さまを殺《あや》めた人を知っているのよ！」

「なんですって？」

サイモンは夫人をまじまじと見た。レイス大佐とポアロも同じことをした。

オッターボーン夫人は得意満面で三人を見まわした。うれしそうだった——とてもうれしそうだった。

「そうなの。あたしの推理は完全に立証されたの。これは深い、原始的で、根源的な衝動にもとづく犯罪なのよ——ちょっと考えるとありえないような——空想的なことのようだけれど——それが真相なの！」

レイス大佐が鋭い口調で訊く。

「つまり、あなたはミセス・ドイルを殺害した犯人について証拠を持っていると、こう理解していいんですか？」

オッターボーン夫人は椅子に腰かけ、前に身を乗りだして、力強くうなずいた。

「そのとおりよ。ルイーズ・ブールジェを殺した犯人はリネット・ドイルを殺した犯人でもある、ということには同意なさるわね？——ふたつの犯罪は同一人物の手で犯されたということには？」

「そうです、そのとおりです」サイモンがじれったそうに言った。「もちろん、そう考えるのが理にかなってます。早く話してください」

「それならあたしの推理に間違いはないわ。あたしはルイーズ・ブールジェを殺した犯人を知っている——だからリネット・ドイルを殺した犯人も知っているのよ」

「あなたはルイーズ・ブールジェを殺した犯人についてある考えを持っているということですか？」レイス大佐が疑わしげに訊いた。

オッターボーン夫人は大佐に向かって虎のように吠《ほ》えかかった。

「そうじゃない。あたしははっきり知ってるの。この目で犯人を見たの」

サイモンが熱っぽく叫んだ。

「もう頼むから、最初から話してください。あなたはルイーズ・ブールジェを殺した犯人を知っていると言いましたね？」

オッターボーン夫人はうなずく。

「何が起きたか、正確にお話しするわ」

彼女は本当にうれしそうだった――それは紛れもなかった！　まさに得意の絶頂――勝利のときだった！　本が売れなくなったからどうだというのだ？　以前はあたしの本をむさぼり読んでおきながら、いまは新しいお気に入りの作家に乗り換えてしまった大衆がなんだというのだ？　サロメ・オッターボーンはふたたび有名になる。ありとあらゆる新聞にその名が載るだろう。裁判では検察側のスター証人になるはずだ。

オッターボーン夫人は深く息を吸ってから口をひらいた。

「お昼を食べに行こうとしたときのことなの。食欲はあまりなかったのだけれど――というのは、恐ろしい事件が起きたばかりだし――でも、これは詳しく話す必要はないわね。

で、途中で――そのう――忘れ物をしたのを思いだしたの。あたしはロザリーに先に行ってと言った。あの子はひとりで食堂へ行ったわ」

オッターボーン夫人はちょっと間を置いた。

戸口にさがっているカーテンが、風に吹かれたかのように小さく動いた。しかし、ポアロもレイス大佐もサイモンも、気づかなかった。

「あたしは――そのう――」夫人はまた言葉を途切れさせた。薄い氷の上をスケートで滑るようなものだったが、やらなければならない。「ええと——その——あたしは船の——スタッフのひとりと会う約束をしていたのね。その人は——ええと——あたしに必要なあるものを持ってきてくれることになってたんだけど、娘には知られたくなかったのよ。あの子ったら、ある種のことで面倒なことを言うことがあるから——」

夫人は自分でもあまりいい説明の仕方ではないと思ったが、法廷で証言するときまでにはいいストーリーを思いつけるだろうと考えた。

レイス大佐は眉をつりあげ、目でポアロに問いかけた。

ポアロはごく小さくうなずき、唇の動きだけで「お酒」と答えた。

戸口のカーテンがまた動く。そのすきまからかすかに青光りする金属が覗いた。

オッターボーン夫人はつづけた。

「あたしがこの下のデッキの船尾へ行ったら、そこでそのスタッフが待っているってことになってたの。それで下のデッキを歩いていくと、部屋のドアがひとつあいて、誰かが外を覗いたわ。それがあの——ルイーズ・ブールジェとかいう若い女だったのよ。彼女は誰かを待ってるみたいだった。で、あたしを見て、なあんだという顔をして、また部屋に引っこんだの。もちろん、あたしはべつになんとも思わなかったわ。そのまま船尾へ行って、船のスタッフから——品物を受けとった。お金を払って——ちょっと言葉をかわした。それからスタッフと別れて、船尾の角を曲がったとき、メイドの部屋のドアをある人がノックして、なかに入るのを見たのよ」

レイス大佐が訊いた。

「で、そのある人というのは——?」

バン!

破裂音が船室内に響きわたった。鼻をつんと刺す煙が漂った。オッターボーン夫人は、人生でいちばん大事な究極の問いを投げかけようとするかのように、ゆっくりと横向きになったが、不意に前のめりになり、床にどさりと倒れた。耳のうしろにきれいな丸い穴があき、そこから血が流れだしていた。

麻痺したような沈黙があたりを支配した。

それから、体が自由に動くふたりの男がぱっと立ちあがった。オッターボーン夫人の体がちょっと邪魔になった。レイス大佐が彼女の上にかがみこみ、ポアロは猫のように敏捷《びんしょう》な動きでデッキに飛びだした。

デッキは無人だった。船室の戸口のすぐ外に、コルトの大型リヴォルヴァーが落ちていた。

ポアロはデッキの左右を見た。誰もいない。それから船尾に走った。角を曲がると、ティム・アラートンとぶつかりそうになった。反対側から全速力で走ってきたのだ。

「いまの音はいったいなんです？」ティムは息を切らしながら訊いた。

ポアロは鋭い口調で尋ねた。「いま誰かと会いませんでしたか？」

「誰かと？　いや」

「では、いっしょに来てください」ポアロはティムの腕をつかんで引き返した。デッキには人が集まっていた。ロザリー、ジャクリーヌ、コーネリアが、それぞれの部屋から飛びだしてきたのだ。さらに何人かが展望室のほうからやってきた――ファーガスン、ジム・ファンソープ、それにアラートン夫人だ。

レイス大佐はリヴォルヴァーのそばに立っている。ポアロはティムのほうを向いて、鋭い口調で訊いた。

「手袋を持っていませんか？」

ティムはポケットを探った。

「持ってます」

ポアロは手袋を受けとり、両手にはめて、リヴォルヴァーを調べるために背をかがめた。レイス大佐も同じ姿勢になる。ほかの乗客は息をつめて見守った。

レイス大佐が言った。

「船首のほうへ走ったはずはない。ファンソープとファーガスンが展望室の外にすわっていた。そっちへ来たら見えたはずだ」

ポアロは言った。「もし船尾のほうへ走ったのなら、ムッシュー・アラートンと鉢合わせをしたはずです」

レイス大佐がリヴォルヴァーを指さして言った。

「なんとこいつは、ついさっき見たやつのようだな。一応確かめる必要はあるが」

レイス大佐はペニントンの船室のドアをノックした。返事がない。船室は空だ。大佐はなかに入り、箪笥の右側の引き出しをあけた。リヴォルヴァーはなかった。

「これではっきりした」大佐は言った。「さて、ペニントン本人はどこにいるのかな？」

ふたりはまたデッキに出た。ポアロはアラートン夫人のそばへすばやく歩み寄った。

「マダム、ミス・オッターボーンをあなたの部屋へ連れていって、そばについていてあげてください。彼女のお母さんが」――レイス大佐に目で相談すると、大佐はうなずいた――「殺されたのです」

ベスナー医師があたふたとやってきた。

「やれやれ！《ゴット・イム・ヒンメル》 今度はいったい何かね？」

みんなは通り道をあけた。レイス大佐が手でベスナー医師の船室を示すと、医師はなかに入った。

「ペニントンを捜さないと」レイス大佐は言った。「リヴォルヴァーに指紋はあるかね?」

「ありませんね」ポアロは答えた。

ペニントンは下のデッキにいた。小さな応接室で手紙を書いていた。きれいに髭を剃った、男ぶりのいい顔をあげた。

「何か新しいことでも?」とペニントン。

「銃声を聞きませんでしたか?」

「銃声って——そう言えば——バンという音が聞こえたようだが。まさか銃の音とは夢にも——誰が撃たれたんだね?」

「ミセス・オッターボーンです」

「ミセス・オッターボーン?」ペニントンは愕然としたような声をあげた。「これは驚いたな。ミセス・オッターボーンとは」首を横にふった。「全然わけがわからない」それから声を低くした。「どうもただごとではないね。この船には殺人鬼が乗っているらしい。自衛団を組織しなければ」

「ミスター・ペニントン」レイス大佐が言った。「この部屋にはどれくらい前からいるんですか？」

「ええと、そうだな」ペニントンは顎をそっとなでた。「二十分ほど前からだと思うが」

「そのあいだ一度も外に出ませんでしたか？」

「ああ、出てない——出てないとも」

どういうことだ？　という顔でふたりを見る。

「じつはですね、ミスター・ペニントン」レイス大佐は言った。「ミセス・オッターボーンはあなたのリヴォルヴァーで殺されたんです」

24

ペニントンはショックを受けた。信じられないという顔をした。

「これは、両君。えらく重大な事件だ。えらく重大な事件だよ」

「あなたにとってはものすごく重大ですな、ミスター・ペニントン」

「わたしにとっては?」ペニントンは仰天して眉をつりあげた。「しかし、銃声がしたとき、わたしはここに静かにすわって書き物をしていたんだ」

「それを証言してくれる人はいますか?」

ペニントンはかぶりをふった。

「いや――それはいない。しかし、上のデッキにあがって、あの女性を銃で撃って(そもそもなぜわたしが撃つというんだ?)、そしてまた戻ってくるまで誰にも見られないなんてことは、明らかに不可能だよ。この時間帯だと展望室の外のデッキにはいつも何人もの人がいるからね」

「あなたのピストルが使われたことはどう説明します?」

「それは——その点についてはわたしにも責任があるかもしれない。この船に乗ってすぐぐらいの夜に、展望室でほかの乗客と話をしているとき、旅をするときはいつも銃を持っていくと話したのを覚えているよ」

「そのとき誰がいました?」

「正確には思いだせないが、ほとんどの人がいたと思うね。人数はかなりいたよ」

ペニントンは首を小さく横にふった。

「ああ、その点では確かに責任がある」

それから、さらにつづけた。「最初はリネット。つぎがリネットのメイド。そして今度はミセス・オッターボーン。脈絡が全然ないじゃないか!」

「脈絡はありますよ」とレイス大佐。

「そうなのか?」

「ええ。ミセス・オッターボーンは、ルイーズの船室にある人物が入るのを見たとわたしたちに話していた。そしてその人物の名前を言う直前に射殺されたんです」

ペニントンは上等のシルクのハンカチで額をぬぐい、つぶやいた。

「何もかも恐ろしい」

ポアロが言った。

「ムッシュー・ペニントン、この事件のいくつかの側面について話しあいたいことがあります。三十分後にわたしの部屋に来てくれますか？」

「喜んで」

ペニントンの声は喜んでいるようには聞こえなかった。表情も喜んでいるようには見えなかった。レイス大佐とポアロは目を見かわし、さっと応接室を出た。

「狡猾なやつだ」レイス大佐は言った。「だが、不安がっていたね。そうだろう？」

ポアロはうなずいた。「ええ。心安らかではありません、われらがムッシュー・ペニントンは」

また遊歩デッキにあがると、アラートン夫人が自分の船室から出てきた。ポアロを見て、大事な用があるという感じで手招きした。

「マダム？」

「あの子、可哀想だわ！　ねえ、ムッシュー・ポアロ、どこか二人用の部屋を使えませんか？　いっしょにいてあげたいの。お母さんと使っていた部屋へは戻せないし、わたしの部屋は一人用で狭いから」

「なんとかできると思います。あなたはやさしい方ですね、マダム」

「普通のことですよ。それにわたし、あの子がとても好きなの。前からいい子だと思っていました」

「彼女――かなり動揺していますか?」

「ええ、とっても。あのおぞましい母親に本当によく尽くしていたみたいね。そこが痛ましいところですよ。あの母親は酔っ払いだったとティムが言っているけど、本当ですの?」

ポアロはうなずいた。

「そう。気の毒な人――あの人のことを見下して非難するのはよくないことだと思うわ。でも、娘さんのほうはとても辛い人生を送っていたのに違いないわね」

「そのとおりです、マダム。彼女はプライドが高くて、それでいて、とても親思いでした」

「そう、わたしはそこも好きなんです――親思いのところが。いまは流行らないことだけど。あの子はとても変わった性格なのね――プライドが高くて、人と打ち解けなくて、頑固で、でも、根はとってもやさしいんだと思うわ」

「わたしはちょうどいい人に彼女のお世話をお願いしたようです、マダム」

「ええ、まあ心配なさらないで。ちゃんとお世話しますから。あの子、わたしにすがりついてきてくれて、それがとってもいじらしいの」

アラートン夫人はまた船室に入った。ポアロはオッターボーン夫人が殺された医師の船室に戻った。

コーネリアがまだ船室の外にいた。目を大きく見ひらいて、声をかけてきた。「なんだかわけがわかりません、ムッシュー・ポアロ。あの人を撃った犯人はどうやって誰にも見られずに逃げられたんですか？」

「ほんとに、どうやって？」とジャクリーヌも訊く。

「ああ」ポアロは言った。「あなたは消失奇術みたいなものを考えているのかもしれませんが、そういうものではありませんよ、マドモアゼル。殺人犯が逃げた先は三つしかありえません」

ジャクリーヌはわからないという顔をした。「三つ？」

「右へ行ったか、左へ行ったか、そのどちらかしかないと思いますけど」コーネリアが怪訝そうに言う。

ジャクリーヌも眉間に皺をよせる。が、その皺がぱっと消えた。

そしてこう言った。

「そうか。ひとつの平面の上だけなら、ふたつの方向にしか行けない——でも、この場合、平面に直角の方向にも行けるわけね。と言っても、上へ行くのはむずかしいけど、下へは行けるのよ」

ポアロは微笑んだ。「あなたは頭がいいですね、マドモアゼル」

コーネリアは言った。

「わたし、自分が不器量でばかなのは知ってますけど、それにしてもまだわかりません」

ジャクリーヌが言った。

「ムッシュー・ポアロが言うのはね、手すりからぶらさがって、下のデッキにおりられるってことなのよ」

「ああ！」コーネリアは感心して言った。「そんなこと考えてもみませんでした。でも、ものすごくすばやく動かなくちゃいけないと思うけど、そんなことできるのかしら」

「いや、わりと簡単じゃないかな」とティム・アラートンが口をはさむ。「ほら、ああいうことが起きるとショック状態になるでしょう。銃声を聞いてから、みんな少しのあいだ麻痺したようになったんですよ」

「あなたもそうだったのですか、ムッシュー・アラートン？」

「そうです。ぼくは五秒ほど、ばかみたいに突っ立って、それから、ぱっとデッキに飛びだしたんです」

レイス大佐が医師の船室から出てきて、有無を言わせぬ口調で要請した。

「さあみんな、どいてどいて。遺体を運びだすから」

全員、おとなしくその場を離れた。ポアロも一同といっしょに行った。コーネリアがポアロに悲しげでまじめな調子で言った。

「わたし、この旅行のことは一生忘れないと思います。三人も死ぬなんて……。まるで悪夢のなかにいるみたい」

ファーガスンがそれを聞いて、突っかかるように言った。

「それはきみが文明的すぎるからだよ。きみも死を東洋人の目で見るべきだな。死なんて出来事のひとつにすぎない——特に気にとめるようなことじゃないんだ」

コーネリアは言った。

「それはそれでべつにいいんです——東洋人は教育を受けていないんですもの。気の毒だけど」

「無教育なのはいいことだね。教育のせいで白人種は活力をなくしたんだ。アメリカを見たまえ——文化のお祭り騒ぎをやっている。まったくどうしようもない」

「あなたのおっしゃることはばかげていると思います」コーネリアは顔を上気させる。

「わたしは毎年冬にギリシャ美術やルネサンスについての講演を聞きに行きます。〝歴史上有名な女性〟についての講演もいくつか聞きました」

ファーガスンは苦悶《くもん》にうめくような声で言った。「ギリシャ美術！　ルネサンス！　歴史上有名な女性！　きみの話を聞いていると胸が悪くなるよ。大事なのは未来なんだ、過去じゃない。この船で三人の女が死んだ――それがどうしたっていうんだ？　なんの損失も生じちゃいない！　金まみれのリネット・ドイル！　その女に寄生していたフランス人のメイド。なんの価値もないばか女のミセス・オッターボーン。そんな連中が死んだからって気にするやつがいると思うかい？　ぼくは気にしないね。むしろいいことだと思うよ！」

「あなたは間違っています！」コーネリアは食ってかかった。「あなたがしゃべっているのを聞いているとこっちこそ胸が悪くなります。まるで自分の意見だけに値打ちがあるみたいに、べらべらべらべらと。わたしもミセス・オッターボーンのことはあまり好きじゃなかったけど、娘さんはお母さんをとても労《いた》わっていたし、お母さんが亡くなってものすごく落ちこんでいるんです。フランス人のメイドさんのことはよく知らないけど、あの人のことを大事に思っている人だってどこかにいると思います。そしてリネット・ドイルさんは――それはいろいろあるんだろうけど、とってもすてきな人でした！

とってもきれいで、あの人が部屋に入ってくると、わたしいつも、喉がウッとなって。わたしは、自分がぱっとしないから、余計に美しいものに敏感なんです。あの人は美しかった――女として――まるでギリシャの女神さまみたいに美しかった。美しいものがひとつなくなったら、世界は大切なものをひとつなくしたことになるんです。そういうことなんです！」

ファーガスンは一歩うしろにさがり、両手で髪の毛をつかんで強くひっぱった。

「まいったな。きみは信じがたい人だ。女なら誰でも自然に持っている恨みがましいところがまるでない」ファーガスンはポアロのほうを向いた。「あなたは知ってたかな。この人のお父さんはリネット・リッジウェイの父親に破滅させられたも同然なんだ。ところが若き女相続人が真珠とパリの最新モードをひけらかしながら現われたとき、このお嬢さんは歯ぎしりするどころか、子犬がくうんと鳴くみたいな声で、『なんて美しい人なの！』なんて言って。怒るってことを全然しないんだ」

コーネリアは顔を赤らめた。「わたしだって――ちょっとだけ、そんな気持ちになりました。パパは、なんというか、失意のうちに死んだんですもの。事業がうまくいかなくて」

「それでちょっとだけ怒りを覚えたわけだ！　やれやれ」

コーネリアはきっとなってファーガスンを見た。

「あなたさっき言わなかったですか？　大事なのは未来だ、過去じゃないって。全部もう過去のことなんです。終わったことです」

「まいったよ。コーネリア・ロブスン、きみはいままでぼくが出会ったなかでただひとりの善良な女性だ。ぼくと結婚してくれないか？」

「ばかなこと言わないでください」

「いや、本気のプロポーズなんだ——老探偵どのの目の前ですることかと思わないでもないが。というか、ムッシュー・ポアロ、あなたが証人だ。ぼくはこの女性に正面から結婚を申しこんだんだ——自分の信念に反して。というのは、ぼくは男女間の法的契約としての結婚なんてものに価値を認めない主義なものでね。しかし、このお嬢さんは結婚以外の男女の結びつきを承認しそうにない。だから結婚するんだ。さあ、コーネリア、イエスと言ってくれ」

「わたし、あなたって人はほんとにばかげた人だと思います」コーネリアは顔を赤くしながら言った。

「なぜ結婚してくれないんだ？」

「だって、まじめじゃないから」

「まじめじゃないって、プロポーズが？　それとも、ぼくという人間が？」

「両方だけど、特にあなたという人間がです。あなたはまじめなことを全部笑いものにするでしょう。教育も、文化も――そして――死も。だから信用できないんです」

コーネリアはそこで言葉を切り、また顔を赤らめると、急ぎ足で自分の船室へ入っていった。

ファーガスンはその姿を見送った。「ばかな娘だ！　いまのは本気で言ったんだろうな。男は信用できるのがいいらしい。信用か――まったくもう！」そこでふとポアロに目をとめ、好奇心にかられたように尋ねた。「どうしたんだ、ムッシュー・ポアロ？　何やら沈思黙考のごようすだが」

ポアロははっとわれに返った。

「考えているのです。それだけです」

「死についての省察かな。『循環小数としての死』、筆者エルキュール・ポアロ。名探偵の有名な論考のひとつ。なんてね」

「ムッシュー・ファーガスン、あなたはじつに失礼な青年ですね」ポアロは言った。

「そこは勘弁していただかないと。ぼくは既存の体制を攻撃するのが好きなのでね」

「わたしが――既存の体制なのですか？」

「まさにそうだよ。ところであの娘さんをどう思うかな？」

「ミス・ロブスンですか？」

「そう」

「たいへんりっぱな性格の持ち主だと思いますね」

「そうなんだ。気骨がある。一見気が弱そうだが、そうじゃない。心《しん》が強い。あの子は

――ああ、くそ、ぼくはあの子が欲しい。それにはあのばあさんを攻めるのがいいかもしれないな。あの意地悪ばあさんの反感を思いきり買ったら、逆にコーネリアはぼくに少し好意的になるかもしれない」

ファーガスンはくるりと体の向きを変えて展望室へ飛んでいった。

ミス・ヴァン・スカイラーはいつもの隅にすわっていた。いつもよりいっそう傲慢そうな雰囲気を漂わせて、編み物をしていた。ファーガスンはつかつかと歩み寄った。ポアロもさりげなく展望室に入り、慎重に距離をとって椅子にすわって、雑誌を読むふりをした。

「こんにちは、ミス・ヴァン・スカイラー」

ミス・ヴァン・スカイラーは、ほんの一瞬あげた目をまた手もとに落として、冷たい小声で言った。「あ――こんにちは」

「ミス・ヴァン・スカイラー、とても大事なことでちょっと話があるんです。というのはですね。あなたの親類の娘さんと結婚したいんです」

ミス・ヴァン・スカイラーの毛糸の玉が床に落ち、猛烈な速度で転がった。

老女は毒気たっぷりの口調で言った。

「あなたは頭がおかしいようね」

「いえ全然。もう決めたんだ。それで結婚を申しこみました」

ミス・ヴァン・スカイラーは冷たい目で相手を観察した。奇妙な姿の甲虫《こうちゅう》を見るときの好奇心しかない目つきだった。

「ああそう。で、わたしに訊いてこいと言われたわけ？」

「彼女には拒絶されました」

「まあ当然よね」

「全然〝当然〟じゃないです。彼女がうんと言うまで何度でも申しこむつもりです」

「言っておきますけどね。わたしはあの子がそんなことで苦しめられることがないよう手だてを講じますよ」ミス・ヴァン・スカイラーは辛辣な口調で申し渡した。

「ぼくのどこが不満なんです？」

ミス・ヴァン・スカイラーは眉をつりあげただけだった。そして謁見はこれにて終了とばかり、毛糸玉を回収すべく毛糸をぐいとひっぱった。

「答えてくださいよ」ファーガスンは食いさがった。「ぼくのどこが不満なんですか？」

「それはわかりきったことだと思いますよ、ミスター――あー――名前がわからない」

「ファーガスンです」

「ミスター・ファーガスン」ミス・ヴァン・スカイラーははっきりと嫌悪を表わしてその名前を口にした。「そんなことはまったく問題外です」

「つまり、ぼくは彼女にふさわしくないということですか？」

「それはあなたにもよくわかっているはずですよ」

「ぼくの何が不都合なんです？」

ミス・ヴァン・スカイラーはまたしても答えなかった。

「ぼくには腕が二本、脚が二本あって、健康で、理性的な脳みそがある。これで何が不足なんです？」

「社会的地位というものがあるでしょう、ミスター・ファーガスン」

「社会的地位なんてくだらない！」

ドアがひらいてコーネリアが入ってきた。恐るべきマリーおばさんが自分の求婚者と話しているのを見て、ぴたりと足をとめた。

無作法きわまりないファーガスンがそちらに顔を向け、大きくにやりと笑みを浮かべて、声をかけた。

「さあ、おいで、コーネリア。ぼくはいま昔からの作法どおりにきみとの結婚の許可をもらおうとしているんだ」

「コーネリア」ミス・ヴァン・スカイラーは世にも耳障りな声音で問いただした。「あなたはこの人に望みを持たせるようなことを言ったの？」

「いいえ――もちろん、そんなことは――少なくとも――そういうことじゃ――つまり――」

「つまり、どうなの？」

「望みを持たせてもらってなんていませんよ」ファーガスンが助けに入った。「ぼくが勝手にやっていることです。ぼくを正面からきっぱりはねつけなかったのは、心がやさしすぎるからでね。コーネリア、おばさまいわく、ぼくはきみにふさわしくないそうだ。それはもちろん本当のことだ。でもおばさまが言っている意味でじゃない。心の大きさのことを言うなら、ぼくはきみの足もとにも及ばない。でも、おばさまが言っているのは、ぼくの社会的地位がきみのより絶望的に低いということなんだ」

「それはコーネリアにもわかっているはずですよ」とミス・ヴァン・スカイラー。ファーガスンは内心を探ろうとする目でコーネリアを見る。「だからぼくと結婚してくれないのかい？」

「そうじゃない」コーネリアは顔を紅潮させた。「もし――もしあなたのことが好きなら、あなたがどういう人でも結婚します」

「でも、ぼくが好きじゃないと？」

「あなたって人は――あんまりだと思うの。物の言い方とか……言ってることとか……。そんな――あなたみたいな人、わたしいままで会ったことがない。だから――」

涙があふれだしそうになった。コーネリアは展望室を飛びだしていった。

「さてさて」とファーガスンは言った。「そう悪くない滑り出しだ」椅子の背にもたれて、天井をあおぎ、口笛を吹いた。それから、みすぼらしいズボンに包まれた脚を組んで、こう言った。「いやほんと、あなたをおばさまと呼ぶようになるかもしれませんよ」

ミス・ヴァン・スカイラーは憤怒《ふんぬ》に震えた。

「いますぐここを出ていってちょうだい。さもないと給仕を呼びますよ」

「ぼくだって船の切符を買っている。ここは共用のスペースだ。追いだせるわけがない。

「でもまあ、あなたのご機嫌をとっておきますよ」ファーガスンは、「ヨ、ホ、ホのラムひと瓶」と小声で歌いながら腰をあげ、ぶらぶら歩いて展望室を出ていった。

怒りで喉をつまらせながら、ミス・ヴァン・スカイラーはよろよろと立ちあがった。雑誌の陰に慎ましく身をひそめていたポアロは、さっと毛糸玉を拾いに行った。

「ありがとう、ムッシュー・ポアロ。すみませんけど、ミス・バワーズを呼んできてくださいな——もう腹が立って腹が立って——あの無作法な男ときたら」

「相当な変人ですな、あれは」ポアロは言った。「あの一族はほとんどがそうです。もちろん、甘やかされているのですよ。風車と戦うようなことばかりしましてね」それから、さりげなくつけ加えた。「あなたなら彼が誰だかわかりましたでしょう?」

「誰だかって?」

「ファーガスンと名乗って爵位は言わないのです。進歩的な思想のせいで」

「爵位?」ミス・ヴァン・スカイラーの声が鋭くなった。

「はい。あの人はドーリッシュ卿のご子息です。もちろん、大金持ちです。ところが、オックスフォード大学で共産主義者になったのです」

ミス・ヴァン・スカイラーの顔は対立する感情が相争う戦場となった。

「いつからそれをご存じだったの、ムッシュー・ポアロ?」

ポアロは肩をすくめた。

「新聞に写真が載っていました――そっくりだなと気づいたのです。それから指輪の印鑑を見ました。ええ、間違いありません。保証します」

ポアロは、ミス・ヴァン・スカイラーの顔に相反する感情が交互に表われるさまを楽しんだ。ミス・ヴァン・スカイラーは、しばらくしてようやく優雅に首を傾け、こう言った。「あなたに心から感謝しますわ、ムッシュー・ポアロ」

ポアロは展望室を出ていく老女を見送りながら、にんまり笑った。それから椅子に腰をおろし、また真剣な面持ちになった。頭のなかで一連の思考を追い、ときどき、うなずいた。

「そういうことだ《メ・ウィ》」やがてそう言った。「それですべて辻褄《つじつま》が合う」

25

レイス大佐が来たとき、ポアロはまだそこにすわっていた。

「どうした、ポアロ？　ペニントンがあと十分で来るぞ。その件はきみに任せるからな」

ポアロは急いで立ちあがった。「その前にムッシュー・ファンソープを捜してきてください」

「ファンソープを？」大佐は驚いた顔をした。

「ええ。わたしの部屋へ連れてきてください」

レイス大佐はうなずいて出ていった。ポアロは自分の船室におもむいた。一、二分後、大佐がファンソープを連れてきた。

ポアロはふたりを椅子にすわらせ、煙草をすすめた。「さて、ムッシュー・ファンソープ、用件に入りましょう！　あなたはわたしの友達のヘイスティングズと同じネクタイを締めていますね」

ファンソープはちょっと戸惑ったような顔で自分の胸もとを見おろした。

「これはイートン校のネクタイです」

「そうですね。一応言っておきますと、わたしは外国人ですが、イギリス人の物の考え方をいくらか知っています。たとえば、あなたがたには、〝せねばならぬこと〟と〝してはならぬこと〟がある」

ファンソープはにやりと笑った。

「今日びはあまりそういうことを言わないですが」

「そうかもしれません。しかし習慣というものは残るものです。オールド・スクール・タイを締めるとか、オールド・スクール・タイを締める者はある種のことを（わたしは個人的な経験でそれを知っていますが）しないとか！　その、しないことのひとつに、ムッシュー・ファンソープ、悪意でない人たちの会話に求められもしないのに割りこむ、ということがあるはずです」

ファンソープの視線がきっとなった。

ポアロはつづけた。

「ところが先日、ムッシュー・ファンソープ、あなたはまさにそれをしましたね。展望室で数人の人が、その人たちだけに関係する事柄を小声で話しあっていました。そこへあなたは近づいていった。明らかにその話し合いを盗み聞きするために。そしてわざわざそちらを向いて、そこにいる淑女に――マダム・サイモン・ドイルに――その実務的な感覚を賞賛しました」

ファンソープの顔が真っ赤になった。ポアロは相手のコメントを待たずにあとをつづけた。

「さて、ムッシュー・ファンソープ、それはわが友ヘイスティングズと同じネクタイを締めている人のすることでは全然ありません！　ヘイスティングズはデリカシーのかたまりですから、そんなことをしようと考えただけで恥ずかしくて死んでしまうでしょう！　ということで、あなたのそのふるまいのことと、あなたがまだとても若くてお金のかかる休暇旅行はできそうにないこと、地方の弁護士ならさほど飛びぬけて裕福ともいえないこと、また最近重い病気をした気配もないから長期の外国旅行で療養する必要もなさそうなこと、それらを考え合わせると、当然ひとつの疑問がわたしの頭に浮かぶので――それをいまあなたにお尋ねしてみるわけです――あなたはどういう理由でこの船に乗ったのですか？」

ファンソープはさっと頭をのけぞらせた。

「わたしはどんな情報も提供することを拒否します、ムッシュー・ポアロ。あなたは頭がおかしいと思いますよ」

「わたしは頭がおかしくありません。正気そのものです。あなたの法律事務所はどこにあるか？　ノーサンプトンです。ウォード・ホールからそう遠くありません。あなたが盗み聞きしたのはどういう会話か？　法律文書に関係する会話です。あなたが口をはさんだ目的は何か？——ひどく気まずい思いをしてまで会話に割りこんだ目的はなんだったか？　あなたの目的は、マダム・ドイルが文面を読まずに法律文書にサインするのを防ぐことでした」

そこで一度言葉を切った。

「この船で、殺人が起きました。そのあと立て続けに、さらにふたつの殺人がありました。わたしがあなたに、マダム・オッターボーン殺害に使われた凶器はムッシュー・アンドリュー・ペニントンのリヴォルヴァーだということをお教えしたら、おそらくあなたは知っていることを話すのが義務だと気づくでしょう」

ファンソープはひとしきり黙っていたが、やがて口をひらいた。

「あなたはかなり変わったやり方をするんですね、ムッシュー・ポアロ。でも、おっしゃりたいことはわかりましたよ。ただ問題は、正確な情報を提供できるわけじゃないということなんです」

「単に疑惑を抱いているだけだ、ということですか?」

「ええ」

「だから、それを話すのは適切ではないと考えているのですね? 法的にはそのとおりかもしれません。しかし、これは裁判ではない。レイス大佐とわたしは殺人犯を突きとめようとしているのです。それに役立つかもしれないことはどんなことでも価値があります」

ファンソープはまた考えた。そして言った。

「いいでしょう。何を知りたいんです?」

「あなたはなぜこの旅行に出たのですか?」

「伯父のカーマイケルが、ミセス・ドイルのイギリスでの顧問弁護士で、その命令で来たんです。伯父はミセス・ドイルの法律事務全般を扱っている関係で、アメリカにいる財産管理人のミスター・アンドリュー・ペニントンともよく連絡をとりあいます。で、いくつか小さな出来事があって(全部を挙げることはできませんが)、伯父は何かおかしなことになってるんじゃないかという疑いを抱いたんです」

「簡単に言えば」レイス大佐が訊いた。「ペニントンが悪事を働いているんじゃないかと疑ったわけですね？」

ファンソープはかすかな笑みを浮かべてうなずいた。

「わたしとしてはそこまで露骨に言えませんが、基本的にはそういうことです。ペニントンはいろいろ弁解しました。信託財産の運用の仕方についてもっともらしい説明をしたんですが、伯父はかえって不信感を強めたんです。

しかし、疑惑がまだもやもやしているあいだに、ミス・リッジウェイが突然結婚して、エジプトへ新婚旅行に出かけました。この結婚で伯父はほっとしました。イギリスに帰国したあと、信託契約は正式に終了して、財産の管理権はミセス・ドイルの手に渡るからです。

ところが、ミセス・ドイルがカイロから送ってきた手紙に、アンドリュー・ペニントンと偶然会ったことがさらりと書かれていた。伯父は、これはいよいよ怪しいと思ったわけです。ペニントンは追いつめられて、背任の事実を隠すためにいくつかの書類にサインをさせようとしているに違いないと。しかし、ミセス・ドイルに確たる証拠を示せるわけじゃないので、むずかしい立場に立たされました。そこで思いついたのが、わたしを飛行機でエジプトへ送りこんで、疑惑の証拠を集めさせることでした。わたしはつねに目を光らせ、必要なら即座に介入しなければならない——じつに嫌な任務でしたよ。

実際、あなたに目撃された例の場面では礼儀知らずのふるまいをしなくちゃいけなかった！　あれは気まずい雰囲気になったけど、おおむねうまくいったと満足していました」

「マダム・ドイルに警戒させることができたという意味かね？」とレイス大佐。

「そこまではいきませんでしたが、ペニントンを牽制《けんせい》することはできたと思います。しばらくは妙な策を弄《ろう》さないだろうと確信できました。わたしはそのあいだにドイル夫妻と親しくなり、なんらかの警告をするつもりでした。どちらかというとミスター・ドイルに期待をかけましたね。ミセス・ドイルはペニントンと親しい間柄でしたから、疑惑を伝えるのはやりにくいからです。ご主人に近づくほうが簡単そうでした」

レイス大佐はうなずいた。

ポアロが訊いた。「あることについて率直な意見を聞かせていただきたいのですが、仮にあなたが詐欺を仕掛けるとしたら、マダム・ドイルとムッシュー・ドイルのどちらを標的にしますか？」

ファンソープはうっすら笑った。

「それはミスター・ドイルですね。リネット・ドイルは非常に抜け目のない人でした。ご亭主のほうは、実社会のことなど何も知らない、信じやすい人で、本人の言葉を使えば、『この点線の上にサインしろと言われたらサインする』タイプです」

「わたしも同意見です」ポアロはレイス大佐を見た。「これで動機がわかりましたね」

ファンソープが言った。

「しかし、それは純然たる推測です。証拠はありませんよ」

ポアロはこともなげに答えた。

「なあに！　証拠はもうすぐ手に入れます！」

「どうやって？」

「おそらくペニントン本人から」

ファンソープは疑わしげな顔をした。

「どうだろう。そんなことできますかねえ」

レイス大佐が腕時計を見た。「そろそろ来るころだ」

ファンソープはすぐに察して船室を出ていった。

二分後、アンドリュー・ペニントンが現われた。にこやかな都会人風だが、顎のこわばりと目の警戒心が、ガードを固めた歴戦のボクサーを思わせた。

「やあ両君、来たよ」

ペニントンは椅子にすわり、それで？　という顔でふたりを見た。

「来ていただいたのはですね、ムッシュー・ペニントン」ポアロが口を切った。「あなたが今回の事件に特別の直接的な利害を持っているのが明白だからです」

ペニントンはほんの少し眉をつりあげた。

「そうなのか？」

ポアロは穏やかに言った。「それは確かです。あなたはリネット・リッジウェイをかなり小さいころからご存じでしたね？」

「ああ！　そのことか――」ペニントンの顔の警戒心がゆるんだ。「すまない。なんだか誤解していたようだ。そう、けさも言ったとおり、リネットのことは、あの子がピナフォアを着た可愛い女の子だったころから知っていた」

「彼女のお父さんと親しい間柄だったのですね？」

「そのとおりだ。メルウィッシュ・リッジウェイとわたしは親しかった――とても親しかった」

「その親しさから、ムッシュー・リッジウェイは死の床で、あなたに娘の後見役になって莫大な相続財産を管理してほしいと頼んだと？」

「まあ、大まかに言うと、そういうことかな」また警戒心が戻り、声が用心深くなった。

「もちろん財産管理人はわたしひとりじゃない――ほかの人たちと協力しあってやって

いる」

「それ以後、財産管理人のなかで亡くなった方は？」

「ふたりが死んだ。もうひとりはミスター・スターンデイル・ロックフォードで、彼は生きている」

「あなたの共同経営者ですね？」

「そうだ」

「マドモアゼル・リッジウェイは、結婚したときには、まだ成人ではありませんでしたね？」

「六月に二十一歳になって、成人するはずだった」

「普通は成人したときに財産の管理権を手に入れるのですね？」

「そう」

「しかし、結婚によってその時期が早まったのですか？」

ペニントンの顎がこわばった。その顎を攻撃的に突きだした。

「失礼だが、いったいきみたちは何をしようとしているんだ？」

「いまの質問に答えるのがお嫌なら――」

「べつに嫌じゃない。何を訊いてくれてもいい。ただ、なんの意味があるのかわからないんだ」

「意味はありますとも、ムッシュー・ペニントン」――ポアロは前に身を乗りだし、緑色の、猫を思わせる目を近づける――「動機の問題ですよ。動機を探る上で金銭の問題はつねに考慮に入れなければなりません」

ペニントンは仏頂面で言った。

「亡くなったミスター・リッジウェイの遺言によって、リネットは二十一歳になるか、結婚するかしたときに自分の財産を管理できることになっていたよ」

「何も条件はついていませんでしたか？」

「ついていなかった」

「財産の額は何百万という桁《けた》なのでしょうね？」

「そのとおりだ」

ポアロはやわらかな口調で言った。

「あなたとあなたの共同経営者の責任は重大ですね、ムッシュー・ペニントン」

ペニントンはぶっきらぼうに答えた。

「重責を担うことには慣れている。なんの不安もない」

「そうでしょうか」

その言い方が癇《かん》に障ったようだった。ペニントンは怒気をこめて訊き返した。「それはいったいどういう意味だ?」

ポアロは嫌味のない率直な調子で答えた。

「わたしが考えたのは、ムッシュー・ペニントン、リネット・リッジウェイが突然結婚したことで——おたくの事務所は愕然としたのではないかということです」

「愕然とした?」

「はい、わたしはその言葉を使いました」

「いったい何が言いたいんだ?」

「ごく単純なことです。リネット・ドイルの財産の管理は完全に適切な方法で行われているのだろうか、ということです」

ペニントンはぱっと立ちあがった。

「もういい。終了だ」そう言って出ていこうとした。

「その前にわたしの質問に答えていただけませんか?」

ペニントンは嚙みつくように言った。

「完全に適切な方法でおこなわれている!」

「あなたはリネット・リッジウェイ結婚の知らせに仰天し、いちばん早い船に飛び乗ってエジプトへやってきて、カイロで偶然の出会いを装ったのではないですか？」

ペニントンはまたふたりのそばへ戻ってきた。ふたたび自制心をとり戻していた。

「あんたの言っていることはでたらめだ！　カイロで出会うまで、リネットが結婚したことは知らなかった。わたしはびっくりしたよ。手紙はわたしがニューヨークを出発した翌日に事務所に届いたようだ。一週間ほどしてこちらへ転送されてきて、それを読んだんだ」

「あなたはカーマニック号でこちらへ来たと言いましたね？」

「そのとおりだ」

「手紙はカーマニック号が出航したあとでニューヨークに届いたのですか？」

「いったい何度同じことを言わせるんだ？」

「それは変です」とポアロは言う。

「何が変なんだ？」

「あなたの荷物にはカーマニック号のラベルが貼られていません。最近乗った大西洋横断航路の船はノルマンディー号だけです。ノルマンディー号は、わたしは覚えていますが、カーマニック号の二日後に出航しているのです」

ペニントンはしばし茫然《ぼうぜん》となった。目が泳いだ。

レイス大佐が効果的な一撃で追い打ちをかけた。

「いいかね、ミスター・ペニントン。われわれはいくつかの理由から、あんたが自分で言っているようにカーマニック号で来たのじゃなく、ノルマンディー号で来たのだと考えている。その場合、あんたはニューヨークを発つ前にミセス・ドイルからの手紙を受けとっていることになるんだ。否定しても無駄だよ。汽船の会社に問い合わせれば簡単にわかることだからね」

ペニントンは放心状態で椅子を手さぐりし、腰をおろした。顔は無感情なポーカー・フェイスだった。その仮面の裏で、俊敏な頭脳がつぎの手を考えていた。

「きみたちには脱帽だ。頭がよすぎて、とてもかなわない。しかし、わたしがしたことにはちゃんと理由があったんだ」

「だろうね」レイス大佐がそっけなく言う。

「わたしがその説明をしたら、絶対に内密にしてもらいたい」

「われわれが適切に対処することは信じてもらっていい。しかし当然、秘密にすることを無条件に約束するわけにはいかないよ」

「そうか——」ペニントンはため息をついた。「ともかく話そう。じつはイギリスで不正行為が行われていたんだ。それでわたしは心配になった。しかし手紙じゃたいしたことはできない。こっちへ来て自分で手を打つしかなかった」

「不正行為とはなんのことだね?」

「リネットが騙されていると信じる充分な理由があったんだ」

「誰に騙されていたんだ?」

「イギリスでの顧問弁護士にだ。この種の告発は軽々しくはできない。だから足を運んで自分の目で調べてみることにしたんだ」

「その慎重な態度はりっぱなものだね。しかし、ニューヨークで手紙を受けとらなかったと嘘をついたのはなぜなのかな」

「いや、それはだね——」ペニントンは両手をひろげた。「新婚旅行中のふたりをわずらわせるのなら具体的な説明をしなくちゃいけない。が、そうはいかないから、偶然出会ったことにするのがいいと思ったんだ。それに結婚相手のことは何も知らない。その不正行為に関係している可能性もある」

「つまりあんたのしたことは私利私欲とは全然関係ないと」レイス大佐はぶっきらぼうに言った。

「そういうことだ、大佐」

間があいた。

レイス大佐はポアロを見た。ポアロは前に身を傾けた。

「ムッシュー・ペニントン、わたしたちはあなたの話をまったく信じていませんよ」

「な、何を言う。それじゃいったいどう思っているのかね?」

「わたしたちはこう思っています。リネット・リッジウェイが突然結婚したことで、あなたがたは財産管理に関して困ったことになった。あなたは大急ぎでやってきて問題を解決しようとした——言いかえれば、時間稼ぎをしようとした。そのためにマダム・ドイルにいくつかの書類にサインをさせようとしたが、失敗した。それからナイル川をさかのぼって、アブ・シンベル神殿を見物したとき、あなたは崖の上から大きな石を落としたが、あと少しのところで標的をつぶし損ねた——」

「きみは頭がどうかしている」

「わたしたちの考えでは、船が下流に引き返しはじめたときにも同じような状況が生じました。すなわち、殺人がまず間違いなくべつの人物のしわざだと思われるような事態が発生することで、マダム・ドイルを始末する機会が到来したのです。そしてわたしたちが、思っているだけでなく知っているのは、第三の被害者である女性を殺すのに使われた凶器があなたのリヴォルヴァーであるという事実です。その女性は、リネット・ドイルとメイドのルイーズ・ブールジェの両方を殺した犯人の名前をわたしたちに教えようとして――」

「冗談じゃない！」ペニントンはたまりかねたように叫び、ポアロの流れるような弁舌を断ち切った。「何を言ってるんだ？　頭がいかれたのか？　わたしがリネットを殺す動機はなんだ？　彼女の財産なんか手に入らないんだぞ――財産は夫のものになるんだ。なぜ彼を追及しない？　得をするのはドイルだ――わたしじゃない」

レイス大佐が冷ややかに言った。

「リネットが殺された夜、ドイルはずっと展望室にいて、脚を撃たれて怪我をした。そのあと一歩も歩けなかったことは医者と看護婦が証言している――医者と看護婦は互いに関係のない、信用できる目撃者だ。サイモン・ドイルが妻を殺すのは不可能だった。ルイーズ・ブールジェ殺害も同様だ。ミセス・オッターボーンにいたっては間違いなく殺していない。こういうことはあんたも知っているはずだ」

「ドイルが殺してないのは知ってる」ペニントンは少し穏やかな声になった。「わたしが言いたいのは、リネットを殺しても得にならないわたしをなぜ疑うのかということだ」

「その点はですね」ポアロは猫が喉を鳴らすようなやわらかな声で言った。「どちらかと言うと意見ということになります。マダム・ドイルは実務的な感覚にすぐれていました。自分が関係している法律的なことや財務的なことに精通していて、ちょっとした異常な点にもすぐ気づく方でした。イギリスに帰ったら自分の財産の管理権を手にすることになっていましたが、それをすればすぐにいろいろ不審な点が出てきたでしょう。ところが彼女は亡くなり、あなたが言ったとおり、夫が財産を相続する。となるとすべてが違ってきます。サイモン・ドイルは妻が金持ちだったことをべつとして実際的なことは何も知りません。単純で、人を信じやすい性格です。その彼に、ややこしい文書をあれこれ見せ、まずい点を大量の数字で隠し、最近の大恐慌のせいもあって法的な手続きが煩雑《はんざつ》だと訴えて、財産管理権の移転を遅らせるのは簡単なことでしょう。相手がリネットの場合とサイモンの場合では、あなたにとってかなり違いがあるとわたしは考えています」

ペニントンは肩をすくめた。

「きみの考えは——ただの空想だ」

「いまにわかります」

「なんだって？」

「『いまにわかります』と言ったのです。何しろ人が三人死んでいます——殺人が三つです。司法当局はマダム・ドイルの財産について徹底的な調査をするでしょう」

ポアロは、ペニントンの肩ががっくり落ちたのを見て勝利を確信した。ジム・ファンソープが抱いた疑惑には充分根拠があったのだ。

ポアロはつづけた。

「あなたは勝負をして——負けたのです。これ以上のはったりは無駄です」

ペニントンは小声で言った。

「きみたちはわかっていない——これは不正でもなんでもないんだ。あのいまいましい大恐慌で——ウォール街がめちゃくちゃになった。それでわたしは巻き返しを図った。運がよければ、六月半ばまでに何もかもうまくいくんだ」

ペニントンは震える手で煙草に火をつけようとしたが——失敗した。

「おそらく」ポアロは言った。「石を落としたのは不意の誘惑にかられたのでしょうね。誰も見ていないと思って」

「あれは事故だ——誓って言うが、事故だったんだ」ペニントンは前に身を乗りだした。顔をひきつらせ、目に恐怖を浮かべていた。「つまずいて、あの石にぶつかったんだ。誓って言う。あれは事故だった……」

ポアロもレイス大佐も無言だった。

ペニントンは突然気をとりなおした。まだ打ちのめされたようすをしていたが、敢闘精神をいくらかとり戻して、ドアのほうへ歩いていった。

「わたしに濡れ衣を着せようったってだめだ。あれは事故だったんだからな。それにリネットを撃ったのはわたしじゃない！　聞こえたかね？　あの件もわたしになすりつけようったって無駄だ——絶対に無理だ」

そう言って出ていった。

26

　ドアが閉まると、レイス大佐は深いため息をついた。

「思った以上の成果があったな。あの男は背任行為を認めた。石を落としたことを認めた。しかし、われわれはその先へは進めないようだ。人を殺しそうになった行為はともかく、実際に殺したことを自白させるのは無理だろう」

「できることもありますよ」ポアロは言った。夢見るような目が――猫を思わせる。

　大佐は好奇心をあらわにして探偵を見た。

「見通しはあるのかね？」

　ポアロはうなずいた。そして指を折りながら留意点を数えあげた。

「アスワンの庭園。ティム・アラートンの証言。ふたつのマニキュアの瓶。わたしのワイン。ビロードの肩掛け。しみのついたハンカチ。犯行現場に残されていたピストル。ルイーズの死。マダム・オッターボーンの死……。そう、これでわかります。犯人はペニントンではありませんよ、大佐!」

「なんだって?」レイス大佐は仰天した。

「犯人はペニントンではありません。動機はあった。そのとおりです。実行の意志もあった。そのとおりです。実行を試みさえした。しかしそれだけです《メ・セ・トゥ》。この犯罪にはいくつかの資質が必要ですが、ペニントンはそれらを持ちあわせていません! 必要なのは、大胆さと、敏速で正確な実行力と、度胸と、危険をかえりみない無謀さと、知略に富む緻密な頭脳です。ペニントンにはそうしたものがない。彼は安全が保証されていないかぎり犯罪など犯せないのです。今回の犯罪は安全ではありませんでした! 剃刀の刃にロープをひっかけてぶらさがるようなものでした。これには大胆さが必要です。ペニントンは大胆ではありません。抜け目がないだけです」

レイス大佐は、有能な者がべつの有能な者に向ける尊敬の目でポアロを見た。

「きみはもう事件の真相を把握しているようだね」

「そう思います、はい。ただあとひとつふたつ、問題があります——たとえば、リネット・ドイルが読んだ電報のこと。あれをはっきりさせたいですね」

「そうだ、ドイルに訊くのを忘れていたな。その話をしているときに、哀れなミセス・オッターボーンが来たんだ。あらためて訊くことにしよう」

「ええ。ですが、その前に、もうひとり話を聞きたい人がいます」

「誰だね?」

「ティム・アラートンです」

大佐は眉をつりあげた。

「アラートン? よし、呼んでこさせよう」

大佐は呼び鈴を鳴らし、給仕に指示をした。

ティム・アラートンがいぶかしげな顔で入ってきた。

「ぼくにご用だそうですが?」

「そうなのです、ムッシュー・アラートン。どうぞおかけください」

ティムはすわった。話を聞く顔になっていたが、ごくかすかに、うんざりした色も見られた。

「何かぼくにできることがあるんでしょうか?」口調は丁寧だが、気持ちがこもっていない。

ポアロは言った。

「そうも言えますが、おもに話を聞いていただきたいのです」

ティムはお愛想に眉をつりあげて驚いてみせた。

「いいですよ。ぼくは世界でトップクラスの聞き上手なんです。要所要所で『へえ！』と言えますよ」

「それはたいへんけっこう。『へえ！』でご清聴いただけているのがよくわかりますからね。さて、では始めましょう。アスワン《エ・ビヤン》ではじめてあなたとあなたのお母さまにお会いしたとき、わたしはお近づきになれたことに強い喜びを覚えました。まずはあなたのお母さまをたいそう魅力的な方だと思いましたものでね――」

うんざり顔がぴくりと動き――少しだけ表情をおびた。

「母は――ユニークな人です」

「しかし第二に興味を惹かれたのは、あなたがたとの話に出たある女性のことです」

「そうなんですか？」

「ええ。マドモアゼル・ジョアナ・サウスウッドのこと。近年その名前をよく耳にしますのでね」

ポアロは間を置いてからつづけた。

「この三年ほど、ある種の宝石盗難事件がひんぱんに起きて、ロンドン警視庁をたいそう悩ませています。社交界盗難事件とでもいうのでしょうか。手口はたいてい同じ――本物の宝石を偽物とすり替えるのです。わたしの友人、ジャップ主任警部は、これは単独犯ではなく、ふたりの人間が巧妙に協力しあっているという結論に達しました。また社交界の内部事情に通じているらしいところから、犯人たちは上流社会の人間だろうと目をつけました。そして主任警部はマドモアゼル・ジョアナ・サウスウッドに注目するようになったのです。

というのも、どの被害者もマドモアゼル・サウスウッドの友人か知り合いでしたし、どの事件でも彼女が宝石を手にとるか借りるかしていたからです。また彼女は収入以上の生活をしています。しかし一方で、実際に盗む行為を——つまり、すり替える行為を——彼女がやっていないことも明白でした。すり替えがおこなわれたとき、彼女がイギリスにいなかったこともありました。

ということで、ジャップ主任警部の頭のなかに、ある構図が徐々にできてきました。マドモアゼル・サウスウッドは一時期、現代宝石職人組合と関係を持っていたことがあります。そこで主任警部は、彼女が標的となる宝石を借りて、正確にスケッチし、それをもとに知り合いの、腕はいいが心掛けのよくない職人が模造品をつくるのだと考えました。第三の段階であるすり替えはまたべつの人間がやる——それまで問題の宝石に手を触れたことがなく、宝石の模造品づくりに関係したことのない人間がです。この第三の人間が誰なのか、ジャップ主任警部は知りませんでした。

わたしはあなたとの会話のなかで聞いたいくつかのことに興味を惹かれました。あなたがマヨルカ島にいたとき、指輪がひとつ行方不明になったこと。ある屋敷でのパーティーで模造品とのすり替えが起きたとき、あなたも居合わせたこと。あなたがマドモアゼル・サウスウッドと親しいこと。それからまた、あなたが明らかにわたしの同席を嫌い、お母さまに対してわたしと親しくしないよう働きかけたこと。もちろん個人的に虫が好かないのかもしれませんが、わたしはそうは思いませんでした。あなたはあまりにも一生懸命に愛想のいい態度でわたしを嫌う気持ちを隠そうとしていたからです。

さて《エ・ビヤン》――リネット・ドイルが殺害されたあと、彼女の真珠のネックレスがなくなっているのがわかりました。おわかりでしょうが、わたしはすぐにあなたのことを考えました！　しかし、納得はいかないのです。なぜなら、わたしの推測どおり、あなたとマドモアゼル・サウスウッドが共犯なら（ところでマドモアゼル・サウスウッドはマダム・ドイルの親しい友達でした）すり替えの手口が使われるはずです――単純な窃盗ではなくね。ところがです。意外にもネックレスは返ってきました。そしてそれは、なんと本物ではなくて模造品でした。

それでわたしには本物を盗んだ犯人がわかったのです。行方不明になり、その後戻ってきたネックレスは模造品だった――あなたが本物を盗んでそのかわりに置いておいた模造品だったのです」

ポアロは目の前のティムをじっと見つめた。青年の陽灼けした顔は血の気を失っていた。ティムはペニントンのような強いボクサーではなかった――スタミナがまるでないのだ。それでも、茶化すような調子を必死に維持しようとした。

「そうなんですか？　で、ぼくはその本物をどうしたんです？」

「それも、わたしは知っています」

ティムの顔が変わった――表情が崩壊した。

ポアロはゆっくりとつづけた。

「可能な場所はひとつだけ。よく考えた結果、わたしの理性はそこだと判断しました。真珠は、ムッシュー・アラートン、あなたの部屋の壁にかけてあるロザリオのなかに隠されています。あのロザリオは精巧な工芸品です。おそらくあなたが特別につくらせたものでしょう。珠はどれもふたつに分かれ、縁に切られたネジでひとつに合わさる。見ただけでは絶対にわかりませんがね。それぞれの珠のなかに真珠をひと粒ずつ入れ、音がしないようセコティーンで貼りつけた。警察は信仰の用具を尊重して、よほど不審な点がないかぎり詳しくは調べません。そこがあなたの付け目でした。わたしはマドモアゼル・サウスウッドがどうやって模造品をあなたに送ったかを考えました。直接渡したのではなく送ったはずなのです。あなたはマダム・ドイルが新婚旅行に出かけることを知って、マヨルカ島からこのエジプトへ来たのですからね。わたしは本のなかに潜ませて送ってきたのだと思っています――ページの真ん中を切って四角い穴をつくったのです。本は封の一部をひらいた状態で送れば、郵便局が本を出して調べることはまずありません」

間があいた――長い間だった。ティムが静かに言った。

「あなたの勝ちだ！　いままで面白いゲームをつづけてきたけど、ついに終わりました。あとはいさぎよく苦い薬を飲むだけです」

ポアロはやさしくうなずいた。

「あなたはあの夜、人に見られたのに気づきましたか？」

「見られた？」ティムは驚いた。

「そうです。リネット・ドイルが死んだ夜、あなたが午前一時過ぎに彼女の部屋から出ていくのを見た人がいるのです」

ティムは言った。「ちょっと待って――まさかあなたは……。いや、彼女を殺したのはぼくじゃない！　誓って言う！　ぼくはあれからずっとやきもきしていたんだ。なんだってよりによってあの夜に……。ああ、もうほんとにたまらない気分だった！」

ポアロは言った。

「ええ、さぞかし不安だったでしょう。しかし真実が明らかになったいまは、わたしたちに協力してくれてもいいはずです。ネックレスを盗んだとき、マダム・ドイルは生きていましたか、死んでいましたか？」

ティムはかすれ声で答えた。

「わからない──いや、ほんとにわからないんです、ムッシュー・ポアロ！　夜、ネックレスをどこへ置くかは調べてありました──ベッドの脇の小さなテーブルです。忍びこんで、そっとテーブルの上をさぐって、ネックレスをつかみ、かわりのものを置いて、出てきたんです。もちろん、彼女は眠ってると思ってました」

「寝息は聞こえましたか？　当然、それに耳をすましたでしょう？」

ティムは真剣に考えた。

「すごく静かだった──ほんとに静かだった。でも、寝息が聞こえたかどうかまでは思いだせない……」

「煙の臭いはしませんでしたか？　銃を撃ってからさほど時間がたっていないときにするような臭いは？」

「しなかったように思う。よく覚えてない」

ポアロはため息をついた。

「ではここで行き止まりですね」

ティムは好奇心から訊いた。「誰がぼくを見たんですか？」

「ロザリー・オッターボーンです。船の反対側からまわってきて、あなたがリネット・ドイルの部屋を出て自分の部屋に戻るのを見たのです」

「彼女があなたにそれを話したんですね」

ポアロは穏やかに言った。「いえいえ――彼女から聞いたのではありません」

「じゃ、どうしてわかったんです？」

「わたしがエルキュール・ポアロだからです！　人から教えてもらう必要はないのです。わたしが誰かを見なかったかと訊いたとき、彼女はなんと言ったか。『誰も見ませんでした』と言いました。嘘をついたのです」

「なぜ？」

ポアロは感情をまじえない声で言った。

「自分は殺人者を見てしまったと思ったのかもしれません。そのように見えたでしょうからね」

「それならなおのことあなたに話しそうなものだけど」

ポアロは肩をすくめた。

「そうする理由があるとは思わなかったようですね」

ティムは奇妙な響きのある声で言った。

「あれはたいした女性ですね。あの母親のせいで相当辛い人生を送ってきたんだろうな」

「ええ。楽な人生ではなかったようです」

「気の毒に」ティムはつぶやいた。それから、レイス大佐を見た。

「で、ここからどうなるんです？　ぼくはミセス・ドイルの部屋からネックレスを盗んだことを認めます。ネックレスはあなたがたがおっしゃった場所にあります。ぼくは有罪です。ですが、ミス・サウスウッドのことは何も認めるつもりはありません。彼女に関しては証拠が何もない。ぼくがどうやってネックレスの模造品を手に入れたかについては何も話すことはありません」

ポアロはつぶやいた。

「とてもりっぱな態度ですね」

ティムはユーモアの精神をひらめかせた。

「紳士と生まれた者はつねに紳士であるべし！」

それから、こうつづけた。「母があなたと親しくしようとするせいでぼくがどれだけ困ったか、たぶんわかっていただけるでしょう！　何しろぼくは、これから危ない橋を渡ろうというときに、名探偵とのおしゃべりを楽しめるほど筋金入りの犯罪者じゃありませんからね。そういうのに興奮する猛者《もさ》もいるかもしれないが、ぼくには無理だった。正直なところ、びくびくしていましたよ」

「それでもよそうとは思わなかったわけですか？」

ティムは肩をすくめた。

「怖かったけどやめられませんでしたね。すり替えはいつかやらなきゃいけないし、この船は絶好の機会を与えてくれていた――部屋はふたつ置いて隣だし、リネットは厄介な問題で頭がいっぱいで、すり替えに気づかないかもしれない」

「しかし、本当にそうだったのですかね――」

ティムはさっと目をあげた。「どういう意味です？」

ポアロは呼び鈴のボタンを押した。「マドモアゼル・オッターボーンにちょっと来てもらって、聞いてみましょう」

ティムは眉をひそめたが、何も言わなかった。給仕がやってきて、指示を聞き、それを果たすために出ていった。

数分後、ロザリーが現われた。目を真っ赤に泣き腫らしていた。ティムを見ると、その目を少しだけ見ひらいた。猜疑心をむきだしにしてすぐ反発する態度はすっかり影をひそめている。いままでとは違うしおらしい物腰で椅子にすわり、レイス大佐とポアロを交互に見た。

「わざわざ来てもらってすみませんね、ミス・オッターボーン」レイス大佐はやさしく言った。大佐はポアロの処置に少し困っている。

ロザリーは小さい声で言った。

「いえ、いいんです」

ポアロが言った。

「ひとつふたつ、はっきりさせる必要があるのです。きょうの午前一時十分ごろに右舷のデッキで誰かを見ませんでしたか、と訊いたとき、あなたは誰も見なかったと答えました。しかし幸い、あなたの協力なしに事実を突きとめることができました。ムッシュー・アラートンがゆうべ、リネット・ドイルの部屋に入ったことを認めたのです」

ロザリーがティムをちらりと見る。ティムは硬く険しい表情で、ぞんざいにうなずいた。

「時刻はそれで合っていますか、ムッシュー・アラートン？」

ティムはうなずいた。「ぴったりだ」

ロザリーはティムの顔をじっと見つめていた。唇が震え――ひらいた……。

「まさか――あなたが――」

ティムはすばやく答えた。

「いや、殺してない。ぼくは泥棒だ。人殺しじゃない。どうせわかることだから、きみに知られてもいい。ぼくは真珠のネックレスを盗んだんだ」

ポアロが言う。「ムッシュー・アラートンの説明はこうです。ゆうべ、彼はマダム・ドイルの部屋に入り、本物のネックレスと模造品をすり替えた」

「ほんとなの?」ロザリーはティムに訊いた。深刻で、悲しげで、子供のような目が、問いかけていた。

「ああ」

沈黙が流れた。レイス大佐が落ち着かなそうに体をもぞもぞさせた。

ポアロが奇妙な声音で言った。

「それが、わたしがいま言ったとおり、ムッシュー・アラートンの説明です。部分的にはあなたの証言で裏づけられています。つまり、ゆうべ、彼がリネット・ドイルの部屋に入ったことはですね。しかし、そんなことをした理由については証拠がありません」

ティムはポアロをまじまじと見た。「でも、あなたは知ってるじゃないですか！」

「わたしが何を知っているのです？」

「何をって――ぼくが真珠のネックレスを盗んだことをですよ」

「ええ《メ・ウィ》、ええ《メ・ウィ》！　わたしはあなたがネックレスを持っているのを知っています。しかし、あなたがいつそれを手に入れたのかは知らないのです。それはゆうべより以前かもしれません……。あなたは先ほど、リネット・ドイルはすり替えに気づかないだろうと言いました。さあどうでしょうね。仮にリネットが気づいていたとしたらどうでしょう……。誰がすり替えたのかすらも知っていたとしたら……。仮にゆうべ、リネットがすり替え事件を公にすると脅したのだとしたら、そして彼女が本気であることをあなたが知ったとしたら……仮にあなたが展望室でジャクリーヌ・ド・ベルフォールとサイモン・ドイルのあいだで起きた騒ぎを聞きつけ、展望室が無人になるとすぐ、そっとそこに入ってピストルを手に入れ、その一時間後、船内が静まったころに、リネットの船室に忍びこみ、彼女が絶対に事件を暴くことがないよう……」

「ばかなことを！」ティムは叫んだ。真っ青な顔で、ふたつの目に苦悶の色を浮かべて、ポアロを茫然と見つめた。

ポアロはつづけた。

「ところがある人があなたを見た——メイドのルイーズです。翌日、ルイーズがあなたのところへ来て脅迫した。口止め料をたんまり払わなければばらすとね。あなたは脅迫に屈したら終わりの始まりになると考えた。承知したふりをして、昼食時間の直前に、お金を持ってルイーズの船室へ行った。それから、彼女がお札を数えているあいだに、彼女を刺した。

ところが、またしても悪運にみまわれた。ルイーズの部屋に入るところをある人に見られたのです——」ポアロは体を半ばロザリーのほうに向けた。「あなたのお母さんにです。ムッシュー・アラートン、あなたはまたもや行動を余儀なくされた——危険で無謀な行動です——しかし、それしかなかった。あなたはペニントンがリヴォルヴァーを持っているという話を聞いていた。急いでペニントンの部屋へ行き、ピストルをつかみ、ベスナー先生の部屋の外でようすをうかがって、マダム・オッターボーンがまさにあなたの名前を口にしようとしたとき、射殺した——」

「いいえ！」ロザリーが叫んだ。「やってません！　この人はやってません！」

「そのあと、あなたは自分にできるただひとつのことをした——走って船尾にまわりこんだのです。わたしがあとを追って船尾の角を曲がったときには、あなたはもう回れ右をして、反対側から走ってきたように見せかけました。あなたは手袋をはめてリヴォルヴァーを扱った。わたしが手袋を持っていないかと訊いたら、あなたはそれをポケットから出しました……」

ティムは言った。「違う、神にかけて誓う、そんなのは嘘だ——一から十まで嘘だ」しかし、その声は自信に欠け、震えており、説得力がなかった。

そのとき、ロザリーが一同を驚かせる発言をした。

「もちろん嘘です！　ムッシュー・ポアロはわかって言ってるんです。何か理由があって」

ポアロはロザリーを見た。口もとにかすかな笑みが浮かんだ。それから降参のしるしに両手をひろげた。

「マドモアゼルは頭がたいへんよろしい……。しかし——充分成り立つ筋書きでしょう？」

「いったい全体——」ティムは衝《つ》きあげてくる怒りをぶちまけようとしたが、ポアロが手で制した。

「あなたには殺人容疑が充分成り立ちます、ムッシュー・アラートン。それに気づいてほしかったのです。さて今度はもっと愉快な話をしましょう。わたしはまだあなたの部屋にある例のロザリオを調べていません。わたしが調べるときには、そこに何も見つからないかもしれません。そして、マドモアゼル・オッターボーンはゆうべデッキであなたを見なかったとずっと言っている――となると《エ・ビャン》、あなたにはどんな容疑も成立しないことになります。真珠のネックレスは盗癖のある人が盗み、返してきた。ネックレスはそこのドアのそばにあるテーブルに置いてある小さな箱に入っています。マドモアゼルといっしょに確かめてみてもいいですよ」

ティムは腰をあげた。しばらくはじっと立ったまま何も言えなかった。それから、ようやく口から出た言葉は、本当は不適切なのだろうが、ポアロとレイス大佐は良しとしたようだった。

「ありがとうございます！　くださったチャンスは無駄にしません！」

ティムはドアをあけて手で押さえた。ロザリーが小箱を手にとり、船室を出ると、ティムもあとにつづいた。

ふたりはならんで歩いた。ティムは小箱をあけ、模造の真珠のネックレスをとりだすと、思いきり遠くの川面へ投げた。

「よし！　あれはもう消えた。この小箱をポアロに返すとき、なかには本物が入ってる。ぼくはなんてばかだったんだ！」

ロザリーは小声で訊いた。

「そもそもどうしてそんなことをしたの？」

「なぜやるようになったかって？　さあ、なぜだろうな。退屈——怠け癖——スリル。地味に働くより金儲けの仕方としてはずっと面白いからね。こんなことを言うときみは人間の屑《くず》のすることだと思うだろうけど、確かに面白味があるんだよ——おもにリスクを冒す興奮だと思うけどね」

「わかるような気がする」

「うん、でもきみはやらないさ」

ロザリーはまじめな表情の、若々しい顔をうつむけて、ちょっと考えた。

「そうね。やらないと思う」

ティムは言った。「ああ、きみは——とてもすてきだよ……ものすごくすてきだよ。どうしてゆうべぼくを見たと言わなかったんだい？」

ロザリーは言った。

「あなたが——疑われると思ったから」

「きみはぼくを疑った？」

「いいえ。あなたが人を殺すとは思えなかったもの」

「うん。ぼくは人殺しになれるほど強くない。ただの哀れなこそ泥さ」

ロザリーはおずおずと手をのばしてティムの腕に触れた。

「そんなこと言わないで……」

ティムはその手を握った。

「ロザリー、きみは――なんて言ったらいいかな。きみはこれからも今回のことを持ちだしてぼくを責めたりするかい？」

ロザリーは薄く微笑んだ。「わたしにも、持ちだされて責められそうなことがいくつかあるわ……」

「ロザリー――ぼくは……」

だが、ロザリーは話がそこへ行くのをいま少し遅らせた。「あの――ジョアナって人のことだけど――」

ティムは思わず叫んだ。

「ジョアナ？　きみもうちの母と同じだな。ジョアナのことなんてなんとも思っちゃいないよ。馬面で、獲物を狙う獣みたいな目をして。女としての魅力がまるでない」

少し間を置いてロザリーは言った。

「今回のこと、あなたのお母さんには話さないほうがいいと思うわ」

ティムは考えた。

「どうかな。話そうと思ってるけど。母はいろいろ苦労してきて、耐える力があるんだよ。うん。ひとつ息子についての幻想を打ち砕くとしよう。ジョアナとの関係が個人的な感情と関係なかったことがわかれば、ほっとして、ほかのことを全部赦してくれるんじゃないかな」

ふたりはアラートン夫人の船室の前に来た。ティムがしっかりとノックをした。ドアがひらき、そこにアラートン夫人が立っていた。

「ロザリーとぼくは──」ティムが言いはじめた。

が、そこで言葉がとまった。

「まあ、あなたたち」アラートン夫人はロザリーを抱きしめた。「よかった、よかった……こうなってほしいと思ってた──ティムったら、ほんとにじれったいの、あなたのこと、好きでもなんでもないふりをして。でも、わたしにはちゃんとわかっていた」

ロザリーはきれぎれに言った。

「はじめからずっと──やさしくしてくださって。だからわたし──思っていたんです──こういう方がわたしの──」

そこでたまらなくなり、幸福なすすり泣きをしながら、アラートン夫人の肩に顔をうずめた。

27

ティムとロザリーが出ていき、ドアが閉まると、ポアロはどこか申し訳なさそうな顔でレイス大佐を見た。大佐はやや渋い顔をしている。

「わたしのちょっとした計らいに、あなたも賛成してくれますね？」ポアロは訴えかけた。「いまのは変則的な処置です――それはわかっています、はい――しかし、わたしは人の幸福に重きを置いているのです」

「わたしの幸福は無視しているようだが」と大佐。

「わたしはあの若い娘《ジュンヌ・フィーユ》さんのことを放っておけないのです。彼女はあの青年を愛しています。ふたりはとてもいい組み合わせです――彼女のおかげであの青年もまじめになるでしょうし、彼女は青年のお母さんからも愛されています――何もかもいいことずくめなのです」

「男女を結び合わせるのは天の神さまとエルキュール・ポアロ。わたしは犯罪を見逃せばそれでいいというわけか」

「しかし、友《モ・ナミ》よ、さっきも言ったとおり、彼が犯罪を犯したというのはわたしの推測にすぎないのです」

レイス大佐は不意ににやりと笑った。

「ま、それでいいさ。ありがたいことに、わたしは警察官じゃない！　あの青年もこれからはまっとうな道を進むだろう。娘さんのほうはもともとまっとうだ。そう、不満なのは、きみのわたしに対する扱いなんだ。わたしは忍耐強い人間だが——それだって限度がある！　きみはこの船で起きた三つの殺人の犯人を知っているのか、知らないのか、どっちなんだ？」

「知っていますよ」

「それならなぜこう回りくどいやり方をするんだね？」

「あなたはわたしが寄り道を楽しんでいると思っているのですか？　それでじれているのですか？　それは違います。わたしは以前、仕事で考古学の遺跡発掘現場に行ったことがあるのですが——そこであることを知りました。発掘の過程で、地面のなかから何かが出てくると、まわりにくっついているものを、たいそう慎重にとり除きます。ナイフでここの土を削り、そこの土をほじくり、最後にようやくその何かだけが残って、余計なものがついていない状態でスケッチしたり、写真に撮ったりできる。わたしがしようとしているのもそれです——余計なものをとり除いて真実を——むきだしの光り輝く真実を見ることなのです」

「よろしい。それならその〝むきだしの光り輝く真実〟を見せてもらおう。犯人はペニントンじゃない。アラートン青年でもない。たぶん機関士のフリートウッドでもないだろう。いいかげん本星《ほんぼし》の名前を聞かせてくれないか」

「友《モ・ナミ》よ、いまちょうどそれを言うところなのです」

ドアにノックがあった。レイス大佐は声を殺して罵《ののし》った。

ベスナー医師とコーネリアだった。コーネリアは当惑しているように見えた。

「ああ、レイス大佐。いまミス・バワーズからマリーおばさまのことを聞きました。こんな恐ろしいこと、わたしとてもショックです。ミス・バワーズは、ひとりで責任を負うのはもう耐えられない、家族の一員であるわたしにも知っておいてほしいということでした。わたし、最初は信じられなかったんですけど、ベスナー先生がとってもすばらしい励ましをくださったんです」

「いやいや」医師は謙遜《けんそん》した。

「とっても親切で、いろいろ説明してくださったんです。そういうのは病気で、自分ではどうしようもない人がいるんだって。先生の病院には盗癖の患者さんもいるそうです。先生は、盗癖というのは神経的な根深い原因があるんだと説明してくださいました」

コーネリアは、本当にすごいのだという調子でその説明を再現した。

「それは潜在意識のなかに深く根をおろしているんです——ときには子供のときに起きた小さな出来事の場合もあるそうです。先生は患者さんにその出来事がなんだったのかを思いださせることで治療するんです」

コーネリアはそこで言葉を切り、大きく息をついてから再開した。

「でも、とても心配なのは、この話が世間に知れてしまうことなんです。ニューヨークはほんとに怖いところで、タブロイド紙が大騒ぎをします。マリーおばさまも、わたしの母も、一族のほかの人たちも——顔をあげて表を歩けなくなってしまいます」

レイス大佐はため息をついた。「だいじょうぶですよ。ここは〝内緒内緒の家《ハッシュ・ハッシュ・ハウス》〟（パスイの隠れ家）だから」

「えっ、なんですか、それ？」

「いや、つまり、殺人以外のことはすべて内密にするということです」

「ああ！」コーネリアは両手を組みあわせた。「よかった！　わたしほんとに心配で心配で仕方なかったんです」

「あなたは心がやさしすぎるほどやさしいんだね」ベスナー医師はコーネリアの肩を慈愛深くぽんぽんと叩いた。そしてレイス大佐とポアロに言った。「このお嬢さんはとても感受性豊かで心の美しい人なんだ」

「いいえ、そんなこと。先生こそやさしすぎるんです」

ポアロがつぶやくような声で訊いた。「ムッシュー・ファーガスンとはもうあまり顔を合わせないのですか？」

コーネリアは顔を赤らめた。

「ええ――でも、マリーおばさまはあの人のことばかり話します」

「あの青年は家柄がいいらしい」医師が言った。「そんなふうには見えんがね。むさい服を着とるし。毛並みのよさは全然感じられん」

「あなたはどう思っていますか、マドモアゼル？」

「あの人は頭がおかしいんだと思います」とコーネリアは答えた。

ポアロは医師のほうを向いた。「あなたの患者の具合はどうです？」

「ああ《アッハ》、順調に回復しとるよ。さっきフロイライン・ド・ベルフォールにも安心しなさいと言っておいた。あの娘さん、絶望しておったからね。昼過ぎに患者の体温が少しあがっただけで！　しかし、それくらいは当たり前なのだ。高熱を出していないのが不思議なくらいでね。あの男はわたしの国の農民みたいだ。体格に恵まれとる。まるで雄牛のような体だよ。ドイツの農民は大怪我をしてもケロッとしとることがあるよ。ミスター・ドイルも同じだ。脈は正常。熱は平熱よりちょっと高いだけ。あの娘さんがあんまり心配するから、つい笑ってしまった。とにかくばかげておるよ。違うかね《ニヒト・ヴァール》？　自分でピストルで撃っておいて、撃った相手の具合がよくないと騒ぐのだからな」

コーネリアが言った。

「きっと彼のことをとても愛してるんです」

「ああ《アッハ》！　それは分別がない。愛しとるならなぜピストルで撃つ？　いや、あなたには分別があるがね」

「わたしはどのみち、バン！　なんて音のするものは好きじゃありませんけど」

「当然そうだろう。あなたはとても女らしいお嬢さんだから」

レイス大佐が、医師の吹かせる絶賛の嵐をさえぎった。「ドイルの体調がまずまずなら、昼過ぎにした話のつづきをしてもかまわんでしょうな。電報の話を聞いていたんだが」

医師は、ああ、あれか、と面白がって踵《かかと》を上げ下げし、大きな体を揺すった。

「ははは、あれは変てこな話だ！　ドイルから聞いたよ。電文は野菜づくしだったそうだ――ジャガイモ、アーティチョーク、韮葱《にらねぎ》――おや、どうした？」

レイス大佐が押し殺した声であっと言い、立ちあがったのだ。

「なるほど、そうか！　リケッティか！」

大佐は、いぶかしむ三つの顔を見くらべた。

「それは新種の暗号なんだ――南アフリカの反乱勢力が使っているんだがね。ジャガイモは機関銃、アーティチョークは高性能爆薬、といった具合だ。リケッティは考古学者じゃない！　きわめて危険な扇動者で、人も何人か殺している。あの男がまたしても殺人を犯したんだ。ミセス・ドイルが間違えて電報を読んでしまった。彼女がその電文のことをわたしに話したら万事休すだと、そう思ったんだ！」

大佐はポアロに顔を向けた。「そうだろう？　犯人はリケッティだろう？」

「あなたが追っている犯人ではあります」ポアロは言った。「わたしも彼はどこか変だと思っていました！　あれはあまりにも完璧に役を演じすぎているのですね――全身これ考古学者という感じですが、人間としての自然さがないのです」

少し間を置いてから、つづけた。

「しかし、リネット・ドイルを殺したのはリケッティではありません。しばらく前から、わたしは殺人者の〝第一の半分〟とでも呼ぶべきものを知っていました。いまは〝第二の半分〟も知っています。これで全体の絵が完成しました。ただ、理解していただきたいのは、わたしは何が起きたかを知っていますが、その証拠を持っていないということです。理屈の上では満足できる答えが出ていますが、現実的にはまったく不満足な結果しか得られていません。ただひとつの希望は――殺人者が告白してくれることです」

ベスナー医師は、疑わしげに肩をすくめた。「ああ！　しかし、それは――奇跡を望むようなものだ」

「わたしはそうは思いません。現状を考えるとですね」

コーネリアが声をあげた。「でも、誰なんです？　教えてくれるんでしょう？」

ポアロは黙って三人を見た。大佐は皮肉っぽい笑みを浮かべ、医師はなおも疑わしげな顔をし、コーネリアは軽く口をあけて熱心に探偵を見つめている。

「もちろんです《メ・ウィ》」ポアロは言った。「告白しますが、わたしは聴衆がいるのを好みます。虚栄心が強いのです。自惚《うぬぼ》れではちきれそうです。『ほら、エルキュール・ポアロがいかに賢いか、これでわかったでしょう！』と言うのが好きなのです」

レイス大佐が椅子の上で小さく身じろぎした。

「それじゃ、エルキュール・ポアロがいかに賢いか、わからせてもらおうかな」

ポアロは悲しげに首を横にふった。

「最初のうち、わたしは愚かでした――信じがたいほど愚かでした。つまずきの石はピストル――ジャクリーヌ・ド・ベルフォールのピストルです。あのピストルはなぜ犯行現場に残されていなかったのか？　殺人者は明らかにジャクリーヌに罪を着せようとしていました。それならなぜピストルを持ち去ったのでしょう？　わたしは愚かにもありとあらゆる空想的な理由を考えました。しかし、本当の理由はごく単純なものでした。殺人者がピストルを持ち去ったのは、持ち去るしかなかったから――ほかに選択肢がなかったからです」

28

「友《モ・ナミ》よ、あなたとわたしは」ポアロはレイス大佐のほうへ身を乗りだした。「捜査を開始したとき、ある考え方を前提にしていました。それは、この犯罪はとっさの判断で行われたものであり、前もって計画されていたのではないという考え方です。リネット・ドイルに殺意を抱いていた誰かが、まず間違いなくジャクリーヌ・ド・ベルフォールが疑われる状況が生まれたとき、その機会をつかんだのだと。そこから当然導かれるのは、その誰かがジャクリーヌとサイモン・ドイルのあいだの騒動を耳にして、ほかの人間がみな展望室から出ていったすきにピストルを手に入れたのだという推論です。

しかし、わが友人のみなさん、この前提が間違っているとしたら、事件の構図はがらりと変わります。そして事実、それは間違っているのです！　これは犯人のとっさの判断でおこなわれた偶発的な犯罪ではありません。その逆で、きわめて周到に計画され、タイミングがはかられ、あらゆる細部が前もって考え抜かれていた犯罪なのです。問題の夜にエルキュール・ポアロのワインの瓶に睡眠薬を入れておくということまで、綿密に仕組んであったのです。

ええ、そうです！　わたしは眠らされたのです。その夜起きる出来事にからんでこないように。その可能性は当初から思いついていました。わたしはワインを飲みます。同じテーブルで食事をする人は、ひとりはウィスキー・ソーダ、もうひとりはミネラル・ウォーターを飲む。わたしのワインに無害な睡眠薬をそっと入れることはたやすいことです――瓶は一日中、食堂のテーブルに置かれていますからね。しかし、わたしはその仮説を捨てました。あの日は一日中暑くて、わたしはたいへん疲れていましたから――いつもと違って夜に熟睡したのもそれほど不自然ではなかったからです。

つまり、わたしはそのときもまだ例の前提にとらわれていたわけですね。睡眠薬を飲まされたのだとすれば、それは計画的だったことになる。夕食が始まる七時三十分より以前に、すでに犯罪実行が決断されていたということです。しかし、それは（くどいようですが、例の前提からすれば）ばかげたことでした。

この前提が最初にぐらついたのは、ナイル川からピストルが回収されたときでした。前提が正しいなら、そもそもピストルが川に捨てられるはずはなかったのです……。前提への疑問はそのあともさらに出てきました」

ポアロは医師のほうを向いた。

「ベスナー先生、あなたはリネット・ドイルの遺体を調べた。覚えておいででしょうが、傷口には焦げた跡がありました――つまりピストルは頭のすぐ近くで発射されたということです」

医師はうなずいた。「そう。そのとおり」

「ところが、川から引きあげられたとき、ピストルはビロードの肩掛けにくるまれていた。そして肩掛けにはそれ越しにピストルを撃った形跡がはっきり残っていた。おそらく銃声を消すためでしょう。しかし、肩掛け越しに撃ったのなら被害者の傷口に焦げ跡は残らないはずです。したがって、肩掛けに穴をあけたのはリネット・ドイルを殺した弾丸ではありません。では、もうひとつの弾丸――ジャクリーヌ・ド・ベルフォールがサイモン・ドイルを撃ったときの弾丸でしょうか？　これも違います。あの発砲はふたりの人間が見ていて、肩掛け越しではなかったことがわかっているからです。となると第三の発砲があったのかということになりますが――それについては誰も知りません。問題のピストルは二発しか撃たれておらず、三発目が撃たれた形跡はまったくないのです。

こうしてわたしたちは説明のつかない不思議な状況に直面することになるわけです。

つぎに興味深い点は、リネット・ドイルの部屋でわたしがマニキュアの瓶をふたつ見つけたことです。ご婦人は爪の色を変えることがよくありますが、リネット・ドイルは、わたしたちの知るかぎりではいつも深紅色《カーディナル》のほうを塗っていました。で、もうひとつの瓶のラベルには薄桃色《ローズ》とありましたが、瓶の底に少しだけ残っている液体は真っ赤な色でした。わたしは不思議に思い、コルク栓を抜いて匂いをかいでみました。普通なら梨味の飴のような匂いがしますが、その瓶は酢の臭いがしました！　そこから推測されるのは、底に残っていた少量の液体は赤インクだったのではないかということです。もちろん、マダム・ドイルが赤インクを持っていてもいいのですが、その場合はマニキュアの瓶ではなくインク瓶に入っているはずです。そしてそこには、ピストルを包んであった例のハンカチのかすかなしみとのつながりが感じられます。赤インクは洗えば落ちますが、薄いピンクのしみが残るものです。

　これらの小さな事実からだけでも、わたしは真実に到達できていたかもしれません。しかし、ある出来事が起きて、疑いがすっかりなくなったのです。ルイーズ・ブールジェが殺されたときの状況は、彼女が殺人者を脅迫していたことを間違いなく示唆していました。彼女が手に千フラン紙幣の切れ端を握っていたことだけではありません。わたしは彼女がけさ、とても意味のある言葉を口にしたのを覚えているのです。

よく聞いてください。ここに事件の核心があるのですから。わたしが彼女に、前の夜、何か見なかったかと尋ねたとき、彼女はとても奇妙な答え方をしました。『もちろん、眠れなくて上のデッキにあがってたら、そしたら人殺しが、その怪物が、マダムの部屋に出入りするのを見たかもしれませんけど』。さて、彼女はいったい何を言いたかったのでしょうか？」

ベスナー医師が、知的好奇心で鼻に皺をよせながら、すぐさま答えた。

「実際には上のデッキにあがったと言いたかったのだろう」

「いやいや――ポイントはそこではありません。なぜわたしたちにそういう言い方をしたのでしょう？」

「ほのめかしたかったのだよ」

「でも、なぜわたしたちにほのめかすのです？　もし誰が殺人者なのかを知っていたなら、彼女にはふたつの道がありました――わたしたちにそれを教えるか、教えないで問題の人物に口止め料を要求するか！　しかし、彼女はどちらもしませんでした。『誰も見ていません。眠っていましたから』とも言わないし、『ええ、ある人を見ました。それは誰それです』とも言わない。なぜああいう意味ありげな持って回った言い方をしたのでしょう？　そうです、考えられる理由はただひとつ！　彼女は殺人者に対してほのめかしていたのです。したがって、殺人者はあのときあの場にいたということになる。さて、あのとき、わたしとレイス大佐のほかにいたのはふたりだけ――サイモン・ドイルとベスナー先生です」

医師はぱっと立ちあがり、声をはりあげた。

「ああ《アッハ》！　何を言っとる？　わたしが犯人だと言うのか？　またしても？　ばかげとる――軽蔑にも値せん」

ポアロは鋭い口調で言った。

「お静かに。わたしはあのとき考えたことを話しているのです。個人的感情ははさまないようお願いします」

「いまは先生だと思っていないと、そうおっしゃってるんですよ」コーネリアがとりなした。

ポアロは急いでつづけた。

「ということで――サイモン・ドイルとベスナー先生です。しかし、先生がなぜリネット・ドイルを殺すのでしょう？　わたしの知るかぎり、その理由はありません。では、サイモン・ドイルなのか？　が、それはありえない！　発砲騒ぎがあるまで彼が展望室にいたことは何人もの人が見ています。発砲騒ぎのあとは、大怪我のせいでリネットを殺害することは物理的に不可能でした。いまの二点について確かな証拠はあるか？　あります。マドモアゼル・ロブスンとジム・ファンソープの証言が。そして第一の点については、マドモアゼル・ド・ベルフォールも証人ですし、第二の点は先生とマドモアゼル・バワーズが専門的知識とともに証言してくれています。だから疑いをいれる余地はありません。

というわけで、ベスナー先生が犯人に違いない、となります。この説を支える事実としては、メイドのルイーズが外科用メスで刺されたということがある。しかし一方で、先生はみずから、凶器はこういう刃物だと自分のメスをとりだして見せています。

それから、友人のみなさん、第二の疑いようのない事実が、わたしには明らかになりました。ルイーズが例のほのめかしを先生に向かってしたというのはありえないのです。なぜなら彼女はいつでも先生とふたりきりで話せたからです。ほのめかしで伝えるしかなかった相手はただひとり――サイモン・ドイルです！　サイモン・ドイルは大怪我をしたせいで、つねに先生に付き添われ、先生の部屋にいました。彼に対しては、リスクを冒してああいう曖昧な伝え方をしなければ、脅迫をする機会がないかもしれないのです。わたしの記憶では、そのあとルイーズはドイルにこう言いました。『ムッシュー、お願いです――わたし、こんなことになってるんです。何を話せばいいんですか？』するとドイルはこう答えました。『おいおい。しっかりしたまえ。誰もきみが何かを見たとか聞いたとか言っているんじゃないんだ。だいじょうぶだよ。ぼくがちゃんときみのことを守ってあげるから。誰もきみが何かしたと言っているんじゃないんだからね』ルイーズはこういう保証が欲しかった。そしてそれを手に入れたのです！」

医師は大いに軽蔑して叫んだ。

「なにを《アッハ》！　ばかげとる！　足の骨が折れて添え木をしておる者が、船のなかを歩きまわって人を刺したりできると思うかね？　よろしいか。サイモン・ドイルが部屋を出るのは絶対に不可能だったのだ」

ポアロは穏やかに言った。

「わかっています。まったくそのとおり。それは不可能でした。不可能でしたが――いまの話は真実なのです！　ルイーズ・ブールジェがああいう言い方をしたことの意味は、論理的に考えて、これしかありません。

そこでわたしはふりだしに戻り、事件をこの新たな光に照らして見直してみました。発砲騒ぎの前にサイモン・ドイルが展望室を一時的に出たにもかかわらず、みんながそのことを忘れてしまったとか、誰もそれに気づかなかったということはありうるか？　それはないだろうと思います。ではベスナー先生とマドモアゼル・バワーズの専門家としての証言を無視していいか？　それはできないでしょう。しかしわたしは、このふたつのあいだに空白の時間があることを思いだしました。サイモン・ドイルが展望室にひとりでいた時間が五分ばかりあったのです。ベスナー先生が証言しているのはそれ以後の出来事です。この五分間に何が起きたかについて、わたしたちはその前後の出来事から推測しているだけです。その推測でなんの問題もないようにも思えますが、いまや確かだとは言えなくなってきました。勝手な推測をせず、みんなが実際に見たことだけをもとにしたなら、空白の時間には何が起きたと考えられるでしょうか？

マドモアゼル・ロブスンはマドモアゼル・ド・ベルフォールが発砲し、サイモン・ドイルが椅子に倒れこむのを見ました。そして彼がハンカチを握りしめて脚にあて、そのハンカチが徐々に赤く染まっていくのを見ました。ムッシュー・ファンソープは何を聞き、何を見たか。彼は銃声を聞き、ドイルが赤く染まったハンカチを脚に押しあてているのを見ました。そのあと何が起きたか？　ドイルはマドモアゼル・ド・ベルフォールを連れていってくれと強く頼みました。そして絶対に彼女をひとりにしないようにと言いました。それと、ファンソープにベスナー先生を連れてきてほしいと頼みました。

そこでマドモアゼル・ロブスンとムッシュー・ファンソープは、マドモアゼル・ド・ベルフォールを連れて展望室を出た。そしてそこからの五分間、忙しく立ち働きましたが、それは船の左舷でのことです。マドモアゼル・バワーズ、ベスナー先生、マドモアゼル・ド・ベルフォールの部屋はどれも左舷の側ですからね。二分あれば、サイモン・ドイルには充分でした。彼は長椅子の下からピストルをとりだし、靴を脱いで、兎のように音もなく右舷のデッキを走りました。妻の部屋に入り、眠っている妻のそばへ忍び寄り、頭を撃った。そして赤インクの入ったマニキュアの瓶を洗面台に置いた（所持しているのを見つかるとまずいからです）。それから展望室に駆け戻り、マドモアゼル・ヴァン・スカイラーの肩掛けをひっつかむ。肩掛けは前もってこっそり椅子の横に突っこんでおいたのです。そして音を消すために肩掛けでピストルをくるみ、自分の脚を撃つ。そして窓のそばの椅子に倒れこむ（今回は本当に激痛を覚えながらです）。窓をあけ、しみを調べられるとインクとわかってしまうハンカチでピストルを包み、それを肩掛けにくるんで、ナイル川に捨てました」

「ありえない！」レイス大佐が言う。

「いいえ、友よ《モ・ナミ》、ありえなくはありません。ティム・アラートンの証言を思いだしてください。彼はコルクが飛ぶような音と――水のはねる音を聞きました。それからべつの音も聞いています――誰かがデッキを走る音です――部屋の前を誰かが走ったのです。しかし、ムッシュー・ファンソープ、マドモアゼル・ロブスン、ベスナー先生、マドモアゼル・ド・ベルフォールは右舷のデッキを走ったはずがありません。ティム・アラートンが聞いたのは、靴を脱いで部屋の外を走りすぎるサイモン・ドイルの足音だったのです」

レイス大佐は言った。「いや、それでもありえないと思うね。そんなにいろんなことをすばやくやるなんて誰にもできない――特にドイルのような頭の回転が遅い男には無理だろう」

「しかし、彼はとても敏捷ですばやく動けます！」

「それはそのとおり。しかし、そんなことをとっさに思いつけないはずだ」

「彼が考えたのではないのです、友《モ・ナミ》よ。そしてわたしたちはこの点で完全に思い違いをしていました。あれはとっさの判断でなされた犯罪のように見えますが、そうではありません。さっきも言ったとおり、周到に計画され、考えだされた犯罪なのです。サイモン・ドイルがインクの入った瓶をポケットに入れていたのは偶然ではありません。意図的であるに違いないのです。安っぽい無地のハンカチを持っていたのも偶然ではない。ジャクリーヌ・ド・ベルフォールがピストルを長椅子の下へ蹴りこんだのも偶然ではない。みんなに見えないようにして、しばらくピストルのことをみんなが忘れるようにしたのです」

「ジャクリーヌが？」

「もちろんです。殺人者の半分がサイモン、あとの半分がジャクリーヌです。サイモンのアリバイはどうやってできたか？　ジャクリーヌが発砲したからです。ジャクリーヌのアリバイはどうやってできたか？　サイモンの強い要請で看護婦がひと晩中ついていたからです。このふたりが組むことで、必要な資質がすべてそろいました――ジャクリーヌ・ド・ベルフォールの冷徹で、知恵に富み、計略にたけた頭脳と、サイモンの信じがたいほどすばやく正確に動ける身体的な能力が協力しあったのです。

正しい見方で見れば、すべての疑問に答えが得られます。サイモン・ドイルとジャクリーヌはもともと恋人同士でしたが、じつはいまもそうなのです。それは明白な事実です。サイモンは裕福な妻を始末して、遺産を相続する。そして時機を見て以前からの恋人と結婚する。じつに秀逸な構想です。ジャクリーヌがつきまとってマダム・ドイルに嫌がらせをしたのも計画の一部でした。サイモンが怒っているふりをしたのもそうです。しかし――ちょっとした抜かりもありました。あるときサイモンがわたしに、所有欲の強い女への嫌悪を口にしましたが――その苦々しい感情は本音でした。あのときわたしは見抜いているべきだったのです。その所有欲の強い女とはリネットのことであり――ジャクリーヌではなかったと。それから、サイモンの公衆の面前における妻への接し方のこともあります。サイモン・ドイルのような、感情を言葉で表現するのが苦手な普通のイギリス人の男は、人前で愛情表現をするのを照れくさがるものです。サイモンはあまりうまい俳優ではなく、愛妻家の演技をやりすぎました。あと、ジャクリーヌがわたしとかわした会話もそうです。彼女は誰かが盗み聞きをしていると言いましたが、わたしには誰の姿も見えませんでした。実際、誰もいなかったのです！ それはあとで目くらましとして役立てるための嘘だったのです。それからある夜、わたしはこの船で、自分の部屋の外からサイモンとリネットの話し声が聞こえてきたと思ったことがあります。サイモンは、『とにかくこれをやり抜くしかないんだ』と言っていました。声は確かにサイモンでしたが、相手はジャクリーヌだったのです。

最後のドラマは完璧に計画され、タイミングを計算されていました。邪魔になる懼れがあるわたしを睡眠薬で眠らせる。発砲の目撃者にマドモアゼル・ロブスンを選ぶ――発砲のあとは大げさに後悔してヒステリックになるという演出を考えだした。ジャクリーヌが大声でわめいたのは、銃声をほかの乗客に聞かれない用心です。実際《アン・ヴェリテ》、それはじつに巧妙なアイデアでした。ジャクリーヌはサイモンを撃ったと言う、マドモアゼル・ロブスンもそう言う、ファンソープもそう言う――あとでサイモンの脚が調べられたときには、本当に撃たれているのがわかる。文句のつけようがない筋書きです！ サイモンにもジャクリーヌにも完璧なアリバイがある——確かにサイモンは激痛と危険を引き受けることになりますが、ひとりで歩けなくなるほどの大怪我をすることは絶対に必要でした。

ところが、計画が揺らぎだしました。ルイーズ・ブールジェが寝つかれず、上のデッキにあがってきて、サイモン・ドイルが妻の部屋に入って出てくるのを目撃したのです。翌日、ルイーズが事情を察するのは簡単なことでした。彼女は欲を出して口止め料を要求し、自分の死刑執行令状にサインをしてしまったのです」

「でも、ミスター・ドイルにはルイーズを殺せなかったですよね？」コーネリアが異議を唱えた。

「ええ。ルイーズ殺害はパートナーが実行しました。できるだけ早い機会をつかまえて、サイモンはジャクリーヌに会わせてほしいと希望しました。そしてわたしに、ふたりだけにしてもらいたいと頼みました。そのときジャクリーヌに新たな危険のことを話したのです。ふたりはただちに行動しました。サイモンはベスナー先生がどこにメスをしまっているかを知っていた。ジャクリーヌはルイーズを殺したあと、メスを拭き、もとの場所に戻した。そして時間にかなり遅れて、息を切らしながら、昼食をとりに急いで食堂へ行きました。

しかし、まずいことはつづきました。ジャクリーヌがルイーズの部屋に入るところを、マダム・オッターボーンが見たのです。マダム・オッターボーンは大慌てでそのことをわたしたちに知らせにきて、サイモンに殺人者が誰かを教えようとした。覚えていますか？　そのときサイモンがマダム・オッターボーンに向かって大声で叫びましたね。びっくりしたせいだとわたしたちは思いましたが、そうではなく、ドアがひらいているのを利して、共犯者に危機を伝えようとしたのです。ジャクリーヌはその声を聞き——稲妻のように行動しました。彼女はペニントンがリヴォルヴァーを持っていると話していたのを思いだした。それをとってきて、ドアの外に忍び寄り、聞き耳を立てた。そして、いよいよというとき、発砲した。ジャクリーヌは前に射撃の腕がいいと自慢していましたが、空自慢《からじまん》ではありませんでした。

第三の殺人のあとでわたしは、殺人犯が逃げた先は三つしかありえないと言いました。わたしが考えていたのは、船尾へ走るか（その場合はティム・アラートンが犯人です）、手すりを乗り越えるか（しかし、これはまずしそうにありません）、どこかの部屋に入るか、この三つでした。ジャクリーヌの部屋は先生の部屋のひとつ置いて隣。彼女はリヴォルヴァーを床に落とし、自分の部屋に駆けこみ、髪の毛をくしゃくしゃにしてベッドに飛びこんだ。危険な行為ですが、そうする以外にチャンスはなかったのです」

沈黙がおりた。やがてレイス大佐が訊いた。

「ジャクリーヌが最初にドイルに向けて発射した弾丸はどうなったんだ?」

「テーブルに食いこんだのだと思います。最近できた穴があいています。ドイルには、それをペンナイフでほじくりだして、窓から捨てる時間があったと思います。もちろん彼は予備の弾薬を持っていて、二発しか発射されていないように見せかけることができたのです」

コーネリアがため息をついた。「ふたりは何もかも考えてたんですね。なんだか――怖い!」

ポアロは黙っていた。が、それは謙虚な沈黙ではなかった。目がこう言っているようだった。「それは違います。エルキュール・ポアロがからんでくることを考えていませんでした」

それから、声に出してこう言った。「さて、ベスナー先生、そろそろあなたの患者と話しに行きましょうか……」

29

その夜のかなり遅い時刻に、ポアロはある船室のドアをノックした。

「どうぞ」の返事を聞いて、なかに入った。

ジャクリーヌ・ド・ベルフォールが椅子にすわっていた。壁ぎわのもうひとつの椅子には、例の大柄な女給仕が腰かけている。

ジャクリーヌは思いをめぐらす目でポアロを見た。手で女給仕を指した。

「この人には出てもらっていい？」

ポアロがうなずきかけると、女給仕は退室した。ポアロは空いた椅子を引いてきて、ジャクリーヌのそばにすわった。どちらも黙っていた。ポアロは塞《ふさ》いだ顔をしていた。

最初に口をひらいたのはジャクリーヌだった。

「さてと。もう終わったのね！　あなたは頭がよすぎて、わたしたちはかなわなかった、ムッシュー・ポアロ」

ポアロはため息をついた。両手をひろげた。奇妙にも、なおも黙っていた。

「だけど」ジャクリーヌは考えながら言った。「あなたにはそんなに証拠がそろってたとは思えないのよね。あなたの推理は正しかったわけだけど、もしわたしたちがしらを切り通していたら――」

「しかしほかの仮説では、マドモアゼル、起きたことの説明がつかないのですよ」

「論理的に考える人にはそれが何よりの証拠なんだろうけど、陪審員が納得したとは思えないわ。でもまあ――そんなことを言ってもしょうがないか。あなたにわっと攻め立てられて、サイモンはあっけなく降参した。可哀想に、頭が全然まわらなくなって、全部認めちゃった」

ジャクリーヌは首を横にふりながら、こうつけ加えた。「負け方がお粗末すぎるのよ」

「あなたは負けっぷりがいいですね、マドモアゼル」

ジャクリーヌは不意に笑い声を洩らした――奇妙で、陽気で、ふてぶてしい、小さな笑い声だった。

「そうね。いさぎよい負けっぷりね」ジャクリーヌはポアロを見た。

それから、衝動にかられたように、唐突な言葉を口にした。

「わたしのことはあまり気にしないで、ムッシュー・ポアロ！　あなたはわたしのこと、同情的に見てくれていたんでしょう？」

「ええ、マドモアゼル」

「でも、見逃してやろうという気は起こらなかったのね？」

ポアロは穏やかに答えた。「ええ」

ジャクリーヌも穏やかにうなずいて同意した。

「そうね。おセンチに温情なんかかけても無意味ね。わたしはまたやるかもしれないもの……。わたしはもう安全な人間じゃない。自分でそれを感じる……」考えていることをそのまま口に出している調子でつづけた。「怖いくらい簡単なんだもの――人を殺すのって。そしてだんだん、どうってことないって感じになる……大事なのは自分だけって感じるようになる！　それって――危険よね」

そこで間を置き、それから小さく微笑んで、言った。

「あなたはわたしのために精一杯のことをしてくれた。あの夜、アスワンで――邪悪なものに心をひらいちゃいけないって言ってくれたわね……あのときわたしが何を考えたかわかった？」

ポアロはかぶりをふった。

「わたしにわかっていたのは、自分の言ったことは本当だということだけでした」

「それは本当だった。……わたしはあのとき思いとどまることもできた。ほとんど思いとどまりかけたのよ……。こんなことやらないって、サイモンに言うこともできた……。でも、たぶん──」

言葉を切った。それからこう訊いた。

「そもそものはじめからの話、聞きたい?」

「話したいのなら、お話しなさい、マドモアゼル」

「わたし、話したいんだと思う。ほんとはとっても単純な話だったの。つまり、サイモンとわたしは愛しあっていたという……」

ただ事実を話しているだけだったが、その淡々とした調子の下に、ある種の感情の響きが聞きとれた……。

ポアロはずばりと言った。

「あなたは愛だけで足りたけれども、彼のほうは違っていたのですね」

「そんなふうに言ってもいいかもしれない。でも、あなたにはサイモンって人がよくわかってないのよ。彼、以前からお金が欲しくてたまらない人なの。お金があればできることはなんでも好きなのよ──乗馬、ヨット、スポーツ──どれも楽しいこと、男の人が夢中になることよ。でも、彼にはそのどれもできなかった。サイモンってほんとに単純な人なの。あれも欲しい、これも欲しい、まるで子供なの――聞き分けのない子供。それでも、魅力のないお金持ちの女と結婚しようとはしなかった。そういう人じゃなかったの。それから、わたしたちは出会った――それで――なんと言うか――ふたりで生きるんだってことが決まったの。ただいつ結婚できるかはわからなかった。彼にはわりとちゃんとした勤め先があったんだけど、それをなくしちゃったの。まあ彼が悪いと言えばそうなんだけど。あるうまいやり方でお金を手に入れようとして、すぐ見つかっちゃったわけ。彼はべつに不正なことをしてるつもりはなかったんだと思う。シティーではみんなやってることだと思ってたのよ」

ポアロは思わず顔をぴくりとさせたが、何も言わないでおいた。

「わたしたちは、食い詰めてしまった。そのときわたし、リネットのことを思いだしたの。最近、田舎に屋敷を買ったって話をね。わたしは急いで会いに行った。ねえ、ムッシュー・ポアロ、わたしはリネットが大好きだったのよ、本当に。彼女は親友で、わたしはふたりの仲に何かが割って入るなんて夢にも思っていなかった。彼女はお金持ちで運がいいと思っただけだった。彼女がサイモンに仕事をくれたら、わたしとサイモンにも運がひらけるかもしれない。彼女は快く話を聞いてくれて、本人と会ってみるからサイモンを連れてくるように言ったわ。あなたが〈シェ・マ・タント〉でわたしたちを見たのは、ちょうどそのころね。わたしたち、派手にお祝いしていたの。そんなことができる身分じゃなかったのに」

ジャクリーヌは言葉を切り、ため息をついてから、あとをつづけた。

「これから話すことはほんとに本当のことなの、ムッシュー・ポアロ。リネットは死んだけど、だからと言って真実は変わらない。このことがあるから、わたし、いまでも彼女に心から申し訳ないとは思わないのよ。だってあの人、全力でわたしからサイモンをとりあげたんだもの。それは絶対に真実なの！　あの人は一瞬もためらわなかったと思う。わたしは友達なのに、そんなことは気にしなかった。思いっきりサイモンを奪いにかかったわ……。

サイモンはリネットのことなんかなんとも思わなかった！　わたしはあなたに、リネットには輝きがあるとかなんとか言ったけど、あれはほんとじゃなかった。サイモンはリネットなんか欲しくなかった。美人だとは言ってたけど、ものすごく偉そうだって。彼は偉そうな女が大嫌いだったのよ！　そんなリネットに好かれて、彼はめちゃくちゃ戸惑った。でも、リネットのお金のことは悪くないと思ったの。

もちろん、わたしにはそれがわかった……。それで、思いきって、こうすすめてみたの——わたしを捨てて、リネットと結婚したらって。でも彼、笑って相手にしなかった。たとえ金持ちだろうと、あの女と結婚するのはごめんだって。欲しいのは自分のお金であって——金持ちの女房が財布を握ってるんじゃ意味がないって言うの。『ぼくは女王《プリンス》の夫君《・コンソート》なんてなりたくない』って彼は言ったわ。それから、きみ以外の女は誰も欲しくないんだとも……。

　問題のアイデアがいつ彼の頭に浮かんだかはわかる気がする。ある日、こんなことを言ったの。『運がよければ、ぼくが彼女と結婚して一年ほどで彼女は死んで、莫大な財産がぼくのものになるってこともあるよな』それから、おかしな、びっくりしたような目をした。きっとあのとき思いついたのよ……。

　彼はそのことを、いろいろ言い方を変えて、何度も話した——リネットが死んだらどんなに都合がいいだろうって。わたしが、そんな怖いこと言わないでと言ったら、すぐにやめた。それから、ある日、彼がいろんな本で砒素《ひそ》のことを調べているのに気づいたの。それを見とがめたら、笑ってこんなことを言った。『冒険せずに宝は手に入らない！　ぼくが大金を手に入れる人生でただ一度のチャンスがめぐってきたんだ』

　それからしばらくして、彼が決心したのがわかった。わたしは怖くなった——単純に怖くなったの。だって、彼がうまくやってのける見込みなんてないから。彼は子供みたいに単純で、慎重に策を練るなんてことはしない——想像力がまるでないのよ。砒素を飲ませたら医者が死因は胃炎だと言ってくれる、なんて思っているに違いない。なんでもうまくいくに決まってるって思う人なのよ。

だからわたしも加わって、手を貸してあげなくちゃいけなかったの……」

口調はあっさりしているが、ごくまじめに話していた。ポアロは、ジャクリーヌの犯行の動機がいま本人が話しているとおりであることに疑いを持たなかった。彼女自身はリネットの財産が欲しかったわけではなかったが、サイモン・ドイルを愛していた。あまりにも愛していたせいで、理性も、善悪の観念も、慈悲の心も、踏み越えてしまったのだ。

「わたしは考えに考えて——なんとかうまい計画を立てようとした。土台になるアイデアとしては、お互いにアリバイをつくり合うのがいいと思った。つまり——なんらかの形で、サイモンとわたしは対立する立場に立ちながら、実際にはその対立のおかげでお互いが罪を免れるようにする。わたしがサイモンを憎んでいるふりをするのは簡単だった。サイモンとリネットが結婚すれば、彼を憎むのは当然だから。リネットが殺されれば、たぶんわたしは疑われるだろう。それならすぐに疑われるような状況をつくったほうがいい。わたしたちは少しずつ細かいところを詰めていった。わたしは、途中でうまくいかなくなったら、わたしだけがつかまってサイモンは無事、というようにしたかった。でも、サイモンはわたしのことを心配してくれたわ。

ひとつだけありがたかったのは、わたしが直接手をくださなくてもよかったことなの。わたしには絶対にできなかった！　眠ってるときに血も涙もなく殺すなんて！　もちろん、彼女のことは赦してなかったから——向きあってるときならできたかもしれないけど、そうじゃなかったら……。

わたしたちは全部のことを丁寧に考えた。なのにサイモンは、壁に血でJという字を書くなんてばかげた芝居がかったことをした。いかにも彼が考えそうなことだった！

それでも、計画はそこまでうまく運んだのよ」

ポアロはうなずいた。

「そうですね。ルイーズ・ブールジェがあの夜寝つけなかったのは、あなたの落ち度ではありません……。でも、そのあとあなたがしたことはどうです、マドモアゼル？」

ジャクリーヌはポアロとまっすぐ目を合わせた。

「ええ。あれはひどいことだった。自分でも信じられない——あんなことをやったなんて！　あなたが言った、邪悪なものに心をひらくということの意味が、いまではよくわかる……。どんなふうに起きたかは、もうご存じよね。ルイーズはサイモンに、自分は知ってると、はっきり伝えた。サイモンはあなたに、わたしを連れてきてほしいと頼んだ。ふたりきりになると、彼はすぐ事情を話した。そしてわたしに、それをやらなくちゃいけないと言った。そんな恐ろしいことできない、なんて、わたしは思わなかったの。やったことが……ばれるのだけが怖くて……。人を殺すとそういうことになるのね……。サイモンとわたしは安全だった――かなり安全だったのよ――あのフランス女の脅迫さえなかったら。わたしはありったけのお金を持っていった。そして、黙っててほしいと泣きつくふりをした。それから、あの女がお金を数えてるときに――やったの！　とっても簡単だった。そこがものすごく、ものすごく、怖いところだと思う……。あんなに簡単にできるってことが……。

それでも、わたしたちは安全じゃなかった。ミセス・オッターボーンがわたしを見たから。あの人はすごいものを見たと大はしゃぎで、あなたとレイス大佐を捜した。わたしには考えている暇なんかなかった。すぐさま行動した。わたし、ほとんど、わくわく興奮していた。きわどい賭けだとわかってたから。でも、だからこそうまくいくような気がしたの……」

ジャクリーヌはまた間を置いた。

「あなたはわたしの部屋に来た。そのときのこと覚えてる？　あなたは、自分がここへ何をしにきたのかは神さまだけがご存じだと言った。あのとき、わたし、とってもみじめな気分で——怖かった。サイモンが死ぬんじゃないかと思って……」

「わたしは——そうなればいいと思っていました」とポアロ。

ジャクリーヌはうなずいた。

「そうね。そのほうが彼にとってよかったかもしれない」

「わたしが思ったのはそういうことではありません」

ジャクリーヌはポアロの厳しい表情に気づいた。

そして静かな声で言った。

「わたしのことはあまり気にかけないで、ムッシュー・ポアロ。ずっとしたたかな生き方をしてきた人間だから。今回の賭けに勝っていたら、わたしはとても幸せな気持ちで人生を楽しんで、なんにも悔いなかっただろうと思うの。でも、こうして負けた以上は——このまま最後まで行くしかないの」

それから、言い添えた。

「あの女給仕をつけているのは、わたしが首を吊ったり、奇跡的に隠し持っていた青酸のカプセルを飲みこんだりしないようにする用心よね。小説だといつもそういう用心をするわ。でも心配しなくていい！　そんなことしないから。わたしがしゃんとしているほうが、サイモンだって気が楽だろうから」

　ポアロは腰をあげた。ジャクリーヌも立ちあがり、ふっと笑みを浮かべた。

「覚えている？　わたしが、『自分の星を追うしかない』と言ったときのこと。あなたは、『間違った星を追わないように』と言った。そしたらわたし、こう言ったのよね。『あの星悪いよ！　あの星落ちるよ！』」

　ポアロはデッキに出た。耳のなかではなおもジャクリーヌの笑い声が響いていた。

30

セヘル島には明け方に着いた。岸辺の陰鬱な岩の連なりが近づいてきた。

ポアロはつぶやいた。「なんという荒々しい土地《ケル・ペイ・ソヴァージュ》だろう！」

レイス大佐が横に立った。「われわれの仕事は終わったよ。いの一番にリケッティを上陸させるよう手配しておいた。まあ、つかまってよかった。あれはツルツル滑ってすぐ手からすり抜けるやつでね。いままでに何十回も逃げられてきたんだ」

それから、こうつづけた。「ドイルを運びだすのに担架を用意させせんとな。しかし、ああもあっさりと陥落したのは意外だった」

「そうでもありません」ポアロは言った。「ああいう子供っぽい犯罪者はひどく見栄っ張りですが、自尊心の泡を針で突かれるとぱちんとはじけます！　子供みたいにたわいないのですよ」

「縛り首が当然の男だ。冷血な悪党め。若い娘のほうは可哀想な気もするが——どうにもしようがないね」

ポアロは首を横にふった。

「愛はすべてを正当化する、人はそう言いますが、それは本当ではありません……。ジャクリーヌがサイモン・ドイルを愛するように男を愛する女は、とても危険です。はじめて彼女を見たとき、わたしはこう思いました。『あの娘は愛しすぎている』と。それは本当でした」

コーネリア・ロブスンがそばへやってきた。

「ああ、もうすぐ着くんですね」そして少し間を置いてから、つけ加えた。「わたし、いままで彼女といっしょにいました」

「マドモアゼル・ド・ベルフォールと？」

「ええ。あの女給仕の人といっしょに部屋にこもっているのは辛いだろうと思って。マリーおばさまは大怒《おおおこ》りですけど」

ミス・ヴァン・スカイラーがデッキをゆっくりとやってきた。目に毒がみなぎっている。

「コーネリア！」嚙みつくように言った。「あなたのやっていることは言語道断ですよ。

すぐ家に送り返しますからね」

コーネリアは深く息を吸ってから言った。

「ごめんなさい、マリーおばさま。わたし、家には帰りません。結婚します」

「おや、やっと分別がついたんだね」意地の悪い口調で言う。

ファーガスンがデッキの角を曲がって大股でやってきた。

「コーネリア！　いまなんて言った？　嘘だろう？」

「ほんとです」コーネリアは言った。「ベスナー先生と結婚するんです。ゆうべ、申しこまれました」

「なぜあいつなんだ？」ファーガスンはものすごい権幕で言う。「金持ちだからか？」

「いいえ」コーネリアは憤慨した。「あの方が好きだからです。親切で、とっても物知りで。わたし、前から病気の人たちのお世話とか病院のお仕事に興味があったし。あの方となら幸福な人生を送れると思います」

「つまりきみは」ファーガスンは信じられないという口調で訊いた。「ぼくよりもあんな胸糞《むなくそ》悪い年寄りと結婚するほうがいいと言うのかい？」

「ええ、そうです。あなたのことは信用できないんです！　いっしょに気持ちよく暮らせる人だとは思えません。それに先生は年寄りなんかじゃないです。まだ五十にならないんですから」

「あんな腹の出た男」ファーガスンは毒づく。

「わたしだって猫背だから、いいんです。人間は見た目じゃありません。先生はわたしにも仕事が手伝えると言ってくれます。これから神経のこととか、たくさん教えてもらうんです」

コーネリアは歩み去った。

ファーガスンはポアロに言った。「いまの本気だと思うかい？」

「思いますとも」

「ぼくより、あんな威張り屋のじいさんがいいのかね？」

「いいんでしょう」

「頭がおかしいんだな」

ポアロは目をきらりと光らせた。

「あの娘さんは自分の頭で考えられる女性です。たぶんあなたはそういう女性にはじめて会ったのでしょうね」

船は桟橋に近づいていく。乗客たちの前にはロープが張られていた。すぐに下船はできず、しばらく待たなければならないのである。

陽灼けした顔をしかめているリケッティが、機関士ふたりに連れられて上陸した。

それから、少し間を置いて、担架が船に持ちこまれ、サイモン・ドイルが渡り板のほうへ運ばれてきた。

サイモンはまるで別人のようだった――怯えて縮みあがり、屈託のない少年のようなところは跡形もなく消えていた。

ジャクリーヌ・ド・ベルフォールがそれにつづいた。女給仕が横についていた。顔は青ざめているが、それ以外は普段とほぼ変わりがなかった。ジャクリーヌは担架に近づいた。

「おはよう、サイモン」

サイモンはさっと顔をあげてジャクリーヌを見た。一瞬、少年らしさが戻った。

「しくじっちゃった。頭が働かなくて、全部認めちゃったよ！　ごめん、ジャッキー。ぼくにがっかりしたろう」

ジャクリーヌはにっこり笑った。

「いいのよ、サイモン。わたしたちは愚かなゲームをして負けた。それだけのことよ」

ジャクリーヌが脇に立つ。運び手たちが担架を持ちあげた。

ジャクリーヌは背をかがめてほどけた靴紐を結んだ。片方の手がストッキングの上縁《うわべり》までがり、背を起こしたときにはその手に何かが握られていた。

バン！と鋭い音がした。

サイモン・ドイルが一度だけ痙攣《けいれん》し、ぐったりとした。

ジャクリーヌ・ド・ベルフォールはうなずいた。ピストルを手に立ったまま、ポアロにふっと微笑みを送った。

それから、レイス大佐が前に飛びだした瞬間、玩具のようなピストルを心臓のある場所にあて、引き金を引いた。

ジャクリーヌはくずおれ、やわらかな塊になった。

レイス大佐が叫んだ。

「あのピストルはいったいどこにあったんだ？」

ポアロは腕に誰かの手が触れるのを感じた。アラートン夫人が小さく言った。「あなたは――ご存じでしたの？」

ポアロはうなずいた。「ああいうピストルを二挺持っていたのです。船内を捜索した日、ロザリー・オッターボーンのハンドバッグからピストルが見つかったと聞いたときに気づきました。ジャクリーヌはオッターボーン親子と同じテーブルについていた。それで身体検査が始まるとわかったとき、ピストルをロザリーのバッグに滑りこませたのです。そしてあとでロザリーの部屋へ行って、とり戻しました。口紅の比べっこで注意をそらしてです。ロザリーの部屋もジャクリーヌの部屋も、きのう捜索されましたから、それ以後は捜索の必要はないとみなされたのです」

アラートン夫人は訊いた。「あなたは彼女があゝいう退場の仕方をするのを望んでいたの？」

「ええ。もっとも彼女はひとりで逝こうとはしませんでした。だからサイモン・ドイルは本来科されるはずだった死刑より楽な方法で逝ったのです」

アラートン夫人は身震いをした。「恋って、ときにはとても怖いものになるのね」

「だから有名な恋物語はほとんどが悲劇なのです」

アラートン夫人は、陽射しのなかにならんで立っているティムとロザリーに目をとめ、不意に感情をこめて言った。

「でも、ありがたいことに、世の中には幸福というものもあるわね」

「おっしゃるとおりです、マダム。ありがたいことに」

まもなく乗客がみな陸にあがった。

そのあとでルイーズ・ブールジェとオッターボーン夫人の遺体がカルナック号から運びだされた。

最後に上陸したのはリネット・ドイルの遺体だった。世界中の電信網がつぶやきだし、ニュースを公衆に伝えた。リネット・ドイル、旧姓リッジウェイが死んだ、あの有名な、美しい、大富豪の女性、リネット・ドイルが死んだと。

サー・ジョージ・ウォードはロンドンのクラブで、スターンデイル・ロックフォードはニューヨークで、ジョアナ・サウスウッドはスイスで、新聞の記事を読んだ。モルトン・アンダー・ウォードの旅籠〈三冠亭〉の酒場でも、このことが議論された。

バーナビー氏の痩せた友達は言った。

「とにかく公平じゃないと思ったな。あの女がなんでも持ってるってのは」

バーナビー氏が鋭い意見を披露した。

「でも、それもたいして役に立たなかったみたいだね、可哀想に」

が、しばらくすると、その話は終わり、話題はグランド・ナショナル（リヴァプール郊外でおこなわれる大障害競馬）の予想に移った。ちょうどこの同じとき、エジプトのルクソールでファーガスン氏が言っているとおり、大事なのは過去ではなく未来なのである。

解説

文芸評論家
西上心太

アガサ・クリスティーは一九七六年に八十五歳で亡くなるまで、八十篇（うち長篇は六十六篇）を超すミステリを書き続けた。このほかに一部オリジナルを含む自作を元にした戯曲も二十一作を数え、さらにはメアリ・ウェストマコット名義による恋愛小説、自伝、紀行文などを併せるとその創作数は優に百を超す。まさに〈ミステリの女王〉という称号がふさわしい偉大なる存在であった。

クリスティーの作品はミステリに限っても様々に分類できる。主人公である探偵役で分類すれば、《灰色の脳細胞》が自慢のベルギー人の名探偵エルキュール・ポアロ・シリーズ、セント・メアリ・ミード村に住む鋭い観察眼を持つ老嬢ジェーン・マープル・シリーズ、冒険好きの名コンビ、トミー&タペンスのベレズフォード夫妻シリーズ、お悩みよろず相談を請け負うパーカー・パイン・シリーズ、謎めいた雰囲気が漂うクィン氏のシリーズといった具合だ。

さらには作品のタイプでも分類できる。そのほとんどを占めるのがポアロとミス・マープルが〈担当〉する謎解き主体のいわゆる本格ミステリである。本格もの以外では作者自身が「気軽なスリラー・タイプ」（『アガサ・クリスティー自伝』早川書房）と呼ぶ冒険スパイ・スリラーも忘れてはならないだろう。日本ではあまり高い評価を受けていないが、クリスティーのキャリアが初期の頃は、ほぼ五分五分の割合で書かれていたし、またよく売れもしたらしい。大御所となってからもときおり楽しそうに「気軽なスリラー」を書いていた。このジャンルに愛着があったのであろう。

もう一つが作品の舞台となった土地による分類である。イギリス国内が大部分を占めるのは当然であるが、それ以外で一つの作品群を形成するのが中近東を舞台にした作品である。本書『ナイルに死す』は、中近東ものの嚆矢となった短篇「エジプト墳墓の謎」（『ポアロ登場』所収）、長篇『メソポタミヤの殺人』に続く作品で、中近東もの屈指の傑作なのである。

莫大な財産を相続した若き女性、リネット・リッジウェイ。リネットは親友ジャクリーヌから婚約者のサイモン・ドイルを奪い取る形で結婚してしまう。二人は新婚旅行でエジプトに赴いた。だがサイモンを諦めきれないジャクリーヌは、ストーカーのように二人をつけ回し、二人の行く先々に姿を見せるのだった。一方、リネットが突然結婚したことを知った財産管理人のペニントンは大慌てでアメリカからエジプトにやってきた。さらに気むずかしいアメリカの大富豪夫人、その親戚でリネットの父親によって破産させられた一家の娘、扇情的な小説で有名な女流作家とその娘など、思惑を秘めたさまざまな人々がエジプトに集結する。やがて彼らは同じ観光船に乗り込み、ナイル川をさかのぼる川旅に出発する。その船上には名探偵エルキュール・ポアロの姿もあった。

ある夜、ポアロの恐れていた事件が起きた。酒に酔い感情を高ぶらせたジャクリーヌが、ついに持ち歩いていた小型拳銃でサイモンの脚を撃ってしまったのだ。さらに翌朝、同じ銃で就寝中に射殺されたリネットの死体が発見された。しかしジャクリーヌにはリネットを殺すことは不可能だった。リネット殺害の動機を持つ他の乗客たち、真珠ネックレス紛失事件、さらにポアロと旧知の情報機関員レイス大佐が追う謎のテロリスト……。錯綜した謎を乗せ走る船の中、ポアロは《灰色の脳細胞》を働かせ始めるのだった。

クリスティーの中近東ミステリは、数多い彼女の作品の中でも一種のスパイスの役目

〈典型的〉あるいは〈類型的〉なキャラクターを登場させることの多かった作者だけに、珍しい土地を舞台にして、読者にエキゾチックな興趣を与えた功は大きく、マンネリを回避する効果もあったのではないか。もしクリスティーの作品から中近東ものがなかったとしたら、クリスティーの評価も現在と少し違ったかもしれない。

さて彼女に中近東を舞台にしたミステリを書かせることになった原因が二つある。生来の旅行好きと離婚である。

もともとイギリスは全世界に植民地を持ち、教育のため子弟をヨーロッパに送るなど、旅行好き（あくまでも上・中流階級に限られるが）な国民性で知られていた。裕福な中流家庭で生まれたクリスティーも、幼少時は内気な少女だったが、徐々に外の世界に触れることの素晴らしさを知り、幼い頃の半年間にわたる南フランス滞在を皮切りに、パリへ音楽の勉強のための留学、母親の療養のためのエジプト避寒旅行など、海外各地を旅している。極めつけが、第一次大戦勃発直後に結婚した航空隊士官アーチボルド・クリスティーと行った、世界一周旅行だろう。一九二三年、アガサ・クリスティーは大英帝国博覧会の宣伝使節となった夫に同行して、世界一周の旅に赴いたのだ。そしてなんとハワイではサーフィンに夢中になったという。それも肌を焼きすぎてひどい目に遭うというおまけ付きで。それにしても、あのクリスティーがサーフィンである。思わず頬がゆるんでしまうエピソードではないだろうか。

ところがその夫、アーチボルドとの関係が、彼女の名声を確固たるものとした歴史的名作『アクロイド殺し』を発表した一九二六年あたりからおかしくなっていく。不幸なことに母親の死も重なり、精神的動揺の大きかったクリスティーはその年の暮れに、有名な失踪事件を起こしてしまう。母親の死と夫の浮気が原因の〈ヒステリカル・フーガ(遁走)〉というのが現在の定説らしいが、『アクロイド殺し』の有名な結末をめぐる議論もからみ、当時は売名行為、あるいは記憶喪失と、諸説紛々とした大騒ぎとなり、全英のマスコミはクリスティーを追い回したそうだ。クリスティーのマスコミ嫌いもこの事件がきっかけだったという。

傷心のクリスティーを癒したのも旅行だった。カナリヤ諸島で静養し、当地で『青列車の秘密』を書き上げ、プロ作家として生きていくことを決意する。その後、ただ一人でオリエント急行に乗り込み、メソポタミア地方に旅立つのだった。やがてアーチボルドとの離婚が成立し、彼女は再び彼の地を踏む。そこで知り合ったのが後に二度目の夫となる十四歳年下の考古学者マックス・マローワンだった。一九三〇年、クリスティー三十九歳のことであった。マローワンと結婚後、クリスティーは毎年のようにイラクやシリアの発掘現場に同行することになる。やがてこれらの経験が本書をはじめとする〈中近東ミステリ〉となって結実したのである。

クリスティーのミステリ作品中、もっとも長大なボリュームを誇るのが本作である。殺人事件も二五〇ページを超えるまで起こらないし、多くの人物が登場するため、ミステリを読み慣れない読者は取っつきにくい印象を持つかもしれない。しかしさまざまな登場人物たちが点描されていく第一部を、我慢してじっくりと読んでほしい。もし読了後にもう一度この箇所を読み返してみれば、ここが単なる人物紹介のパートであるだけではなく、クリスティーお得意の、伏線やダブルミーニング（さりげない会話に隠された二重の意味）が縦横に張り巡らされていることがわかるはずだ。エジプトに舞台が移る第二部に入っても、物語はナイルの流れのようにゆったりと進んでいく。冒頭に登場した人々の事情がさらに掘り下げられ、船の上での出会いが新たな人間関係を作りだし、各人の隠された思惑に微妙な影を落としていくさまが、じっくりと描かれるのだ。やがて殺人というカタストロフが到来し、物語は一気に動き出していく。エキゾチズムあふれる舞台、錯綜した人間模様を鮮やかに書き分けた綿密なプロット、鮮やかなトリックに意外な犯人……。クリスティー作品中でも上位にくる傑作といっていいだろう。

なお、クリスティーの最晩年の一九七〇年代に、彼女の作品の映画化が続いた。オールスターキャストで大ヒットした《オリエント急行殺人事件》に続き、本書も《ナイル殺人事件》という題名で公開された。監督はジョン・ギラーミン。脚本は大傑作《探偵スルース》で有名なアンソニー・シェーファー。キャストはポアロ役のピーター・ユスティノフをはじめ、ミア・ファロー、ベティ・デイヴィス、マギー・スミス、デイヴィッド・ニーヴンら、《オリエント急行殺人事件》に劣らぬ芸達者揃い。原作の登場人物を刈り込むと同時に、各人の動機を鮮明に浮かび上がらせたシェーファーの脚本は、さすがに自身ミステリ作家だけのことはある手際で感心する。美しいエジプトの風景と共に、ファッションなど一九三〇年代の雰囲気が横溢した映画である。本書をお読みになった後、ご覧になると一層この作品世界に浸れることと思う。

そしてアガサ・クリスティーの生誕百三十周年とデビュー百周年が重なった二〇二〇年、再び本書を原作にした新しい映画が公開される。二〇一七年に《オリエント急行殺人事件》をリメイクしたケネス・ブラナーが、またも監督・主役を務める《ナイル殺人事件》である。ケネス・ブラナーは〈ローレンス・オリビエの再来〉と喧伝される名優である。本書をお読みになった上で、新作映画の仕上がりを確かめたり、一九七八年版と見比べてみるのも一興だろう。

この解説を担当したことをきっかけに、久しぶりにクリスティーを読み返したのだが、まったく古びていないことが改めてわかった。新たな映像が次々に制作されるのも、その証拠でもある。まさに〈ミステリの女王〉と呼ぶにふさわしい存在だ。

江戸川乱歩ならずとも〈クリスティーに脱帽〉である。

本書は、二〇〇三年十月にクリスティー文庫より刊行された『ナイルに死す』の新訳版です。

灰色の脳細胞と異名をとる
〈名探偵ポアロ〉シリーズ

本名エルキュール・ポアロ。イギリスの私立探偵。元ベルギー警察の捜査員。卵形の顔とぴんとたった口髭が特徴の小柄なベルギー人で、「灰色の脳細胞」を駆使し、難事件に挑む。『スタイルズ荘の怪事件』（一九二〇）に初登場し、友人のヘイスティングズ大尉とともに事件を追う。フェアかアンフェアかとミステリ・ファンのあいだで議論が巻き起こった『アクロイド殺し』（一九二六）、イニシャルのＡＢＣ順に殺人事件が起きる奇怪なストーリーが話題をよんだ『ＡＢＣ殺人事件』（一九三六）、閉ざされた船上での殺人事件を巧みに描いた『ナイルに死す』（一九三七）など多くの作品で活躍し、最後の登場になる『カーテン』（一九七五）まで活躍した。イギリスだけでなく、イラク、フランス、イタリアなど各地で起きた事件にも挑んだ。

映像化作品では、アルバート・フィニー（映画《オリエント急行殺人事件》）、ピーター・ユスチノフ（映画《ナイル殺人事件》）、デビッド・スーシェ（ＴＶシリーズ）らがポアロを演じ、人気を博している。

1 スタイルズ荘の怪事件
2 ゴルフ場殺人事件
3 アクロイド殺し
4 ビッグ4
5 青列車の秘密
6 邪悪の家
7 エッジウェア卿の死
8 オリエント急行の殺人
9 三幕の殺人
10 雲をつかむ死
11 ABC殺人事件
12 メソポタミヤの殺人
13 ひらいたトランプ
14 もの言えぬ証人
15 ナイルに死す
16 死との約束
17 ポアロのクリスマス
18 杉の柩
19 愛国殺人
20 白昼の悪魔
21 五匹の子豚
22 ホロー荘の殺人
23 満潮に乗って
24 マギンティ夫人は死んだ
25 葬儀を終えて
26 ヒッコリー・ロードの殺人
27 死者のあやまち
28 鳩のなかの猫
29 複数の時計
30 第三の女
31 ハロウィーン・パーティ
32 象は忘れない
33 カーテン
34 ブラック・コーヒー〈小説版〉

好奇心旺盛な老婦人探偵
〈ミス・マープル〉シリーズ

本名ジェーン・マープル。イギリスの素人探偵。ロンドンから一時間ほどのところにあるセント・メアリ・ミードという村に住んでいる、色白で上品な雰囲気を漂わせる編み物好きの老婦人。村の人々を観察するのが好きで、そのうちに直感力と観察力が発達してしまい、警察も手をやくような難事件を解決するまでになった。新聞の情報に目をくばり、村のゴシップに聞き耳をたて、それらを総合して事件の謎を解いてゆく。家にいながら、あるいは椅子に座りながらゆったりと推理を繰り広げることが多いが、敵に襲われるのもいとわず、みずから危険に飛び込んでいく行動的な面ももつ。

長篇初登場は『牧師館の殺人』（一九三〇）。「殺人をお知らせします」という衝撃的な文章が新聞にのり、ミス・マープルがその謎に挑む『予告殺人』（一九五〇）や、その他にも、連作短篇形式をとりミステリ・ファンに高い評価を得ている『火曜クラブ』（一九三二）、『カリブ海の秘密』（一九六四）とその続篇『復讐の女神』（一九七一）などに登場し、最終作『スリーピング・マーダー』（一九七六）まで、息長く活躍した。

35　牧師館の殺人
36　書斎の死体
37　動く指
38　予告殺人
39　魔術の殺人
40　ポケットにライ麦を
41　パディントン発4時50分
42　鏡は横にひび割れて
43　カリブ海の秘密
44　バートラム・ホテルにて
45　復讐の女神
46　スリーピング・マーダー

冒険心あふれるおしどり探偵

〈トミー&タペンス〉

本名トミー・ベレズフォードとタペンス・カウリイ。『秘密機関』（一九二二）で初登場。心優しい復員軍人のトミーと、牧師の娘で病室メイドだったタペンスのふたりは、もともと幼なじみだった。長らく会っていなかったが、第一次世界大戦後、ふたりはロンドンの地下鉄で偶然にもロマンチックな再会をはたす。お金に困っていたので、まもなく「青年冒険家商会」を結成した。この後、結婚したふたりはおしどり夫婦の「ベレズフォード夫妻」となり、共同で探偵社を経営。事務所の受付係アルバートとともに事務所を運営している。トミーとタペンスは素人探偵ではあるが、その探偵術は、数々の探偵小説を読破しているので、事件が起こるとそれら名探偵の探偵術を拝借して謎を解くというユニークなものであった。

『秘密機関』の時はふたりの年齢を合わせても四十五歳にもならなかったが、

最終作の『運命の裏木戸』(一九七三)ではともに七十五歳になっていた。青春時代から老年時代までの長い人生が描かれたキャラクターで、クリスティー自身も、三十一歳から八十三歳までのあいだでシリーズを書き上げている。ふたりの活躍は長篇以外にも連作短篇『おしどり探偵』(一九二九)で楽しむことができる。

ふたりを主人公にした作品が長らく書かれなかった時期には、世界各国の読者からクリスティーに「その後、トミーとタペンスはどうしました?いまはなにをやってます?」と、執筆の要望が多く届いたという逸話も有名。

47 秘密機関
48 NかMか
49 親指のうずき
50 運命の裏木戸

名探偵の宝庫

〈短篇集〉

クリスティーは、処女短篇集『ポアロ登場』（一九二三）を発表以来、長篇だけでなく数々の名短篇も発表し、二十冊もの短篇集を発表した。ここでもエルキュール・ポアロとミス・マープルは名探偵ぶりを発揮する。ギリシャ神話を題材にとり、英雄へラクレスのごとく難事件に挑むポアロを描いた『ヘラクレスの冒険』（一九四七）や、毎週火曜日に様々な人が例会に集まり各人が体験した奇怪な事件を語り推理しあうという趣向のマープルものの『火曜クラブ』（一九三二）は有名。トミー&タペンスの『おしどり探偵』（一九二九）も多くのファンから愛されている作品。

また、クリスティー作品には、短篇にしか登場しない名探偵がいる。心の専門医の異名を持ち、大きな体、禿頭、度の強い眼鏡が特徴の身上相談探偵パーカー・パイン（『パーカー・パイン登場』一九三四、など）は、官庁で統計収集の事務を行なっていたため、その優れた分類能力で事件を追う。また同じく、ハーリ・クィンも短篇だけに登場する。心理的・幻想的な探偵譚を収めた『謎のクィン氏』（一九三〇）などで活躍する。その名は「道化役者」の意味で、まさに変幻自在、現われてはいつのまにか消え去る神秘的不可思議的な存在として描かれている。恋愛問題が絡んだ事件を得意とするというユニークな特徴をもっている。

ポアロものとミス・マープルものの両方が収められた『クリスマス・プディングの冒険』（一九六〇）や、いわゆる名探偵が登場しない『リスタデール卿の謎』（一九三四）や『死の猟犬』（一九三三）も高い評価を得ている。

51 ポアロ登場
52 おしどり探偵
53 謎のクィン氏
54 火曜クラブ
55 死の猟犬
56 リスタデール卿の謎
57 パーカー・パイン登場
58 死人の鏡
59 黄色いアイリス
60 ヘラクレスの冒険
61 愛の探偵たち
62 教会で死んだ男
63 クリスマス・プディングの冒険
64 マン島の黄金

バラエティに富んだ作品の数々
〈ノン・シリーズ〉

名探偵ポアロもミス・マープルも登場しない作品の中で、最も広く知られているのが『そして誰もいなくなった』(一九三九)である。マザーグースになぞらえて殺人事件が次々と起きるこの作品は、不可能状況やサスペンス性など、クリスティーの本格ミステリ作品の中でも特に評価が高い。日本人の本格ミステリ作家にも多大な影響を与え、多くの読者に支持されてきた。

その他、紀元前二〇〇〇年のエジプトで起きた殺人事件を描いた『死が最後にやってくる』(一九四四)、『チムニーズ館の秘密』(一九二五)に出てきたロンドン警視庁のバトル警視が主役級で活躍する『ゼロ時間へ』(一九四四)、オカルティズムに満ちた『蒼ざめた馬』(一九六一)、スパイ・スリラーの『フランクフルトへの乗客』(一九七〇)や『バグダッドの秘密』(一九五一)などのノン・シリーズがある。

また、メアリ・ウェストマコット名義で『春にして君を離れ』(一九四四)をはじめとする恋愛小説を執筆したことでも知られるが、クリスティー自身は四半世紀近くも関係者に自分が著者であることをもらさないよう箝口令をしいてきた。これは、「アガサ・クリスティー」の名で本を出した場合、ミステリと勘違いして買った読者が失望するのではと配慮したものであったが、多くの読者からは好評を博している。

72 茶色の服の男
73 チムニーズ館の秘密
74 七つの時計
75 愛の旋律
76 シタフォードの秘密
77 未完の肖像
78 なぜ、エヴァンズに頼まなかったのか?
79 殺人は容易だ
80 そして誰もいなくなった
81 春にして君を離れ
82 ゼロ時間へ
83 死が最後にやってくる
84 忘られぬ死
86 暗い抱擁
87 ねじれた家
88 バグダッドの秘密
89 娘は娘
90 死への旅
91 愛の重さ
92 無実はさいなむ
93 蒼ざめた馬
94 ベツレヘムの星
95 終りなき夜に生れつく
96 フランクフルトへの乗客

訳者略歴　1957年生，東京大学法学部卒，英米文学翻訳家　訳書『ザ・ロード』マッカーシー，『怒りの葡萄〔新訳版〕』スタインベック，『蠅の王〔新訳版〕』ゴールディング，『エンジェルメイカー』ハーカウェイ（以上早川書房刊）他多数

ナイルに死《し》す
〔新訳版〕

〈クリスティー文庫 15〉

二〇二〇年九月　十日　印刷
二〇二〇年九月十五日　発行
（定価はカバーに表示してあります）

著者　アガサ・クリスティー
訳者　黒《くろ》原《はら》敏《とし》行《ゆき》
発行者　早川　浩
発行所　株式会社　早川書房
東京都千代田区神田多町二ノ二
郵便番号　一〇一 - 〇〇四六
電話　〇三 - 三二五二 - 三一一一
振替　〇〇一六〇 - 三 - 四七七九九
https://www.hayakawa-online.co.jp
乱丁・落丁本は小社制作部宛お送り下さい。
送料小社負担にてお取りかえいたします。

印刷・株式会社精興社　製本・株式会社明光社
Printed and bound in Japan
ISBN978-4-15-131015-7 C0197

本書は活字が大きく読みやすい〈トールサイズ〉です。